ヴェネツィアの出版人

ハビエル・アスペイティア

八重樫克彦　八重樫由貴子 訳

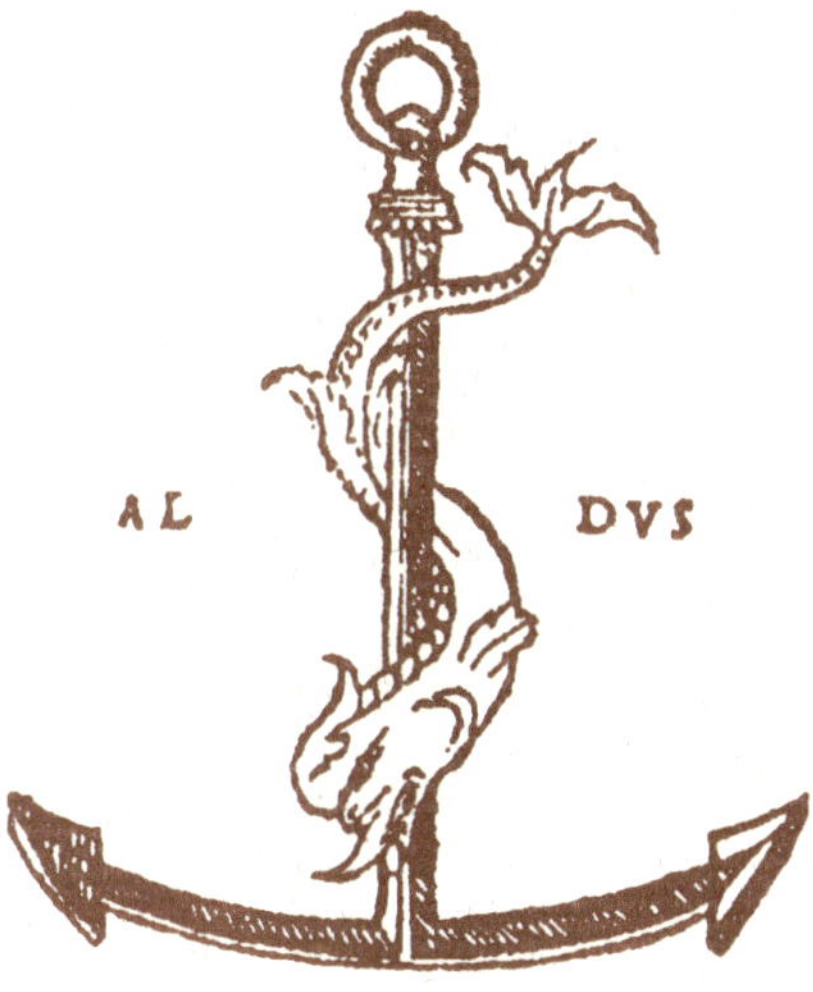

El impresor de Venecia

Javier Azpeitia

作品社

ヴェネツィアの出版人

「アルド・マヌツィオ」マルティーノ・ロタ（1570頃）

目次

第二部

第三部

ビルヒニア、エステル、ホセ、ヘラルド、チェマ、エドゥアルド、ラファエルと、
数々の書物と笑いに捧げる。

一度耳にしても、黙殺すべき物語がこれだ。

アプレイウス『黄金のロバ』第十一章二十三節

序章

何年ものち

「アルド・マヌツィオの印刷所の商標」作者不詳

イチゴかごの娘

人類を構成するさまざまな種類の人間の中でも、とりわけ変わっているのが読書のために社会生活を放棄する者たちだ。このタイプの人間は非常によく似かよっていて、著しく欠けた部分があるので容易に見分けがつけられる。そのほとんどは、読書で体験している熱き人生とは裏腹に、実に冴えない日常生活を送っている。他人の前で彼らの瞳が輝くことはまずないが、ひとたび自室にこもるや精彩を放ち出す。ばかでかい本に囲まれ、ほの暗い燭台の明かりの下で言葉の川に浸りきる。他の人々が町の通りや地上から失われた道で探し求めるものを、その流れの間に見いだせると確信してだ。

毎朝書斎で待ち受ける書物の嵐に翻弄され、煩《わずら》わしい生理現象が肉体に生じるのを嫌い、可能な限り欲望を取り除こうと極端な行動に及ぶことも珍しくない。そんな彼らの多くにとって愛は虚構でしかなく、学術書で対処の仕方を学ばなかった者たちを狂気に陥らせる作り話の一つにすぎない。

ごく稀にそれらの変わり者の中に、野心に駆られて、あるいは人々の役に立ちたいとの欲求から、迂闊《うかつ》にも世間に向き合う者が出てくる。キリスト教世界ならどこでもいいと、無謀なことに根城から遠く離れた場所を選び、見知らぬ土地に降り立って、本だけが詰まった荷物を抱えて呆然と立ち尽くす。突然、天から追放されて地上に落ちてきた天使のように。彼らはそこで初めて、自分の存在を覆い隠していた幻想が脆《もろ》くも崩れ去るのを感じ、自分が実践にはまったく使えぬ人間である事実を悟る。しかし困惑する当人にお構いなく、現実はページを繰るように流れ続け、そういう時に限って人生までもが勝手なことを……。

そんなとりとめもない考えが、マリア・デ・トッレザーニの脳裏に浮かんでは消える。出版人アルド・マヌツィオの未亡人である彼女は、地平線のど真ん中を貫く道をこちらに向かってやってくる、前後を二頭のロバに引かれた輿《こし》を認めて以来、物思いにふけっていた。正確には輿に掲げられた旗印、塔の左右にそれぞれAとTの大文字が記された紋章を認めて以来だ。それはアルドとは別の印刷所の主《あるじ》で、やはり数年前に亡くなったマリアの父アンドレア・トッレザーニの頭文字である。

モデナ地方ノヴィにある別荘《ヴィッラ》で暮らすマリアは、しばしば邸宅の小さな柱廊《ロッジア》の屋根に出ては夕暮れ時の風景を見つめて過ごす。年齢はすでに五十歳を超えているはずだ。ヘンナの粉で白髪を染めても二週間と経たずに再び染め直さねばならないが、それでも遠くを見つめる彼女の目は、髪と同じ赤みを帯びて輝いている。

マリアが暮らす町にちょうどこの時期に招かれて滞在していたヴェネツィア人の日記作家、マリン・サヌドの記述によれば一五三〇年四月二十三日の出来事だ。

輿がようやく邸宅内の敷石で固めた中庭に入ってきた頃には、落日の光がどこか物憂げで間延びした影を形作っていた。小さな横長の箱に乗っているのは青年で、眠っているのか頭を持たせかけたまま、一向に降りる気配がない。

輿の前で車を引いていた方のロバが、迷うことなく中庭の一角にある水飲み場に向かう。少量の水を放つ噴水が木でできた水盤を溢れさせ、蛇行したひと筋の流れとなってバラの花壇へと進んでいく。

無数のバラの木は水の流れを引き継ぐかのように、建物正面の石壁を這い上がる。そして一階と二階の窓を遮ることなく、マリアが輿を見つめている柱廊《ロッジア》のバラ群と合流している。

輿の到着とほぼ同時に、一人の娘が中庭に入ってきた。玉虫色のドレス姿でひょろりと背が高く、片手に摘んだばかりのイチゴが入ったかごを提げている。輿を引いたロバが制御を失って歩いているのに気づき、心配そうに水飲み場へと追いかけていった。ところが乗っている旅人が眠っているだけだとわかって安堵すると、品定めをするかのように——少なくともマリアにはそう見えた——寝顔を眺めて楽しんでいる。

私と同じぐらいの年頃かしら。興味津々に青年を見つめるイチゴかごの娘はそんなふうに考えているのだろうとマリアは想像してみる。それに引き換え、情けないのは男の方だ。軽率にも一人きり、しかも道中眠りこけたままなんて。この地域とて、盗賊が出ないとは限らない。その上、滑稽なほどきらびやかな服を身につけている。顎の下でひもを結んだ風変わりな群青色のとんがり頭巾は、宮廷で流行しているものなのだろうが、先端が折れて一方の肩に垂れている。旅の疲れ具合からして、遠くからやってきた人間だ。マリアの住む邸宅はモデナ・ノヴィの砦から半時間もかからぬ場所にあるが、アンドレア・トッレザーニ印刷所の本拠地ヴェネツィアからだと優に七日はかかる。

イチゴかごの娘は、轅《ながえ》で輿の前後につながれたロバ二頭が、水を飲む体勢を巡って牽制し合っているのに気づいていない様子だ。動物の動きに呼応して、輿が危なげに揺れ動く。そこで初めて旅人はまぶたを開け、娘と一瞬目が合った。しかし、次の瞬間、一方のロバが敷石の上で蹄《ひづめ》を滑らせ、二頭まとめて地面に転倒、輿の中身を噴水の上にぶちまけた。

若い男女は同時に悲鳴を挙げる。輿から投げ出された旅人は、水盤の中で身を起こし、恨めしそうな目で娘を見つめた。旅行用のずだ袋も傍らに沈み、解けかかった頭巾のひもからは水が滴《したた》り落ちている。

イチゴかごの娘は目を丸くし、口を固く結んで必死に笑いを押し殺していたが、とうとうこらえきれずに噴き出してしまう。

「しまった！　本が！」叫んだ旅人が周りを見回す。

幸い本が入ったトランクは、後ろの荷台に括《くく》りつけられていて難を免れた。ようやく彼女が気を利かせて青年に手を差し出すと、彼もそれ相応の繊細さで手を取り立ち上がった。どうやら礼儀作法は心得ているらしい。

「かたじけない」水盤から出、気を取り直して尋ねる。「ここはマリア・トッレザーニ・デ・マヌッイオの別荘《ヴィッラ》？」

「ええ。〝庭園〟って呼ばれているけど。ひょっとしてあなた、マリアの息子さんの……パオロ？」と今度は彼女が問いかける。

この家の女主人の家族については、彼女も何度となく耳にしてきていた。かつては毎年春にミランドラから〝庭園〟にやってきて、秋の終わり頃に帰っていたらしいが。

返事代わりにパオロ・マヌツィオは、水に濡れた頭巾を頭から外すと、両手を広げて仰々しくお辞儀した。

「いかにも。どうぞお見知りおきを」

イチゴかごの娘が再び噴き出す。

その微笑《ほほえ》ましい光景を上から眺めながら、マリアはどうにか涙をこらえていた。

静かなる読み手

「コルネリア、食後のデザート用に摘んできたイチゴはどこ？」

リュート弾きが演奏を終えると、何の気なしにマリアは尋ねた。

「もう残ってないわ。パオロが全部食べてしまって」絵筆を握った手を休めることなく、鼻にしわを寄せ、すねた顔でコルネリアが答える。

その物言いには何やら裏がありそうだ。一同は静まり返っているが、嘲《あざけ》るような視線がパオロ・マヌツィオに注がれている。

この邸宅に暮らす十六名の住人全員が、館の中央にある大広間に集まっていた。厩舎番の少年や庭師、料理人の女性二名のほか三名の使用人も含まれている。夕食後のひと時をリュートの演奏に聞き入りながら過ごしているところだ。奏者はフィレンツェの偉大な老詩人ジロラモ・ベニヴィエニ。彼はお忍びで立ち寄り、滞在していた。フィレンツェの仲間内では、聖人のような隠遁生活を送る敬虔な人物として知られる男だ。

けだるい音楽の調べが、肘《ひじ》掛《か》け椅子や暖炉の周りに敷き詰められた絨毯《じゅうたん》の上でくつろぐ者たちに伝染していく。

パオロは母親の隣で、背筋を伸ばしてスツールに腰かけていた。膝の上には文字が書かれた紙を何枚か載せている。広間中央にある大きな暖炉で音を立てて燃える炎の明かりが、先程のコルネリアの非難めいた言葉に赤面しているパオロの表情を覆い隠していた。

初日に起こった出来事の詳細をマリアが知ったのはそれから数日後のことだ。コルネリアを少々酔わせて何もかも白状させた。娘はずぶ濡れになったパオロに自分の部屋で服を乾かすよう提案。一度は部屋を出たものの、彼が最後の下着を脱ごうとしているところへ舞い戻った。そして役者のごとき早業《はやわざ》で玉虫色のドレスを足元に脱ぎ落した。下着は何も身につけておらず、一糸まとわぬ姿だった。

事を済ませたあと、無性に腹が減った二人はいつの間にか摘んできたイチゴに手を出し、気づいた時にはかごは空っぽ。あとの祭りだったと言う。

「無理もない。わしとてあの子の年齢だったら同じことをしただろうさ」老齢のギリシャ人トリスメギストスが、蛇が描かれた盤上でゆっくりと駒を移動させながら口にする。

「相手があんたなら、娘は一つもイチゴを食べさせなかっただろう」一緒にボードゲーム〝蛇と梯子《はしご》〟に興じるマリン・サヌドが、サイコロを二つ振りながら応じている。著名なヴェネツィア人日記作家も、彼より年下とはいえ、とても若い部類には入らない。

マリンは手にした駒でゲーム盤をコツコツ叩き、マス目を数えている。リュート弾きと同様、彼も一時的に滞在している身だ。たとえ落ちぶれても金持ちには変わらず、余生を送るに申し分ない健康状態を保っている。そのため特にヴェネツィア共和国の元老院議員も含めた職務をすべて退いてからは、あまりに退屈な日々を過ごしていた。そこで気が向いた時には――もちろん好景気の時期に限るが――友人であるマリアの邸宅に、二、三週間滞在すべくヴェネツィアからノヴィまでやってくる。

集団の中で唯一忙しくしているのはコルネリアだ。彼女は大広間の柱の一つにフレスコ画を描いている最中で、傍らの机には手元を照らす石油ランプと、さまざまな色の絵の具を溶いた磁器の小鉢がいくつか並んでいた。フレスコ画は若い頃のマリアの半身像を描いたもので、パオロの到着時にコルネリアが着ていたのと同じ玉虫色のドレスを身にまとい、髪は栗色の巻き毛で金のヘアネットで束ねている。一方の手には蠟板《ろうばん》を、もう一方の手には尖筆《せんぴつ》を握り、厚めの唇を閉ざすかのように尖筆の先を口に当てている。アーモンド形の両目が、フレスコ画の前に立つ者の心の奥まで見透かしているようだ。

「ねえパオロ、あなたがここに来てくれるなんて、喜ばしいけど、どういう風の吹き回し？」マリアが問う。「ついに浮世を離れて私たちと暮らす気になった？」

マリアは息子が現れた最初の瞬間に、抱擁したい気持ちを抑えたことを後悔していた。もっとも母親の願いを知りもせず、仰々しいお辞儀でその機会を奪ったのは当の息子でもあったのだが。そして今、抱き締めるための口実を何でもいいから探しているが、容易なことではない。何しろ六年ぶりの再会だ。

答える前に深く息をつくパオロ。マリアはそれまで息子が、やはりヴェネツィアから来て滞在していたサント・バルバリゴのことを、じっと見つめていたのを十分承知していた。サントは、マリアの夫で息子の父親アルドが興した印刷会社の、出資者の一人だった貴族の私生児だ。きっと誰かから聞いたに違いない。サントは君の母親の愛人だと。しかし当のサントは、何を訊かれても語ることなくパオロを失望させてきたのだろう。おそらくは両手を後ろで組んだまま、椅子から立ち上がってはその場を行ったり来たりするだけで。男はそろそろ六十歳に手が届く年齢で、肩まで伸びた髪に白いものが混じってはいるが、いまだにたくましい肉体を誇っている。

「今の生活には満足しているよ」母親に応えるべくパオロが口にする。「でもお祖父《じい》さんが亡くなって以来、印刷所での仕事が忙しくてね」一瞬ためらうように黙ったが、気を取り直すと非難の言葉を投げかける。「葬儀に来るかと思って、みんなで母さんを待っていたのに」

マリアは動揺する。アンドレア・トッレザーニの死から二年が過ぎたが、彼女の苦悩は癒えてはいない。父のことは大好きで、もめごとや確執はあったと言ってもその気持ちに変わりはないが、わざわざ亡骸《なきがら》を拝むために駆けつけるほどではない。人は死が訪れた瞬間から生者ではなくなる。それにマリアはヴェネツィアが嫌いだ。だから遠く離れたこの地で父の喪に服してきた。最初は絶望に近い痛みとともに、やがて幼かりし日の父とのよき思い出を、愛情深く思い起こしながら別荘《ヴィッラ》の周囲を散歩してだ。もしも病に倒れたとの知らせだったら、おそらくは迷わずに駆けつけていたことだろう。だが老いた父は家族を呼び寄せる間もなく突然逝った。

「私が送った手紙の内容を、あなたがたの誰一人として信じないだろうと思ったからよ」

「この仕草は何を意味してるんだ?」コルネリアの絵に歩み寄りながら、庭師のザカリアが尋ねた。

パオロが奇妙な目で男を見やっている。使用人ごときが絵に描かれた仕草の背後にある象徴的な意味を知っているなど、若い彼には思いもよらぬのだろう。ザカリアは四十歳前後だが、庭師らしく日焼けした顔にはすでにしわが刻まれている。

「わからないわ」コルネリアが答える。「小さい頃に父とブダに旅行して、コルビナ文庫を訪れた時に、地下の家にあった絵で見たものよ」

コルネリアの父親は哲学者のジョヴァンニ・フランチェスコ・デラ・ミランドラ。賢者として知られたジョヴァンニ・ピコ・デラ・ミランドラの甥である。

「地下の家？」話を耳にし、マリン・サヌドが口を挟む。「地下室のフレスコ画ってことか？」

「そうではなく、地中に沈んだ家なのよ。地震か何かで飲み込まれたらしくて、部屋もそのまま残っていたわ。私たちが訪れる何カ月か前に、子ヤギを追って地面の裂け目に入った羊飼いが発見したんですって。その家に飾ってある絵画の古さを父に鑑定してほしいと、案内されて……」

「今頃破壊されておるだろう」トリスメギストスが嘆く。「ハンガリー全域のようにな」

トルコ人がブダを略奪したのは四年ほど前だが、つい数日前に再び町が包囲されたとの知らせが届いていた。

「そこに描かれていた女性の姿は記憶に残っているんだけど」コルネリアは続ける。「顔だけはどうしても思い出せなくて。それでマリアをモデルにしたというわけ」

「この絵が何を意味しているかわかったよ」リュート弾きで詩人のジロラモ・ベニヴィエニが持論を唱える。「おそらくはこうだ。〝この私はまっさらな蠟板に初めて切り込む尖筆、あるいは一枚の白紙を染めるペンのように純粋無垢な乙女。けれども印刷は偉大な娼婦のごとく、近寄る紙を片っ端から汚していく〟」

それは何かからの引用だったが、褒め称える者は誰もいなかった。ベニヴィエニの冗談があまりに高尚すぎて、〝庭園〟の者たちには通じなかったのかもしれない。

「戯言《ざれごと》はさておき、古《いにしえ》の絵画、それもローマのものとなると、その意味合いはわれわれの内面にある」優雅な手つきで再びサイコロを転がしながら、マリン・サヌドが言いきる。「理解するには少し意識を凝らしてみれば事足りる。ジロラモはいい線を行っていたが、ユーモアで外してしまった。とても単純なことだ。蠟板と唇を閉ざす尖筆は、文学に通じる者の特権のしるし。つまりこの女性は〝私は文筆家。私の思想、私の言葉は口ではなく、私の尖筆で表現される〟と言いたいのだ」

「素敵ね」マリアが思わず口にする。

「とはいえ、必ずしも正解ではない」サイコロを手に取りギリシャ人トリスメギストスが反論する。「ローマの古い絵画のほとんどがそうであるように、そいつはギリシャ由来の絵。正確にはテーバイのアリスティデスが描いた有名な絵でな。このわしですら知っておる。描かれているのは著名な女哲学者のレオンティウム。エピクロスの優秀な愛弟子、平たく言えば愛人といったところだ。故郷では若人《わこうど》からさえ無知と見なされかねないこのわしが、なぜおまえさんたちのような根っからの快楽主義者《エピキュリアン》に、こんなことを説明せねばならんのか。正直言って驚きだ。コンスタンティノープルの崩壊で、失われしものがいかに大きかったか痛感させられる。ともかく昔の絵ではよくある仕草でな。文学者の特権の象徴という解釈はまったく正しい。但《ただ》し正確には〝私は静かに読む術《すべ》を心得ている。その上で綴《つづ》るのだ〟となる」

「さらに素晴らしい響きだわ」またもや感銘を受けるマリア。「私、レオンティウムの言葉と思想を読んだことがあるのよ。あれは確か……」

言いかけた言葉を途中で飲み込み、マリアはしばし物思いにふける。あの書物が自分の人生に大きな痕跡を残した事実は否めないが、今この場でそれについて触れることもないだろう。

書物にうるさいマリン・サヌドが、何かマリアに問いかけようとした。どこでその本を読むことができるのかといった質問だったのだろうが、ゲーム相手のトリスメギストスの満足げな叫び声に、機会を逸してしまった。

「六のダブル！　〝庭園〟はわしのものだ」

「〝静かに読む術を心得ている〟って、黙って読むことのどこが特別なの？」疑問を投げかけたのは年配の女料理人アレグレッツアだ。

「信じられぬかもしれんが」トリスメギストスが答えてやる。「わしがヴェネツィアにやってきたばかりの頃には、言葉を理解するのに大声で読み上げる人々がまだそこら中にいてな。黙って読めるのは修道士たちだったが……」

「先程ベニヴィエニが小ばかにしていた印刷技術が事情を変えた」マリン・サヌドが話を引き継ぐ。

「当時は厩舎番の小僧や料理人の女が文字を読むことなどできなかったからな」

「事情は今でも変わってない気がするよ。この町はもちろん、ヴェネツィアやフェラーラでだって、読み書きのできる使用人がいるのはこの館ぐらいだもの」まだあどけない顔つきの厩舎番、ジャコモ少年が誇らしげに語る。「去年ノヴィの警吏に捕まえられて牢屋に入れられたのも、通りでペトラルカを読んでいたからだ。〝権力を愚弄している〟って」

「ところでコルネリアよ」トリスメギストスが言い加える。「おまえさん、どうやって若い頃のマリアの顔を知り得た？　一度も見たことないものを、思い出しようもないはずだが。推測できるものなのか？」

「それがね……」ためらいがちに口にしながらも、コルネリアは手を休めることなくレオンティウムのイヤリング部分に金箔を塗り続けている。「マリアが髪を染めた日の朝、ショールで頭を包んで庭に出た姿を見かけたの。その瞬間、記憶から消えていた顔が彼女のものだと気がついて。だけど今よりもっと若い頃の顔よ」

「初々しいあなたの心には、どれだけの想像力が詰まっているのかしら」ため息混じりにマリアが感心する。

「沈黙は文章ばかりでなく、絵画にとっても美徳だということだ」マリン・サヌドが言い加える。

「君は大おじのジョヴァンニ・ピコ・デラ・ミランドラの魔術を受け継いでいるよ。彼はそれを言葉に使っていたが、君は絵を描くことに応用している」

「父よりも雄弁な人だったと？」コルネリアが尋ねた。

「君の父上が偉大な思想家であるのは疑う余地もない。だが彼は言葉そのものといった人物だった。さて、今度は賭けで一戦どうだ？」ヴェネツィア人日記作家はトリスメギストスに提案する。「どうも私は金を賭けないと調子が出ないらしい」

「金によって運を変えたいと言うのか？」さすがに毎晩のようにゲームの意義を説明するのにうんざりしたのか、トリスメギストスが不平を言う。「二度目の勝負など意味をなさん。まずは兆《きざ》しをつかむこと。それと飽きずにゲームを楽しむことを学ぶべきだろう」

「ここでの暮らしがあまりに単調だからさ」マリン・サヌドが嘆く。「この館に来るのは楽しみではあるが、それとて気が向けばいつでもヴェネツィアに戻れるとわかっているからだ。人生には過剰や放蕩も必要だ」

「さあ、パオロ」マリアが息子を促す。「今回の嬉しい訪問の理由を教えたくないのなら、せめてそこに書き記したものを読み聞かせてちょうだい。気になって仕方がないわ」

この夜の集いで初めてパオロが微笑んだ。褒められたとでも思ったのだろうか？

「実を言うと僕はそのためにやってきたんだ」意を決して答える。「アルド・マヌツィオの生涯を書こうと考えていて、その件について母さんに相談したくてね。できれば父さんの話をしてもらえないかと。アンドレアお祖父さんは知ってることを全部語ってくれたけど、まだわからないことだらけで……」

パオロが話している間中、広間は静まり返っていた。多くの者にとって旧友でもあるアルド・マヌツィオの名前が、ちょっとした動揺をもたらした。

「そもそも何のために父親の生涯を？」マリアが問いかける。

「答えはここに」と息子が応じる。「『アルド・マヌツィオの生涯』の冒頭に書いてある」

「おお、わが友アルドよ！」トリスメギストスが悲しげに声を上げた。

青年は膝に置いていた大きな紙を広げ、唾を飲み込むと感情を込めて読み上げる。


女神よ、僕に語りたまえ。賢者アルド・ピオ・マヌツィオ・ロマーノの驚くべき偉業を、紙を金に換えて、ヴェネツィアの地に読書の新たな意義を与えた男のことを。

この世の読書法に革新をもたらした数々の聖なる発明を。携帯用の書物について、余白を広げたページについて、印刷所の商標、見開きの対訳本、ローマ字とイタリック体の活字、句読点やアクセント記号、ページ打ちに目次、価格つきの蔵書目録……。

どうか僕に語りたまえ。彼の人となりや働きぶりだけでなく、愛の遍歴についても。なぜなら彼の成功が待ち望まれたものならば、間違いなくその傍らには彼に献身し、人生を共有し、時には誘惑した女たちの姿があったはずだから。

夜更けに咆《ほ》えるすべての犬たちの母たる女神よ。印刷所に近づき、僕らの無知を断ち切った印刷機に歌いかけたまえ。子牛皮紙や白紙に無数の槌《つち》を打ちつけ、知識という名の黒い血で汚し、豊穣たる歴史を編み続ける一台一台の印刷機に。

なぜならそこにこそ彼が存在するからだ。恐れ多い女神よ、印刷所は出版の勇者の顔である。僕には見える。彼がゴンドラで水を切って進む姿が……

出版人の息子はそのまましばらく朗読し続けていた。ラテン語で綴られた文章には過剰なまでの称賛と、自己陶酔にも思える呼びかけが繰り返し挟み込まれている。居合わせた者たちはそれぞれの回想に浸っているのか、次第に意識が彼の朗読から離れていっているようだった。やがて文章を読み終えた青年が、何かを期待するかのような目で顔を上げる。だが予想に反して何の反応もない。みな一様に押し黙ったままだ。

「〝夜更けに吻えるすべての犬たちの母たる女神よ〟とは何とも興味深い情景だ」やっとのことでマリン・サヌドが口を開いた。

老詩人は二、三週間前この町に向かう旅の途中、農夫が暮らす掘っ立て小屋の傍で一夜を明かした。日が暮れてしばらくした頃、何匹もの犬が同時に吻え出した。その病的な激しさが、彼には自分の死を象徴するように感じられ、そこで詩心がかき立てられたのだった。

「アルドの人生を綴りたいわけね……」誰もが沈黙する中、マリアは息子を気遣った。

「私は今、聖人伝を読み進めてるんだけど」不意に若い方の女料理人ドナータが上ずった声で説明し出す。「昨晩『聖クリスティーナの生涯』を読んだら眠れなくなってしまったの。父親が彼女に対しキリスト教信仰を捨てろと鞭打ちする場面で、彼女が自分のちぎれた肉片を拾い、父親に投げつけながら〝自分で生み出した肉を食べたらいいわ〟と告げたのよ。私、それからしばらく泣き続けて眠れなかった」

生暖かい広間に気まずい空気が流れるが、そこでジロラモ・ベニヴィエニが気を利かせ、リュートを取って歌を歌い出した。即座に周りの者も唱和し始める。自分の文章の敗北に失望しているパオロを除いてだ。

ああ、痛い、ああ、痛い！
またつまずいてしまったわ。
一度しおれた私の
滑らかな気持ちを
潤《うるお》いの涙で再び
よみがえらせる。
私にはその方が
お似合いだから……

「さて、私は寝るとしよう。ゲームの雪辱戦もないことだし」歌による歓喜がひと段落したところで、ジロラモ・ベニヴィエニが退散せんとばかりに口にする。「この子は父親が本に寄せていた序文のような文章を書く。そうは思わないか、マリア？　何と高貴な血筋だ！」

おそらくは善意から言ったのであろうが、彼の言葉を受けて、広間に緊迫感が漂った。他の者たちもあれやこれやと言い訳しては退室し、ついに母と子だけがその場に残される。

「母さん、これのどこが悪かったと言うの？」折り曲げた紙を手の甲で叩きながらパオロが尋ねる。

マリアは迷いつつ息子を見つめた。いったいどこまでこの子に話したらいいだろう？　こんなことなら最初から、世の母親のように抱き締めて迎えるべきだった……。

「何も悪いところなどないわ。みんなの予想よりもちょっと大げさだっただけよ」

若者は不安げに手にした原稿を見やっている。修辞学の素養はあるし、たとえ気持ちが伝わらなかったとしても自分の本心を綴ったつもりだ。

「よく聞いてちょうだい」母親は言葉を選んで話し出す。「あなたが自分の父親をそれほどまでに称えてくれるなんて、私もとても嬉しいわ。たとえ彼の人生が世間で語られているものと現実にはまったく違っていたとしても。たとえばあなたが挙げていた発明はどれも実際には彼がしたものではない。でもこの際、それはどうでもいい。重要なのはアルドが真の意味で成功者ではなかったことよ。本当の彼の姿を知らない者が、いくらそうだったと主張しても……」

「どういうことだかさっぱりわからないよ」パオロは一方の目で冷ややかに母親を盗み見ながら、もう一方の目でぼんやりと何もない空間を見つめている。

遅かれ早かれ視線を合わせざるを得ないが、不自然に逸らし続けている。これ以上何も話したくないと言わんばかりの様子だ。息子が身動き一つせずに闇を照らす暖炉の残り火を見つめる間、マリアは何もかも打ち明けるべきか、その方法を見いだせぬままでいた。すると突然、堰《せき》を切ったようにパオロが主張し始めた。先程の朗読の口調とは打って変わって、明確に訴えて説得するかのように語る。

彼自身、その目でしかと、多大な敬意とともにアルド・マヌツィオの名を口にする人々を何人も見てきた。リヨンでもパリでもアントウェルペンでもフランクフルトでも……。父親のことをほとんど知らずに育ったこともあり、父がその生涯で手がけた出版物の蔵書目録を集めて、すべて目を通してきた。イタリア中を見渡しても、いやヨーロッパのどの都市でも、あれほど文学作品と学術書の見事なまでの目録を作った人物はほかにいない。〝人文科学に無頓着な技術者たちが支配する時代に、洗練された知識を伴う痛烈なまでの美しさを持ち込んだ〟先駆者が、ほかならぬ父なのだと声を上げて語る息子は、マリアの目には気がふれた者に見えなくもない。幸い話を続けるために、高ぶった気持ちを一旦落ち着かせる方向に向かった。

同時代の他の出版業者と比べても、父の仕事ぶりは突出しているばかりか、文学的計画に則って出版に励んだ唯一の人間とさえ言える。利益のみを追求して本を印刷する者、あるいは特定の貴族《パトリキ》からの要請だけに応じて、祈禱書や法律や神学の専門書ばかりを出版する業者がはびこる中で、それを実現させた。従来は文学や哲学関連の本については、よほどの理由がない限り、古典文学に熱心な学術的後援者《パトロン》の依頼で主だった作品が三、四冊出版されているような状態だった。それを考えても当時のアルドは、文学的な観点から計画を描き、実行していった最初の出版人だ。印刷機のみに目を向けるのをやめ、むしろ印刷機がしていることに心を砕いた人間。つまりは本の印刷というものが、単に技術者たちの仕事ではなく、文学者たちの仕事でもあるのだと彼は証明してみせたわけだ。何よりも重要なのは、印刷された文章とそれを読んで理解することであり、製造の過程ではない。

その上すでに巷《ちまた》でアルドゥス版の名で呼ばれる八つ折り判の小さな本は、人々の読書の形態を一変させた。語り続けるパオロの口調は、ますます確信めいたものになっていく。薄暗い自室や読書室を離れ、小脇に本を抱えながら誇らしげに通りを歩く、そんな人たちを多く見かける時代がかつてあっただろうか？　自宅の庭で若い女性が祈禱書以外の本を読む光景についても同様だ。誰も彼もが、書物が自分に威厳を添えてくれると感じている。さらに重要なことがある。父アルドが作成した目録を見て育ち、彼の仕事を学んだパオロは今、世の中を支配する貴族《パトリキ》向けの図書目録を作って、父の意志を継ごうと試みている。かつてと同じくこの世の中を愛する方向に彼らを導き、世の中を改善していくための古代の知恵を学ぶ機会を提供していく。言うなれば彼らの一人ひとりが、神に選ばれた政治家として活躍してもらうためにだ。なぜならアルドが賢人たちのために本の道筋を、新たな、そして唯一可能な経路を文字どおり切り開いたのだから。その道のりを巡礼する者は、知恵が与えてくれる知識と幸せへとまっすぐに歩み続けている。

したがってパオロにしてみれば、世の中を改善した人物の未亡人である母親が、紛れもない父の成功を評価しないその行為そのものが理解しがたかった。

一方マリアの方は、熱弁を奮う息子を曖昧ながらも誇らしく感じていた。たとえ憤りに誘発される形であっても、思う存分にやらせた方がよさそうな気がする。この子はこの子なりの明晰さで自分の考えを発揮し、思慮深さよりは情熱に傾く時期にある者特有の限界を脱する過程にある。もちろん最終的には政界で実権を握る貴族《パトリキ》や神に行き着くという、ごく月並みな枠から飛び出ぬとしてもだ。

　他の兄弟たちと一緒にヴェネツィアに残す代わりに、もしも彼女がパオロを教育していたらどうだっただろうか？　おそらくジャコモやドナータがそうであるように、この〝庭園〟が彼にとってのよい学園となっていたに違いない。いや、そんなことはない。過去の自分の疑念を思い起こし否定する。仮にこの子を連れてヴェネツィアを去っていたら、今以上に互いを誤解し続ける運命だったと思う。

　状態はどうであれ、パオロはもう子どもではない。成功の規模に関係なく、さらなる名声と富を追い求める者は必然的に挫折する。その一員を目指すよりも自分の人生を生きる方がより可能性があると、彼を説得する何らかの方法があるだろうか？

「そうね……」マリアは一応認める姿勢を示す。「確かにあなたの言うとおり、アルドは人生で大きな名声を得た。だけど彼が求めていたものはそれではなかった、あるいは成功や名声を得た瞬間、それらが何の役にも立たないと認め、重視しなくなったとは考えられない？　彼の作った本が世の中を変えたのは紛れもない事実だし、あれほど系統立てた目録を作成したのも誰もが認める功績だと思う。だけど本当は人生の大部分をあることに……一つの試みに費やして……」

　またもや言葉が途切れて沈黙した。今ここでパオロに真実を話して何になるのか？　アルドが本当に追い求めていたこと、彼の失意の元となったものをわざわざ説明する必要があるだろうか？　実際にはほとんど知らない父親に対する彼の尊敬の念を、導く手立てをマリアは考えあぐねていた。

「彼がやらなかったことについて、考えたことは？」やっとの思いで尋ねる。

　母親の言葉に、パオロは眉をひそめる。

「ないでしょうね」マリアが続ける。「たとえばアルドが出版しなかった本について。いまだに誰一人としてディオゲネス・ラエルティオスの『ギリシャ哲学者列伝』を出版していないのは奇妙だと思わない？」

「あれは娯楽的な作品で価値が低いから」

巷の学者連中の受け売り文句で答える。

「そうかもしれない。だけど優れた部分もあったのよ。特に最終巻、第十巻のエピクロスの文章などは」

パオロは椅子から立って、落ち着かぬ様子で周囲を行ったり来たりし出した。

「あなたの父さんは」マリアは構わず話し続ける。「本当はあの作品の一部を印刷していた。だけど膨大な量のエピクロス作品と彼の著作の概説書、彼が弟子たちに宛てた書簡の中でわずかに残された文書を出版するには至らなかった」

「ふうん。それがどうしたと言うの？」パオロが反論する。「エピクロスの小論文は出さなかったけど、ルクレティウスのラテン詩『物の本質について』は出版しているじゃないか。彼の最も重要な弟子で、もう一人の快楽主義者の哲学詩さ」

「ええ、それも二度」マリアが強調する。

「確かに二度出版しているけど、父さんはあの本の序文で作品は虚偽に満ちていると謳《うた》っていたはずだ」

「人間の魂は肉体とともに永遠に死す。だからこそ永劫《えいごう》の罰などの宗教家たちが植えつけてくる恐れを私たちは捨てるべきだと、そんな主張をした文書を出版するのに、ほかにどんな方法があったと思う？　あの作品だってずっと教会が緻密に黙殺して何世紀も失われていた末に世に現れたものよ」

パオロは両手のひらで顔をこすった。それからわざとらしく声の調子を落として言った。

「要するに、母さんがこの土地に引きこもって変人たちと暮らすことを認めたのは、ほかならぬ父さんだったと言いたいの？　よりにもよってキリストへの恩義を忘れた者たちや自分は博識な人間だとうぬぼれる役立たずの使用人らに囲まれて、彼らと一緒に享楽的な宴会に溺れる生活を？」

息子の言葉にマリアはうつむく。但しそれは暖炉の向こう側に立つパオロの位置から、満面の笑みを浮かべた自分の顔を見えぬようにするためだった。息子が本当に自分を非難しているのだとしたら、いよいよ話し合いも終わりかもしれない。

「こっちに来て。まさか先程までの戯言を真に受けたわけではないわよね？　まずは落ち着いて座ってちょうだい。もう何日間かここで過ごしたら、私たちが溺れているように見える騒ぎがどんなものかも確かめられるでしょう。もっとも見てのとおりの質素な宴会よ。オートミール粥とチーズが少々、自家製ワインに果物が……残っていれば、の話だけどね」イチゴの件を言わずにはいられなかった。

「大抵はあれぐらいの量だけど、マリン・サヌドがいる時にはいつも以上にワインの量が増える。そうしてあなたが都会で出版する高尚な本とは雲泥の差の、くだらない本の話題に花を咲かせ、低俗な音楽に浸りつつ、実りなき議論を延々と続ける……。とはいえ〝蛇と梯子〟の賭け事に興じて財産を食いつぶすつもりはないわ。もちろん私も彼らと一緒になって宴会を楽しんでいる事実は認めるけど」

パオロは母親に近づきはしたが、隣に座ろうとはしない。息子が求める決定的な対立を避けながらマリアは話を続ける。アルド・マヌツィオの生涯を描くのはほとんど不可能だ。多くの男たちと同様、実際の暮らしぶりは公の生活の裏にすっかり隠れてしまっている。アルドの生前の思考に、今さらどうやって接触しようと言うのか？

「本に寄せた序文は一つひとつ目を通したし、紙に書き綴ったものも一つ残らず読んだ。父さんの思考は何もかもしっかりつかんでいるよ」

「そう言いきれる？」マリアは息子を正面から見据える。「書斎は荒らされ、物はすっかり持ち去られたはずでしょう」

「父さんの死後、サンタゴスティンで起こった略奪を免れた遺品は、全部保管してある。塔《トッレ》の印刷所にはヨーロッパ中の友人たちへの手紙の下書きがたくさん残されていた」

夫の書斎の略奪についてマリアは完璧に記憶している。死ぬ直前のことで死後ではない。

「ともかくアルドが自分の思いを記すことはなかったし、たまに書いても、思いを吐き出すためで、書き終わると同時に破り捨てていた。言っても差し支えのないことだけを書く。何でも思いのままに書ける時代ではなかったのよ、パオロ。いずれあなたにも理解できると思うけど」

「書けないようなことって、父さんは何を考えていたの？　淫らな思想とか？」

「そうとも言えるわね。あなたも彼が出版した詩集を読んだでしょう？　マルティアリスの『ギリシャ詩集』とか。今あなたが言った淫らな思想、今では口にするのも憚《はばか》られるような内容だけど、なぜギリシャ文学・ラテン文学には多く見受けられると思う？」

「その話はもうやめて」息子が遮る。

気まずい雰囲気になったものの、息子は母親の隣に座った。この辺でやめておくべきだとマリアは思った。だがその一方で、もう彼とこのような形で話す機会はないとも考えた。

「思いを表現することはいつの時代にも危険を伴う行為だった。思考が制限されたのではなく、表現が制限されたのよ」真摯に向き合う姿勢を示そうと、息子を見つめる。「思想の表現が制限されたのは今に始まったことではない。だけどキリスト教が文化の中心になって以来、人々は思ったことを書かなくなった。何世紀にもわたって敷かれた規制によって、数多くの思想の生命力が弱められて現在に至っている。それでもあなたが自分の理解している事柄の本質を探っていけば、何か見いだせるかもしれない」

「ほかに父さんが出版したかったけど、できなかった本は何？」

それを語ったところで何の役に立つであろうか？

「何の変哲もない一冊の本。広範にわたる完璧な対話が綴られ、タイトルも著者も偽った上で、一般的でない言語に翻訳されて生き延びたものよ」

「誰にも読まれぬように隠されたってこと？」皮肉混じりにパオロが尋ねる。

「誰にも破壊されぬようによ」

「哲学者エピクロスの作品？」

マリアは再びためらう。

「だけど取るに足りない思想家の論文など、いったい誰が破壊するのさ？」パオロが問う。

「プラトン学派にストア派、キリスト教徒がいるでしょう？　迫害者には事欠かないわ。エピクロス作品の末路を考えればすぐわかる。少なくとも三百冊の著作があったのだから。文字を読める多くの者たちにとって、彼の著作はアリストテレスやプラトンの作品をも、はるかに凌《しの》ぐ集成だった」

「多くの者たちって、いったい誰のこと？　まさか偉大なキケロって言うんじゃあ……」

「卑小なキケロは必ずしもそうではなかったけど、金と権力に取り憑かれる前の若きウェルギリウスや、詩人になる意味を理解した時の老ホラティウスは愛読者だった」

パオロは疲れ切った様子でため息をついた。おそらくは田舎に引っ込んだまま恨みを抱き続ける、か弱い女性と対面するとでも考えていたのだろう。道徳的にも退廃し、息子の意気込みに抗《あらが》うこともできない母親と。

「なぜ僕らを見捨てたの」パオロはとうとう口にした。

実のところその言葉は問いではなく、恨み節だった。彼自身もそんなつもりはなかったかもしれないが、その問いが今回の旅に意義を与えた。ただそのひと言を告げる目的で、わざわざ母親に会いに来たのだろうか？

「そうするよりほかなかったのよ、パオロ」相手の目をまっすぐ見据え、はっきりとした口調で答える。「アルドが死ぬと、親権は私の父アンドレアに移った。あなたが十二歳になった時、上の二人の息子と同様、あなたの教育も父が面倒を見ると一方的に決められて」息子にそのように打ち明けることで、長年溜まっていた感情を吐き出している感じがした。別れて暮らしてから今日までの間、この瞬間を待ちわびていたかのように。「娘のアルダはすでに女子修道院に送られていたし、あなたたち男兄弟については、私から遠ざけた上で教育する計画が進められていた。アルドの子じゃないマヌツィオ・マルコのことで、私は初めて抵抗したけどだめだった。父は〝私生児など修道院送りだ。金を無駄に使う気はない〟とのひと言で片づけた。その結果あなたのお兄さんは、今や私が最も忌み嫌う職業の聖職者になっている。あなたたちには申し訳ないと思うけど、信じてほしい。ヴェネツィアで私ができることは何もなかった。何の見込みもなかったのよ。仮に私が反旗を翻《ひるがえ》しても、父は力ずくで封じたでしょうから」

パオロは自分の論理と母親の偽りない愛との狭間で揺れているに違いない。しかし母親に対する見解を、この期に及んでどうやって覆すことができようか。きっと腹の底から怒りがこみ上げているはずだとマリアは思う。何もかもあんたが悪い、あんたのせいだと。

「わかったよ」とパオロは告げる。「僕の本に協力する気はないってことだね。だとすると、これ以上話すこともなさそうだ。明日にでも荷物をまとめて、早い時間に出ていくよ」

「伝記の執筆を助けることなどできないわ。アルドは元々、自分の内にこもることが多くて、閉鎖的なところがあったから。いったい自分自身の姿をどう捉えていたか……友人だったジョヴァンニ・ピコやエラスムスのアルド像だって知りようがない。わかってちょうだい。いずれにせよ、あなたが父親のイメージだけで描いたら、偽りの伝記になって、かえって彼の思い出を損ないかねない。かと言って、仮に真実を綴ったら、逆にアルドを崇拝する者たちの心を傷つけ、あなたが始めたばかりの出版人としての経歴を台無しにする恐れが大きい。たとえアルドが求めていたのが、人並みの幸せだったとしてもそうでなくても、彼が出版人になった瞬間から、それがすべて失われた事実は変わらない。だけど、もしも彼が何を考えていたかを知りたいというなら、あるいは誰が彼の書き綴った紙を始末したかを知りたいのなら、もう二、三日ここに留まってくれれば、私が何もかも語るつもりよ。そうしてくれるとありがたいわ。その方が私たち二人にとってもいいと思うから」

パオロは暖炉の火をぼんやり見つめ、物思いにふけっている。彼の内面で何かが争っているらしい。そう感じたマリアは、これ以上口出しするのは得策ではないと判断した。

「今日はやけに疲れたな」椅子から立ち上がって話を切り上げる。「今はもう無理だ。帰るか留まるかは明日決めるよ。誤った判断はしたくないからね。じゃあ、おやすみなさい」言葉とちぐはぐな、やけに丁寧なお辞儀をすると踵《きびす》を返す。

マリアもすかさず立ち上がる。今ここで息子を抱き締めなければ。その術を見いだそうとするが、またもやきっかけがつかめない。すでにドアに向かっているパオロ。その後ろ姿に在りし日のアルドの姿が重なる。不格好な歩き方は父親譲りだ。マリアの胸に息子がもうしばらく滞在してくれるのではないかとの期待が芽生える。

ドアに手をかけながら、青年は振り返って最後の質問をした。

「たぶんこの辺りに司祭はいないと思うけど、一番近いのはノヴィの町になる？」

「何ですって？」一瞬、聞き間違えたかと思い、マリアは問い返す。

「聴罪司祭が必要なんだ、母さん。僕は今、罪のある身だから」

「罪のある身だなんて！」愛おしげに笑う。「そんなふうに考えないの。あなたはここに来たこと以外、何一つ悪いことをしていないわ。コルネリアはこれまでにも……」

はっとして口をつぐむ。自分が息子を著しく傷つけたかもしれぬと思ったが遅かった。パオロは背を向け、ひと言も発することなく去っていった。

非難する気も起こらなかった。息子は彼女の意に反してヴェネツィアで育てられ、あの地を満たす薄汚れた水に浸って暮らしたのだ。計算高い商人になっても致し方ないことだ。

世の中を読む

マリアには自分の言葉を悔やむ十分な時間があった。間違いを犯したと感じ、眠れぬ夜を過ごしていた。

自室に戻ってわずかな時間でも横になる気も、サントの腕の中に慰めを求める気も起こらなかった。だがその一方、多くの意味で有意義な晩であったとも言える。アルドを思い、彼と暮らした日々のよい時も悪い時も回想した。過去を振り返って天秤にかけるためではない。記憶の中で喜びが多少なりとも継続するためにだ。出会った日から彼の葬儀に至るまで、何もかも思い起こした。感情の激しさのあまり服を着込んで外に出て、バラの香りを吸い込み、気を紛らわそうともしてみた。

だが彼女の気分が晴れることはなかった。ふだん以上に大きく映る月がゆっくりと彼女の上を移動し、やがて内気な鏡のごとく身を隠していった。死ぬ前に夫と交わした約束を果たす時がついにやってきたと思った。世に出すために二人がずっと戦い続けてきた本、そこに記された無数の言葉は、いずれも文の連なりとなって、記憶に刻み込まれている。それを自分たちから遠く離れたどこかの図書館に託したのち、偶然か必然が再び世の中に戻してくれるのを信じる。

邸宅上階の小ぢんまりとした柱廊《ロッジア》から夜が明けるさまを眺める。太陽はまだ遠くの起伏から完全に顔を覗かせてはいない。庭全体に陽光が射し込むにはまだ間がある中、家の扉を開けてパオロが出てきた。彼のあとを厩舎番の少年、ジャコモが歩いている。二人は厩舎に向かい、ロバ二頭とパオロが乗ってきた輿を外に出してつなぐ。それからジャコモが荷台の後ろに本入りのトランクを縛りつけた。

苦痛の理《ことわり》ね、マリアは心の中でつぶやく。小さなものでも苦痛の訪れはいつも耐えがたく思える。だが苦痛そのものを手放してやると、たちまち大きな痛みがわずかな不快感に変わるものだ。そうやって彼女が痛みを受け入れるようになってもう何年にもなる。さほど間を置かず、おそらくは二日もせずに、喉の痛みも胸の痛みも治まるだろう。たとえその後、ひどい虚無感に襲われるとしても。心地よい状態に達するために、不可欠な痛みも存在するのだ。

幸いコルネリアがやってきたことで、涙を流さずに済んだ。毎朝二人は柱廊《ロッジア》の上で、熱いワインとパンの朝食を一緒に摂る習慣になっている。

「なぜこんなに早く発つの？」輿を挟んで準備するパオロとジャコモの様子を見下ろし、娘が尋ねた。

「昨晩のことで気を悪くしたとか？」

「少々ね。でも理由はそれじゃないわ。できるだけ早くノヴィの町に行きたいんですって」

コルネリアは訳がわからずマリアを見つめる。マリアはいつも噂話をする時のように、もったいぶった調子で声を落として告げる。

「告解するために」

コルネリアの澄んだ笑い声が柱廊《ロッジア》にこだまし、朝の空気が漂う柱の間を自由に跳ね返る。パオロのもとには届かない笑い声が、怯《おび》えた鳥たちのさえずりと一体となって溶けていく。

上から眺めていると、ジャコモの服を借りてロバと輿の間で作業するパオロの動作は、どこから見ても馬具を扱ってきた者とは思われぬぎこちなさだ。それどころか実際よりもはるかに貧しい人間にさえ映る。ひととおり準備を終えた時に、巾着袋から何枚か硬貨を取り出して厩舎番の少年に手渡した動作だけが、唯一自信を持ってなした行為だった。

巾着袋をしまったパオロは、ロバが引く小さな横長の箱に身を収め、通りに向けて輿を進めた。が、不意に歩みを止め、寄る辺なき者のように迷っている。前日に自分が通ってきたのはこの道だったかと思案していたのだろう。

旅においては自分の針路を掌握できていない場合の方が、苦労はしてもより多くを学ぶ。マリアはそう思った。パオロの父アルド・マヌツィオも、小舟で初めてヴェネツィアに着いた時には、きっと自分が役立たずの見放された男だと感じたに違いない。

ようやくノヴィの町に向かう道を進んだパオロを見ながら、マリアは微笑む。世の中のほとんどの者がそうであるように、彼女も今生きている年代を正確には把握していない。しかし日記作家マリン・サヌドは職業柄、彼女の人生の節目となった出来事をきちんと頭に留めていた。マリアが語ったところによると、アルドが本を詰めた荷物を携え、ヴェネツィアに到着したのはこの時から四十年以上も前、一四八四年のことだ。当時のアルドは、現在のパオロの倍ほどの年齢だった。アルドが四十前後だった当時、計算違いでなければ彼女は七、八歳の女の子で、まだ女子修道院に行く前の年頃になる。

パオロは根本的にはアルドと同じ性質の人間だと言える。人生を生きる代わりに読書をするだけの、世間知らずの男。本が詰まったトランクを抱え、迷子になるべく家を出てさまよう者がまた一人。心の内でマリアがつぶやく。但し、あの子が野心を胸に抱いているとしたら、父親と違ってすでに夢の外に出ているということだ。

哀れなアルド……再びマリアは思う。自分の夢に留まることも、ひと思いに夢を捨て去ることもできなかったのだから。

第一部

月の下には、何一つ確かなものなど見いだせない。
——ジョヴァンニ・ピコ・デラ・ミランドラ

第一章
漂流者

「占星術の星位図」作者不詳『古代の占星術』(1499) より

またとない時に

すでに一時課〔午前六時〕の鐘が鳴っていたが、朝霧に煙る町が目覚める気配はない。そこに、初めてヴェネツィアに降り立った人間特有の、漂流者じみた不快な気分とともに、一人の男が立ち尽くしていた。その名はアルド・マヌツィオ。彼は内心、すべて単純に事が運ぶだろうとつぶやいている。傍《はた》から見ると彼のなすべき使命が、彼の態度に威厳を添えているかに映るが、その威厳は病弱そうな顔立ちと、今や世界の中心と化した大都市に不似合いな服装で瞬時にかき消されている。

実のところ体が冷えきっていた。すべての力を結集させるべく一度固くまぶたを閉じる。長年、少年たちの教師として過ごした人生を一転させたからこそ、体力と気力を必要としていた。遅すぎただろうか？　多くの思いの中から不安が顔を覗かせるに任せ、自問を繰り返す。旅による疲労に加え、両足が濡れている。これでは船で来たというよりも、水の上を歩いてやってきたみたいではないか……。目を開けて靴を見やると、両方ともびしょ濡れだ。灰色のチュニックの裾を持ち上げ足元に目を凝らすと、うっすらと濁った水面に歪《ゆが》んだ自分の顔が映っている。上げ潮はいったいどこまで上がるのだろう？　現にこの広場の目の届く範囲内は、沼と見紛《みまが》うほどの浸水だ。しまった、本が！　手荷物の大袋、そして三つのトランクに水が触れていた。慌てて、まだ埠頭にいるはずの、荷役の若者を大声で呼ぶ。先程小屋に入っていったばかりなので、いないわけがない。返事をむなしく待つ間、大袋の上に本の詰まったトランク二つを載せ、もう一つのトランクを両手で抱えて急場を凌《しの》ぐ。当然ながら不安定極まりないため、その場を離れることもできず、身動きが取れない。

運がよいことに、霧の中から船頭が漕ぐゴンドラ〔ヴェネツィア特有の平底船〕が現れ、桟橋に接岸すべく速度を緩めて近づいてきた。何かしっくりこない気はしたものの、紛れもなく救いの手だ。長い眉毛をした船頭は頭を傾け、指示を待つような顔をして訝《いぶか》しげに見つめてくるが、その後もどかしそうに肩をすくめてみせる。いったい何だというのか？　急に、下船した時のことを思い出す。彼よりも行動力のある他の旅人たちは、船が到着するや、その場で待ち構えていた何艘ものゴンドラに向かって、自分の行き先を叫んでいた。彼が自分の荷物を確かめているのをよそに、何やら口汚い言葉でやり取りしたのち、迷うことなく別々の船に乗り換えて去っていき、一人だけその場に残される形となった。

「カンポ・サンタゴスティン！」試しに叫んでみる。「サン・ポーロ地区のだ！」

すると船頭はやや驚いた表情で眉を上げ、嘲《あざけ》るように顎を上げたかと思うと、今度はキスでもするかのように口をすぼめて、唯一の櫂《かい》を巧みに操りながら方向転換し、次第に遠ざかっていった。アルドは呆気に取られたまま、優美に反り上がった船尾と、深紅の半ズボンに体を無理やり押し込めた船乗りが、霧の中に消えてゆくさまを見つめていた。

ところが間を置くことなく、別のゴンドラ乗りのおぼろげな姿が霧の中から現れる。

「アルベルト・ピオ王子の館に行ってくれ！」貴族の名前が何らかの助けになると踏んで声を張り上げる。そもそも彼のために家を借りてくれたのは王子自身ではなかったか？　「カンポ・サンタゴスティンだ！」

しかしながら船乗りは、先の男とまったく同じ嘲りの仕草で顔をそむけ、やはり矢のごとく霧を突っ切り消えていった。その後も同様の光景が繰り返される。細身の若者、恰幅のいい中年男と人は変わるが、派手な色の半ズボンに尻を押し込み、アルドの前に船のたなびきだけを残して去っていくのは変わらない。

確か以前耳にした気がする。誇り高き自営業者であるゴンドラ乗りは、よそ者には扱いが難しいという話だった。だが、まさかそれを確かめる機会すら与えられぬとは、まったく考えもしなかった。

ようやく周囲を覆っていた霧が晴れ始め、建物の輪郭もはっきりしてきたため、広場の並外れた大きさの全体像が何となくでもわかってくる。中央にあるのは何だ？　木造の建造物のようだが、二本の柱の間に小舞台らしきものが……。いや、違う。アルドは身震いした。舞台などではない。あるいはそうと言えなくもない。処刑台、絞首用の処刑台、それも真新しい作り立てのだ。

またもやゴンドラの船頭が彼のいる場所に探るような目つきで近づいてきた。

「ヴェネツィア共和国総督《ドージェ》の甥、ピエルフランチェスコ・バルバリゴの館まで！　リアルト地区だ！」ほかに知っている唯一の行き先を即興で告げた。

途端に船頭がゴンドラを接岸させたので、アルドは少しほっとする。それまで通り過ぎていった船乗りたちほど若くもなければ痩せてもいない。すかさず口に二本指を当て、けたたましい口笛を吹く。即座に小屋のドアが開き、中から荷役の若者が早足で駆けつける。やっとのことで船に乗ることができたアルドは、今度こそ本心から安堵のため息をついた。

「あんた、何を売ってるんだい？　本かい？　本を持ち歩いているのか？」

船頭の漕ぐゴンドラは、すでに幅広の運河に入っていた。いつの間にか帽子を脱いだ男の禿《は》げ頭が、玉の汗で照り輝いている。

「ああ。確かに本だが、売っているわけじゃない」と答えた。

「その本を全部読んだのか？」

アルドにしてみれば人生を楽しめないヴェネツィア人が、このような洗練された冷やかしで文学者を嘲笑うとは知らなかったが、それでもあたかも相手が返事を望んでいるかのごとく、読んだ本よりもまだ読んでいない本をいつも携えている方がより優れているのだと答えてやる。

感じるというよりは夢を見ている感覚で、人声《ひとごえ》が耳に入ってくる。薄霧のカーテンの向こう側の橋や歩道を、静かに行き交う者たちの発する声が、みな亡霊のものに思えなくもない。誰も彼もが自分の不幸な人生を振り返っているせいかもしれない。船頭は器用に水面に唾を吐いてから、再び乗客に質問し始めた。

「じゃあ、本はみんなピエルフランチェスコのためのものか？」

「彼のご子息の教育を私が受け持つことになっている」わざわざ俗世間に吹聴するほどの使命ではないが、自分を鼓舞するためにもあえてアルドは口にする。「ところでバルバリゴ家の邸宅に行く前に、この荷物を自宅に置いていきたいと思うのだがどうだろう？　ごく最近、カルピの王子アルベルト・ピオがサンタゴスティンに購入した家に住むことになっているので、そこまで連れていってもらえないだろうか？」

彼がそう尋ねた矢先、夜明けのひと時を物憂げな叫び声が切り裂いた。瀕死の犬の嘆きにも似た声に、アルドは震え上がる。再び濃く立ち込めた霧の中、船頭は張り詰めた様子で目を凝らし身構える。彼らの乗った船と同じ方向に進むゴンドラが突如として横に現れ、接舷を試みたが、船頭が櫂の一撃で阻《はば》む。

「**このくそったれクレタ人め！**」動じる素振りも見せずに強盗を罵《ののし》った。それから一方の腕を上げ、握りこぶしの人差し指と中指の間から親指を突き出す侮辱の仕草を見せたまま、相手のゴンドラをやり過ごした。

男がギリシャ語で叫んだのは確かだが、アルドがふだん教室で使っているのとは違う、がさつな言葉だったため、正確には理解できなかった。コンスタンティノープルの崩壊後、トルコ軍から逃げてきたギリシャ人がヴェネツィアには大勢いるとは聞いていたし、共和国内の他の地域からこの大都市に移住する者も多いとの話だった。てっきり博学な者たちばかりだと思っていたのだが。

「**君はギリシャ人なのかい?**」アルドはギリシャ語でゴンドラ乗りに尋ねてみた。

今度は船頭の方が面食らっている。

「**で、あんたは詩人か何かか?**」

「**まあ、そんなところだ**」

過去に教訓的な詩をいくつか発表しただけのアルドの返事は、自分が望んでいたほどの尊敬の念を相手から引き出すには至らなかった。

「**詩人とはな**」船頭がつぶやく。「**何て幸先のいい朝なんだか!**」

意味がわからず戸惑うアルドを尻目に、ゴンドラ乗りは長い櫂を運河の底に当て針路を変えると、そこから一番近い埠頭へと向かった。アルドは毛の薄い、こわばった男の両腕に目を留める。左腕に青色の、錨《いかり》に巻きつく魚と蛇が融合したような海洋生物の入れ墨がある。この手の絵柄を肌に刻み込むのは魔術や呪《まじな》いの類だろう、と考えた。

「着いたのかい?」困惑した顔でアルドが尋ねる。

「俺の船旅には料金がかかるんだ。ただで詩人を運ぶわけじゃない」船頭が言った。

「当然運賃は払うよ!」とアルドは反論する。

相手がつれない態度を崩さないので、アルドはチュニックの下でシャツを締める腰帯に括《くく》りつけた巾着を取り出し、揺すって音を鳴らしてみせる。船頭は疑いの目で見つつも、埠頭から離れるべくゴンドラの向きを変えようとした。とその時、岸の奥から女の叫び声がして振り返る。

「トッレザーニのラ・ストゥーファまで、カランパーネ地区よ！」

　頭上で両手を振って合図している。

「やれやれ、今朝はいったいどうなってるんだか」不可解な軽蔑を示しながらも、船頭はゴンドラを岸に寄せる。

　朱色のビロードのドレスを着た女の姿は、遠目に見ても薄霧の中でひと際輝きを放っている。やけに背が高く見えたが、石段を降りる際にまくったスカートの裾から、ドレスとお揃いのヒールが二十センチはありそうなチョピン〔十五世紀にヴェネツィアで流行した女性用の厚底靴〕が覗いていた。

「仕事はどうだい？」挨拶代わりに船頭が尋ねる。

「最悪ね。すっかり汚れちゃったわ」冗談めかし、すねた顔で不満げに応じる。もちろんアルドには、彼らが何の話をしているのかわかるはずもない。

　船頭は手を差し伸べて女を船に乗せようとするが、女の方は実に優雅な仕草でその手を二本の指でつまみ、慣れた足取りで船に乗り込んだ。そしてダンスのステップを踏むようにして、アルドの隣に腰を下ろし、彼に微笑《ほほえ》みつつ胸下の帯につけていた黄色いスカーフを外した。

　アルドも笑みを返したが、とても相手を見つめる勇気はなかった。四十年以上の半生を勉学と文学教育に費やしてきた彼は、母親と姉妹以外の女性と間近に接した経験がない。だがどれだけ接触を避けようとしても、むき出しになった一方の肩に触れてしまうし、一瞬たりとも視線を交わさぬように努めても、おしろいを塗った顔の幻想的な白さ、周囲がやや青みがかった東洋人を思わせる目から放たれる生気、蜂蜜を塗ったような肉厚の唇の輝きを肌で感じずにはいられない。さらに困ったことに、ドレスの肩から胸元にかけて四角い襟ぐりが広く開き、そこから花びらを煮出したような甘い香りが漂ってくる。もしかするとその香りは、深紅の髪飾りで留め、黄金の蛇のごとく優美にとぐろを巻いた彼女の三つ編みから発せられていたのかもしれない。

次の瞬間、船頭が叫び声を上げ、いきなり櫂を水路の底に突き刺して船を急停止させた。咄嗟《とっさ》にかろうじて座席をつかんだアルドの驚きをよそに、隣の女が悲鳴を上げて彼の膝の上に倒れ、腰にしがみついてきた。今度の敵はゴンドラではなく、よりによって大型のガレー船だ。信じられぬほどのスピードで右舷を通り過ぎていく。

「ばか野郎、どこに目をつけてやがる！」ありったけの声で船頭が叫んだ。

「去勢男！　そっちが引き返しやがれ！」ひと際高い舷の向こう側から、負けず劣らずの粗暴なギリシャ語が返ってくる。

「ごめんなさい！」女はそう言ってアルドの腿に両手を突くと、体勢を整えようとする。その間ゴンドラは、ガレー船が残していった伴流に揺られながらも、何とか安定を保とうとしていた。

「いや……その……こちらこそ失敬！」旅人はどぎまぎしながら言葉を返す。

ついに二人の視線が交差した。困惑がアルドの心を支配する。間近で見ると女はさほど若くはない。広めの額に髪の生え際と眉毛をきれいに脱毛した、アフロディテ像のような顔立ちだ。

はっとしたアルドに女は戯《たわむ》れと慎みが相半ばする微笑を投げかける。アルドは気持ちを静めつつ自己紹介した。女もマリエッタと名乗る。改めて見たその顔は、世界一賑やかな大都市の住民というよりも、どことなく野性的な趣《おもむき》があった。

「あなた、漂流者でしょう？」女が尋ねる。「初めてヴェネツィアに来た人は、みんな同じ顔をしているからすぐにわかるわ」

どうせよそ者だとばれているなら、小都市カルピからやってきた事実を隠す必要もない。そう感じたアルドだったが、まだその時点では、カルピで注目の的だった自分の服装が、ここヴェネツィアでは地味なばかりか、奇異にさえ映っていたとはまったく知らなかった。一方、女のことはその容貌から良家の出だと早合点し、相手が身につけていた服が長年の使用で擦り切れているのに気づきもしなかった。

「ところで先程」アルドが話しかける。「トッレザーニの所へ行くとおっしゃっていましたが……あの印刷業者の親方、アンドレア・トッレザーニのことですか？」

アルドの質問に女は、自分はトッレザーニのもとで働いているが、印刷所での仕事ではないと告げた。もっとも、アルドにとって驚きだったのは、目の前の女が働いているという事実だった。どうにか狼狽をひた隠し、自分はトッレザーニの崇拝者で、彼の印刷所で出版した本を何冊も持っていると告げる。今ここで見せてもいいと語ったところで……。

「私の寝室のナイトテーブルには、いつも本を開いて置いてあるわ」と女が口を挟む。

確かにそう述べたが、本のタイトルは口にしない。

「そうですか」アルドが感嘆の声を上げる。「今は何を読んでいるのです？」

「読むためではなく売るためよ。一冊売ったら、トッレザーニが別の本を一冊くれるの」

「なるほど」理想の女性が何で生計を立てているのか予測できぬまま、偽りの相槌を打つ。

理由はともあれ、相手が本の価値を理解していると思ったアルドは、この機会を生かし、自分の果たすべき使命を語った。実のところ彼がヴェネツィアにやってきた理由は、自分の印刷所を創設して、重要な本を世に知らしめるためなのだと。あろうことか他人中の他人である彼女に熱心に語る。出版した良書を通じて人間の輝かしい起源を探求する、キリスト教世界の教養人たちを精神的につないでいく。

本の話を聞くマリエッタは、冷ややかな笑みを浮かべている。残念ながら彼女のお気に入りの話題ではないのだが、アルドはそれを察することなく話を続ける。

そうこうするうち急に吹き始めたそよ風が、少しずつ薄霧を取り除いていく。ゴンドラの船頭たちはまばらな霧の只中で哀歌を口ずさみながら、時折早起きの犬が唸《うな》るごとく世の中への不満を口にしている。アルドの目にはどの小舟も、霧の塊《かたまり》を伴って水上を行き来しているふうに見えるが、至近距離で交差しても互いにぶつからないのが不思議に思える。次第に無数の橋と拱廊《アーケード》の間の運河も活気づいてきた。

まずは魚の行商人の女が目につき、その先にはケーキ売りの男の露店、そのまた先には大量のリンゴを大かごに盛った男の子が……。ようやく朝の陽射しが町全体に降り注ぎ、あちらこちらの家の煙突から立ち昇る、おびただしい数の煙の柱をくっきりと映し出す。アルドは遠くにひしめく人の群れを見た。大運河《カナル・グランデ》に入ってからずっと耳について気になっていたざわめきの正体はこれだったのだ。露店で売る品物を並べながら甲高い声を上げる若者たちも、あさましい主《あるじ》を護衛する体格のよい奴隷たちも、同じように声を張り上げている。迷子になった息子の名を呼ぶ母親の叫び声、食肉用の家畜の準備に追われる畜殺人たちのかけ声、ぼろをまとって何かを訴える修行者の声も聞こえる。

都市部ではこうやって、朝早くから人々が精を出しているのだな、とアルドは思った。エスパルト〔スペイン・北アフリカ産のイネ科の草〕製の粗布で身を包み、寒さに震える浅黒い肌のリビア人。ガチョウのようにふんぞり返るトルコ人。元老院に命じられ赤布を胸につけたユダヤ人。尖《とが》りぎみの顎ひげ姿のペルシャ人。祖国を失ったコンスタンティノープル人。大都会で道に迷う田舎者のヴェローナやブレシア、クレモナの人々。

路上の売り子たちの野心に呼応するかのように、運河の両側に並ぶ宮殿にはイストリア産の黄色い大理石、新築の豪邸の石造りの正面《ファザード》には斑岩《はんがん》でできた蛇状の象眼細工、一方で古い豪邸の正面《ファサード》は鮮やかな色が塗られているか、あるいは湿気で朽ちかけた、神話の場面を描いたフレスコ画で飾られている。大都市の、いや世界の背骨とも呼ぶべき大運河《カナル・グランデ》にいるアルドは、少しずつ自分が小さくなっていく感覚を味わっていた。

だが目の前に広がる光景をもってしても、みずみずしい肩と清楚な香りで彼を酔わせる女への関心を逸らすことはできなかった。アルドが唯一彼女を意識から遠ざけた瞬間があるとすれば、群衆の中を逃げ回る怪物を見た時だけだ。

「……何てこった！」身をすくませて叫ぶ。

何人もの若者が大声を上げながら奇怪な動物を追いかけている。周囲がパニック状態に陥っているのは言うまでもない。やたらと長い脚と首、トラと同じ斑点の胴、小ぶりの頭に生えた小さな角、地獄にでもいそうな馬が走り回っている。

アルドは以前、キリンについてはプリニウスかアリストテレスの著作で読んでいた。ちょうど今朝アレクサンドリアから船で着いたばかりのキリンは、生まれ故郷の大草原への郷愁に駆られ、これから彼らが向かう橋の辺りを相変わらず逃げ回っている。突進してくるキリンをかわそうと、何人もが橋の上から運河の水に飛び込んだ。キリンが橋の鉄具部分で足を滑らせ、派手に転び、勇敢な男たちが数人がかりで取り押さえるまで騒動は続いた。

「丸ごと一頭買ったら、大量のヒレ肉が食えそうだな」船頭が筋違いなことを言う。

ゴンドラは針路を変えて細い水路へと入っていった。広大な世界に張り巡らされた水の血管にも思える。緩やかに流れを上った小舟は、大きな広場に面した桟橋に停泊した。

「ここかい？」アルドが疑う。「ここがサンタゴスティン？」

「到着だよ」船頭はそう告げて口笛で合図する。

すかさず人の群れから若い男が現れ、トランク三つを荷揚げしようと軽やかに小舟に乗り込んできた。

「いくらだ？」巾着を取り出すべく服を手探りしながら尋ねた。「こちらのご婦人の運賃も私が持つから」

おかしい。巾着がない。先程取り出したあと、どこにしまっただろう？

「どうもありがとう」申し出を断わる気配を微塵《みじん》も見せずに、女は再びアルドに微笑む。

「どの貨幣で支払うつもりだ？」ゴンドラ乗りが問い質す。

「ヴェネツィアの」相手の用心深さが喜ばしく思えた。

「だったら二ソリドゥス〔東ローマ帝国で鋳造された金貨〕だ」と船頭が計算して答える。

「二ソリドゥスだって!?」思わず叫ぶアルド。

行程の十倍の値段を払いたくなければ、船頭たちとの値下げ交渉は不可欠だ、とは聞かされていた。ソリドゥス金貨を二枚とは相当吹っかけてきているが、先を急いでもいたし、無知な人間だと見なされるのも嫌だったので、妥協案を示す。

「一ソリドゥスと荷物三つ分を支払うよ」

そう口にしながらチュニックの下をまさぐるが、しまったはずの巾着がなくなっている。船旅の唯一の同乗者が純真無垢な女でなければ、きっと誰かに目の前ですられたと考えたことだろう。

「二ソリドゥス」顔色一つ変えずに船頭は繰り返す。

「二ソリドゥス？」またもや問い返すアルド。巾着の金を失った上にその出費は痛すぎる。「百歩譲って一・五ソリドゥスで手を打とう。それでもかなりの額になる」

窮地に陥った男のやり取りを前に、女は無言で視線を床に落とす。

「二ソリドゥスだ」船頭は頑として譲らない。

「この辺の相場よ」マリエッタが口添えする。

アルドは手にした大袋からハンカチを結んだだけの小銭入れを取り出すと、金貨を二枚、船頭に手渡した。

桟橋に上がりながらひとりごつ。急停止で揺れた際、巾着を水に落としたのかもしれないぞ。まったく踏んだり蹴ったりだ。たとえ両脚を失っても二度とゴンドラには乗るまい。

船上から微笑みかける女に手を振って応じる。

「またお会いしましょう」陸から叫ぶ。「トッレザーニ氏にアルド・マヌツィオがよろしく言っていたとお伝えください」

不意に足元を見やると、悲しさが増した。この広場も水浸しだ。

「その本から解放されたければ」すでに岸を離れていく船頭が話しかける。「さっさと水に投げ捨てることったな。書物なんぞ、もはや死んだのだから」

アルドは小銭入れを握り締めたままだ。横では荷役の青年が、手のひらを広げてチップを要求している。気づいたアルドは銅貨を二枚手渡した。ところが相手はすました顔で、手を差し出し続けている。いつの間にしまったのか手のひらは空っぽ、受け取った銅貨はどこにもない。

「カルピの王子アルベルト・ピオが貸している家が、どこにあるか知っているか？」

青年は無言で手のひらを見やる。アルドがしぶしぶもう二枚銅貨を手渡すと、もう一方の手に持ち替えて、あっという間に服の中に収めている。

「アルベルト・ピオの家はサンタゴスティンだよ」青年がそっけなく答えた。

「なるほど。ここはカンポ・サンタゴスティンではないのか？」

相手はまたもや手のひらを見やる。アルドがため息をついてさらに銅貨を二枚、青年の手に乗せると、それらも瞬時に消え失せた。

「ここはリアルト」と答える。

アルドは呪いの言葉を必死でこらえた。忌々しげに運河のはるか先を見る。当然ペテン師のゴンドラ乗りの姿などあろうはずもない。憤った顔でまたもや銅貨を二枚取り出すと、噛んで含めるように言い聞かせた。

「いいか、よく聞くんだ」言語を理解できない者を相手にするように、一語一語ゆっくり発話する。「サンタゴスティンまでどうやって行くのか、私にわかるように説明してくれ。それをこの二枚でやってほしい。わかったか？」

青年が黙ってうなずいたので、アルドは小銭を握らせた。すると、相手もご丁寧に一語一語区切って応じるではないか。

「サンタゴスティン・には・ゴンドラ・で・行く・しかない」

アルドは荒いため息をついて運河を振り返る。折よくそこにゴンドラが一艘近づいてきた。船頭も気づいたのか緩やかに旋回し、桟橋に向かってくる。眉毛の長い男で、用件を尋ねるように首を伸ばし、じっとアルドを見つめている。

「サンタゴスティンのアルベルト・ピオの家まで行ってくれ！」叫ばんばかりに告げた。

返事代わりに船頭は下顎と眉を上げ、まぶたを半開きにして白目をむき、しわが寄った肉厚の下唇を突き出すと、櫂の一撃とともに蔑《さげす》むような態度で大運河《カナル・グランデ》の方へと去っていった。

ホロスコープ

「ごめんください。お尋ねしますが、あなたがニケフォロさんですか？」

二度のゴンドラの旅で三時間以上も費やした末、アルドはようやくカンポ・サンタゴスティンの家までたどり着いた。まるでトランク全部を担いで泳いできたかのように、服がずぶ濡れになっている。

「ニケフォロは死んだよ」

「そんな……」

「わしはトリスメギストス。ニケフォロの兄だ」

アルドは咄嗟に驚きの言葉か悔やみを伝えようとしたが、うまい言葉が見つからない。とても信じられないことだが、この男の目を見る限り、嘘でないことだけは理解できた。

「弟は『人生の書』を執筆している最中でな。親父譲りの誇りある男だった。今頃安らかに眠っていることだろう」

この国の言葉を覚えて操るギリシャ人がみなそうであるように、トリスメギストスもどことなく言葉巧みに譚詩《バラード》を詠む感じで話をする。喪に服し顎ひげを伸ばしたままにしているため、むさくるしい容貌だ。服装は地味で、年齢はアルドより上だろうが、さほど離れているとは思えない。

「正直疲れきってしまって」やっとの思いでアルドが口にした。「申し訳ないが座って話をさせてください。ところで、なぜゴンドラ乗りたちはここまで来たがらないのです？」

実を言うと、この家にたどり着いた時、アルドは疲弊のあまり玄関先で倒れ込みそうになった。そこを何とかこらえて声をかけたのだ。

「サン・ポーロ川を上りたくないからだ」トリスメギストスが答える。「途中に砂州が何箇所もあって、Uターンが厄介らしい……。ところでおまえさんは、アルベルト・ピオ王子ではないよな？」

「とんでもない！」予期せぬ言葉に驚きつつ答える。「私はアルド・マヌツィオ。王子の家庭教師で、使節として当地に赴《おもむ》いた次第。ここに居を定めた上で、実はすべきことが……。ともかく王子はいらっしゃらない」

「よし、わかった」現実には理解せぬものの、相手はそう言って応じた。「さあ入ってくれ！　依頼どおりに用意は整っておる。よくぞ来てくれた！」

確かに彼の言うとおり準備は整っていた。トリスメギストスの指示に従い、まずは上階に上り部屋を確認する。読書用の書斎と寝室は申し分ない。広場に面した窓から外を眺めると、ギリシャ人は埠頭の荷役の男と議論しているところだった。それから彼のトランクを引きずって家に運び込んできた。

「ゴンドラ乗りにはこう言わなきゃならん」トリスメギストスは部屋に入るなり、アルドに説明する。「〝サン・ポーロ、河口まで！〟とな。その後河口に着いたらさかのぼるよう告げる。応じぬようなら金を払わなければいい。そうすりゃ、しぶしぶでも上ってくれる。中には拒む者もいるが、その時は勝手にさせるしかない。一番いいのはゴンドラを買って、それを操れる使用人を雇うことだ」

「そうだったか。ところで印刷機はどこに？」

相手は意味がわからず、アルドの顔を見つめたが、すぐに察したらしい。

「ああ、あの、機械のことか。下にある。昨日運んできたばかりだ」

二人で下階に降りると確かにそこにあった。一階中央の大広間の床に散らばる形で置かれ、大小さまざまな部品が梱包を半分解いた状態になっている。木製のものもあれば金属製のものもあり、中には大理石の平板まである……。アルドは木製のウォーム歯車を手に取り、注意深く眺めたものの、いったい何に使うのか見当もつかない。

「あやつらはこれを組み立てるのに、法外な金を要求してきた」トリスメギストスが説明する。「だから追い払ってやった。そう簡単に騙《だま》されてたまるか」

「それは賢明な判断ですよ」とアルドも同意する。「あなたが自分で組み立てられるのならなおさら……」

「わしが？　まさか。無理な話だ。印刷工の親方はニケフォロが担《にな》う予定で、機械に疎《うと》いわしは執事に……。本当は医者なのだが、あんたと弟のために料理人として働き、管財人を務めようと。数字には弱くないので安心してくれ……」

アルドは手にした部品をそっと床に置く。不安が緩やかな波となり、次第に大きくなって押し寄せてくる。アルベルト・ピオ王子は彼に対し、新たな印刷会社の設立という大役を委ねた。だがそのアイデアを徹底的に叩き込んだのは、王子を四歳の時から教育してきたほかならぬ自分だ。そのことを踏まえると、事の重大さが重くのしかかってくる。

今頃になって自問する。自分をこのような仕事に向かわせたのはいったい何なのか？　まったく無知の事業を、この狂人だらけの町であえて立ち上げることが、自分にいったい何をもたらすのか？　自分は人生の大半を、本を読んで過ごし、教師と文法学者として名を上げたにすぎない。

「で……では、何からどうやって始めるつもりだ？」かろうじて料理人に尋ねることだけはできた。

「まずはなるべく早く星占いをすることだ」相手はそう答えると周囲を見回し、適当な場所を探している。

「星占いだって⁉」驚くアルド。

トリスメギストスは広間中央にある机に向かって歩き出す。

「まさかおまえさん、自分を待ち受ける運命も知らずにこの旅に出る気じゃなかろうな？　これでもわしは自分なりに調査したぞ。ヴェネツィア共和国内には百以上の印刷業者がいる。凄まじい商売だと言えるな。それはさておき……」机に紙を何枚も並べ、動かしながら声を上げる。「生年月日を、生まれた時刻も含めて全部教えてくれ」

「私の生年月日？」アルドは訊き返す。「知らない。たぶん四十何年か前だと思うが……」

「やれやれ。イタリア人は自分が生まれた年を覚えてない者が多すぎる。これでは話にならん。だったらせめておまえさんが何時頃ヴェネツィアに上陸したかを教えてくれ」

「一時課だ。広場で鐘が鳴っていたので間違いない」

「そんなことだろうと思って、今朝の一時課のホロスコープを作っておいた。確かここに……おっ、あった。これこれ」言いながら二つ折りの羊皮紙を手に取り、目を大きく見開き凝視している。「何てこった！　信じられん！」

「何か悪い兆《きざ》しでも？」アルドが不安げに傍に寄る。

「印刷機の油の染みがついてしまっている」

「まさかそれが最悪の兆候だと？」

「何？　いや、油染みは何ら影響ないが、天宮の配置が致命的だ……。見てみろ。天宮を支配するのが木星《ユピテル》で、部分的に土星《サトウルヌス》もかかっている」つぶやきながら紙の上に小さな円同士を結んだ楕円をいくつか描き出す。「双方の星が互いに望ましい相だ。おまえさんは極めて重要な時刻に到着したことになる。信じてくれ。わしが言っているんじゃない。わしよりはるかに賢い者たちが言っている。おまえさんは仕事の下僕《げぼく》、ほとんど奴隷だと出ているが、単なる隠喩《メタファー》であることを願うよ。そうでなければ仕事に貪《むさぼ》られる運命だ」

その言葉に怯《おび》える代わりに、アルドはむしろ喜んだ。何しろ仕事をすべくヴェネツィアにやってきたのだから。

「だが気をつけねばならんな。というのも、わしの記憶違いでなければ……。木星《ユピテル》の熱だとなると……血だ！　犯罪か！」

震えがアルドの体を揺さぶる。

「血？」

トリスメギストスは細長い木の定規を手に取り、星を記した丸の上に当てては、時々細かい仕草で位置をずらして何かを確認していた。

「そんなばかな」訂正したそうな口ぶりだ。「土星《サトウルヌス》が暴力をはねつけるはずだが……いや、思ったとおりだ。木星《ユピテル》が月、金星《ウエヌス》と三宮の状態か。おまえさんの前に現れる何者かが、人生を著しく混乱させる。おまえさん自身は一つの方向に進んでいると信じるのだが、その人物、つまり木星《ユピテル》がまったく逆方向に導いていく」

「何ということだ」アルドは不安げな面持ちで言う。もっとも犯罪の言葉の時ほど動揺は強くない。

「これは要注意だぞ！　月に関わってくるのが、よりによって火星《マルス》だ。火星《マルス》と月が連動したら、おまえさんの体はめちゃくちゃになる。おまえさんは欲望を抑えられない質《たち》だろう？　それとも違うか？」

　アルドは質問の意味が理解できずに相手を見つめた。

「要するに、女に関して抑制が利かないと言いたいのだ」

「女性絡《がら》みの？　いや、それはない。絶対にあり得ない」

「そうむきになるな。宿命なのだから仕方がない。もちろん……ホロスコープは、おまえさんの人生が今後大きな変貌を遂げるとも告げている。ひょっとしておまえさん……写本泥棒か？　あちこちの修道院に潜り込んでは盗みを働いている。違うか？」

「学業を終えて以来、ずっと教師をしてきました」アルドは反論する。

「いいか、アルド。すでに書かれていることを否定したところで何にもならんぞ。何やらとんでもない出来事が起こると出ている。犯罪、それも流血の惨劇、死だ！　それが盗んだ写本、あるいは愛と密接な関係があるらしい。いずれにせよ本か女と関わることだ……。女性を扱った本なのか、それとも本を読む女なのか……。私がおまえさんの立場だったら、今この瞬間から本と女に警戒する道を選ぶよ。もしも両方が組み合わさった状態で現れた場合には、疑う余地はない。そもそもおまえさんに嘘を言っても仕方がないじゃないか。それにしても……何っ!?　これを見てくれ！　これがわかるか？　こんなことは初めてだ。おまえさんにこの意味がわかるか？」

　アルドは図が記された羊皮紙に顔を近づけた、ホロスコープを見たのはこれが初めてではないが、こうしてまじまじと眺めた経験はない。元々彼にとっては、関心の薄い分野の学問だ。複数の同心円を均等に仕切り、星々または獣帯のシンボルが記されている。そのマス目のいくつかを結んだ線が形作る幾何学模様が、二重になっているのはわかるが、それが何を意味するかなど想像もつかない。今日の今日までそれらがすべて、たわ言以外の何ものでもないと考えて生きてきた。

「おまえさんのホロスコープを見る限り、星同士が勢力争いをしている。この巡り合わせは間違えようがない。名声を得る！　みなから崇拝される。おまえさんを枯渇させるほどにだ」

「どこで？　どこで起こるんだい？」アルドは今や完全に興味をそそられている。

不意にトリスメギストスが手の動きを止め、顔を上げた。先程までとは違い、うつろな目をして窓の外を眺める。

「今わしが確信を持って言えるのは」寂しそうにつぶやいた。「ニケフォロは自分が何をしているのかよくわかっていた。星の巡り合わせがいいやつだっただけに、いつだってそうだった。だからこそおまえさんと一緒に仕事をしたがっていた。おまえさんの進める計画に夢中になっていたほどだぞ。おまえさんがギリシャ文学の名作を出版するつもりだと、わしにも打ち明けてくれた。おまえさんが口癖のように、粗暴なローマ人らの教養を永久に変えるのだと言っていたことも聞いている。まあ、少なくとも弟はそう説明していたが。それにしても残念だ！」

「彼はいったいどんな死に方を？」アルドは尋ねた。機械に長《た》けた人物、印刷所を始めるに当たって協力してくれる予定だったニケフォロが死んだことは、彼にとって災難だった。とはいえ、喪に服している兄にそんなことを言って、気分を害するつもりはない。

「あれほど口を酸っぱくして、純粋なワインを飲みすぎるなと言ったのに。頭がやられちまう。星の巡りは嘘をつかん。何度もそう言い聞かせてきたのに」

「では、ワインの飲みすぎで？」

トリスメギストスは両手で頭を抱えて、しばらく無言でいた。アルドも心から彼の弟の死を悼《いた》んだ。

「ホロスコープに死相が出ているから、とにかく気をつけろ、とニケフォロには何百回も言ってきた」気を取り直して話を続ける。「晩年を司《つかさど》る第四ハウスに殺人星アナレタが入り、酒神バッカスが接近し、海神ポセイドンも周囲をうろついている。警戒せよと。結局そのとおりになった。酒に溺れた挙げ句、泳ぎ方を知らぬまま運河に落ちた。魔術や神秘学を心得ている者なら、水上を歩いたり、急に変身したりすることも可能だったかもしれんが、あいつは腕のいい職人にすぎなかった。まっすぐ水路に向かい、一直線に水底に沈んだ。見ていた者たちが叫んでもニケフォロは歩みを止めなかったそうだ。転落後、周囲の人々がすぐに飛び込み救助に向かったが、引き揚げた時にはすでに死んでいた」

「何たる悲劇だ」アルドがつぶやく。

「ところでおまえさんの件だが」トリスメギストスが話を元に戻す。「アナレタは申し分ないほど運命の女神フォルトゥナと月を向いている。穏やかに、しかもほとんど幸せな死を迎えると言うことだ。これはけっして小さなことではないぞ」

幸せな死だって？　アルドにはその言葉の意味がよくわからなかった。自分の幸せのことなど改めて考えたことはなかったが、社会の幸せについてはずいぶんと扱ってきた方だ。プラトンとアリストテレス、そして当然エピクロスのおかげで知ったテーマとも言えよう。だがそれを自分の人生に応用することに関しては、まったく白紙の状態のままだ。

「あまり死因については触れたくないが」と言いつつも告げる。「鼻風邪をこじらせて、急性扁桃炎《アンギーナ》といったところだろう。わしが言っているんじゃない。わしよりはるかに賢い者たちが言っている」

「死期については言っていないのかい？」

「友よ」トリスメギストスは微笑んだ。「軽率な振る舞いはせず、忠告に従うことだ……」

「占いはこれで終わりかい？」多くの新事実を飲み込むには至らぬまま、アルドは問いで締め括る。

「あとは支払いを残すのみだ。友人のよしみで二十ソリドゥスにまけておこう。星占いはわしの仕事とは別料金扱いなのでね」

第二章
機械

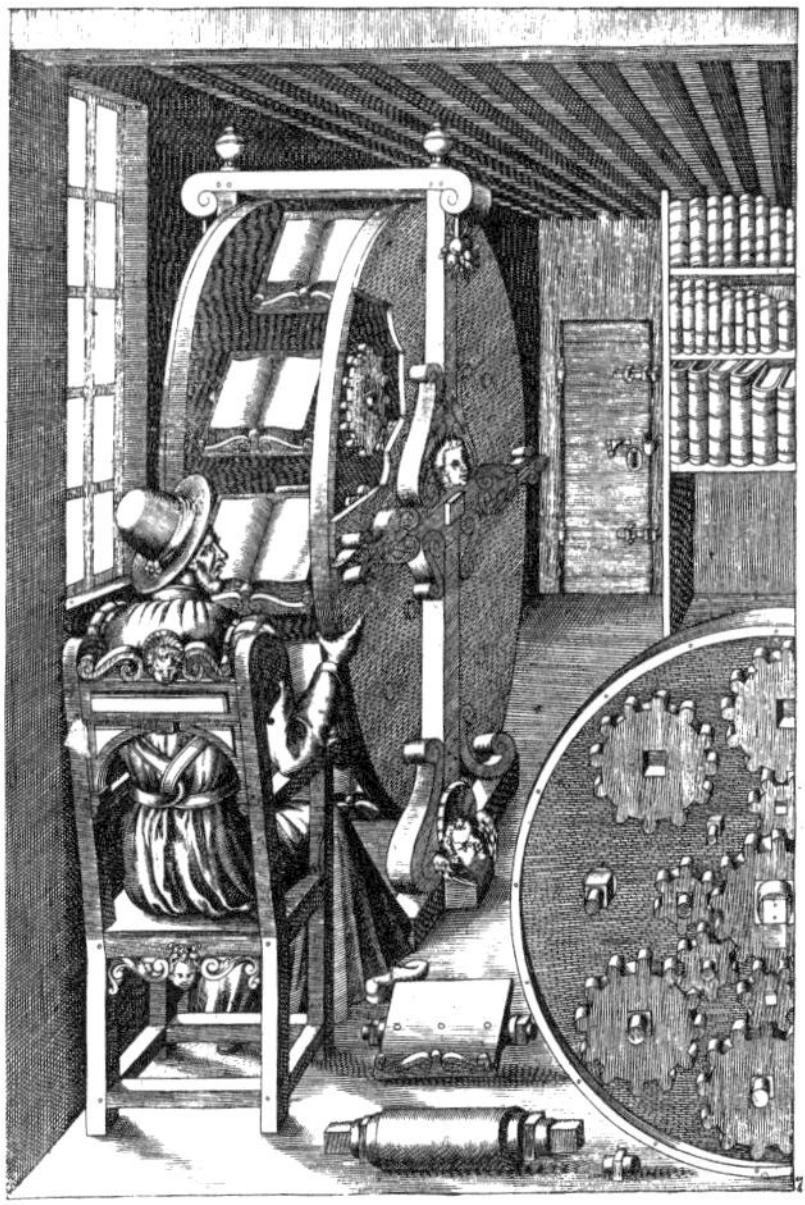

「書物の回し車」アゴスティーノ・ラメッリ『種々の精巧な機械』（1588）より

塔の商標

ヴェネツィアにやってきてから二年近くが過ぎても、アルドは自分の計画をほとんど進められずにいた。故人となったニケフォロに印刷機を売ったドイツ人らは、跡形もなく消え去り、解体された機械を組み立てられる人間を探す手立てもない。組み立てができる者は、例外なく自分の機械を所有しており、その機能を門外不出として明かそうとしなかった。

問題の解決策を探す一方で、出版したい作品の文章作成を進めようと考えた。トリスメギストスの助言で博学なギリシャ人四人を雇い入れ、アリストテレス全集の出版に不可欠な手稿の所在地探しを依頼する。四人はアルドの家に住み込む形となったため、仕事場と寝室を兼ねた大部屋をあてがい、当然出費はかさんだ。彼らは実によく眠り、よく食べ、よく飲んだ。昼間は外に出て本と情報収集に駆け回り、夕食前に戻っては熱心な議論を展開する。四人の嘆きは共通していた。ギリシャ哲学の名著を印刷して世に出し、多くの人に届けようという考えに、写本の所有者たちは難色を示し、誰一人貸し出そうとしない。たとえ料金を払うと言ってもだ。そのため今現在、手元にあるアリストテレス作品の写本は、アルドが故郷から持参した分だけだった。彼が多大な愛情を込めて数年がかりで築いたアルベルト・ピオ王子の図書室で、手ずから書き写したものだ。

そこである日の朝、アルドは二冊の本を小脇に抱え、カンポ・サン・パテルニアン地区まで出向き、ヴェネツィア一富裕な印刷所の主アンドレア・トッレザーニのもとを訪ねた。

世間知らずのアルドは、一代で財をなしたトッレザーニはきっと夜明けとともに目覚めるような人間なのだろうと思い込み、日が昇って間もない時刻に印刷所前に到着した。

巨大な建物の裏手に書店と印刷所兼用の入り口がある。トッレザーニ社が発行する本の奥書にある、塔を挟んで彼のイニシャルAとTが記された商標を思い起こさせる並びだ。玄関扉の前には商品陳列用の机と書棚がいくつも置かれ、中に入りにくくしていた。棚が空なのを見ると、今は営業時間外なのだろう。入ってすぐは書店で、一階の大部分を占めている印刷所に行くには、書店のカウンター後ろにある別のドアを潜るようになっている。ドアの前には交替で監視が立っていた。興味本位でやってくる連中や、紙の束を売りつけようとする者たちを阻む目的で配置された人夫らしい。

アルドが用件を伝えると、アンドレアはそろそろ来る頃だと告げられる。椅子に座って彼の到着を待つことにした。印刷機で刷り上がったばかりの本が至る所に置かれている。奥の方から作業場特有の騒々しいプレス音が聞こえ，鼻につんとくる重厚な臭気が漂ってはくるものの、アルドにはかえって心地よい。

二、三時間経ってもトッレザーニが現れる様子はない。うたた寝したアルドは夢を見て、大天使ガブリエルが「草地に身を潜めた蛇がいる、その庭から離れろ」と叫んだところで目が覚めた。悪夢の中で彼は、印刷所内をさまよい歩いていた。回転し続けるローラーと無数の歯車でできた怪物じみた機械は、本を作り出すというよりは、むしろ細かく挽くためのものに思えた。

結局アルドは一日中、印刷所から去っては戻り、去っては戻りを繰り返した。「じきに来るよ」、

「そろそろ着くはずだが」、「今来るところだろう」とそのたびに告げられる。さすがに夕刻時には、そこに座って待ち続けることに決めた。勤務時間が終わって職人たちが作業場から出ようとしたちょうどその時、通りに面したドアが開き、ハイネックの黒革の上着を着た太った男が入ってきた。頭には赤い縁なし帽をかぶり、白と黒の縦縞《たてじま》模様の半ズボンをはいている。丸顔に鷲鼻の男は、こんな時刻に何だか眠たそうだ。それがアンドレア・トッレザーニ・ダ・アゾラだった。両目をこすりながら書店を突っ切り、真っすぐ印刷所に向かってくる。手には何やら印刷された紙で包み、ひもで結んだ小さな荷物を携えていた。

「ちょっと待って、待ってくれ。まだ帰るんじゃない」仕事を終えた職人たちに訴える。みな一様に落胆の表情で男を見やる。「重要な話がある。フランチェスコはどこだ？　ああ、そこにいたか、よく見えなかったんでな！　本の方はどうなってる？　教えてくれ」

アルドは彼に近づこうとしたが、背が高く細身で、不機嫌そうな顔の男が二、三歩先んじた。おそらくはフランチェスコ・グリッフォという名の印刷所の主任だろうとアルドは思った。

「すべて順調だよ、アンドレア。明日には作業を終えられる」

「明日だと？　何言ってるんだ！　明日の朝一番に出荷せねばならんはずだろう」

「そんなの無茶だ。すでに三日前倒しの状態だぞ。これ以上は……。俺たちゃ前の本から丸二カ月間ぶっ続けで作業しているんだ。三週間ごとの義務の休みどころか、一日十五時間の労働時間が十七時間、時には十八時間にまで超過している。みんな一睡もしていない。とても無理だ」

「いや、できる。全員が今夜働けばな。私だって疲れてるが、こなす価値のある仕事だ。だからこそ、ない気力を振り絞るしかない」

「すみませんが親方」グリッフォが言葉を失い、口を半開きにしたまま呆然と雇い主を見ているのを見計らって、アルドが声をかけた。「親方、私は……」

「ん？」トッレザーニがアルドに向き直る。「失礼だが、君は誰だね？　私は今取り込み中で、相手をしている暇はないのだが。本が間に合わんのだ！」

「ピエルフランチェスコ・バルバリゴから私の話は聞いていると思うのですが……」

実のところその名を持ち出すつもりはなかったが、緊急事態なだけに勝手に口を突いて出た。ヴェネツィアに来てから家庭教師をするようになった教え子の父親の名前が、この町では無視できぬものであることは、これまで何度も実証済みだった。

「ああ、そうだった」と言って応じる。「すまないが、もう一度名前を教えてくれ」

アンドレア・トッレザーニは度忘れしたふうを装うために、わざと作業台を目指して歩いていく。

「アルド・ピオ・マヌツィオです。ピオというのはカルピの王子アルベルト・ピオの下僕《しもべ》という意味でして」

「王子……そうだ、アルド。よく来た、くつろいでくれ。ここをピエルフランチェスコ・バルバリゴや王子の家だと思ってもらって構わん。さすがに王子の家とは行かないが！　いや、失敬。みんなで一日中働いてもこのありさまなんだ。誰も彼もがトッレザーニの本を求めてくるんで、参ってしまってね」

「親方」ありったけの力をかき集めフランチェスコ・グリッフォが割って入る。「いくら何でも二晩徹夜は無理だし、今からだったらなおさら……」

「そのことはもう口にするな、フランチェスコ。われわれは先端を行く人間だ。仮にもトッレザーニ、塔《トッレ》の印刷所だぞ！　それゆえ世間に注目され続ける。二晩、いや三晩だって可能だ！」印刷所との敷居をまたぎながら叫ぶ。「よし、みんな持ち場に戻れ！　もう少し続けるぞ！」

職人たちを押し戻す形で奥へと向かうトッレザーニのあとについていく。覗き込んだ作業場には、正面の窓ガラスに夕日が直接当たっているのに加え、別の窓から運河に反射した光まで射し込んでいるため、広い空間が海底のように暗く沈んでいる。目を凝らして見たアルドは、まったく予想外ののを認め、自分の目を疑った。貯蔵庫にでもいるのか？　それとも酒倉だろうか？　至る所に木製の樽が置かれ、窓際にはワイン用圧搾機が十五台も並んでいる（のちにそれらがプレス機であることに気づくのだが）。トッレザーニの噂はいろいろと耳にしている。そのうち一つは、彼の莫大な財産の大部分がワインの売り上げによるという話だった。香辛料《スパイス》や家畜、ガラスだとの説もある。だがブドウの発酵したにおいがする代わりに、腐ったニンニクを温め直したような臭気が、室内に充満している気がしてならない。

歩きながらも次第に熱を帯びるトッレザーニとグリッフォの口論には耳を傾けずに、アルドは職人たちの様子を見守る。目に隈ができた男たちは、みな憤りと気乗りせぬ表情でしぶしぶ持ち場に戻り始めている。休むつもりで並べた簡易ベッドを、また片づける者もいた。広い作業場の一角に鋳造用の窯《かま》が見える。先程の刺激臭は、火が灯されたままの暖炉にかけられた鉄板から漂ってきていたのだ。

「明日の正午にはドイツ人商館《フォンテゴ・デイ・テデスキ》に本の入った樽を納めねば！　そうしないとフランクフルトの見本市に間に合わん！」トッレザーニは作業場に隣接した小部屋のドアの前に立って声を張り上げる。「居残るのに問題がある者は、私の所にあとで直談判に来るがいい！」さらに大きな声で叫んだ。「すぐにでも、と言いたいところだが、あいにく今、この印刷所にとっての重要人物が訪ねてきたのでな」

そう言いながらアルドの方を振り向いた。そう聞いたアルドは、折り悪しくそんな重要な客がやってきたのかと勘違いし、振り向いて背後を確かめたが、自分以外に誰もいない。トッレザーニはドアを開け、笑みを浮かべてアルドを招き入れた。

「あとで話そう、フランチェスコ」話を切り上げるようにしてアンドレア・トッレザーニは、主任の鼻先でバタンとドアを閉めた。

部屋に足を踏み入れると、職工の一人が灯したばかりのランプに照らされた、山積みの本が目に飛び込んできた。机の上、書棚、床に所狭しと林立している。ドアを閉めるや、トッレザーニは上着を脱いで、手に持っていた小包と一緒に作業台の上に置く。それから印刷所との間を隔てる壁に設けられた覗き窓へと歩み寄り、カーテン代わりの油羊皮紙を開けた。アルドは周囲を見回し、雑然と置かれた物を一つひとつ確認すると、携えてきた二冊の本を置くため、作業台に転がる活字の鋳型を脇に寄せて場所をあけた。ついでにそこにあった柄杓《ひしゃく》のくぼみを眺め、用途を想像してみる。広々とした作業台は敷物に覆われ、そこには宙を舞う陶酔したキューピッドたちの下で、半人半獣の森の神サテュロスから逃げ惑う妖精《ニンフ》たちの場面が刺繍されている。だが実際には一面に、小さなやっとこをはじめ、ふいごや定規、突き錐《ぎり》やデバイダーなどが散在し、真ん中には砥石が置かれて全体像はつかめない。当初はそれらが何だかわからず、ローマの遺跡の残骸のように見えていた。

「思ったとおり。またか」小窓から作業場を覗きながらトッレザーニが言った。「図々しいやつだ。ドアの前で待っているのはマルチエロというインクの攪拌《かくはん》係の男でな。いつも早く帰らせてくれとしつこく頼んでくる」小窓のカーテンを閉じ、向き直って続ける。「失敬……。だがあいつにはほとほと困っているんだ。お袋さんが病気で看病しなければならないとうるさく言い張って。だったら、誰が私の面倒を見てくれる？　食事も寝る場も与えている。にもかかわらずあいつは、母親の家に泊まりたいとほざく。われわれ、学のある人間はつねに忘恩行為にさらされている。残念ながら、無学な連中だらけの世の中に生きているからだ。信じられるか？」大きなため息をついて、作業台を挟む形で座り、厳しい表情でアルドを見る。「見苦しいところをお見せした。ところで、君の方の調子はどうだ？」

アンドレア・トッレザーニ・ダ・アゾラの親しげな態度に、アルドは返答に困るほどの感銘を受けていた。初対面のはずだが……。それとも、以前どこかで会っているのに、覚えていないだけか？いや、それはない。仮に知り合っていたとしたら、こんなに偉大な男を忘れるわけがない。

「飲み物を出すことすら、すっかり忘れて」独り言のようにつぶやく。「起き抜けはこれだから始末が悪い……」そこで口を閉ざしたかと思うと、不意に立ち上がり、小さなサイドボードから、彫刻を施したガラスの酒瓶とお揃いのグラスを二つ取り出して戻ってきた。「まあ、ともかく一杯やろうじゃないか。私も飲みたい気分だ」

そう言って透明な液体をそれぞれのグラスに注ぐ。ちびちびと飲むアルドとは反対に、トッレザーニはためらうことなく一気に飲み干す。舌先では水のような感覚なのだが、喉に滑り落ちる頃にはちょっとした嵐に変化する。焼けつくような刺激に、アルドはむせて二、三度咳をした。

「これは純度百パーセントの鉛だから」トッレザーニが恍惚とした目で、置いたばかりのグラスを見つつ声を上げる。「活字の合金に加えるべきかもしれんな」

アルドも自分のグラスを、作業台の上にあるよく似たグラスの傍に置いた。そちらには製図用のカラス口が一つ入っており、乾いたインクが残っている。

「さてアルド、話を聞かせてくれ。君は何の仕事をしているんだ？」

「文法の教師と文筆家で……。実は今、アリストテレスの全集の出版に向けて準備をしているところです」

「ならば、もう私がそれを手がけている事実を喜ぶしかあるまい」自慢げにトッレザーニが告げた。

「初めてアリストテレスの全作品を揃えて出版したのだからな。十年前の話だ。ラテン語に翻訳したのは……はて何て名前だったか？　まあ、忘れているぐらいだから、大したことじゃない」

「翻訳はモエルベケの版と、ニコレット・ヴェルニアの版があります」

「ほう、記憶力がいいな。われわれの仕事を気にかけてくれているのは喜ばしい限りだ。見てのとおり、しばしば私は許容範囲を超えた仕事にさらされる」

「実際、私の愛読書になるほど素晴らしい作品でした。もっともアヴェロエスは、私にはさほど重要には思えなかったのですが……」

「アヴェロエスってのは不吉なやつだった。上質の子牛皮紙に自分で挿し絵を描くと言い張って……。派手な色のインクともどもくたばれと、よっぽど言ってやろうかと思ったが。ともかく……」

「いや、違いますよ、アヴェロエスとはあの作品の注釈をしたアラブ人哲学者で……」とアルドは言いかけたものの、たぶん相手が冗談を言ったのだと思い口をつぐんだ。

「ああ、そうだったか。確かに」予想に反し、トッレザーニが笑う様子は微塵もない。

「図版はジロラモ・ダ・クレモナによるもので……」

「ところでアルド、君はやたらとウチの出版物に詳しいが、まさか偽造品を作っているのではあるまいな？」

「とんでもない！」驚きの声を上げる。「そんなことは考えもしませんでした……。私が進めているのは、注釈抜きのギリシャ語の原典の方の出版です」

「ギリシャ語だと!?　いったいどこの物好きがそんなものを印刷するんだ？　この国でギリシャ語を読めるのは、植民地から来た外国人やビザンチンから逃げてきた者ぐらいだ。しかも大抵は住む場所すらままならない連中じゃないか」

「確かにそうですが」アルドは唾を飲み込んだ。「われわれギリシャ人でない者の多くが、実は原文での出版を待ち望んでいます。学問分野ではギリシャ語の教師が増える一方です」

「ギリシャ語教師が？　まさかそんな……いや、君の言うとおりだ。しかし、結局ごく少数の変人しか読まないし買わないなら、ギリシャ語もアラム語も一緒じゃないのか？　君が信じるかどうかはともかく、私自身、教会スラヴ文字の祈禱書を手がけたこともある。三年ほど前に印刷したやつだから、その辺に見本が一冊あるはずだが……どこに置いたか」

「グラゴル文字〔スラヴ系言語を記述するために作られたアルファベット〕で？」信じられぬとばかりにアルドは訊き返す。その間アンドレア・トッレザーニは机や棚を見回して本を探している。

「ああ。どんな言語でも出版はできる。それに金を注ぎ込む愚か者さえいれば……」見つかりそうもないので、その件は脇に置き再び席に戻った。「どこからそんな無謀なアイデアが湧くのかはともかく、忠告しておこう。このヴェネツィア国内で、まともなギリシャ語の活字での印刷を実現した者は一人もいない。ギリシャの賢人たちの言語の綴《つづ》りを理解できる者がいても、それをこの土地の知識人らが好むとは限らんし、職人から不平不満が出るのは避けられん。仮にギリシャ語の活版を作るとして、最低どれだけの文字が必要になるかわかるか？」

当然アルドは考えたこともなかった。

「アクセント記号やら何やらの組み合わせまで足したら、約千三百になる。千三百字分の活字だぞ！」

「今日はまさにその件でご相談に伺ったわけです」アルドは話の流れをうまく捉えた。「カルピの王子アルベルト・ピオたってての願いで、私はギリシャ語によるアリストテレス全集の出版を依頼されました。それには印刷機一台と活版技術が不可欠です」その言葉を聞いた途端、トッレザーニの顔色が変わった。「自宅に機械を一台確保し、組み立てようとしたものの、私には印刷技術の心得がない。そこで費用も含め、いろいろお尋ねしたいと」

「その事業にはピエルフランチェスコ・バルバリゴも関わってるのか？」トッレザーニが質す。

そんな質問が来るなど、アルドも予想していなかった。

「いいえ。私は彼の息子サントの教師をしているにすぎません。ピエルフランチェスコはアルベルト・ピオの友人で、私がヴェネツィアに移り住むことになっていたので、そこで彼に私的に頼んだ次第で……」

「何とまあ！　で、サントには何を教えているんだ？」

「主にギリシャ語です。好奇心旺盛な若者なので、こちらも苦労せずに済んでいます」

「ギリシャ語だって？　そうか。うん……いっそウチの次男フェデリコに教えてもらってもいいかもしれんな。正直どう扱ったらいいか考えあぐねている。薄ひげが生える年齢になったというのに、いまだに自分でドゥカド金貨一枚稼いだ経験がない。このままでは男色に走りはしないか心配だ。私があいつの年頃には、百ドゥカド前後の財産を築いていた。しかしあいつは、一日中街角をぶらついては無意味な本を読んでいるだけだ。物の価値がわからんから、近所に卵の買い物にも行かせられん。値切ることとさえ知らないからだ。ひょっとすると貴族《パトリキ》の息子らが、ギリシャ語を学んでるのも、将来を見越してのことかもしれんな。とはいえ、何のためにと問われても、今のところ思い浮かばないが」

「私で力になれるのならば喜んで……」何と返答すればよいのかわからずアルドが口走る。

「なあ、アルド」それまでになく慎重に、アンドレア・トッレザーニが言葉を選んで語りかける。

「君さえよければ王子に伝えるがいい。さっき会ったばかりの男フランチェスコ・グリッフォ。ウチの活字彫刻師だが、彼ならギリシャ語の活字を彫れるぞ。利益は度外視、純粋に使命感から王子の言い値で応じるつもりだ。私だって偉大な哲学者や文学者の作品を広めようとする、そんな上流階級の御仁たちとつき合うのは歓迎だ。そちらが望むなら、ここで印刷したっていい。もちろん原価で応じるつもりだ」

「そこまで言ってくださるとは！　何て気前のいい！」思わず叫ぶアルド。それまで引きずってきた歪んだ視界が、ようやく目の前で晴れてきた感じがした。

「当然と言えば当然だ。結局われわれはみな、文学者の後援をする立場にある。アルド、私はここでは金を失っている。フランチェスコについてだが、彼は君が知り得る限りの欠点を全部抱えているかもしれん。だが活字製作にかけては名人だ。何しろジェンソンの所で学んだからな。旧式の活字ではつねに最高レベルだと見なしていい。ここだけの話だが、私自身はジェンソンのゴシック体がお気に入りだが、かと言って、彼のゴシック体で利益を上げてきたわけではない！」

「ジェンソン？　ジェンソンというのは、あの有名なニコラ・ジェンソンのことですか？　キケロやコルネリウス・ネポス、マクロビウスなどの印刷者として名高い？」

「そうだ。あのご機嫌取りの」

アルドはまたしても、話をどう続ければいいかわからなくなった。

「ともかく王子に伝えてみます」どうにかこうにか言葉をひねり出し、上流階級の一員を気取る。

「紛れもなく興味を示すでしょう。現時点で私の方は、アリストテレス全集の原典版出版のために、彼の支援で博学のギリシャ人を何人も集めて準備している段階です」

「つまりは亡命ギリシャ人の居留地を作ったってわけか。ギリシャ文字の絵かき集団か、はっはっは！」笑っているがあまり喜んでいるふうでもない。「これでも私は、筆耕人には多大な敬意を払っている。さて、あれはどこにあったかな？」

机の中を探したあと、立ち上がって飾り戸棚の中を探った。ガラスケースを取り出し、ゆっくり眺められるようにと目の前に置いてやる。アルドも真剣に見るつもりで身を乗り出した。ところが目にした物の正体を知るや、飛び上がって叫ぶ。

「何と！」

人間の片手、防腐処理を施した本物の手だ。手首から先だけで腕の部分はないが、ドミニコ会の修道服の袖がつき、手にはペンが握られている。

「『ヨハネの黙示録』の写本筆写者のものだ。よほどの善人だったんだろう。だからほとんど腐敗せずにいる。教会から列聖されてもいないがな。フランクフルトの見本市で、ウチの本と引き換えに修道院長からもらったものだ。ここで印刷した本を何冊も持っていって、あとで修道士らが写本するらしい。彼らにしてみれば、書き続けて手が空かぬ状態でなければ、罪人《つみびと》になるのかもしれんな。ああ、今思い出した。この手と一緒に修道士の最後の本もあったはずだが、どこにしまったか。どこかにあるに違いないが」

ガラスケースの底には干からびた肉のかけらがいくつも落ちている。アルドはハンカチを取り出して額の汗をぬぐった。

「ところで、持ってきた本は何だ？」トッレザーニが思い出したように尋ねた。

アルドも今になって、自分が本を渡さずにいたことに気づいた。

「ああ、大したものではありません。ささやかな贈り物として持ってきたまでで。この手稿は、私が書いたラテン語文法書です。私の半生を費やした労作だと思っていただければ」

「文法の指南書か……」手にしたラテン語の本のタイトルを一字一句読み上げる。「アルドゥス・マヌティウス『文法概論』。見事だ、アルドゥス」

「アルドで構いません」予期せぬスピードでアルコールが頭に昇っていく。

「今の時期は手がつけられんが、おそらく来月には作業して出版できると思う」

「えっ？」

アルドにはトッレザーニの言葉が信じられず、興奮のあまり無意識で、目の前にあった革製の小さな玉をつかんでいた。ところがそれは組版にインクを付着させるインクボールで、染み込んだインクで両手が汚れてしまう。慌てて元の位置に戻しながら、改めて作業台を覆う敷物を眺めると、どうやら上質のものらしい。が、桃色の肌をした絵柄の上に、黒インクの染みが広がり、乾くにつれて青みを帯びていった。

「要するに、来月までは君の文法書の印刷はできないということだ。大変申し訳ないが、われわれの現状は君の想像を絶するものだからな」

仰天ぶりをごまかすべく、アルドはさらに酒をひと口すると、またもや咳《せ》き込んだ。文法書を出版してくれるだって⁉　ざっとでいいから目を通してくれと説得するつもりが、その必要もなく決まったのか？　幸せのあまり両膝が震え出した。

「もう一冊持ってきています」何とか声に出し、携えてきた二冊目の本を差し出す。『女神《ムーサ》たちの会合』は、アルベルト・ピオ王子の母親カテリーナ・ピコに向けて、彼の教授法を私的に綴った手紙だ。

トッレザーニは本を手にするなり、中身はそっちのけに奥書を読む。印刷業者の名前が記されていない。

「誰が作った？」

「バッティスタ・デ・トルティスです」アルドが誇らしげに声高々に告げる。

「何だ、あいつか……あさましい商人よ」トッレザーニはそう言って本を閉じ、蔑むように脇に放り出した。

アルドは咳払いをしながら、どう話題を変えようかと思案する。そこでこの部屋に入ってきた際、目を引いたものを改めて注視した。部屋の片側、大窓の傍に置かれた実に奇妙な機械だ。馬が引く水汲み水車と似て、やはり軸を中心に回転する仕組みになっている。水受けを正面にして肘掛け椅子が据えられている。座るのは機械工と言いたいところだが、水受け板はすべて書見台になっており、そこに広げたままの本が置かれているのを見ると、座るのは読者なのだろう。

「私の書物参照機だ。どうだ、気に入ったか？」

出版人はそう言って機械に歩み寄り、肘掛け椅子に腰を下ろした。彼の前には開いたままの本が並んだ水受け板、いや書見台が並ぶ。

「見てのとおり」アルドに向かって説明する。「このペダルを踏めば回し車が上下する」彼が足で踏み込むと、車輪がきしみ音とともにゆっくりと回り始めた。「こうすれば本を支えることも閉じることもなく、同時に十冊まで読めるし、途中で別の本に変えることもできる」書見台が上から下へと回転し、次々と別の本が現れる。「素晴らしい発明だろう。たとえば、ここに聖書に言及した箇所がある。参照したいと思うなら、通常は立ち上がって聖書を書棚に取りに行かねばならないが、この機械があればペダルを踏むだけで……ほら来た来た、聖書を目の前に取り出せる。あとはページをめくって引用部分を探せばいいだけだ」

ペダルを踏むたびに、車がきしみ音を立ててさらに早く回り出す。

「少しつかえてきたな。ここからは動きが鈍りそうだ」不快感をあらわにトッレザーニが続ける。「だいぶ前からジョヴァンニ・デル・オルモに調整しに来るよう頼んでいるのに、ちっとも顔を出さん。テッラフェルマの山地へ風車の設置に行ったきりまらしい。この機械の製造にいくら支払ってやったと思ってるんだ、まったく。私はね、文化をすべての人々に届けるために、これを実用化するつもりだ。この機械を家の中で燦然《さんぜん》と輝かせようと思ったら、最低でも本を十冊買わねばならない。いや、本を入れ替えることを考えれば二、三十冊は必要だ。わかるか？　機械一台につき何十冊もの本を買わざるを得なくなるってことだ」

トッレザーニはなおもペダルを踏み続け、目の前で本が回るに任せた。一語も読むことなく、回転し続ける本を眺めて子どものように喜んでいる。

「こういった機械が世界を変えていくんだよ、アルド」逆回転にしたり、元に戻したりを繰り返しながらも相変わらずペダルを踏み続けているので、次第にスピードが増してきて、車輪が揺れ始めた。「時々考えるが、われわれが眠っている間にこの書物参照機がひとりでに働いて、作品を比較しておいてくれたら面白いとは思わんか？」

アンドレア・トッレザーニは先覚者だ、アルドはそう思った。王子や貴族階級の者たちがその肘掛《ひじか》け椅子に座って、ペダルを踏み、ギリシャ語の本を読む場面を想像してみる。星々の針路を決める権限を与えられた案内人のようにだ。

「このがらくたを貴族《パトリキ》三人に売り捌《さば》けたら、こっちのものだ。君が貴族《パトリキ》らの長所を並べるなら、私も一つひとつ同意することはできる。だが一つだけ疑う余地のない事柄がある。彼らはさまざまな面で違反者であるばかりか、正真正銘の愚か者だ。機械を購入した三人が自慢げに吹聴すれば、わずかな期間で書物参照機を所有せぬ貴族《パトリキ》は一人もいなくなる。貴族《パトリキ》のあとには富裕市民が続くだろう。アルド、私がどのぐらいの金額の話をしているのかわかるか？」

トッレザーニがペダルを踏んでいた足を休めると、機械の回転が次第に弱まり、やがて静止した。二人の前に止まった書見台には、開いたままのキケロの『縁者・友人宛書簡集』がある、アルドが文章を読む。冒頭部分、レントゥルス宛の手紙だ。

「おやっ、誤植だ」と口にする。「見てください」ページを指差し箇所を示す。「ここです」

「何だって？」トッレザーニが問う。「どこだ？」

「《私の人生は鹿のようなものかもしれぬ》」と読み上げ、「正しくは《私の人生は辛辣なものかもしれぬ》になります。つまり耐えがたい、厳しい人生だと」

「畜生め！」

「ここもです。《金に開けた王の使者アモニウスがわれらに戦いを》、この部分はどう見ても《あからさまに金に物を言わせて》の間違いでしょう」

「何てことだ！　確かか？」

「もちろん！　私は長年この作品を用いて、ラテン語の散文の書き方を教えていますから。暗唱もできます」

トッレザーニは憤慨して立ち上がり、大股でドアに向かうと荒々しく開けた。

「フランチェスコ！　ちょっと来てくれ！　いや、話は終わってない！　重要な別件だ！」駆けつけてくる相手をドアの所で待ち受ける間、その場に控えていた職人に声をかける。「何だマルチェロ、言ってみろ」。職人は、ここぞとばかりに何かを訴えたが、アルドには聞き取れない。「それは私もわかってる。だが待て。もっと深刻な問題が持ち上がった……」と職人に応じながら、親方はやってきた主任を部屋に通し、「あれを見ろ、フランチェスコ」と言いながら部屋のドアを閉めた。「アルド、君から説明してくれ。私は具合が悪くなりそうだ」

フランチェスコ・グリッフォは思い詰めた表情で奥歯を食いしばり、手に金属製の突き錐を握り締めている。さすがに身の危険を感じたアルドは、両手の震えを必死に抑えつつ、上ずった声で誤植の箇所を指摘した。

「なるほど。わかったよ」グリッフォはトッレザーニに向き直る。「で？」

「この誤植、どうするつもりだ、フランチェスコ？」急にもっともらしい口調になると、まるで息子をたしなめるかのようにトッレザーニが問いかける。「私はおまえが主任だから言っているんだ」

「その件についての責任は取れないと、何千回も言ってきたはずだ」怒りをこらえてグリッフォが答える。「俺は彫刻師であって文法学者じゃない。そんなに責任を押しつけたいなら、修正できる人間を雇って金を払えばいい」

「おまえの解決策はいつもそれだ。聞いたか、アルド。人を雇って金を払えと。こいつらの言い分を聞いていたら、到底身がもたん……実際、破滅しかねない状況だ！　よりにもよってキケロの本でこんな失態を犯すとは！　ヴェネツィア中の笑い者になってしまう」

「あ、ここにもあります。同じページに。これは先程以上に致命的です」アルドが指摘する。逆撫でする気はなく、むしろ真剣に捉え、何とか力になりたいと考えていた。

「最初のページに誤植三つか、こん畜生！　いくら何でもこれはないぞ、フランチェスコ」本の扉を見ながら、トッレザーニが叫んだ。「あのたかり屋、ウベルティーノにはいったいいくら払ったんだ？」

「誰ですって？」

「あいつだ。前にここに来たウベルティーノ・ダ・クレシェンティーノのことだ」

「一銭たりとも」グリッフォの顔に挑発的な笑みが浮かぶ。

「確かに払ってないかもしれん！　これからキリスト教世界全域、五十の主要都市に出版人としての私の名を広めようって時に、あいつの手がけた本が誤字だらけだなんて。ひどい話じゃないか！　とにかくウベルティーノと話がしたい。すぐにあの渋面を呼んでこい」

「でも版を組んだのは彼ではないし、しかもヴェネツィアには住んでない」

「そのとおりです」アルドが話に割り込む。「私は去年彼から手紙をもらっています。故郷のクレシエンティーノに戻ったと。もう高齢ですし」

「思い出してほしいのは」主任が説明する。「俺たちはバッティスタ・デ・トルティスの版を使い、彼はフィレンツェでの版を採用したと」

「トルティスが要因か！」出版人が声を荒らげる。「これでおまえもトルティスを信用できまい！　一つの誤植も出さぬために大金を費やし、細心の注意を払って作業してるってのに、トルティスのやつが間違いだらけの文章を……ひどい話だ！　こうなったら、どいつでも一緒だ。今すぐ手を止めて、ウベルティーノを探し出せ。たとえ野郎がリビアの砂漠にいようと、すぐに駆けつけろと言ってやれ。自分の本をどうすべきか私が教えてやる」

怒りがさらに上乗せされた様子でフランチェスコ・グリッフォが踵《きびす》を返し、乱暴にドアを閉めて出ていった。トッレザーニも憤慨した顔で再び二人分のグラスを満たし、一方をアルドに差し出した。一気に飲み干す彼とは違ってアルドは少しずつ飲み始めたが、今度は割とすんなり喉に入っていく。

その時、ドアを叩く音がした。

「ええいフランチェスコ、今度は何だ！」思わず叫ぶトッレザーニ。しかし外で待っていたのは例の職人だった。「ああ、マルチェロか。さっきも説明したと思うが。まあいい、入れ。用件を聞こう。わかってる！　休みなしに働き、お袋さんが病気だと……」

「違うんです、親方。近所に住むイウリアが午後にやってきて、おっ母さんが死んだと」悲痛な面持ちで告げる。「それで、帰らせてもらえないかと」

アンドレア・トッレザーニは身動き一つせず男を見つめる。それから両手で顔を押さえ、次いで震える指で頭髪を後ろにかき上げた。

「な……何だって？　可哀そうに！」アルドが驚くほどの大声を上げる。「哀れな息子よ、抱擁させてくれ。本当に残念、無念でならない」

四歩前に進み、肥満の体でマルチェロを強く抱き締めると、こわばった顔で彼も受け入れる。体を離した時、親方は実際に涙を流していた。アルドはどう振る舞えばいいのかわからない。

「マルチェロ、家に行ってやれ。あとのことは何も心配するな、必要なだけ休むがいい。葬儀代は私が払う。いくらかかっても構わん」

「葬儀代とは？」マルチェロが訊き返す。

アルドもトッレザーニの申し出は不可解に思えた。一職人の母親を厳《おごそ》かに葬るなど考えがたい。少なくともこれまで暮らしてきた土地では、平民の遺体は大抵一番近くの教会に埋葬され、それで終わりというのが普通だった。

「ああ、確かにもっともだ」トッレザーニは同意する。「葬儀代に相当する金額を、おまえと家族に与えよう。私は……この多忙な状態では、とてもここを離れられない。おまえも知ってのとおり、実に厄介な問題を抱えている。本が間に合わんのだ！　残念ながら本は待ってくれん。ひと段落したら必ず顔を出すつもりだ。今すぐ行ってやれ、落ち着くまで戻ってくるな、急げ。もう一度抱擁を

「……」無言ですすり泣きながら、打ちひしがれた若者を再び抱擁した。反対に若者の方が、経験不足ゆえにか対処の仕方がわからぬ様子で、涙一つ見せぬままだ。「マルチェロ、気を落とすな」

インクの攪拌係が部屋を去るなり、アンドレア・トッレザーニはあちこち動き回って何かを探していたが、見つからないらしい。そこで作業台の上のアレクサンドリア産の敷物の一角をつかみ、そこに顔を当て、すさまじい音を立てて鼻をかんだ。

「母親を亡くした職人に、私が金を与えねばならない。君にはそれが当然だと映るか？」ほとんど腹を立てた状態で問う。「われわれ商売人はそうだ。印刷所の経営ってのは非常に難しいのさ、アルド。何より重要なのは人間で、次第に自分の家族みたいになってしまう。マルチェロのことも実の息子も同然に好きだが、私はすでに十分すぎるほどヴェネツィアのために貢献してきたと思っている」

アルドは多大な興味を持って話に耳を傾け、自分がトッレザーニのために働く可能性を思い描いていたが、たった今彼が語ったような問題を自分が担う姿は想像しがたかった。

「結局のところ」出版人が続ける。「世間はウチの、塔《トッレ》の印刷所に注目している。私はこの仕事が心底好きなんだよ、アルド。君も私と同様、そうであるかをぜひ知りたい。この本を手にして、何でも構わんから言ってほしい」

アルドはトッレザーニが差し出した祈禱書を受け取って広げた。ページの中には楽譜が印刷された箇所もいくつかあった。いったいどんな答えを期待しているのだろう？「見事な作りの祈禱書ですね」とでも褒めればいいのか？ そこではるか昔、自分の父親がした仕草、彼にとっては嬉しい驚きだった出来事を思い起こした。父は読書家ではなかったが書物を愛していた、それがわかった瞬間だった。

アルドは本の間に顔を埋めて、大きく息を吸う。

「純然たるアンブロシア〔不老不死になれるという神々の食べ物〕の香りがする」

「よく聞け、アルド」大満足の顔でトッレザーニが言う。「どうやら君は生まれながらの資質に恵まれているらしい。君とは出会ったばかりだが、私は箱を開けることなく、中身の商品価値を見極められる人間でね。だからこそ君と協力する手立てを見つけていきたい。もっとも今は、ここから離れる方が得策だ。今夜は私の家で夕食にしよう」

トッレザーニがドアを開けてアルドを先に通す。そこではたと忘れ物をしたことに気づき、来た時に携えていた荷物を置いた作業台まで戻る。親方が革の上着を着る間、アルドはシャツの袖に刺繍された印刷所の塔の商標を注意深く見ていた。

「フランチェスコ！」部屋を出るなり出版人が叫ぶ。「みんな聞いてくれ！」静まったのを見て悲痛な面持ちで伝える。「マルチェロのお袋さんが亡くなった。喪に服す。この状態で私はとても働けそうにない。みぞおちまで悲しみが伝わった感じで頭が働かん。みんなも今夜は休み、明日に備えてくれ。朝一番に再開し、全力を尽くす。この数日間、私の調子がよくなかったのは、みんなもわかっていると思う。徹底的に働くことができなかった。だが明日は心機一転して励むつもりだ」

雇い主の言葉に耳を傾ける男たちの表情が、安堵と嘲り、失望がないまぜになっていたことに、アルドは激しい困惑を感じた。

ラ・ストゥーファ

二人は暗くなった町の裏通りを下っていた。アルドはあくびを嚙み殺しながら、案内人のあとについて見知らぬ通りを歩いていく。アンドレア・トッレザーニの自宅は印刷所と同じ建物内にあると思っていたが、大物印刷業者は外に出るなり颯爽と歩き出した。

道路沿いの家々の玄関先では、枝に留まったフクロウのような目をした女たちが何人か、柱にもたれ、物欲しげに立っている。そのほとんどが黄色いスカーフをしていて、闇の中でも際立って見えた。ヴェネツィアにやってきたばかりの頃のアルドは、それがこの地域での流行だと思っていたが、実際には船乗りたちに対する合図として、元老院が街娼たちにつけさせた目印だった。

　声をかけては誘ってくる女たちをかわしながら二人は歩き続け、ようやく木製の大扉のある建物前で立ち止まった。家主はノッカーを三回強く叩く。アルドは自分を夕食に招待した主の家が、大きいながらも老朽化していることに少なからず驚かされた。また貴族《パトリキ》たちの邸宅が密集する地区と離れた場所にあるのも意外な気がした。すぐにドアが開く。

「アンドレア親方？　まあ、嬉しい！　今夜はこんなに早くお帰りだなんて！」

　アルドは目の前の女が、トッレザーニの夫人なのだと思った。

「タルキニア、こちらは私の親友、アルドだ。今後は私と同然にもてなしてやってくれ。ところで食事はあるか？」

「そうねえ、多少は。四旬節だからお肉はないけれども」

　タルキニアの科《しな》を作った大げさなはしゃぎぶりに、アルドは正直面食らった。とてもそんなことをする年齢ではない。かつては美しかったであろうが、鉛白を塗った肌は、今やところどころに染みが浮き出しているし、目尻にも口元にも年相応のしわが寄っている。頭には異なる色で染めた入れ毛をつけていた。

「そりゃあよかった。命拾いしたな」そう口にしながら上着を脱ぐ主人を、タルキニアが手伝ってやる。

　トッレザーニとアルドはそのまま食堂に直行してテーブルに着く。その間に、彼女は奥に姿を消したかと思うと、アルドの全身が震えるほどの叫び声を上げた。

「あんたたち、アンドレア親方がお戻りよ！　降りてきなさい！」

呼ばれて女の子たちがぞろぞろやってくる。その開けっぴろげな態度にアルドは驚きを隠せない。ヴェネツィア人女性というのは、家族の前、あるいは来客の前でも、平気で妖精《ニンフ》のような薄手のチュニック一枚と素足という恰好でうろうろできるものなのか。ローマはおろか、フェラーラやカルピでだってあり得ぬ光景だ。さすが国際都市だとアルドは思った。どうやらここは、当初アルドが考えていたような主の家ではないらしい。娘だけでなく姪もいるとしてもあまりに人数が多すぎる。それに彼女たちがトッレザーニのことを〝おじさま〟〝パパ〟〝お父ちゃま〟と呼んでは抱きつき、笑顔で挨拶のキスをするのを見る限り、自宅でないことだけは明らかだ。

最初に現れた女の名はジネヴラ、二人目がオノランダ、三人目がリヴィア、四人目はルクレチア……どれも良家の名の響きだが、真偽のほどは疑わしかった。それにたとえ彼女らが少女のように振る舞っていても、実際にはそんな年齢ではないのも確かだ。そうなると、トッレザーニが相当若いうちに結婚していなければつじつまが合わなくなる。

娘はこれで全員かと思った矢先、彼女が現れた。マリエッタだ。アルドがヴェネツィアに到着した日、ゴンドラに乗り合わせた、まばゆいばかりの両肩をあらわにして彼を魅了した女性だ。あの切れ長の大きな瞳を忘れたことはなかった。今夜は髪をほどき、他の女たちと同じく素足で、やけに丈の短い薄着姿だ。そのため脱毛した滑らかなふくらはぎが、ギリシャ彫刻並みの完璧さを呈している。出会った時のように、おしろいを塗ってはおらず素顔だったため、実年齢をより推し量りやすい。おそらく三十歳前後といったところか。トッレザーニの所で働いていると聞いていたので、他の娘あるいは姪たちのようにアルドにまで熱烈な挨拶をしてきたのには面食らった。彼女はアルドを認めるなり親しげに問う。

「ヴェネツィアに住んでもう何年も経つでしょうに、まだ漂流者の恰好のまま？」

初対面を装うこともなく、姉か妹のような笑みを見せてアルドの髪を手で撫でつける。

全員揃ったところでトッレザーニが、持ってきた包みを開けた。彼は中から取り出した色とりどりの布製品を一人ひとりに配る。

「まあ素敵、パンティーよ！」自分の分を受け取ったマリエッタが広げながら歓喜する。初めて出会った日のドレスと同じ朱色だ。

「カンブレー産の生地は最高ね。この滑らかな肌触り！」オノランダも感激している。

「刺繡も豪華だわ！」リヴィアも同意する。

どの娘も大喜びで品物を受け取ると、お返しに家主に抱きつき、これ見よがしのキスを頰に浴びせている。端切れのように小さな布からそんなに大事な衣類ができるなど、アルドは想像したこともなかった。

「さあ、部屋に戻って試着して。トッレザーニ親方はこれから大事な仕事の話があるから」両手を叩きながらタルキニアが命じる。

しばしの間、賑やかに飛び回っていた鳥たちが突然姿を消し、あとにはむき出しの寂しげな木だけが残された気分だ。アルドは心の中でつぶやく。見知らぬ土地を旅して回り、自分がどう振る舞えばいいかわからぬ状態を体験することは、しばしばどんな読書よりも人間を賢くするのではないか？たとえば、今のようなヴェネツィア人家庭の大らかすぎる態度は、どの書物で学べるだろう？　一つ二つと疑念が浮かぶが、すぐに頭から捨て去る。

「さてアルド」トッレザーニが切り出す。タルキニアは命じられぬままに二人それぞれのグラスにワインを注いでいる。印刷所の部屋にあったのとまったく同じ酒瓶だ。「さっきの話だが、王子にとってもっと出版費用が安上がりになる方法を思いついた。ええと、何て王子だったかな？」

「アルベルト・ピオ王子です」

「それそれ。王子だらけなのでつい忘れる。まずは乾杯と行こう。君の健康を祝して」

アルドも応じてグラスを掲げる。慣れてきたのか、次第に弱まっていく喉の焼けつきを我慢しつつ、少量ずつ流し込む。

「君の生徒の父親、ピエルフランチェスコ・バルバリゴを事業に引き入れるんだ。王子の友人とのことだからな。彼がテッラフェルマに製紙用の叩解機を所有しているのは知ってるか？　そんじょそこらの貴族《パトリキ》と違って、前総督《ドージェ》の甥ともなれば……さらに本は売れる見込みが高い」

「確かに」アルドもうなずく。「しかし、私にはどうやって彼を巻き込めばいいのか、その方法が……」

タルキニアが大皿に載った料理を運んできたので、アンドレアがそれをアルドと自分の小皿に取り分ける。

「君がすべきは、私が父親に謁見する機会を作ることだ。先方に計画の内容を伝えさえすればいい」

「計画についてはすでに話してあります」アルドが応じた。「あなたに会うよう助言したのも彼ですから。あ、カエルの足は結構です」

「嫌いか？」カエルの足をすくったレードルを手にしたままトッレザーニが尋ねた。

「一応は四旬節なので肉は避けようと……。まあ、カエルの足が肉なのか魚なのかという議論は、いまだに決着がついていませんが……」

「そういうことか」納得したアンドレアがカエルの足を自分の皿に移す。「彼が私のことを話したとなると、すんなり事が運びそうだ。できるだけ早く彼に伝えてくれ。彼が紙を、君らが活字を、私が印刷を受け持ってしまえば、本はただ同然で出せる。利益が出たら、均等に分配すればいい」そこまで言って一瞬考え込む。「もっともこの手の事柄は、利益よりもよい仕事を優先せねばならん。〝アルド・ロマーノ印刷所発行〟と、冒頭に記された本を想像してみろ。どうだ？」

アルドにとってヴェネツィアの空が完全に開けた瞬間だった。トッレザーニには彼の心に宿った不安を払いのける力があるらしい。

「だが、それには」大物印刷業者が続ける。「アリストテレス全集よりも分量の少ない著作で試して、様子を見るべきだ……」

「たとえばホメロス以前の偉大な詩人、オルフェウスの息子ムセウスの『ヘーローとレアンドロス』を印刷するとか」アルドの顔が笑顔で輝く。「初のギリシャ語作品、愛の詩です」

「愛の詩？　女たちのお気に入りをか？　騎士とドラゴンものはないのか？　『恋するオルランド』みたいな。信じられんかもしれんが、ボイアルドの著作は売れるんだ……」

「ええと……あの……『ヘーローとレアンドロス』はですね、恋人と会うためにヘレスポントスの海を泳いで渡っていた青年が、ひどい嵐に見舞われて……。海辺に打ち上げられた遺体を目の当たりにした彼女は、塔から身を投げ自殺する。それが全編にわたって長短短格の六脚律《ヘクサメトロス》で詠われるのです。その価値は計り知れません」

「詩か……。私はギリシャ語教師向けの文法書を考えていたが。それなしではギリシャ語は読めない。違うか？　何かあるだろうと思うが……」

「最良なのはコンスタンティノス・ラスカリスの文法書でしょう……」

「詩と文法書とは私をその気にさせる。アルド、君は行商向きだ」

行商だって？　アルドの笑顔が途端に歪む。

「説得力があるからな」トッレザーニが話を続ける。「いつそのこと、そうした君の物好きな本の合間に、本当に売れるものを考えたらどうだ？　何かこう……失われた写本とか。紛失した手稿は売れると言うぞ。いつだったか、あのたかり屋ジェンソンが口にしていた。印刷術の出現以来、失われた写本は探すだけの価値があると。たとえば宣伝ビラで《このたびアルド・ロマーノ印刷所は、これまで誰の目にも触れることのなかった失われし写本を、熱意をもって出版する……》と告知してみるとか。そうすれば人々が競って買うのは必至だ。とはいえ、失われた写本そのものが不足している事実も否定できないが」

「なくなったものは無数にあります。だから失われた状態なわけで……」アルドも思い巡らす。「あなたはどんな種類の作品をお考えですか？」

「何でも構わん。印刷術が到来して以来、重視されてきたのはページ数、判型、活字、失われた写本か否か、挿し絵の有無……といったことだ。何より大切なのは、印刷のリズムを止めぬこと。準備万端整っていることであって、本の中身ではない。利益を見積もる際、私が何をやるかわかるか？　一つひとつの本に関わる物の値段で比較する。当然紙の値段は突出してるし、印刷に要する時間や諸々の機械についても同様に高い。親方・職人・徒弟それぞれの給料も高い。そして本の内容はというと……ゼロだ。君に理解できるかどうかはわからんが、私は考慮していない」

ちょうどその時、ジネヴラという名の女が入ってきて、部屋の隅にあるクラヴィコードの前に座った。両手を組んだり、腕と手を伸ばして揺さぶったりして、指と腕全体をほぐしてから、静かに鍵盤に手を載せ演奏を始めた。

「考えれば考えるほど、君のアイデアは面白い気がしてくる」トッレザーニは語る。「ギリシャ語？　そうギリシャ語。そこが肝心だ。なぜならギリシャ語を読める者がほとんどいない。となると、かえって貴族《パトリキ》連中が買おうと躍起になって争うだろう。ここの娘たちの一人を賭けるような試みかもしれんがな」

ジネヴラは淀《よど》みなく演奏を終えた。だがアルドの体は緩むどころか、むしろクラヴィコードのハンマーが打ちつける弦のごとく張り詰めていた。自分が脳裏に思い描いた虚構を何とか保とうとする、それが奇妙な心地よさをもたらしていた。トッレザーニの家族はみな若いのに、何と教養が高いのだろう。

夕食は目立った驚きもなく過ぎていった。アルドは前菜でソラマメのポタージュだけを口にし、その後はさまざまな魚料理が運ばれてきた。テンチ〔コイ科の淡水魚〕とウナギのフライ、焼きカマスにコイの煮込み……。トッレザーニが豪快に全部平らげる一方で、アルドは焼いたチョウザメの切り身をいくつか食べ、次いで何種類もの器に入れて差し出された海産物については、より厳格な学術書の著者たちはそれらを魚には含まないのだと弁解してどうにか断わった。食後のデザートも断わったが、あとになって四旬節のその日の夕食が、彼がヴェネツィアに来て以来、最も数多くの料理を目の当たりにした時だったと気づいた。それでも最後に出されたアスティ産のマスカットワインだけは受け入れた。

「ますます君のアイデアが気に入ってきた」あっという間に盃を空にしたトッレザーニが、改めて語る。「ギリシャ語の本、それも高額のものか。アルド、君は博学な男だから、近い将来イタリア中の研究者と知り合うことになるかもしれん。パドヴァやフィレンツェ、ローマなどでな。何はともあれ、すでにわれわれは協力すべく動いている。差し当たっては先程の『縁者・友人宛書簡集』の校正を頼みたいと思うが、どうだろう？　ただ折悪しく、この本の勘定は数日前に締めたばかりだ。しかも出費がかさんで利益を食いつぶしている状態でな……」

「喜んでお引き受けしましょう」アルドが相手の言葉を遮って言った。「いずれ品切れになると私は踏んでいます。多くの専門家がラテン語の手本として使用するでしょうから」

「そうか？　われわれが共同作業を始める方法が固まってきたわけだ。タルキニア！　話し合いが済んだぞ。二人分の風呂の用意を頼む！」

風呂？　アルドはおののいた。この家のさらなる不可解な習慣は何なのか？　ふだんのアルドは早々にベッドに入るために、ワイン少々とパンだけの、至って簡素な夕食で済ませている身だ。

「もう遅い時間なので、私はこれで……」と暇乞《いとまご》いをしかけた。

「確かにそうだな」トッレザーニがうなずいて立ち上がる。「ここはこのままにしておいていい。マスカットワインは湯治場に運ばせるから」

懊悩

アルドはどうやって退散すべきか見いだせぬままでいた。結局主のあとについて階段を降りていく。降りきってドアを開けた向こうは、湯気いっぱいの広間だった。まるで波止場に係留された船のように、木製の浴槽が壁に沿って並んでいる。広間に入るや否やトッレザーニは服を脱ぎ、浴槽の一つに身を沈めた。アルドも倣《なら》ってのろのろと服を脱ぎ始める。彼は信心深い人間ではないが、ふだんは他の者たちと同じように敬虔な信者を装っていた。言うなればごく自然に仮面をかぶっていたわけだが、人前で裸になる行為は極力避けて暮らしてきた。それも学術書で読んだ肉欲に陥らぬための忠告に従う、という単純な理由からだ。しかしながらその場を逃れる口実もこれといって浮かばず、なりゆき任せに疲れた体を癒すべく湯を堪能するのを選んだ。と思ったのも束の間、大慌てで湯船に入らざるを得なくなる。驚くことにこの家の女主人タルキニアが、ドアを開けて中に入ってきたためだ。

自分が直面している現実を改めて否定しようとするアルドをよそに、トッレザーニはご満悦の表情で湯に浸かり、唸り声を上げていて、慎みなく部屋に入ってきた妻（と思《おぼ》しき女）の態度に怒る様子もない。タルキニアは先程二人が飲みかけだったマスカットワインを盆に載せて運んできて、それぞれの浴槽の脇に備えつけられた台に置いた。それから一緒に運んできた碗にワインを注ぐ。アルドの碗に注ぎに来た時、彼女と視線が合い、彼はその目でしかと確認した。タルキニアの態度はとてもこの場が要する節度とはかけ離れている。彼女はアルドを見つめると、舌先で上唇を舐める仕草をしたのだ。彼にはその行為が著しく淫らなものに思われた。

こんな場面を亭主に見られたら大変だ。アルドは両手で顔を覆い、さらに深く湯に沈む。恐る恐るトッレザーニの方を見やるが、幸い妻の軽率な行為に気づくことなく、まぶたを閉じたまま頭を浴槽の縁にもたせかけてくつろいでいる。用が済んだタルキニアは無言で去っていった。しかしアルドはもはや風呂を楽しむ気分ではなかった。あまりの居心地の悪さから、即刻立ち上がり、湯が滴る体を乾かし服を着て、あとはトッレザーニに夕食に招待してくれたことへの礼を述べ、あれこれ言い訳を並べて家から立ち去るつもりでいた。そう決意した矢先、またもや突然ドアが開き、咄嗟に湯船に身を沈めざるを得なくなった。

　今度入ってきたのは女二人だ。室内に充満した水蒸気のせいで、二人の顔は見えない。戸惑った彼は湯船の底でこわばる自分の足の指に意識を集中しようとした。二人はどこで服を脱いできたのだろう？　ついそんな疑問が浮かぶ。一人目が誰だかわかった。オノランダと名乗った女で、トッレザーニの浴槽に近づいていく。じゃあもう一人は……まさかこっちに……。上半身をボディス〔前をひもで締めるタイプの女性用胴衣〕で締めつけ、押し出された白い胸がアルドの浴槽に向かってくるのが見える。ショックなことにそれはマリエッタだった。他の衣類は身につけていない。視界を遮る湯気の中を歩きながらボディスを脱ぎ捨てる。アルドがしがみついていた夢幻劇が完全に崩れ落ち、現実に場を譲った瞬間だ。今ここで地が裂けて、容赦なく自分を飲み込んでほしい。そう願ったものの、もちろんそんなことが起こるはずもなかった。彼が一番恐れていたのは自分の魂だった。なぜ彼の魂は、罪に対し抗《あらが》う兆しを見せないのか？　いったいどうしたのだ？

　アルドの浴槽の前でマリエッタが立ち止まった。それまで心の奥底に隠れていたさまざまな感情が、欲望とともに旋風のごとく押し寄せてくる。これも自分の感情の一部なのか？　肉体が望んでいるのは喜びであるはずなのに、どこか悲しみに似た波にさらされる自分を感じた。そうしながらもアルドの視線は、彼女の下腹部に向けられている。

　過去の同じような場面では、欲望の嵐を前に平静さと自己抑制で対処し、誘惑に負けることはなかった。だが今は、自分が魂を奮い立たせ、抗う方向へと向かわせることはないと自覚している。結局のところ彼は、人前では自分の心が揺れているふうを装い、ちょっとした夢幻劇を演じていたにすぎない。だからこそ他の者たちのように、感情に駆られて行動したり怒りに任せたりすることなく、つねに落ち着いて話すことができたのだ。ならば今ここでも落ち着いた態度で、服を身につけてくれと、この女に告げたらどうか？　そして自分も服を着て、この場から立ち去る。ここにはトッレザーニ以外誰もいないし、彼は自分の浴槽でオノランダとお取り込み中だ。アルドがどうしているかなど気にも留めていないだろう。

マリエッタがアルドの浴槽に寄り添い、顔の上に身を傾けて口づけしてきた。初めてのキスを彼は目を閉じて受け入れた。娼婦のほどいた髪から漂うバラとカルダモンの香りに酔いしれ、全身に走った震えを隠すこともなく、ただ身を委ねる。遠い過去にこの優しく吸いつく両唇を夢見た日があっただろうか？　思考に絡みつくようにして、口の中を這い回る舌を夢見た日があっただろうか？

その後アルドは、彼の足先側から浴槽に入り、少しずつ湯船に体を沈めていく女の姿を見つめた。徐々に水に飲み込まれていくふうに見えなくもない。彼女の白く小さな足が、目の前の水面に現れては再び潜り、徐々に距離を縮めると柔らかな足指で両腿を撫でた。同時に女は貪欲な十本の手指で獲物の芯を捕らえ、狂喜しながら皮をはぎ、口に含んで甘噛みする。そこでアルドは、かつて思いを馳せた女の顔を思い浮かべる。この激情が愛だと言うのなら、かつてカテリーナ・ピコに抱いた恋心は愛ではなかったということになる。若きアルドの学友だったジョヴァンニ・ピコ・デラ・ミランドラの妹で、アルドが家庭教師を務めたアルベルト・ピオ王子の母親でもある未亡人、カテリーナ・ピコ……。彼女が再婚した当時、なぜ自分はあれほど失望に苛《さいな》まれたのだろうか？

そう、あれは愛ではなかったのだ。今となってはそれがわかる。コントロールを失った心臓が激しく鼓動するごとに、熟れて裂けたザクロのように、彼の面前に真っ赤な果粒をさらけ出してくる気がした。マリエッタが体を上下に揺らすたび、敬慕の念さえ抱かせるたわわな二つの胸が湯に浮き沈みし、黒ずんだ乳首が見えたり隠れたりしている。アルドはその緩やかなダンスに身を委ね、意識を失う寸前だった。十本の指が芯から離れたかと思うと、マルメロのような乳房が彼の前に、湯を滴《したた》らせながら迫ってくる。女はアルドの碗に残っていたワインを静かに飲み干すと、木製の盆を台から退けて浴槽内でさらに体を密着させてきた。それから男にまたがると、吸ってくれとばかりに、交互に乳房を口元に差し出し、それが終わると両胸を顔に押しつけ胸の谷間に埋《うず》めさせた。アルドの口から嗚《お》咽《えつ》が漏れる。亡くなった母親の顔が不意に脳裏をかすめたためだ。マリエッタが片手でアルドの胸板に触れ、彼の緊張を解くべくシーッと言った。愛の魔力が強いるリズムに心臓が止まりかけていたアルドは、助かったと思ったが、年下の女が示した慈愛は計略以外の何ものでもなかった。突然、貪欲な手が再び彼の芯をつかむと、ためらうことなく女体の中心に突き刺し、互いの体をつないだからだ。アルドは眼窩から目が飛び出る感覚を味わい、不足した空気を求めて口をぱくぱく開けた。全身の筋肉が硬直せぬよう、背中だけでも緩めるしかない。マリエッタが水音を立てながら少しずつ少しずつ腰を踊らせ始める。男がその場で悶絶死しても構わぬと言わんばかりに、自由自在に動きを早めたり止めたりしている。次第によがり声が強くなり、両腕を上げて、両手で何度も髪を束ねる仕草をしている間も、豊満な胸は歓喜に跳ね回っている。アルドの緊張が頂点に達した瞬間、彼はついに魔性の女の胎内に捕らわれた。自分の体から魂全体が脱《ぬ》け出したのを悟り、やがて彼自身が彼女を取り巻く湯気の中に溶けていった。

一方彼女はダンスのリズムを緩める間も、秘密を共有する者同士にありがちな微笑みで相手のことを見つめていた。女は男を幸せにしたと思っていたが、男の方は自分が一挙に老け込んだ気がしていた。すでに四十代になる彼は、その時まで愛を論じた学術書の助言どおりに、愛欲絡みの行為を避けて生きてきた。せっかく清き人生を過ごしてきたのに。これでありとあらゆる汚らわしい物事に染まっていくのだ、おまえは。心の奥から響いてきた、自分の声とは思えぬ声が彼に説教する。やり切れぬ思いで濡れた手で顔を覆った。自分が泣いている姿を女に見られたくないがために。

　エウリピデスの悲劇詩でわずかばかり愛を学んだ男が、初めて快楽の何たるかを知った。いったい彼はどうなるのだろうか？

第三章

狂人たちの祝宴

「14人の時の踊り子」作者不詳『ポリフィロの狂恋夢』(1499) より

巣窟の中の女神

薄暗い黄金色の夕空をもってしても、間近に迫る一月を告げる寒さは和《やわ》らげられない。老女たちが夕刻時のお告げの祈り《アンジェラス》を捧げる中、アルドは軽い足取りでプーニ橋を渡っていた。彼は歩きながら、四つ折り判の本のまだ製本前のページをめくっている。日課となっている、一日の仕事を終えたあとのヴェネツィア市内の散策からの帰り道だ。

ヴェネツィアに到着してちょうど四年になる今日の午前中、トッレザーニの印刷所で彼の最初の本となる『ヘーローとレアンドロス』の最終ページの印刷を終えたところだった。偉大な詩人ムセウス、ヨーロッパ文学の絶大なる父だ。アルドは心の中で何度もつぶやいていた。ギリシャ文学の作品をすべて原語で人々に知らしめる。ようやく動き出した彼の計画にとって、これほど最良のスタートがあるだろうか？

意に反してトッレザーニが何かラテン語文献の出版を強いようとした時には、自分が夢見るギリシャ語の図書目録を汚しかねないと思い、それをかわすべく一計を案じる必要があった。地元の教会のジャコモ・デラ・サンタ・クローチェ神父がアンドレア・トッレザーニの聴罪司祭であると同時に、助言者でもあると知った。その上神父は、教会の教えに反する書物が世に出ぬように、つねに目を光らせているとのことだった。そこでアルドは、あえてキリスト教徒が最も毛嫌いするであろう一冊、ルクレティウスの『物の本質について』の出版を提案した。ローマの詩人は大胆にも、その哲学詩で人間の魂は肉体とともに死すべき運命にあると主張している。当然ながら聴罪司祭はトッレザーニとアルドに脅しをかけたばかりか、出版された本を買った者、読んだ者に対しても一年間説教し続けると言い張ったのだった。

トッレザーニは必ずしも教会の言い分にいつも屈するタイプの人間ではない。多くの商人がそうであるように、自分たちの商売を教会が必要以上に詮索するのをよしとしない。だがその一方で、自らの扱う商品の売り上げが、少なからず世の権力者たちとの見せかけの調和に左右される現実も承知している。市場は教会やそれ以外の機関とは、それなりの友好関係を保つ必要があるのだと、しばしばアルドに語っていた。

「マヌツィオ親方!」

呼ばれたのは自分か? 手にした紙を読むのをやめて立ち止まった。声の主を見やると、瀟洒《しょうしゃ》な身なりの男が、小さめの豪華馬車の昇降口から小階段を降りた所で御者と並び、両手を上げて合図している。

「親方、こちらです!」

アルドはゆっくりと馬車に近づいていった。優雅な服装の男に見覚えはないが、袖つきマント姿の太った御者にはどことなく見覚えが……。悪意を感じさせる目つきと膨れぎみの顔。誰だっただろう?

停車している馬車に歩み寄ったアルドに、見知らぬ男は柔和な笑顔で軽くお辞儀をする。廷臣でもない限り身につかぬ仕草であることは一目瞭然だ。

「突然の失礼をお許しください。私はジロラモ・ベニヴィエニ・フロレンティーノと申す詩人です」と自己紹介してきた。

アルドはしばし思いを巡らす。詩人ポリツィアーノの弟子の一人だろうか？　目の前の男が誰なのかもわからぬままに、アルドも相手に合わせて丁寧に頭を下げる。家来だらけの世の中で、自分もその一人であるのを示すかのようだ。

「アルド・マヌツィオ・ロマーノです」はっきりとした口調で告げる。馬車の中にきらびやかなドレスが垣間見えた。

「伯爵夫人があなたにご挨拶を、とおっしゃっておりまして」

暗い馬車の中から声をかける貴婦人か。洞窟の奥でよきキリスト教徒を待ち受けるのは何であろう？　アルドは警戒する。申し出を断わるべきかもしれない。スカートの下にはしばしば蛇が潜んでいる。気をつけろ、マヌツィオ。ドラゴン女かもしれないぞ。つい周囲を見回した。彼にとってヴェネツィアは、いまだ外国という意識が消えない。そもそも彼のようなよそ者を気にする者などいるか？　とにかく夕暮れ時に貴婦人の馬車に乗り込む、そんな行為を好んでする年齢でもない。

アルドを招くべくドアを開ける御者の腕を見て、男が誰だか思い出した。一方の腕に青色の、錨に巻きつく海洋生物の入れ墨がある。アルドがヴェネツィアに到着した日、彼を乗せて大運河《カナル・グランデ》を渡ったゴンドラの船頭だ。どうしてあいつがここにいるんだ？

「どうぞこちらへ。遠慮しないで。私、ハルピュイア〔女面鷲身の怪物〕でもなければ、感染の恐れもないですわ」車の中から呼びかける。

どうも聞き覚えのある声だ……。若い女の声ではなく、年増盛りのかすれ声といったところか。アルドの頭にまず浮かんだのは、アルベルト・ピオ王子の周囲にいた女性たちだ。カルピで知り合った王子の母親カテリーナ・ピコのいとこの誰かぐらいしか考えられない。

「あなたの旧友、コンコルディア伯爵夫人を恐れているの？」

その声、その称号、いずれも紛れもないが……。アルドは声の主の顔を見ようと背伸びをして車内を覗き込んだ。女はやや疲れた様子で座っている。金糸の浮き出し刺繍で飾られたドレス、スリット入りの袖から垣間見える真珠色の裏張り、首の上にはなぜか死人のような生気のない顔がきらめいている。少なくとも目が暗闇に慣れるまではそう映った。だが、顔だと思っていたのは帽子と一緒に頭に留めた銀色の仮面《マスク》だった。女の咳払いで正体がわかる。若い女などではなく、彼の旧知の友のものだ。

「ジョヴァンニ・ピコ・デラ・ミランドラ王子じゃないか！　いったいどうして……？」

「違う、違う。そうじゃない！」偽の貴婦人が否定する。「頼むから王子と言うのはやめろ。何と呼んでも構わないが、王子だけは忘れてくれ。僕は継承権を放棄した身だ。そのために今や僕の兄弟二人が醜い争いを繰り広げている。僕のことはコンコルディア伯爵夫人と呼んでくれ。さあさあ、遠慮せず中に入って！　これからジロラモと僕を、どこか静かに飲める場所に案内してもらえないか？　この町の裏事情には、君の方が明るいだろうから」

「だけど、その恰好でいったい何を？　いつヴェネツィアに着いたんだい？」

天使と悪魔

僕ら二人は今朝パドヴァから着いたばかりだ。フィレンツェからの疲弊の旅の最終地がここだとも言えるが。

いや、今回は違う。以前のように、あのロレンツォ・デ・メディチの図書館のための飽くなき本探しではない。彼の死後、フィレンツェは様変わりした。美しき時代は終わった。アルド、もう過去の話だ。そんな憂鬱な思いを僕から取り除いてほしいぐらいだよ。だけど僕らがわざわざ来たのは別の理由なんだ。君に贈り物を携えてきた。それで君を探していた。

うん、わかった。何もかも話そう。本当は狂人たちの祝宴のためでもある。当然だよ！　パリのノートルダムの祝宴に匹敵するのは、ヴェネツィア、サン・ポーロのサンタ・マリア・ディ・フラーリ聖堂での宴以外にない。ああアルド、頼むからそんな顔をしないでくれ！　知らないなんて言わせないぞ。それは君を自己抑制の師と仰ぐ学術書から独り立ちさせるための祝宴だ。アルド、君のための祭りだ！　知らぬと言うなら、知る時が到来したということだ。さて、それまでどこに行こうか……。

確かにジロラモ、君の言うとおりだ。居酒屋イッポカンポ〔タツノオトシゴ〕か。イタリアで唯一アトス山のワインを出してくれる店だ。御者！　カランパーネ地区まで飛ばしてくれ！　強欲な商人を轢《ひ》いたところで心配するな。それほど喉が渇いた。正直なところ僕はこのジロラモなしでは自分がどうなってしまうかわからぬほどだ。

えっ、まだあの本を読んでいない？　ヘカテ〔魔術の女神〕に誓って言うが、君がうらやましい！　再発見するためにも、できれば僕もその喜びを保留してみたいものだ。

アルド、君と同じで、僕も自分がめっきり年老いた気分だ。思い出に浸って過ごすことが多い。ジロラモとはフィレンツェを旅した時に出会った。まさにひと目惚れだったよ。運命が僕らをロレンツォ・デ・メディチがフィエーゾレに所有する別荘《ヴィッラ》内の、気高きベルカントの階にある広間の一つで出会わせたんだ。あの時僕は少し酔っていて、知り合ったばかりの魅力的な女性マルゲリータ・アレティナと、感動を交流し合える静かな場所を探していた。

そう、これだよ、僕がマルゲリータを口説こうとして、彼女の夫から負わされた傷跡は。忘れようもない肩の傷だ。

夫のことはさておき、ベルカントの階にある個室のドアを開けた瞬間、マルゲリータも僕も、二人とも仰天した。そこに思いつめた顔で一人、椅子の上に立ち尽くすジロラモの姿があったからだ。激しい孤独に苛まれた者たちには、とても勧められぬ行為に及ぼうとし、完全にわれを忘れていた状態だ。驚きのあまりマルゲリータが逃げ去ったのは言うまでもない。

「君、椅子から降りたまえ」気が動転しつつも僕は言った。「そんなことはやめた方がいい」

彼は驚いた様子で僕を見やる。そう、今輝きを放っているこの両目でだ。

「私に自殺の理由がないとでも？」

「いや違う。だが天使が一人の人間に抱く愛、それだけで生きるに十分ではないか？」

「君は自分が天使だと、私に信じさせたいわけか？」不快感をあらわに彼が問う。

「そうではなく」僕は答えた。「天使は君だ。そのことに疑いの余地はない。愛を必要とする哀れな人間は、この僕だ」

あの時の状況を君にも見せたかったよ、アルド。百本以上ものロウソクの灯に照らされ、威風堂々たる服装をした彼が椅子に立ち、首吊り用の縄をかけて今にも……。運命は理不尽なものだ。打ちのめされる者もいれば、うまくつかむ者もいる。中には自分で切り拓く者さえいる。そうは思わないかい？

ところで君の方はどうなんだ？　この土地での君の関心事をぜひとも聞かせてほしい。

おおっ！　ジロラモ、今の表情の変わりようを見たか？　わが友、わが師マヌツィオが、実直さと無垢の象徴のような彼が、商人らしい抜け目のない顔になるのに、わずか数年間のヴェネツィア暮らしで事足りるとは……。確かにこの町の人々は、僕らとは異なる生活のリズムで生きている。ほとんどゲルマン人、金の神に身を捧げた蛮族、いや、もしかしたらギリシャ人かもしれない。アルド、実のところ彼らはどうなのだ？　それとも君たちはと問うべきか？

装わなくてもいい。彼らの流儀に染まって当然だ。ここでは商売をするのが、ある種の必要条件なのだから。マラリアにでも感染しない限りはな。僕は到着したばかりですでに罹患《りかん》した気分だ。ヘカテに誓って言うが、まだ水は飲んでいない。

ちょっと僕の目を見てくれないか。そうだ。君の瞳がやけに輝いているが、ひょっとして何かいいことでもあったか？　もしかすると……？　今身につけているそのオレンジ色の半ズボンは言うまでもなく、ずいぶんと若返っているように見える。何だか知らないが、僕に隠していることがあるな。

何を手に持っている？　どれどれ。ギリシャ語のムセウス？　でも誰が？　ここにアルドゥス・ロマーノと書いてあるぞ。ギリシャ語の作品なのか？　君の得意な領域じゃないか！　すごいぞ！　見たか、ジロラモ？　僕は君に言ったよな？　アルドがたとえまだ印刷業者になっていなかったとしても、なる寸前のはずだと。なぜって、それが彼の夢だし、アルドは自分の望みを達成する男だ。僕のささやかな贈り物に、彼が最適な人物だと、これで君にもわかったろう？

アルド、ケチをつけるようで申し訳ないが、君が手がけたこの『ヘーローとレアンドロス』の著者ムセウスは、伝説の人オルフェウスの後継者である、ホメロス以前のアテネの詩人ではない。単に同じ名前の人物だ。その事実は口外しない方がいい。わずか十世紀前の著作だと知った途端、専門家たちの興味は失せて、ヘーローとレアンドロスの物語は、一般読者の愛の探究の枠内で漂流することになるぞ……。

だが今はその話はやめにして、商人への道のりがどんなものだったかゆっくり語ってくれ。甥のアルベルト・ピオから聞いたよ。君がノヴィに印刷所を設ける話を拒否したとね。カルピに近い別荘《ヴィッラ》を譲ると申し出たのに。それについては僕も君と同じことを彼に言った。印刷所を郊外に置いても何にもならないと。しかしウチの甥でなければ、誰から資金提供を受けたんだ？

トッレザーニだって!?　本当か？　あの男が金を出したとなると、理由は一つしかない。君の手柄をごっそりと持っていくためだ。つまり夢をつかもうと邁進するアルドの上空を、ハゲタカのようにトッレザーニが旋回して……。

おっ、もう着いたのか？　あの御者、野蛮そうに見えて忠実に指示を果たしたわけだ。まずは君たち二人が先に下車してくれ。

ほら見て、アルド、僕はやたら背が高くなっただろう？　ヴェネツィア製の見事な厚底靴チョピンだよ。ヒールが二十センチぐらいあるから、馬車から転げ落ちたら頭を割るな。このおかげで僕の背の低さへの劣等感は吹き飛んだ。逆に竹馬にでも乗った気分で優越感に浸っている。これなら誰にも無視されないからな。だって長い髪をした金髪女にとって、通りすがりに男たちが振り向く以上に嬉しいことはないだろう？

率直に言ってくれないか、アルド。僕のこのドレス、どう思う？　よく見て。ジロラモの服とお揃いに映るのに気づいたかい？　ジロラモ、僕の横に並んでアルドに見せるんだ。僕の背が高くなったからといって、恥ずかしがる必要はない……。体がなまったって？　おまけに喉もからからだ。さあ店に入ろう。女将《おかみ》、奥の部屋を一つ用意してくれ！　ジロラモ、先に行って確かめてきてくれるかい。運河に面した部屋だけはご免だ。悪臭を浴びて死にたくはないからな。

ええと、何の話をしていたのだったか……。そうそうアルド、断わっておくが僕が女装をするのはこれが最後だ。今夜が最後。実のところ当初の目的はまったく別だった。僕は完全に女になる気でいた。そのためにコルボラの地に小さな別荘《ヴィッラ》を建てたほどだ。そこで三十歳になる僕は、金持ち未亡人のごとく目の前の人生を楽しんで生きようとね。

理由？　もちろん僕自身から逃げるためさ。不世出の天才、哲学者ピコ・デラ・ミランドラは死んだ。恋愛詩の詩人ともおさらばであると。ああ、そうなんだ。よく言われることだが、人はすべてを手放す時期が来る。僕にもその時が訪れたということだ。

ありがとう、女将。水は混じっていないな？　本当か？　どれ……。

ああこの味この香り、神を称えたい。感激に涙がこぼれる思いだ。さあ、わが兄弟たち、君らも味見してくれたまえ。アルド、今日は食事をしたか？　そうか、それは残念だな。アトス山の修道院のワインは断食後に飲むのが最良の飲み方なんだ。ジロラモも僕もこの瞬間を存分に堪能したくて、今日は一日何も飲み食いせずに過ごしてきた。

何だって、ジロラモ？　飲むため、あるいは飲まないためと言って、僕が今月だけでも何度君を酔わせたかだと？　関係ないだろう！

そうだ、忘れていた。覚えておいてくれ、ジロラモ。品行方正なアルドは衛生上の理由からしかワインを飲まないんだ。一日に飲む量も決まっていて、せいぜい月に一度、体の浄化のために。あるいは些細な罪で心を汚し、聴罪司祭に告解する事態になった際に、やけ酒を飲む程度だ。だからこそ、僕は彼を尊敬している。だがアルド、旧友ジョヴァンニを喜ばせようと思うなら、規律をぶち壊すぐらいでないと無理だ。僕としても今日は旧友の君に、ぜひとも一緒にいてもらいたい。何しろ今夜は怠惰な生活の最終日、叙階を目前に控えた僕の自堕落な人生の断末魔なのだから。

おお！　さすがのアルドも驚いたか！　そのまさかだ。僕はドミニコ会士になるんだ。そうだとも。知ってしまった以上、最後の戦いに僕一人を置き去りにはしないだろう……？　やった！　そうこなくっちゃ！　君が僕らを見捨てるはずがないと思っていたよ。君のために乾杯しよう。僕のグラスはどこに行った？

そもそも僕を叙階にまで導いたのは……驚くなよ、サヴォナローラだ。

ああ、聞いてのとおり、あのジロラモ・サヴォナローラなんだ。彼の雄弁さは呆れるほど昔と変わっていない。

ジロラモ、このアルドは、君と同名異人のサヴォナローラの行き過ぎをたしなめた唯一の人間だ。

そんなやつは後にも先にも僕は知らない。ひょっとして彼らとどのように知り合ったか、まだ話してなかったか？　僕はアルドとサヴォナローラの二人と、同時に出会ったんだ。

フェラーラの頃の話だ。十五歳で大学に入学した僕は、ちょっとした騒ぎの種だった。三カ国語を操る少年として、地元では時代の寵児扱いされていた。町でも屈指の傑出した人物と見なされていたが、僕にはまだその実感がなくてね。若さゆえに自分の真の才能を示したかったが、なかなかその方法を見いだせずにいた。

ある日、勉強中の学生でいっぱいの大学図書館で、ほとんどの学生が知らぬであろう本を一冊、司書に読みたいと申し出た。その場に居合わせた全員に聞こえるような大声でだ。

「貸し出し中でなければ、ルクレティウスの『物の本質について』を借りたい。再読したいから」

大学に入学して以来、初めてみんなの視線が僕に注がれる、そんな多大な喜びを感じた瞬間だったよ。もちろんそこに、僕に対する羨望や蔑み、称賛といったさまざまな思いがあったのは承知の上でだ。ついでに言うと、再読というのは見栄を張ったまでだ。バッティスタ・グァリーニが寄贈した写しが一冊あるのは知っていたから。バッティスタ先生の指導の下で、僕はフェラーラ大学に進むことになったわけだが、彼がアルドにとっても手本となる師である事実は、その時点ではまだ知らずにいた。入学の申請に向けてバッティスタ先生と手紙のやり取りをしている中で、僕はその写本についての説明を受けていた。彼いわく、エピクロスの享楽的哲学に近づくための理想的な経路であり、読むに値する唯一のラテン語の書物であると。

その写本は、僕は一度も目にしたことがなかったが、キリスト教徒の魂にとって非常に有害だと噂に聞いていたディオゲネス・ラエルティオス『ギリシャ哲学者列伝』の第十巻、「エピクロスの生涯」以上に重要なのだと先生は言っていた。そんな経緯もあって、その写本『物の本質について』への僕の興味は増すばかりだったわけだ。

目的の写本を手にし、読書前の期待感に浸っていた僕は、館内にいたサヴォナローラが僕のもとに向かっているのに気づきもしなかった。彼はいきなり僕から写本を奪うと、それを両手で握ったまま僕の目を見据えて言った。

「少年、この書が収まるべき場所を教えるのが、私であるのが残念でならない」

サヴォナローラは決然とした足取りで暖炉まで歩き、写本を火の中に放り込むと、振り返って怒りに満ちた目で他の者たちを見やった。

その時アルドが席を立ち、サヴォナローラを無視して暖炉へ走ると、着ていた犬の毛皮のマントを脱いで本の上に覆いかぶせ、すんでのところで火を消し止めて、焦げ跡程度で本を救ったんだ。

アハハハ、あれには参ったよ。ヘカテに誓って言うが、どう見ても無謀な行為だった。サヴォナローラとの反目は、悪い結果をもたらすことは誰もが知っていた。大多数の学生と同様、彼も地元フェラーラの出身者だったからね。あの地域で急速に力を持った名家の人間だっただけに、露骨に権威を行使することも少なくなかった。その上、卓越した論争家になっていた彼の気力と威厳のある声は、実際無敵を誇っていた。もっとも巧みさよりは力でごり押ししている感はあったが。あの時点でサヴォナローラはすでにドミニコ会士として叙階されていたが、神学を修めるためにフェラーラに戻っていた。アルドもそうだが、三カ国語を修めた優秀な学生の多くは、バッティスタ・グァリーニ先生の指導の下で学業に励む傍ら、年下の学生たちに教えることもしていた。そんな中でサヴォナローラの名声は、彼の傑作と呼ばれる詩の出版以後、さらに高まっている状態だった。彼の闘争心の輝きが際立つ詩『世界の破滅』は、彼のアイデンティティの象徴にすらなった、悪癖に対する見事な声明だ。「魂の不滅を否定する本を擁護する行為は」アルドに向かってサヴォナローラが怒鳴りつけた。「著者と同様、君自身も冒瀆者だと証明することだぞ」

しかしながらアルドも、彼に負けず劣らずの信望を得ていた。あの町で唯一貞潔堅固な学生として知られていた。貫く者など稀なだけに、しばしば特別な意義をもって称揚されることもある。ここヴェネツィアに比べれば可愛いものだが、下腹部絡みの罪の千年以上に及ぶ伝統が根づく、フェラーラのような町ではなおさらだ。

「ジロラモ、この著作が収まるべき場所を教えるのが、僕であるのが残念でならない」実に落ち着いた声でアルドが答えた。あまりに穏やかな声だったため、周囲の者がみな、次の言葉を聞きたくて静まり返ったほどだ。「なぜなら僕自身が君の詩の一番の崇拝者であり、自分の心に永久にしまい込んでいるからだ。だけど、たとえばアリストテレスやプラトンの中にあるキリスト教的な部分を見いだすのと同様に、僕はルクレティウスの詩の調和の中にもキリストの魂が存在していると信じたい。たとえ彼が犯した多くの誤用箇所には存在していなかったとしても。君には僕に替えのマントがないことも、それを買う手立てもないこともわかっているだろう。でも僕は自分が愛してやまない作品の、ほんのひと握りの詩句を救うためだけに、喜んで寒さにさらされようと思う」

素晴らしいとしか言いようのない演説じゃないか?

立ち向かった相手の作品を称える配慮までする敵を前に、サヴォナローラは怒りを鎮めざるを得なかった。そこで未練がましい敗者だと見なされないために、サヴォナローラは着ていたリスの毛皮のマントを脱ぎ、それをアルドに笑顔で手渡した。彼があんな笑みを浮かべたのは、後にも先にもそれっきりだと思う。一方アルドは、一度も鏡の前で練習したことのないぎこちないお辞儀でサヴォナローラに応じた。

そこでバッティスタ・グァリーニ先生が長椅子から立ち上がった。学生たちに交じって口論の一部始終を見ていたらしい。

「私は言葉だけであるが、今の出来事をこの場で称えたい。まずは他の者たちが避ける本の中にまで、強い関心を持ってキリストを探し求める学生を」と言って僕を指し示した。「火をもってキリストを擁護する学生を」とサヴォナローラを指差した。「そして誰よりも」とアルドに向き直って言った。「何一つ排除することなく、人間のあらゆる作品の中にキリストを見いだす学生を」

ああ、バッティスタ・グァリーニ先生！　今思い起こしても、実に輝かしい時期だった！　彼こそがギリシャ語や性について、キリストへの真の愛の手ほどきを僕にしてくれた人だ。僕は紛れもなく当時、より淫らな作品や人間の最も汚れた陰の部分にまでキリストを探し求めていた。彼のおかげで僕は自分の内に真の信仰心を感じられるようになった。それ以前は幼稚なやり方で信仰心を装っていたにすぎない。

それでアルドはどうしたって？　ジロラモ、わが友がどうしたと思う？　彼はサヴォナローラからもらったマントを本と紙、インクに引き替えた。焼け焦げた犬の毛皮のマントを羽織ってフェラーラの通りを歩く彼の姿は、おなじみの光景になったよ。

ところでアルド、君に持ってきた贈り物はバッティスタ・グァリーニともずいぶん関わるものだ。君が今でも彼に手紙を送り続けていることは僕も知っている。フィレンツェで割と最近、彼は僕のもとを訪れた。以前彼が放蕩行為で作った借金を返済するために、僕が貸してやったお金を返すつもりでやってきたが、当然僕は、先生からは一銭も受け取るつもりはなかった。そこで彼は自分の貴重な蔵書から、珍しい本を一冊僕に贈ると決めた。先生いわく、本当に美しい写本なのだが、何語か解明できない東洋の言語で書かれているため自分には読むことができない。

僕は至福とも呼ぶべきその書物を受け取った、アラム文字で書かれたシリア語の写本の作為的な双書の類《たぐい》だ。アフラハトの『解説』、バルダイサンの『光と闇』……それと何度も評判は耳にしていた作品で、キュロスのテオドレトスがギリシャ語で書いた『物乞い』のシリア語版など。要するに他の人にしてみれば何の興味も湧かぬものばかりだ。ところが僕はその日の晩のうちに、『物乞い』を読み始めた。神の不変性を称揚する対話がなされたものだが、あれほどおかしな話を聞いたことがあるか？　それはともかく作品の二ページ目、登場人物の一人で題名にもなっている物乞いの長いセリフの箇所で、思いがけぬ驚きに出くわした。小川の岸辺、幻想的な木陰の夏の夕暮れの描写は不似合いな印象だったが。

何らかの解釈を見いだそうとその二ページ目を読むうちに、対話者の名前と議論のテーマが変わっていることに気づいた。いつの間にか語っているのは哲学者ランプサコスのメトロドロスと高級娼婦《ヘタイラ》レオンティウム、そして三人目の対話者が……。アルド、察しがつくか？

そうだ。三人目はエピクロスさ。どういうわけか、写本の間に別の作品が綴じ込まれていたんだ。最初の発言でエピクロスは、彼の弟子メトロドロスの愛人、レオンティウムが川で水浴びをする、その裸体の意義を語っている。それを読んだ時の僕の感激を想像してみてくれ。

結局、一気に読んでしまった。ディオゲネス・ラエルティオスが勧めるエピクロスの多くの作品中、ほかでもない『愛について』。そこで述べられた愛の見方は衝撃的なものだと思う。僕らのギリシャ・ローマ文化、あるいはユダヤ・キリスト教文化、まあ何と呼んでも構わないが、その文化が好む、狭く乏しい見方を取り払い、本質を明かし世界を変える類のものだ。

当然ながらプラトンの『パイドロス』とも関わってくる。単なる見方とは言え、知識と愛の伝授という点で同じ事柄を扱っている。僕らにとっては著しくかけ離れた二つのテーマが一冊の中に同居しているのは理解しがたいかもしれないし、僕も読む前はそうだった。ともかくギリシャ人にとって、性愛と知識の伝授は一緒の事柄だったわけだ。

おや、感激の涙かい？　落ち着け、遠慮なく僕のハンカチを使ってくれ。僕も自分が手にしたものを知った時には泣いてしまったほどだからわかる。

だがヘカテに誓って正直に打ち明けるが、最終的に本が完全に破壊されるに至った時には、それ以上に泣くしかなかった。無残にも永久に灰燼《かいじん》に帰した。

無残という表現さえ小さく思える。
すべては僕の責任だ。罪という言葉で見るなら僕の罪であると。

昔から僕に軽率なところがあったのは、十分君も承知しているだろう。秘密を保っていられない、すぐに誰かに話したくてたまらなくなる。いつも以上に飲んだある日、サヴォナローラに告解を求めた。その後の展開は君にも容易に想像がつくだろう。何しろ聴罪司祭は巧みに吐き出させる術《すべ》を心得ている。告解所で罪を列挙する時、ある種神秘的な恍惚を語る側にも聞く側にももたらすことがある。告白していた僕もそんな状況に陥っていた。わかるだろう、アルド？　僕が犯した罪の中でも派手なものの一つに触れた際、つい彼に性愛のポーズ、〝パン〔顎ひげをたくわえ、山羊の角と脚を持つ半獣神〕と雌ヤギ〟と呼ばれるものについて詳しく言及してしまった。そう、体があまり大きくない四足動物の交尾に理想的な姿勢ってやつだ。そうしたらサヴォナローラが、それをどこで学んだと僕に問い質してきた。自分でもなぜそうしたのかわからないが、エピクロスの『愛について』に載っていたと口にした。

ところで君に補足しておくと、その本の巻末には今言ったものも含め、多くの体位ってやつを説明した付録、一種の目録がついていた。さまざまな姿勢の描写は、エピクロスならではの教訓的な記述の好例とさえ言えた。この点に関しては彼の弟子二人が小さく見えたほどだ。見事な散文体で描写される性交場面は、他のどんな挿し絵よりも想像力をかき立てるだけに、より興奮の度合いが増すのは必然だろう。

ああ、サヴォナローラの話だった……。あの時の彼の顔を、ぜひ君にも見せたかったよ。日頃は変化のない表情が、ヒュドラ〔ヘラクレスが退治した九つの頭を持つ海蛇〕の形相になったばかりか、罪滅ぼしの苦行に本の引き渡しまで含めてきた。

え、何だって？　滅相もない！　僕が進んでそんなことをするはずないじゃないか！　まずは従うふりをし、近々持ってきて手渡すと固い意志を示しておいた。それからしばらく放置している間に、僕は誰にも監視されていないのを確かめた上でクエルチェトに向かった。ロレンツォ・デ・メディチが生前、僕がフィレンツェに飽きた時のために譲ってくれた別荘《ヴィッラ》がそこにあるからだ。彼の死後、所有財産を巡っては係争中の部分もあったものの、幸い僕は別荘《ヴィッラ》の使用人とは仲がよかったので、問題なく出入りできた。目的はもちろん、彼の書斎に本を隠すためだ。ところが僕はずっと見張られていたらしい。別荘《ヴィッラ》に着くや否や、頭巾姿の男たちが襲いかかってきて難なくねじ伏せられたばかりか、僕の荷物から本を取り出すと、何の説明もないまま持ち去った。その二日後、サヴォナローラは灰の入った袋を僕に手渡しながら、それは焼き尽くされた僕の罪だと言い、僕の苦行をさらに延長するとつけ加えた。

わかってる。計り知れない価値ある作品だったのに、何という損失だ。何しろ選び抜かれた雌牛の子宮と腹子の皮を使った最高級牛皮紙製で、値のつけようがないほど貴重な……。たとえ今の時代、皮紙の文書を前ほど重視しなかったとしてもだ。

そこで僕からの贈り物だ。ジロラモ、渡してやってくれ。

いや、違うぞ、アルド。君を騙したわけじゃない。失われたのはシリア語の写本だけで、エピクロスの作品自体は健在だ。幸い僕は、その言語で一冊丸ごと暗記していた。作品を破壊するなら、まずは僕を殺すしかない。

取り立てて騒ぐほどの長所ではない。読んだ本の内容が頭に刻み込まれるだけの話だ。子どもの頃に読んだ本を思い起こすだけで、一字一句を再現できる。たとえしたくても、簡単に記憶から消せない。僕の一つの才能、いや悪癖かもしれないが。

そのとおり。僕自身が図書館なんだ。それどころか、もはや誰も書物の内容を重視せず、本を作り出す印刷機ばかりを気にする昨今、僕自身が文学の魂、真髄であるとも言える。僕が本の語る内容そのものだなんて、素晴らしい出来事に思えないか？

僕は時々、妙な自問をする。こうした本は、僕が読む以前から僕の記憶の中にあったのではないか。父親の歩き方や目の色を受け継いだように、彼が読んだ本の内容も譲り受けたのではないか。まだ書かれていない本など、どこにも存在しないのではないかとね。

アルド、考えてもみてくれ。しばしば僕は、自分が執筆する作品ですら、人類そのものが僕に口述していると思う時がある。僕がすべての書物を読む前に、まだ綴られていない本の内容も含めて人類という種が僕に伝えてくる。自分の綴る文章は人類種に属するもので、僕らの内面にすでに存在しており、それをただ単に具体化しているだけではないかと。

あらかじめ言っておくが、巻末の付録を読む際には、性交の過程に対する疑問を明確にするためにも、ともに実践する相手が傍にいる状態が望ましい。ジロラモ、君もそう思うだろう？　相手の性格によっては容易に手なずけられぬ場合も多いから、理解ある相手を探すのが先決だな。三人での行為となるとなおさらだ。そんな顔で僕を見ないでくれ！

おいおい、そわそわするなよ。今夜はとことんつき合ってくれるんじゃなかったか？『愛について』を読む前に、いくつか警告しておきたい。一番重要なのは、僕が死ぬまでは絶対に出版せぬこと。この作品がサヴォナローラに嗅ぎつけられた日には、僕の破滅は避けられない。

いや、それはない。君の方が年上だが、ずっと長生きするはずだ。僕も君と同様病弱だが、放蕩の人生を送っているからね。どうか真剣に聞いてほしい。僕が死んでこの作品を印刷したら、まずはフランス、ドイツといった他の国々に配本し、世界中に拡散すると約束してくれ。そうじゃないとサヴォナローラが、完全に消滅する方法を見いだしてしまう。この場合、印刷数が少なくても構わない。

君の言うとおり、僕ら二人を改心させているのはほかならぬ彼だ。サヴォナローラが怒りをあらわにロレンツォ・デ・メディチの死を予言し、数日後にそれが成就されてからというもの、フィレンツエ中が彼の多大な影響力に屈した。彼の助言に従って、ジロラモと僕は契約を結んだ。すでに神秘的な詩のために恋愛詩を捨てたのと同じく、現世での愛を放棄する。このヴェネツィア旅行は、新たな人生に立ち向かう僕たちの内にまだ残る、情熱の埋み火を焼き尽くすための最後の訪問だ。それと引き換えにサヴォナローラは、自分の影響力を行使してくれた。ジロラモと僕を抱き合った状態で埋葬する墓が、すでにサン・マルコ教会に設けられている。

言うなれば交換条件だ。肉体同士のはかない愛の合一を、僕らの遺体の抱擁で象徴した魂の永遠の愛の合一に取り替える。ああ、ジロラモ、どうか後悔していないと誓ってくれ。なぜなら君もきっと、僕より長生きするだろうから。

繰り返しでも構わない。もう一度君の口からその言葉を聞きたい。さあ誓ってくれ！

愛する君の口づけも頼む。貞潔の誓いが、間もなく僕らの口づけをも禁じるのだから。ああ！

僕ら二人の性行為の放棄は、ほんの手始めにすぎない。僕はドミニコ会の修道服《アビト》を身にまとったら、キリストのメッセージを説くために世界中を巡礼したい。すでに所有していた土地も財産も手放している。貧しさと断食は修養に不可欠な要素だ。僕のこれからの長旅用に、シエナの聖カテリーナがしていたのと同じ苦行用の帯《シリス》を馬の尻尾の毛で作ってもらっているところだ。

君が懐疑的になるのも無理もない。だけどアルド、君の見方は必ずしも正確ではない。実のところ僕は、絶え間ない変容の中を生きている。よく聞いてほしい。人間は自らの意志で獣になれる、唯一の動物だ。だから天使にも悪魔にもなれるし、大河の激流の水にも、かがり火の炎にもなれるし、枝を伸ばす木にも、葉を揺さぶる風にもなれる……。一つの人生だけを生きることは、他の多くの人生を失うのを意味する。どの人生も脇に置くことなく、起こり得る人生の一つひとつを生きるべきだと思う。

おや？　朝課〔午前零時〕の鐘か!?　急がなくては！　祭壇前での宴《うたげ》が始まる前に、何とかサンタ・マリア・ディ・フラーリ教会に着かないと。アルド、足元に気をつけて。酔ったのか？　いいぞ、その調子だ！　僕も酔ったようだ。ジロラモ、女将に勘定を済ませてもらえるか？　ついでに祝宴に持っていく小枝三人分も頼んでくれ。

仮面《マスク》の位置はどうかな？　右側に？　こうか？　今夜は身だしなみも完璧にしたくてね。フランシスコ会の修練士たちの一人でもダンスで誘惑できるかどうか見ものだ。罪を前に怯えるくせに、幸せに伝染するとロバのように罪を楽しむ連中さ。アルド、ちょっと手を貸してくれ。ありがとう。滑り落ちそうだから、キツネの毛皮のコートはここに置いていくとするか。

祝宴の開幕を見逃したところで何ら問題はない。遅れて困るとしたら、『ヘロデの怒り』や『嬰児たちの虐殺』あるいは『ラケルの嘆き』といった演目に間に合わないことだろう。

さあ、乗った乗った。御者よ、サンタ・マリア・ディ・フラーリ教会に急行だ！

あの御者のことをどう思うかって？　ヴェネツィアの夜の案内もしてくれる、信頼できる男だよ。その上かのベッサリオン枢機卿から文学を学んだらしいから、博学な人間だろう。ゴンドラに乗った際、疑念を抱いたのか。それは無理もないな。何しろ、あいつの数ある職業の一つは写本追跡人だというから。

いや、単なる本の泥棒じゃない。むしろ本の墓掘り人と呼ぶべきかもしれん。つまり本を葬り去って人目に触れさせぬために盗む連中なんだ。かつてはあの御者も、修道院の図書館に忍び込んだという話だが、もう足を洗ったと聞いている。今や文章を書くのも読むのも大嫌いだと。印刷、出版に対する軽蔑の度合いは限りなく根深いものだ。

あいつは昔気質の人間で、やっとこさ今の世の中に順応しようと努めている様子だから。信じられぬかもしれんが、あいつの名はコンスタンティノス・パレオロゴス。ローマ帝国最後の皇帝で、オスマン帝国の軽騎兵らがコンスタンティノープル市内で遺体を引きずり回したギリシャ人皇帝の名前だ。その唯一の後継者であるコンスタンティノスの甥アンドレアス・パレオロゴスとローマ人娼婦の私生児だと称している。

そうそう、確かに皇帝というよりはスルタン〔イスラム教国の君主〕の顔つきに近い。去勢されたとも言っていた。スミュルナで起こったキリスト教徒の略奪で捕虜になった際、トルコ人に去勢されたのだと主張しているが……。真偽はともかく、去勢された男であるのは確かなわけで。そうだろう、ジロラモ？すべての去勢男がそうであるように、彼も性愛術の熟練者だ。彼の素養の幅広さには、ギリシャの高級娼婦《ヘタイラ》レオンティウムも驚愕するんじゃないか。

しかしアルド、心配は無用だ。僕との間で御者としての雇用契約が結ばれている以上、あいつは契約に違反できないし、約束を果たすだろうから。

さて、もう一つの贈り物だ。さっきのよりは見劣りするかもしれないが。俗人としての生涯を終えるに当たり、人生の総括をしているが、これまで僕が書いた本の中で価値のあるのはたった一冊だとの結論に至った。まだ出版されていないものだ。残りは全部、甥のジョヴァンニ・フランチェスコに譲り渡したが、この一冊だけは君にと思って持ってきた。ちょっと待って。ジロラモ、あの袋はどこに置いた？　ああ、それだ。ありがとう。

タイトルは『ヒュプネロトマキア・ポリフィリ』という。意味がわからなくて当然さ。〝ポリフィロの夢における愛の戦い〟という意味のギリシャ語をラテン語化したものでね。『ポリフィロの狂恋夢』とでも呼んでくれ。

アルド、これを君が出版したいと思うかどうかはわからない。君自身が決めてほしい。つまるところ君は、僕の師であり友人でもあり、僕が唯一判断を信頼できる人間だ。もしも出版しないと決めた場合には、確実に破棄してくれ。逆に君の目から見ても、誰かにとって価値ある作品だと思えた時には、印刷を請け負ってほしい。その際には一つだけ注文をつけたい。本に付した挿し絵をうまく版画にできる人物を探してもらいたい。それは僕が想像力だけで描いた素描《スケッチ》で、挿し絵を描く画家が自由に表現できるよう、概略を示したまでだ。

もう一つ注文がある。作品のどこにも僕の名は記さぬこと。ピコ・デラ・ミランドラは死んだ。本来書物は神か人間が書くものだが、この本は人間が書いたものだとわかれば十分だ。それでも著者名が必要だという場合には、ちょっとした遊び感覚で、各章の冒頭の文字を拾った名前フランチェスコ・コロンナ、僕の名とはかけ離れたありきたりの名前を使ってくれ。

最後の注文だ。さっきと同様、この本も僕の死後に出版してほしい。僕が生きているうちに印刷に踏みきってはならない理由は二つある。一つはこれが異端で猥褻だということ。僕にもよくわからないが、たとえ悪魔が書いた本であっても、君が手がければ周囲も阻まず出版できる気がしたんだ。もちろん僕の見方が間違っていることだって十分あり得るが。二つ目は、この作品がまだ理解されない可能性があるからだ。なのにあえて今君に手渡すのは、将来価値を認められると信じてのことだ。

僕が生まれた年から、自分で生み出してきた隠喩の物語が記されたものと呼べばいいか。いや、実際には僕が幼少期から囚われ続けている夢を再現したものだ。僕ら人間の見る夢は、聖書で語られる恐ろしき書物、本物の「人生の書」だとつくづく実感する。僕はそれを読み、話の内容は胸の真ん中、あるいは脳の奥に刻み込まれている。死んだ瞬間にだけその本に接することができるという説は正しくない。数々の夢はそこへの道のりだと思う。

祝杯を挙げよう！　ああ、無上の喜びよ！　幼い頃に僕の家庭教師をしていたアンドロニコを思い出す。毎日の授業は『神曲』の三百行の暗唱から始まって、うまくできるとアトス山のワインを小さな碗で飲ませてくれた。それから決まって、僕が彼の問いに答えられたら二杯目も飲んでいいという。

ほとんどは勉強中の事柄についての問いで、僕はご褒美欲しさにいつも正解で返答した。そんな中で一つだけ僕が答えられなかった問いがある。僕がまだ七歳で、初めて彼と出会った日のことだ。

「ジョヴァンニ、今から私がする質問をよく聞くんだ。人間を無敵にするのは何だと思う？　今すぐ答えなくていい。君がその答えを言い当てた時、私の教えも完結したことになる」

僕にとって大いに励みになった問いかけだ。人間を無敵にするのは何か？　その質問をされた頃の僕は、まだ父親の遺体と直面した時の記憶が生々しい状態だった。戦闘で腹を槍で貫かれて死に果てた父。まるで父を死に追いやった槍が僕の腹をも貫き、絶えず焼けつく痛みを残したような感覚を味わっていた。もしもあの時その答えが理解できていたら、父が最後に口づけをしてくれた時に告げられたかもしれないのに。そんな自問も何度か繰り返した。

けれども残念ながらアンドロニコは、僕への教えの完結を見ることなく死んだ。アルド、君にはわかるか？　何が人間を無敵にするのか？　僕はある日、子どもらしく「学識と本」と告げた。するとアンドロニコは嬉しそうな顔で尋ねてきた。「私は学識も本も持っているぞ、ジョヴァンニ。だけど無敵の人間に見えるかい？」

そんな調子でいまだにその問いに対する答えを探し続けている。

おいおい、あの間抜け御者、何で急に停まった？　えっ、もう着いたのか？

さあ、降りた降りた。毎度のこととは言え、遅くなってしまったな。ヘカテのためにも頑張るぞ。

「仮面《マスク》の貴婦人、ご機嫌よう！」

ジロラモ、見たか？　いい男じゃないか。だけど仮面《マスク》があると、男の興味が削がれるようだな……。

結局、自分の素顔以上に最良の仮面《マスク》はないのか。中に入ろう。君たちが先に立ってくれ。それにしても薄暗い照明だ。ちょっと待って、帽子を脱ぐ。ついでに仮面《マスク》も捨ててしまおう。

おい、あそこで跳ねている男、オウィディウスの注釈者のラファエレ・レジオ司教じゃないか？　状況に応じて踊ることもできる博学多識の人間ってことか。おや、酒瓶片手にこっちにやってくるぞ。アルドに気づいたようだ。アルド、忘れるな。僕をコンコルディア伯爵夫人だと紹介してくれよ。

何て親切な物腰！　過去にここまで丁重に扱われた記憶はない。見ただろ？　仮面《マスク》を外すと決めたのがいかに功を奏したか。ジロラモ、僕らは自身が望むものになれるんだ。男にも女にも、水にも火にも、蛇にも豹にも……。

何言っているんだよ!?　君がそんなに酔った姿は初めて見たぞ。ジロラモ、まさか嫉妬しているのか？

まあいい。今しばらくアルドと踊らせてくれ。

気をつけろ、アルド、よろけるなよ。君は飲みすぎだ。レジオのワインを全身から滴《したた》らせていないか。さっき忠告しようと思ったが、君があまりに物欲しそうに酒瓶をつかむものだから……。でもそれでいい。変容過程の真っ只中にある君を見るのは喜ばしい限りだ。いっそ強く抱き締めてくれ、アルド、聞いているか？　もう二度と離すんじゃないぞ。

アルド、いいか。次に体を旋回する時に、正面の奥にいる女性を見てくれ。さっきからずっと君を注視したままだ。僕に見覚えがない以上、君の知り合いに違いない。以前出会った人間だったら、僕が顔を忘れるはずがないからな。

マリエッタ？　おいおい、アルド。君も隅に置けないな。僕の目は欺けないよ。確かに金目当てという感じではなさそうだ。つまりはこの年齢にしてアルドにもぴったりの相手が見つかったということか。娼婦だって？　君は気づかぬうちにエピクロスの足跡をたどっていたわけだな。本当のことを話してくれ。無益ながらも称賛に値する君の貞潔は潰《つい》えたか？　君の目に宿った生気の輝きの理由はそれだったということかい？

いいか、アルド。これは祝うべき事柄だよ。君が後悔していることなどどうでもいい。むしろ逆だ。それ自体が物事の一部分をなしている。悔恨の情なしに、罪は完全な状態を得られないのだから。心配するな、すぐに君を彼女の手に委ねるから。ええい、面倒な足元のチョピンも脱ぎ捨てるぞ。今夜は僕の精神に屈して、打ちひしがれた肉体を感じたい。これでいい。僕は何もかも忘れる必要がある。

アルド、一緒に飛び跳ねよう。周りを見てみろ。聖堂は狂人たちの祝宴で真の意義を見いだす。年の瀬に幼子《おさなご》殉教者たちの虐殺記念日を祝う人々のあの踊りを見ろ。僕も子どもに戻らなければ。首を刎ねられても最後の瞬間まで足をばたつかせていた哀れな子どもの一人に。アルド、体中の血管に生命《いのち》が巡り出したのを感じないか？
一緒に歌うんだ、アルド！

ああ、可哀そう！
手足をもがれた　あどけなき幼子《おさなご》たちよ
ああ、可哀そう！
怒りとともに首を切られた　無垢な新生児たちよ
年端もいかぬが　赦《ゆる》しもされない
ああ、可哀そう！
哀れな母親たちよ
これほど残酷なことがあるだろうか？

踊れ！　今宵狂人たちを乗せた船が、抱き合う僕らをどこか無縁の岸辺に導いてくれる。ヘカテに祈りを。踊れ！　跳べ！

居酒屋にて

アルドはだいぶ遅くに目を覚ました。外はもう明るいが、異常なほどの疲労を感じる。調子が悪いのか？　どこまで体を動かせるか確かめたくて、横になったまま伸びをする。すると一方の腕が……別の体に触れた！　途端にうろたえ、慌ててベッドの端に腰かける。心臓が激しく打ちつけ、口から飛び出さんばかりに胸の辺りで跳ね回っている。誰かが隣で眠っている。

そこで不意に思い起こし、誰であるかを悟った。前日の午後、自ら足を運び、ラ・ストゥーファのマリエッタのもとを訪れた。しばらく前に、狂人たちの祝宴で彼女に貸した胴衣《ダブレット》を返してもらうためだった。アルドは彼女を散歩に誘ったが、それは彼自身、まったく予期せぬシナリオだった。なりゆきから夕食にも誘い、世界の中心である、ヴェネツィアの中心部リアルト橋近く、ストゥリオン旅館の居酒屋のドア寄りのテーブルで彼女と向き合った。アルドは何とか型どおりの会話をすべく糸口を探るが不発に終わり、マリエッタは不安と気まずさを隠すために微笑んでいた。ところが彼女以上に不安を抱え、気まずさにさらされていたのはアルドの方だった。これまで一度も女性と夕食をともにしたことはなかった。ましてや女性同伴での居酒屋など初めてのことだ。

そんなわけで、気を紛らすべく、二人で水差し四杯分のワインを飲み干してしまった。その後は比較的すんなり事が運んだ。食事を終えた二人はカンポ・サンタゴスティンのアルドの家に向かった。トリスメギストスの忠告を忘れたアルドと、その場しのぎの口実を並べて拒んではみせたものの笑顔のマリエッタは、結局彼の寝室に閉じこもることになる。それからはまた、アルドは以前と同じ震えを味わった。揺らめくロウソクの火の下で小刻みに震える両手、呆れるほどの滑らかさを見せる肌の異様なまでの輝き、目が眩《くら》むほどの耐えがたき悦楽と、快楽を貪ったあとにやってくる別の快楽。それは砂漠を歩き続けて疲弊した者が、静かに水をすする時の快楽に近かった。

カーテンを開け、陽射しを入れる。紛れもなく彼女はそこにいた。裸のまま、ふだんアルドが使っている粗布の毛布を一方の脚に絡めて眠っている。もちろんだが、このような光景には一度も直面したことがない。

いつの間にか部屋の中が冷えていた。暖炉の残り火をかき立ててから、絡まった毛布をそっと外してマリエッタの体を覆ってやる。

そうして隠してしまえば、無害のものに思われた。

自分のマントを取って羽織る。写本の作業を続けたいが、寝室から書斎に移動することすら辛い。彼は自分の空き時間を、三週間ほど前に友人ピコ・デラ・ミランドラからもらったエピクロスの『愛について』の写本に費やしている。本自体はすでに、多大な驚きとともに読み終えていた。

愛に関するそれまで聞いたこともない概念、常軌を逸した内容に圧倒されっ放しだった。何の束縛もないあれらの知恵は、いったいどこから出てきたものか？　書かれた時代が時代だけに、キリストの存在がないのは当然としても、神々抜きで、エロスもアフロディテもなく愛が語られている。あるのは男と女、それぞれの肉体、愛に関わる感覚と感情、性行為による結合から友情に至るまで、精神の救いとしての愛の見方だ。

一連の記述が途方もない真実なのか、それとも最悪の誤りなのか、アルドも判断しかねている。

写本中の作品は盗難の可能性も考慮して、書棚には置かずに大櫃の底に所持品と一緒にしまってあった。そこから本を取り出し、書き物机として使っているテーブルの上に置く。それから腹ごしらえのために台所に降りていき、一人朝食の用意を始めた。暖炉の埋み火を移して火鉢の火を熾《おこ》し、ワインの入った片手鍋を温めながら昨日のことを振り返る。どんなにマリエッタを避けようとしても、いつも無駄な努力に終わってしまう。数週間前の狂人たちの祝宴の時もそうだった。

あの晩もふだんのワインの量を大幅に超えて頭の中が真っ白になっていた。どの時点でかはわからないが、いつの間にかダンスの相手がジョヴァンニ・ピコからマリエッタに変わっていた。やがて教会全体が乱痴気騒ぎの宴に突入し、堕落の極みに達した頃には、小聖堂の暗がりで睦《むつ》み合っていた。アルドが彼女を抱き締めると、彼女もスリップをたくし上げて応じ、陶酔した様子で何やら囁《ささや》きながら、アルドの両手を自分の腰へと導いていた。白さが映える腰が冷たかったのか、熱かったのかさえ、今となっては覚えていない。

幸いだったのは、その日はマリエッタも、ふだんの許容量をはるかに超えて飲んでいたことだ。前後不覚になったマリエッタがアルドの腕の中に倒れ込んだところを、一緒に来ていたであろう娼婦仲間のオノランダとジネヴラが見つけて駆けつけてきた。

女友達二人がマリエッタを小聖堂から連れ出す際、アルドは自分の胴衣《ダブレット》を彼女にかけ、あとは振り返ることなく、逃げるようにしてその場を立ち去った。ところが完全に酔っていた彼は、出口とサンピエトロ礼拝堂への通用口を間違え、酒宴と乱交パーティーの場に戻る形になってしまった。そこで目撃したのは、半裸状態で祭壇に四つん這いになって絶叫する女を若い修道士が数人がかりで囲んでいる光景だ。よく見ると責められているのは女ではなく、ジョヴァンニ・ピコ・デラ・ミランドラだった。

その後、サン・ポーロ通りを走って逃げた。あの晩は酔っていながらもマリエッタから逃れることができたのに、なぜ昨日はしらふの状態で、自らラ・ストゥーファまで、マリエッタに会いに行ってしまったのか？

《まずは幸せに愛し合う。その後、無傷で済むかどうかは、いずれわかるのだから》。ギリシャの高級娼婦《へタイラ》レオンティウムのこの言葉が、ちょうど彼が『愛について』から最後に書き写した箇所だった。

誰かが表玄関の扉を叩く音がした。執事トリスメギストスが開けに行き、やがて訪問者の足音が聞こえてくる。アンドレア・トッレザーニの声だ。ラ・ストゥーファからやってきたようだが、何やら文句を言っている。マリエッタを連れ出したのが知れてしまったかと恐れた。それだけに広間に入ってきたトッレザーニを見た時、彼が一人でなかったことにまず驚いた。同行者はすぐに誰だかわかった。ジョヴァンニ・ピコ・デラ・ミランドラの御者をしていた男だ。ヴェネツィアに着いたばかりのアルドをゴンドラで運んだ男、どうしてあいつがここにいるんだ？

「何だ、このにおいは。この家ではワインに松脂《まつやに》を入れる習慣でもあるのか？」親方が不平を洩らす。

「朝酒か。しかも一人酒など、最悪だぞ。やあ、アルド！　新入りを君に紹介しようと思ってやってきた。コンスタンティノス・パレロレロ……いや、パレオロゴスだ。それにしても言いにくい名前だな。ともかくこいつを私の専属ゴンドラ乗りとして雇い、塔《トッレ》の一員になった契約祝いをラ・ストゥーファでしてたんだが、話しているうちに、ほかにもいろいろな才能があるとわかってきた。こいつのような人間を俗に万能人と言うんだろう。本当だぞ。ほとんどの言語で読み書きができて、おまけに文面に彩りまで添えられる。何より重要なのは、写本追跡人だという点だ。どうだ？」

この男が金の亡者であるのは紛れもない。おそらくはピコ・デラ・ミランドラが財産を放棄したと知って、見限ったのだろうとアルドは考えた。トッレザーニに雇われた以上、顔を合わせる機会も多くなるだろう。辛抱するしかない。一抹の不安がよぎったものの、ひとまず笑顔で迎え入れた。疲れ切った顔のトッレザーニと比べ、男にはまったく二日酔いの気配が感じられない。アルコールに強い体質なのだろうか。

そのまま知っている図書館について立ち話をした。アルドは元ゴンドラ乗りに尋ねてみる。今この時代に何らかの価値がある写本を見つけるには、どの地域に出向くのが得策か？

「写本を探すのに」コンスタンティノスが無愛想に答える。「どこにも行かないさ」

アルドは面食らいながらも、相手が何か言い添えるのを期待して待つ。

「こいつは終始この調子でな」トッレザーニが間に入る。「つまり探しに行く必要はないと。素晴らしい、実に素晴らしい」

「俺ならここで手に入れる」コンスタンティノスが続ける。「ベッサリオン枢機卿がヴェネツィアに七百冊以上のギリシャ語とラテン語の写本を寄贈したと言われている。ヴェネツィアからさほど遠くない土地の個人の図書館に残っている可能性が高い。それとは別にペトラルカが死ぬ前にやはり写本を寄贈している。どこかに眠っているはずだ。パドヴァまで行かずとも、ここヴェネツィアの、たとえば侯爵の館の中に本人すら忘れてしまった状態でな」

　アルドには男がうわ言を口走っているようにも見える。ヴェネツィアに住みついて以来、そのような本の噂を一切耳にした記憶がないからだ。たとえベッサリオンが生涯に大量の本を収集していたのが本当だとしても、やはり大きな疑問が残る。

「だがその図書館とやらが十人委員会の手にあるなら」出版人が口を挟む。「諦めるしかない。面倒な書類の手続きや一方に有利な取り決め、前払金なんかで煩《わずら》わされるだけだ。印刷機を稼働させる前に資金が底をついて干上がっちまう。それなら湖の底から本を吊り上げる方がよっぽどましだ。ところでトリメシーノ、筆写人たちは仕事に励んでるか？」

「おかげさまで」トッレザーニに名前を間違えられても、毎度のことだと気にも留めずにトリスメギストスが応じる。

「せっかくだからコンスタンティノスに上の階を案内してやってくれ。他の連中にも紹介すれば、君たちが今準備している目録の話なども聞かせてやれるだろうから。頼んだぞ」

　トリスメギストスに連れられてコンスタンティノスがいなくなると、アルドはトッレザーニに尋ねた。

「いったいあの男にいくら払っているのです？」

「報奨金やラ・ストゥーファでの無料の宿泊費、食事代を加えたらかなりの金額だが」

「すでに高い給料まで支払っていると？　あの男が金次第で動く人間だったら、一番高い金を出す者に情報を売り渡しかねない。こちらにはインシピト〔中世写本の書き出しの語句〕を印刷する直前に偽物をつかませて」

その時、玄関扉を激しく叩く音がした。アルドは怪訝《けげん》そうにトッレザーニを見やる。ほかにも誰か呼んだのか？

「高い給料だと？」トッレザーニもむきになる。「どういう意味か聞かせてもらおうじゃないか！　自分との契約の三、四倍だと不満があるのか？　それともあいつに支払うために、君の給料から差っ引いているとでも思ってるのか？」

突然の来客に、トリスメギストスが慌てて階段を降りてきた。ドアを開けると頭巾をかぶり、丈長で裾の広い上質の外套を着た男が立っていた。男はトリスメギストスに招き入れられるなり、まっすぐアルドのもとに向かい、頭巾を脱ぎながら挨拶した。友人ピコの恋人で詩人のジロラモ・ベニヴィエニだった。

「悪い知らせです」暗い面持ちで告げる。「コンコルディア伯爵ジョヴァンニ・ピコ・デラ・ミランドラが神に召されました」

「何だって！」詩人もアルドも驚くほどに、トッレザーニが悲痛な叫びを上げる。「そんなはずがない！　去年フィレンツェで顔を合わせたばかりだぞ！　今こうして君としているように、話をしたのに！」

凶報と驚きのあまり、アルドは気が遠くなった。様子を察知したトリスメギストスがすかさず支え、長椅子にクッションを敷いて彼を横たえる。熱も少しあるようだ。

「毎日ワインを飲み続けている。そうだろう？」トリスメギストスが心配して尋ねる。

「ああ、そのとおり」病人が答える。「年々増えていく。昨日はかつてないほどに飲んだ。たぶんそのせいだと思う」

それでもトリスメギストスは彼を回復させようと、気つけ薬のワインを少量温めに出ていった。その間ジロラモは、ピコが死ぬ直前に叙階されたことをアルドに伝える。

「彼の臨終に立ち会ったサヴォナローラによると」と説明する。「ピコは煉獄にいると神が伝えたそうです。私がいつものように恋人のあとを追って死のうとせずに、ここに来たのは死ぬ間際にピコから頼まれて……」

今度は女の叫び声が会話を遮った。

「泥棒よっ！」

みな驚いて顔を見合わせる。

「私に内緒で女の筆耕を雇ったのか？」トッレザーニが問い詰める。

しかしアルドは体の不調も構わずに飛び起きて、全速力で階段を駆け上がっていった。そのすぐあとをトリスメギストスが追う。

二人が書斎に入ったちょうどその時、コンスタンティノスがマリエッタを荒々しく振り解いていた。マリエッタは毛布を巻いただけの姿で、泥棒に背中からむしゃぶりつき叫び続けている。男の強い力で払いのけられた彼女は、床に転げ、壁に頭をぶつけた。アルドが彼女のもとに駆けつけ、意識があるのを確かめると強く抱き締めた。トリスメギストスが部屋の敷居に立って逃げ道を封じる。立ち向かうかと思いきや、コンスタンティノスはテーブルに飛び乗って窓を蹴り開けると、カーテンにしがみつき窓台に片足を踏み出した。

「死ぬ気か？」アルドは思わず叫ぶ。

彼の言葉を無視してコンスタンティノスは宙に飛んだ。その時初めてアルドは男が片手にエピクロスの写本を持っているのに気がついた。

窓から身を投げた泥棒は、二頭の馬が引く干し草車の上に落ち、車はそのまま発進して、どんどん遠ざかっていく。その光景をアルドは無力感とともに呆然と眺めていた。干し草の上で身を起こしたコンスタンティノスは荷台から御者台に滑り降り、馬を操る仲間の隣に座ってまんまと逃げ去っていった。

トッレザーニが部屋に入り、次いでジロラモ・ベニヴィエニもやってきた。

「あなたが雇った写本追跡人が、僕の最も貴重な写本を盗んでいった」アルドが息を切らしながら言った。

「おまえにはどれだけ金を注ぎ込んでやったと思ってるんだ！」トッレザーニはまずマリエッタを罵ると、次いでアルドに言い放つ。「私は君が男色者だとばかり思っていたぞ！」

「君が探しに来たものはこのとおりだ」アルドがジロラモに告げた。

「本当に残念でなりません」フィレンツェ出身の詩人が応じる。「ピコは最後の最後に、彼の正式の主であるサヴォナローラに写本のことを告白したのです。あなたが彼の意志を受け入れ、果たすかどうか定かでないからと」

「ピコが……僕にくれた贈り物を……盗もうとするなどあり得ない……」

「サヴォナローラが彼に光を見させたからです」

「最後の光……か」アルドはかろうじて口にした。

アルドの喘《あえ》ぎが次第に強くなる。こらえきれずにテーブルにもたれかかると、そのままくずおれた。倒れるアルドをマリエッタが支え、ゆっくりと彼を床に寝かせる。アルドの体は燃えるように熱くなっていた。

「どういうことか、詳しく説明してもらおうか」トッレザーニが二人に詰め寄る。

「私たちは……」アルドは疲弊しながらも、声を張り上げた。「私たちは結婚するんです！」

アルドが呼吸しやすいように、彼のチュニックの胸元を緩めていたマリエッタがはっとして声を上げた。

「ねえ……これ、何？」脇の下にこぶのような腫れ物ができている。

「横根じゃないか！」おののくトリスメギストス。
「何てこった。黒死病《ペスト》だぞ！」トッレザーニも叫んだ。

愛の七夜

メトロドルス：今日の夕暮れほど驚嘆に値する光景は見たことがない。地平線に沈む日輪の輝きがいまだ周囲を黄金色《こがねいろ》に染めているのだからな。同じく黄金色したニレの並木が、遮蔽となって眺める者の目を射る光を多少なりとも和らげてくれている。平原に映った樹冠の影は、まるで居並ぶ亡霊か幻みたいじゃないか。
エピクロス：しかしながらそこに、さらなる戸惑いの原因《もと》がある。水から上がったレオンティウムの肉体だ。ニレの並木や夕焼けよりも黄金色に輝いている。
メトロドルス：彼女はまさに秋そのものだ。
エピクロス：美がいかに人を傷つけるかの好例とも言える。たとえば夕焼け空を見つめると、私は完全なる喜びを味わえる。一方、髪をたくし上げるレオンティウムを見つめると、夕日に照らされ赤みを帯びた滴の群れが川の水面に落ちるさま、あるいはうねりが水面に映った彼女の姿を歪めるさまを目の当たりにする。すると私は欲望に身を焦がされ、喜びは留めおかれる。その喜びは彼女を物にした時にのみ完成されるが、相手の同意が不可欠で、いつでも容易に手に入れられるものではない。その方が私には好都合ではあるが。
メトロドルス：いつでも容易に、ということはないな。
レオンティウム：老哲学者が揃いも揃って、若者じみた飢えた視線を投げかけるのはなぜ？
メトロドルス：おまえが悩ましい肢体をひけらかしているせいだ。

レオンティウム：別にひけらかしてなんかいない。単に涼んでいただけよ。うら若き男の体がお好みのアテネ人たちは、一生のうちに裸の女を目にする機会など滅多にないから、何でもかんでもひけらかしているように受け止めてしまうのね。

エピクロス：レオンティウムはチュニックで身を覆う。それは黄昏《たそがれ》であり、夜の世界の始まりでもある。

レオンティウム：背中に油を塗ってとあなたに頼むつもりでいたけど、その気も失せたわ。騙し討ちで妙なことになるのもご免だから。

エピクロス：油を塗りたいなら喜んでやるぞ。疑念を拭いたいならおまえの機知を示しておくれ。それが私の関心をおまえの体から逸らす唯一の事柄だからな。

レオンティウム：礼儀正しく振る舞う術は心得ているようね、先生。でも、さらに悪化しそうで怖いわ。で、私に何を語ってほしいの？

エピクロス：迷惑でなければぜひ聞かせてほしい。おまえたち女は、なぜいつも少年たちに異様なほど嫉妬するのか、その理由《わけ》を知りたい。

レオンティウム：あからさまな挑発に感じるからでしょう。私自身は屈強な男を羨《うらや》ましいとも思わないし、まだひげも生えていない少年などなおさら興味がない。あなたたちの言葉で言う〝嫉妬〟の意味がずれているなら、そう思われても不思議じゃないけど。

エピクロス：おまえたちエトルリア人が何という単語を使っているのかは知らんが、ある者が別の者に心を注ぐのを見て感じる痛み、できれば自分に注いでほしいと願う気持ち、それをひとまず嫉妬と呼ぶことにしよう。私にはごく一般的な感情に思えるが。

レオンティウム：ごく一般的と言っているけど、ギリシャ文化の慣習の中には、外から見たらまったくそうでないものもあると、考えたこともないでしょう。たとえば他の国々では首を左右に振って否定するところを、あなたたちは縦に振るとか。
エピクロス：なるほど。ところで熟年の男が少年に抱く愛情に対し、女が抱く反感を嫉妬と呼べるだろうか？　少年愛はわれわれの伝統的な教育方法の本質とはいえ、さすがに人目につく〝庭園〟では実践せぬ事柄だと、おまえがわかっているかどうか。
レオンティウム：だとすると嫉妬とは呼べないわね。問題はあなたたちが自国の女たちを女部屋に閉じ込めて、彼女たちとの会話の機会をほとんど設けずにいるところ。あなたも例外ではない。でも私たちみたいに〝庭園〟に集う友人たちは、アテネ住民の中ではごく少数派で、それがヘラデともなれば、さらに少なくなる。そこに自由な外国人の女がいて、慣習に従わず思ったことを表明すると、あなたたちの同郷人は娼婦と見なす。私がされているようにね。あなたたちには驚きでしょうけど、多くのギリシャ人女性にとっては、あなたたち男が少年たちと何をしようと、今さらやめようとどうでもいいの。私たち女が本当に不快感を抱くのは、嫉妬などではないのだから。ところでエピクロス、一つ訊いてもいいかしら？
エピクロス：もちろんだとも！
レオンティウム：さっきから私のお尻ばかりを触っていない？　油を塗ってほしい箇所はほかにもあるのに、そこだけに塗りたくって無駄にしているわ。
エピクロス：いや、すまない。つい気を取られていた。
レオンティウム：そう、それでいい。もっと上もお願い。ついでにそこも。ありがとう。ギリシャ人男性の何が嫌かと言うと、ほんのひと握りの例外を除いて、男の子たちを女の子たちから引き離して教育し、女の子の教育は放棄し、男だけで性をあれこれ論じるところ。だけどその話をする前に、なぜあなたたち男が、享楽主義者を自認する者たちも含めて、女性のお尻に取り憑かれているのかを説明しておきたいの。

メトロドルス：それは実に有益な教えになりそうだ。根拠がどうあれ、おまえが言うことは真実だろうから。
エピクロス：少なくとも私の場合はそのとおりだ。否定しようがない。意志が阻むよりも先に、手がひとりでにそこに向かってしまう。
レオンティウム：実に単純よ。少年たちのお尻はやせ細っていて、質量感に乏しい。他の体の部位と同様、まだ完全には形作られていない〝未熟尻〟とでも呼ぶべきものだから。仮に少年たちの尻になりきらない尻を崇拝しているならば、それは尻そのものに対する恐れによるものだから、必然的に人々は尻に執着するようになる。
メトロドルス：正直言って、私は理解できているかどうかわからん。
レオンティウム：だったら、どうしてあなたたちが女性に対し、そんなに恐れを抱くのかを分析すべきね。何があなたたちに女性を拒否させるのか。
エピクロス：要するにおまえは、われわれアテネ人が女性を恐れていて、それゆえに少年らを好むと言いたいのか？
レオンティウム：そのとおりよ。たとえ自覚していなくても、そのことがあなたたちをとても不可解な民族にしているのだから。町外れの墓場付近で客引きする売春婦の大部分は、少年たちみたいに愚かで恥知らず、軽率で気まぐれなふりをせざるを得ない。そうすれば注目されて客がつくからよ。極端な例では未熟な体を装うために食事も摂《と》らず、胸が膨らまぬよう締めつけている者までいる。私は直接、彼女たちから聞いて知っているの。中には幼児のように駄々をこね、客の欲望をそそる娼婦もいる。巷《ちまた》の娼婦がやることは、遅かれ早かれ貴婦人たちも真似をする。害悪は瞬く間に広まって、世の中全体がばかげたものになってしまう。たとえばあなたたちには、脱毛の苦痛が想像できないでしょう。不快感で男の欲望を萎えさせないようにと、私だって慣れるしかなかった。あなたたちのお気に入りの少年のように体毛のない肉づきの悪い体にね。

メトロドルス：私にはおまえの言うことがまったくわからん。何か支離滅裂で奇妙な話に思える。しかしながら否定しようがない事実もある。民主国家でも専制国家でも、つねに男たちを女から引き離す方向に向かう。男をみんな、使える兵士に変えるためにな。それについてはたやすく証明できる。兵士が断固たる決意で戦うためには、彼の愛は、無事に生還するのを家で待つ女ではなく、ともに力を合わせ、身を挺して国を守る男に向けられる方が好ましい。

レオンティウム：そんなの根拠というより言い訳だわ。平和な時には、すね毛の生えた成人男性同士の恋人たちに、少年を相手にしないなど男じゃないと非難しているくせに。仮に兵士同士云々が事実でも、成熟していない少年が欲求の対象になる理由の説明にはならない。戦争のため、愛のためというのは的を射た見方ではないことを忘れないで。男同士の愛は万人にとってごく当たり前の選択。それは女同士の愛も同様。愛は多くの人にとって、戦争とは関係なく、肉体が求めるものなの。だけど少年愛には違った理由、つまり愛する相手を屈服させたいという願いが存在する。そのため助長される節がある。なぜなら相手を服従させる性質の愛は、子どもに強いる愛であり、結局は愛に不向きな人間たちの社会がもたらしたものだから。男にとって力ずくで女を従わせるのはたやすいけど、わが子への愛が絡む場合、女は容易に従わない。だから性欲が芽生える時期に、母親から息子を引き離す。そうすることで、まだ自分の身を守ることも自由になることも知らない、力も勇気もない少年たちを屈服させるのよ。

エピクロス：なるほど、おまえはわれわれの生き方の新たな形を提起していると認めざるを得ない。そこで訊くが、いずれにしても世間は全男性市民に、女との結婚を要求する。私には愚かな行為に思えるが、おまえはそれを批判する気はないのか？

レオンティウム：当然でしょう。女の存在を完全に無視することなどできないわ。なぜって、それでは子孫を残す手立てがなくなるからよ。すでに結婚からは愛と服従という神聖な能力は抹殺されたかもしれないけど、女を安い商品のごとく売買してきた男たちが実際怯えているのも、まさにそれ。確かにあなたたちは力ずくで女たちを隷属させてきた。だけど女を蔑視する裏にある、生命を生み出す力に対する恐ればかりは隠しようがない。さすがにその能力は奪えないから、彼女らへの教育を拒んで影を薄くした上で、単なる生命発生器と見なし、情欲なしに精液を託す。性的欲求のはけ口は男の子たちだから。なぜ少年たちに教える最も重要なことが、自分の欲望の抑制なのか考えたことがある？　貞潔が少年たちの学ぶこと。先生と呼ばれる者の口から絶えず出てくる言葉よ。自分の生徒と姦淫する者でさえ口にしていると聞いているわ。

エピクロス：レオンティウム、おまえには驚かされっ放しだ。われわれが疑問すら抱かなかった事柄や行動に、新たな光を当ててくれる。だが貞潔を保つことで、少なくとも多くの苦しみを阻止できる事実は、さすがに否定できまい。度を超した快楽に傾く自分を抑制するのは望ましいことだ。美少年らに恋い焦がれた狂人たちを見るがいい。歯止めが利かずに相手の家の玄関先まで行っては、つれない態度を前に悲嘆に暮れる。食べることも飲むことも、自分の農園や家族への配慮さえも忘れてだ。

レオンティウム：私は貞潔に唾を吐きたい気分だわ。貞潔は人を最悪の行き過ぎに至らしめる可能性が高い。愛の狂気は予防も治療もできる。主に性交、あるいは断食や酩酊《めいてい》、運動によって。でも貞潔は本当の意味で欲望を抑える方法ではなく、欲望の存在を否定するもの。ひとたび結婚したら、相手の女が何らかの形で優位に立つのを断つためのもの。存在しないとなれば支配する必要はなくなるから。貞潔、抑えつけた欲望、押し黙った女たち。それらすべてがこの退廃的な文明で最期を迎えることを願うわ。のちの世で誰も、これほど愚かな生き方を手本とすることがないためにも。もしも黒死病《ペスト》以上に悪い災難があるとしたら、間違いなく貞潔ね。あなた自身が私たちに、肉体はその知覚とともに世界を測る物差しだと教えなかった？　だとしたら体を信頼しないと道を誤ってしまうわ。

エピクロス：だが、それは必ずしも……。

レオンティウム：つまり自分の体を拒否する人間は、体を知ることはないし、思考もできない。なぜなら自分の体に支配されるのを回避しようとすると、かえって自分自身の衝動に屈することになる。それも傍から見たら狂気の沙汰、不条理にしか見えない形でよ。アリストテレスが弟子アレクサンドロス大王に貞潔を教えるために、高級娼婦《ヘタイラ》フィリスを彼から引き離そうとしてどうなったか、あなただって知っているでしょう。逆に自分が誘惑されて理性を失い、フィリスに馬乗りにされているところを弟子に目撃されるという醜態をさらした。

メトロドルス：哀れな男よ、だが彼を笑うでない。その逸話についてはアリストテレスの弟子たちは否定しているが、アレクサンドロス自身がアテネを征服した際にみなに語っている。それによってアリストテレスの評判は、都市国家ポリスに終焉をもたらした男を教育した裏切り者という非難以上に地に落ちたという。

エピクロス：レオンティウムの知恵はわれわれも、何らかの形で認めるべきだと思うが、どうだ、メトロドルスよ？　あの美しき満月までもが、彼女に耳を傾けるべく止まった感じだ。愛についてのより賢明な話に加え、少年愛やわれわれの女たちに関する見解も。さすがにはるか遠くのヴェラトリから来たエトルリア女だけに……。

レオンティウム：今はローマ支配下でヴォルテックと呼ばれていると、一応告げておくわ。

エピクロス：だがおまえ自身は祖国の名をヴェラトリと記憶しているだろうに。たとえ今では思い出の中にしか存在せず、もう二度と戻らぬ地だったとしても……はて、何の話をしていたか？　ああ、思い出した。エトルリア女だけに、われわれの慣習に対してもまったく未知の見方ができる。女にとって最大の美徳は、とんまなアリストテレスが間抜けのソフォクレスを引き合いに出して言った沈黙などではなく、教育であると。それに、彼女が話している間、私の妄想はさておき、手近にいるにもかかわらず、彼女の肉体はおろか美しき尻のことも少しも考えずに済んだ。彼女が想像を絶する美しい肉体の持ち主であるという私の意見には、当然彼女の愛人であるおまえも同感だと思うが。

メトロドルス：紛れもなく。次回の晩にはこの場所か〝庭園〟で、ぜひとも彼女に〝愛についてギリシャ人男性が知っておくべきこと〟を一つ残らず教えてもらうということでどうだ？　さまざまな愛の形について、愛と女性というわれわれ男が最も無知な領域のこと、あとは彼女が賢明な見方で疑問を投げかけた、われわれの教育についてもだ。

エピクロス：それはいい、名案だ。

レオンティウム：二人ともお世辞上手な老人ね。その提案、受けるわ。但《ただ》し、今日のように私が裸で教授するつもりはないと覚えておいて。

メトロドルス：もちろんだ。着る服も教え方も、おまえの好きにしてくれて構わん。

エピクロス：授業は今日のように夜間になるだろうが、いったい何夜必要か教えてくれ。

レオンティウム：本来愛は時を超越したものだから、無限かつ自在だと言えるわ。でも今回は愛を実践するわけじゃなく、ただ話すだけなので、今夜のほかにあと六夜で十分ね。二夜目は男色とは関係ない男同士における愛について話す。三夜目は女同士の愛。四夜目は男女間の愛。そして五夜目は三人、あるいはそれ以上のグループのための愛。もっとも三人での戯れについては、これまで何度もあなたたちと実践しているので不要だと思うから、愛の玩具《おもちゃ》と動物を使った遊びをつけ加えましょう。

エピクロス：一夜足らんぞ。

レオンティウム：最後の夜はまとめとして、より魅惑的な性愛の体位《ポーズ》の描写に費やす予定。とても重要な教えなの。もちろんだけど解説のあとは実践編ね。最終の実技も含めた七夜の講義が、あなたたち二人の人生に、夜ごとに生命を吹き込んでくれるはずよ。

メトロドルス：われわれ二人の憧れの女性との愛の七夜。これ以上何を求める？

エピクロス：申し分ない。ところで初日の講義を締め括るに当たり、われわれに最初の助言を与えてくれるとありがたい。愛に向き合うための教訓、あるいは根本的な忠告でもいいのだが。

レオンティウム：私の最初の助言？　実に簡単なことよ。まずは幸せに愛し合う。その後、無傷で済むかどうかは、いずれわかるのだから。

第四章

三美神

「三美神」ラファエロ・サンツィオの素描に基づく
マルコ・デンテ・ダ・ラヴェンナの銅版画

契約

ラ・ストゥーファの食堂で暖炉の火がパチパチと音を立てている。ラ・ストゥーファは昔公衆浴場だったが、大物印刷業者アンドレア・トッレザーニが買い取り売春宿に変えた。いくつもの事業を抱えるトッレザーニだが、ラ・ストゥーファからの収益は他の事業へも少なからぬ恩恵をもたらしていた。

「契約内容を確認します」アンドレアお抱えの老公証人ニッコロ・ルフィノニが告げる。「社名の正式名称はピエルフランチェスコ&アンドレア&アルド出版印刷会社。三者の出資額の内訳は、全体の五割がヴェネツィア共和国ピエルフランチェスコ・バルバリゴ閣下。風車と製粉機を所有する彼の会社が紙の調達および買い手探しを受け持つ。残りの五割はアンドレア・トッレザーニ・ダ・アゾラ。彼が経営する印刷所の職人、設備機械、活字を提供し、閣下と同様にヴェネツィア国内外で買い手探しを受け持つ。トッレザーニの五割の五分の一すなわち一割は、教皇領バッシアーノ出身のローマ人アルド・ピオ・マヌツィオ・ロマーノに譲渡する。マヌツィオ親方はこの会社での本の出版と目録の選定を受け持つ」

　アルドがヴェネツィアに移り住んで五年、彼が初めて手がけた本である、さほど偉大ではなかったムセウスの『ヘーローとレアンドロス』の出版から数えて一年が経過していた。たった今成立した契約によって、彼の使命はようやく果たされ、長期計画のための道のりも確約されたことになる。

「本契約と並行し」ニッコロ・ルフィノニが手にした書類を読み続ける。「カルピの王子、アルベルト・ピオ二世がアルド・ピオ・マヌツィオ親方に託した出資金千ドゥカド金貨の袋を、この場でトッレザーニに引き渡す。これはアルド・マヌツィオが文章を作成し出版するための経費に充てられ、そこには今後必要となるギリシャ語および古ラテン語の活字製作の費用も含まれる。同時にトッレザーニからはマヌツィオに対し、この会社の設立に至るまでに彼がしてきた労働報酬に相当する五十ドゥカド金貨の袋を手渡す」

　しかしながらラ・ストゥーファで念願の印刷会社設立を祝う食事の場で、アルドだけが他の者たちと違い笑顔を見せずにいた。終始無言で、受け取ったばかりの金を数える素振りも見せない。無精ひげも伸びたままだ。黒死病《ペスト》を生き延び、二十リブラ〔約十キログラム〕も体重が減ったのだから無理もない。体の肉が削ぎ落とされたため、横向きになった姿の影など、あまりにか細く消え入りそうだ。

「新会社に神の祝福があらんことを」ジャコモ・デラ・サンタ・クローチェ神父が灌水器を手に立ち上がり、会食者や売春宿の大広間のテーブルに聖水を散布する。

「何かご不明な点は？」公証人が問いかける。「あるいは承服できない点があれば」

「ない。そうだろう？」トッレザーニが笑みを浮かべた。「お決まりの手続きさ、それぞれにとって利益となる取り引きなんだから」

「だからこそ、形式ばった儀礼は省いてもよかったものを」半ばうんざりした顔でピエルフランチェスコが応じる。寒がりの彼はカエルのように冷たい皮膚を温めようと着ていた、オオヤマネコの裏地のガウンをようやく脱いだ。「われわれはすでに長いこと本を出版し、その利益を分配してきているわけだから、今さら契約書も署名もないだろう」

トッレザーニはあえて反論しない。黒死病《ペスト》の猛威からは誰も逃れられないという現実を改めて見せつけられたばかりだった。命拾いしたアルド、あるいはピエルフランチェスコが死にでもしたら、否が応でもこの事業は頓挫していたに違いない。もっともトッレザーニは自身の死だけは頭になかった。

「異論がなければ、あとは署名を残すのみ」そう言ってニッコロがピエルフランチェスコに契約書を渡す。「もちろん公証人への支払いもですが」

「タルキニア!」トッレザーニが大声で呼ぶとすぐに中年女が顔を出す。「ラ・ストゥーファの公証人先生への未払い勘定を持ってきてくれ。ついでに今ここで目を通す」

「タルキニア、いいからいいから」ニッコロが遮る。「そんなしみったれたことは言わんよ。こっちはトッレザーニ親方と仕事ができるだけで本望なんだから」

「唯一異論があるとすれば」ピエルフランチェスコがサインをしながらつぶやく。「これしきのことに大げさすぎて、大山《たいざん》鳴動して鼠一匹という気がしないでもないことだ。将来性のある事業なら話は別だが。何しろ本を三年間売るよりも一日の武器の売り上げの方が大きいご時世だからな!」

トッレザーニは勝手に不平を言わせておく。できることなら自分も武器を売って儲けたかった。だがヴェネツィア生まれの人間でないためできないばかりか、仮にできたところで唯一の買い手である元老院は、いざとなれば支払いもせずに、たとえば自分の肖像を記念の円形浮き彫りに彫って終わりにしかねない。それでは破産は目に見えている。名家の出であるピエルフランチェスコは政界における影響力で不払いを回避できていた。だが彼に限らずヴェネツィア国外で武器を売る行為には、最大のリスクがあった。万が一にも買った者たちが共和国に反乱したら、売った張本人は裏切り者と断罪される。まあそんなものだ、とトッレザーニは内心つぶやく。私だって小記事や聖人像の印刷の方で稼いでいる口だ。破れたシャツを売っているようなものかもしれん。

「念のため、言っておく」ピエルフランチェスコが話を続ける。「契約書には謳《うた》ってないが、出版物に私の名は載せぬこと。屋敷の門前に、しつこい印刷業者が列をなしてもらっても困るからな」

「マヌツィオ親方」娼婦らを仕切る女主人が声をかけた。「ラビオリにも子ヤギにも、まったく手をつけていらっしゃらないけど、よかったら何か別のものを……」

「いや、結構です」教師で詩人、今は出版人のアルドが申し出を断わる。

「それではお体が回復しませんよ」皿を下げつつタルキニアが話し続ける。「悲しみはこの家の外に押し出して、お顔を明るくしてくださいな、親方」

「顔と言えば、タルキニア」トッレザーニが突然口を挟む。「やけにめかし込んでやがるが、花の盛りを過ぎたおまえが何のつもりだ？」

タルキニアは唇を固く結び頭を上げたまま、主を見やることなく皿を載せた盆を手に去っていった。

「古めかしい絵だな」ピエルフランチェスコがつぶやく。「何の遊びだろう。誰の作品だ？　ベリーニ作に見えなくもないが」

部屋の壁の一つに、大窓二つに挟まれる形で大きな絵が一枚かかっている。そこには、アグライア、エウプロシュネ、タレイアの三美神が輪になって踊る姿が描かれていた。

「ベリーニ？　あいつは現金を受け取る時だけやってきたさ。絵は彼の工房の弟子二人が描いた。一人はパルマ、もう一人はベリーニ以上に気取ったティツィアーノとかいう若造だ。焼けた薪《まき》がはぜるような名前のそいつは、仕事の初日、とにかく誰も部屋に通させなかった。当初は三人ではなく五人のモデルが裸でポーズを取ったが、結局三人がリンゴを手渡す場面になった」

「だが悪くない。男にとっての目の保養と考えれば、神の恩寵《グラツィア》と呼びたくもなろう。背を向けている女が誰だかわかったぞ」

「まさかここの女たちか?」ジャコモ・デラ・サンタ・クローチェが問う。

「そうとも。三人ともな!」誇らしげにトッレザーニは答える。

「まるで品書きだ!」ピエルフランチェスコがカラスのような笑い声を立てた。「それなら私には背中の女を頼む。こういうタイプが完璧な女と呼ばれるものだ。確かマリエッタという名だった。そうだ、マリエッタだ!」

「あいにくあの娘は、黒死病《ペスト》にやられましてね」トッレザーニが嘆く。「可哀そうに。なあ、アルド?」同意を求められても、今や出版人となった碩学《せきがく》は顔の筋肉一つ動かさない。「みんな彼女の死を悼んでおります。あの娘を養女にした日が昨日のことのように思い出されましてね……それはともかく、この絵は以前、私の部屋にあったものを、ランベルティーナのやつがマリエッタの尻に神経を逆撫でされるんで、ここに持ってきた次第です。さて、絵に描かれた残りの二人は、いつでもあなたがたの望みどおりにしていただければ。この午後のひと時を楽しく過ごしていただくためにも。タルキニア、オノランダとジネヴラに降りてくるよう言ってくれ!」

「あんたたち!……」食堂の外でタルキニアが叫ぶ声が聞こえる。

「しかしそなたが絵に関心があったとは意外だな」ピエルフランチェスコは言った。

「共和国を守るのは武器だけではございません」アンドレア・トッレザーニは落ち着いた口調で応じる。「文芸同様、芸術にも後援者《パトロン》が必要ですからね」

偉そうに言っているが、トッレザーニも商売仲間たちから勧められて動いた口だった。権威ある商人は、少なくとも絵画を一枚は所有すべきだと。その後、彼らからベリーニを紹介されて……。実のところ絵は高くついたばかりか、いまだになぜこんなものに大金を払ったのかわからない。オノランダとジネヴラ、マリエッタの三人がまさに生きているかのように映るのは確かだが、生身の女に勝るものはない。だからこそ彼は彼女たちをこの家に囲っているのだから。

「市場の寓意画を依頼したはずなのに」と説明する。「絵描きは躍起になって裸の女三人を。いったい何を意味しているのやら……。アルドにならば説明が……。おいアルド、どうした？　亡霊みたいな形相だぞ。契約したての商売を思ったら、今頃浮かれてテーブル上で踊っていてもいいほどなのに。五十ドゥカド受け取りながらも、一銭も賭けないのは君ぐらいだ。頼むから少し飲め！　飲んだ上でわれわれに、リンゴと戯れる三人の女と市場との関連性を説明してくれないか」

「皮肉です」とアルドはつぶやき、碗に入ったワインをゆっくりと全部飲み干した。

トッレザーニは訝しげに目を細めて絵を見やる。ちょうどその時、オノランダとジネヴラが部屋に入ってきた。ピエルフランチェスコと公証人は、現れた二人と絵の中の裸体を見比べて、どちらを選ぼうかと考えている。

「三美神の絆は市場と対極にあるもの、市場が排除しようとするものを象徴しています」酒が入ったせいか、アルドはようやく話を始めた。「三人輪になっての抱擁は、まだ金が存在していなかった時代を思い起こす行為。寛容という名のリズムが三人の女神を結びつけています。リンゴを与える者、リンゴを受け取り感謝する者、リンゴを返す者。人と人との間における金絡みの打算を抜きに、無償で与える喜びに基づいた流れ、美徳の称揚だと。三人とも裸なのは嘘をつく必要がないからで、それは良心を売らない、裏切らないことを意味します。つまるところこの絵は、市場が見下すあらゆる事柄を物語っているのです」

「誰かが抱え込んだら否応なしにばれるわけだ。盗人連中には理解できまい」トッレザーニが納得してつぶやく。「ふむ。オノランダ、どうした？」

オノランダは泣いていた。

「その絵のせいよ」タルキニアが代わりに答える。「マリエッタのことを思い出したの」

「可哀そうなことをした」つられるように家主も嘆く。「だが、めそめそするのはやめろ。おまえが泣いたら、こっちまで湿っぽくなるじゃないか」

「この小さな四つ叉の道具は何に使うものだ？」ピエルフランチェスコが話題を変えた。

「フォークと言って」トッレザーニが説明する。「ローマで考案され、最近入ってきたものでして。たとえば盆の上にあるものを突き刺して取る。ナイフと一緒に使えば、皿の上で肉を押さえて切り分けられる。そうすれば手を汚さずに口に運べるというわけです」

「クニドスの神殿には、まだ美の女神アフロディテ像があるとか」トッレザーニ印刷所御用達の老公証人、博学のニッコロ・ルフィノニが、絵に固執した様子で話題を持ち出す。「正面は裸の姿で生気がみなぎり、強い感銘を受けるが、通行が禁じられた神殿の裏扉側から像を眺めると、誰もが感動を覚え、像に惚れてしまうのは必至だと。それほど見事な尻なのだろう。おそらくはこの絵の女性と同じに違いない」

「フォークとはな！　何て奇妙なものなのだ」ジャコモ・デラ・サンタ・クローチェ神父が不平を洩らす。「これでどうやって口を刺さずに食べられると？」

「クニドスのアフロディテ像は彫刻家プラクシテレスが、愛人でオリーブ肌の高級娼婦《ヘタイラ》フリュネをモデルに作ったものですが、もうクニドスにはないはず」一度天まで昇り、まだ降りきっていない状態といった面持ちでアルドが口にする。「ローマ皇帝テオドシウスが像をコンスタンティノープルに持ち去りました」

「だとしたら今は砂塵と化しているだろう」ピエルフランチェスコも加わる。「トルコ人は偶像が好みでないし、裸体となればなおさらだ。野蛮なやつらよ！」

「正直ティツィアーノとやらが羨ましくてならん」公証人はなおも続ける。「あのマリエッタが目の前でポーズを取っている間、じっくり眺めて観察していたのだからな。腰だってきっと、襲いかかる寸前の蛇のようにしなやかに踊っていたことだろう」

「私が彼女に触れたのは一度ばかりではない」ピエルフランチェスコが真顔で語る。「ところがいつも酔っていて、彼女の体のことはすっかり忘れてしまっている」

絵の中でのマリエッタの立ち位置は、快楽の女神ウォルピアに具現化している気がした。彼女の中で愛は完結する。アルドは自分にそう言い聞かせた。

「アンドレア、私にこの絵を売ってくれ。六ドゥカド払おう」ニッコロが叫ぶ。

トッレザーニは老公証人を見やって大笑いした。

「私のお気に入りではあるが、あなたがどうしてもと言うなら売ってもいい。だが三美神の一人当たり三ドゥカドは払ってもらわんと」

「その絵が手に入るなら、それぐらいの出費は」

「では、私は十ドゥカドを出そう」出し抜けにピエルフランチェスコが言って、二本の指でドゥカド金貨十枚を皿の前に並べ、またもやカラスのような笑いを洩らす。

自宅に山ほど絵画を収集していたが、貴族《パトリキ》ピエルフランチェスコは美術に興味はない。もちろん裸婦像に惹かれることもなく、もっぱら生身の女性だけがお好みだ。だがたとえ相手を競わせるだけとはいえ、意図的に値を吊り上げるのを楽しむ癖があった。

「参ったな」公証人はつぶやく。「貴族《パトリキ》が相手では勝ち目がない。十二ドゥカド出そう」

ドゥカド金貨がテーブルに並ぶ光景など滅多に見られるものではない。日頃は別の使われ方をしているものが、今は虚勢のために使われている。それでも周囲の目を楽しませているのは確かだ。

「これで決まりだ」ピエルフランチェスコが告げる。「十四ドゥカド、これ以上は出さん。アンドレア、今すぐその絵を私に譲ってくれ」

「十六ドゥカド。もう身投げする気分だ。いったい何て恩寵《グラツィア》だ」

「心配するな。私はジネヴラが好みなので、その点で争う必要はない。二十ドゥカド」

「私を破産させるおつもりですか？　二十五ドゥカド」

「五十ドゥカド払おう」突然アルドが割って入った。先程受け取ったばかりの袋をつかみ、トッレザーニの前に置く。

「完全に酔っぱらっているな」公証人が腹立たしげに言った。「アルド、袋を引っ込めてくれ。アンドレア、本気にしない方がいい。これ以上の揉め事を避けるためにも、二十七ドゥカドで手を打ち、私が買うということでどうだ？　但し、もうこの件は口にしないと。私の気が変わる前に同意してくれ」

「さて」アンドレアは答える。「五十ドゥカド。それが最高の入札額なのは明白だから……当然アルドに決まりだ。よしアルド、君のものだ。好きにするがいい」

アルドは席を立ってテーブルを迂回し、絵の方へと向かう。

「心配するな、アルド。明日にでも君の自宅に……」

絵は思いのほか楽に外すことができた。板絵ではなく、画布《カンバス》に描かれていたからだ。それから何を思ったのか、アルドはまっすぐ暖炉まで歩き、そこに絵を放り投げた。

「何ということを！」公証人が叫ぶ。「だったら私に譲ってくれたらよかったのに」

「今や彼の所有物なのだから、好きにさせたらいい」決着と言わんばかりにピエルフランチェスコは言った。

「だが神は、このような浪費は認めぬ」ジャコモ・デラ・サンタ・クローチェ神父が反論する。「たとえ火による浄化が罪人、売春婦にふさわしかったとしてもだ」

最初に燃えたのは中央部分、マリエッタの箇所だった。焼け溶ける油絵の具のにおいが部屋に広まる。まさにその瞬間にアルドは悟った。魂は肉体と同様、死滅する存在だ、とひとりごつ。

背教、背教の罪……そんな思いが頭に浮かぶ。彼は自分の信仰を否定しながら生きてきた。思春期に祖先の信仰を捨てたが、今彼が直面しているのはそれとは別のものだ。今はあらゆる信仰を否定している。その上それが、絶望からもたらされた思想でないことにも気づいていた。ずっとそこにあった思い、ただそれを掘り起こしただけだった。それまでもキリスト教信仰の一語たりとも信じたことはなかった。たった一つの言葉も。彼が忌み嫌っていたのは、自分の顔にかぶり続けてきた仮面だった。ヴェネツィア市内のどんな仮面職人の名作よりも、節度を備えた仮面だったとも言える。それだけに、自分の仮面を引きはがして直面する虚無感を埋めるのは、辛い作業になる気がした。

オノランダとジネヴラも暖炉の傍に寄り、自分たちの体が火に包まれる様子を眺める。三美神が燃え尽きて永久に消え失せたところで、アルドは中庭に面した扉から外に出て、庭の片隅に向かった。

彼はかなりの間そこで、胃の中のものを吐き出していた。自分の内から語りかけてくる声を極力聞くまいと努めたが、無駄だった。

「哀れな男よ」トッレザーニが言った。「いったい何をマリエッタに見いだしたのか、私には見当もつかないが、ここの女たちときたら……。悪い癖が身につくと、真面目なやつを巻き込んでしまう。アルドのやつは取り乱したあまり、彼女との結婚を真剣に考えていたほどだ。不幸にも死に至ったから実現せずに……」

「結婚？」信じられぬという顔でピエルフランチェスコが口にする。「娼婦との結婚が可能だなんて聞いたことがないぞ」

「いや、可能であるべきではない。いずれにせよ、アルドの暴走した肉欲が要因だった。告解の守秘義務ゆえに詳しくは言えないが、私は事情をよく知っている身なので」ジャコモ・デラ・サンタ・クローチェ神父が説明した。告解の場でアルドは彼に、一度たりともマリエッタの名は口にしていなかった。「ある意味主イエス・キリストは、彼女を地獄に送ることで、アルドを問題から解き放ったのかもしれない。今頃哀れな女は地獄で罰せられているだろうが」

「私も娼婦の結婚を扱った経験はない」公証人も加わる。「如才のない女なら、少しずつでも嫁入りの持参金を貯めているだろう。不思議なのはそんなタイプでもない女との結婚を考えたことだ」

「いや、むしろ金遣いが荒い女だったと思う。それでもラ・ストゥーファの稼ぎ頭でな。すでに三十を過ぎ、最古参だった。他の女だったら引退する年齢なのに、若い娘と同等に、むしろ若い頃よりも稼いでいた。それだけにあの娘を失ったことは大きな損失だ。アルドが黒死病《ペスト》で寝込んでいる間、唯一マリエッタだけが……あっ、何だ!?　こん畜生、どうしてくれる!!」

ワインの碗を運んでいたタルキニアの手元が狂い、中身を主の胴衣《ダブレット》の飾り胸当てにぶちまけてしまった。

「ご、ごめんなさい！」

トッレザーニは立ち上がり、すかさず顔に鉄拳を食らわす。それまで甲斐甲斐しく働いていた女主人が、無残にも床に崩れ落ちる。

「五百ソリドゥスの服が台無しだ。これは絵のように火にくべるつもりはない！」慌ててテーブルクロスの端で拭いながら、拳の痛みに不快感をあらわにした。「さっさと立て！　大げさに振る舞うな。そんなに強く殴った覚えはないぞ」

タルキニアは血だらけになった口の中から折れた歯を一本取り出し、うめき声を上げた。オノランダとジネヴラが駆け寄り、身を起こすのを手伝う。

「まったく世話が焼ける」立ったまま真っ白いシャツを整えながらトッレザーニがぼやく。「残り少ない歯を無駄にするな……。友人たちよ、見てのとおりだ。この家の管理に山ほどの問題がつきまとうのは、あなたがたにも想像がつくと思う。ところで、何を話そうとしていたか」気を取り直して席に座る。「ああ、マリエッタは感染したアルドが隔離されていた家に、唯一看病に通っていた人間だった。今思っても可哀そうな娘だ。彼の所にいたギリシャ人らは、病気と知るなりカンポ・サンタゴスティンから逃げ去り、いまだに戻る気配はない。しかし……人生はそんなものかもしれん。最終的に彼は生き延びた。だが、問題が持ち上がる。回復の兆しが見え始めると、アルドは結婚式の準備を頼んできたんだ。そこで私は言ってやった。なあアルド、彼女を連れていくとなると、私に相当の金額を払わねばならないぞ。何しろ私の商売に穴をあけることになるわけだからと。ところが彼は、どれだけかかっても払うと言い張って聞かない。そこで結婚という災いを回避すべく私が思いついた唯一の手段が、トマソ・ドナ総大司教に対し、もしもアルドが病から生還した暁には、教皇の代理人として彼に聖職者への誓願を立てさせ、エルサレムへの巡礼に導いてほしいと申し出ることだった。現時点で聖職者への叙階は話がついたと言える。巡礼の方はしようと思えばいつでもできる状態だ。いやいや、神父さん。そんな顔で見ないでくれ。この手の事柄は少しずつ先送りしながら、別の口実を設けていくのも一つのやり方だ。まあ、その件はさておき、アルドが少しずつベッドから起き上がれるようになって、回復の兆しが見えてきた矢先、今度はマリエッタに横根が出現した。黒死病《ペスト》とはそんなものだ。徐々に回復していったアルドとは反対に、彼女の方はあっという間に逝ってしまった。私だって何度となく彼女にも忠告していた。彼を弄《もてあそ》ぶんじゃない。あいつは稀に見る聖人で、おまえは所詮娼婦にすぎないのだから。神だってお見通しだと。神罰が下って死ぬなんて、本当に可哀そうな女だ！」

「アンドレア、完敗したぞ」ピエルフランチェスコが話題を変える。「美味な肉だ。そなたの故郷アゾラ産の牛は私よりも美食と見えるな。こういうものを真のアンブロシアと言うのだろう」

「それならぜひキジもお試しあれ。口の中でとろけますぞ」自慢げに応じるトッレザーニ。

「私は先程泣いていた娘と寝ずには、とても満足して帰れそうもない」公証人ニッコロは暗にオノランダを指し、笑みを浮かべた。「タルキニア、浴槽を温めるよう頼んでくれ」

タルキニアはまだその場にいて、口をさすりながら潤《うる》んだ目で抜けた歯を見つめている。

「私にはもう一方の娘を」ピエルフランチェスコも注文する。

「四人分だ、タルキニア」トッレザーニが締め括った。ジャコモ・デラ・サンタ・クローチェ神父が立場上、自分の口から頼めぬことは彼も承知していた。「ぐずぐずするな。早くやれ。これだけ騒ぎを起こしたあとなら、なおさら……」

「人でなし！」片手で口を押えたまま、タルキニアが言い放つ。

「いい加減に頭を冷やせ」女にそう言うと、トッレザーニは男たちに向かって呆れた顔で両腕を広げてみせる。「ごらんのとおり恩知らずなもんでね。十二歳かそこらで養女にして以来、実の娘のように面倒を見、高級な服を買い与えてきたというのに」

「好き勝手に私を犯すためにじゃないの！」

「このウサギ料理の香辛料は何だ？」ジャコモ・デラ・サンタ・クローチェ神父が口論をよそに問いかける。「クミンには思えぬが」

「コンスタンティノープルに送り返してやってもいいんだぞ」トッレザーニが女主人を脅す。「あっちじゃ慰み者にされるばかりか、君主《スルタン》に水なんぞこぼすものなら、首を刎《は》ねられるからな」

「キャラウエイではないか」ピエルフランチェスコが神父に答える。

「少なくともここで無駄死にするよりはましよ！」タルキニアも負けじと叫び返す。

「もういい、タルキニア。侮辱もほどほどにしろ。これでも私は、おまえに多大な愛情を抱いている。そこまでして気を引く必要はない。おまえも賢く年を取ることを学ぶべきだ。いつまでも寝言を並べずに、さっさとデザートを運んでこい。おいおい、私のフィンガーボールで指を洗わんでくれ！」

「いいや、アンドレア」公証人ニッコロが答える。「これは私ので、君のは左にあるそれだ。君は気づかぬうちにピエルフランチェスコ閣下のパンを平らげてしまったぞ」

家畜市

新会社の設立からしばらく経った頃、共同出資者であるアルドとアンドレアはメルチェリア通りを並んで歩いていた。ちょうどその時、地域で初めてとなる十時の鐘が鳴った。甲高い金属音が等間隔で連打される。十時を告げる鐘、とアルドは思った。教会が知らせる三時課〔午前九時〕でも六時課〔正午〕でもない。夜に向かう一日の旅が、次第に早くなるために刻まれる新たな時だ。

「開会時刻になってしまったか！」そう言ってアンドレアは立ち止まった。「どのみち総督《ドージェ》の演説には間に合うまい。重要なのは、われわれが神父たちから鐘を奪ったことだ。ひとたび時間の管理を手にした以上、返還はあり得ない。今日この日から二十四時間刻みの日々を生きるわけだ。われわれの出版事業もそれに追いつかねばならん」来た道を引き返す素振りを見せる。今さらサン・マルコ広場に行って、時計塔の落成式に参加したところで意味がない。「アルド、買い物につき合ってくれ。ヴェネツィアで一番重要な建物に案内してやろう。そろそろ君も仕事上の真のつながりを学んでもいい時期だ」

ヴェネツィア全体が二十四時間表示の時計に夢中になる中、二人の印刷業者はメルチェリア通りに戻り、リアルト橋に出る手前で両替商が並ぶ地区に入っていった。どれも小さな店ばかりで、店先の路上に緑色の布張りの台を出し、その上に硬貨を載せた小ぶりの天秤を置いている。両替商の多くは忙しそうにしていて、台の前に腰を下ろし、宝石の表面を爪で引っかいては模造品かどうかを選別していた。トッレザーニはアルドを連れてその前を素通りし、宮殿のような建物の石段を上る。扉に錨の紋章がついているが、これはアゴスティーニ兄弟の経営する銀行の商標で、同じ印が二世紀前から彼らがファブリアーノの城で製造する紙の透かし模様にも使用されていた。

アルドは建物内で忙しく働く人々の様子を期待していたが、予想に反し内部は驚くほど静かで落ち着いた雰囲気だった。どう見ても貴族《パトリキ》か大物商人といった風貌の男たちがみな、それぞれテーブルに着いて銀行員らと向かい合っている。穏やかに会話する顧客もだが、助言をする銀行員もやけにくつろいだ感じで、囁くように話している。先程通りで見たばかりの両替商らの慌ただしさとは、まったく無縁の世界に思えた。何よりも奇妙だったのは、テーブル上にも顧客と銀行員の手にも、貨幣やそれを入れた袋がまったく見当たらないことだった。

「いらっしゃいませ、トッレザーニ親方！」アンドレア・トッレザーニが中に入るなり、背の低い男の銀行員が深々とお辞儀した。「少々お待ちを、すぐに戻ります」と告げて身を返し、小股でせかせかと側面のドアから出ていった。

さほど間を置かずに、銀行員が頭取たちを連れて戻ってくる。ピエトロとアルヴィゼのアゴスティーニ兄弟は、故郷のファブリアーノにイタリアで最大級の製紙工場を所有し、その利益を元手に設立した銀行は、さらに三倍の利益を上げているともっぱらの噂だった。兄弟とはいえ、ピエトロが肥満体で腰回りの肉がはみ出しているのに対し、アルヴィゼは縄のように細くひょろひょろしている。但し物憂げな目つきと固く閉ざした唇に浮かべる笑みは、見事なほど似ている。ある意味それこそが、彼らが長年の戦いで培《つちか》ってきた最高の武器なのかもしれない。富裕でありながら控えめな姿勢を崩さぬ兄弟は、トッレザーニのような成金を温かく迎える反面、いざとなればアルドのような貧乏人を容赦なく追い出せる人間でもある。顧客への貸し付けにも財産の没収にも変わらぬ仕事ぶりで臨むのだから、キリストに祈りを捧げる一方で女中を犯すような者たちとも言い換えられる。

お決まりの挨拶を終えたあと、二人は笑顔でトッレザーニとアルドを別室に案内した。

「奥さまはお元気ですか、トッレザーニ親方？」腹の贅肉とともに椅子に腰を下ろしたピエトロが、笑みを浮かべたまま尋ねる。

「一応は生きてるよ」同じように座ったトッレザーニがため息をつきながら冗談めかす。

「あなたがたのお役に立っているなら、私どもも幸いです」痩身のアルヴィゼも兄と同じ笑みで応じる。彼は座るとさらに体全体が細くなり、影が薄くなったかの印象を与える。ひいきの顧客の前ではいつもそうらしい。「本の出版が順調そうで何よりです。紙の質・量ともに、折よく届いていることと……」

「質も量も折りよいが、値段だけは折り悪い」トッレザーニがさらに冗談を飛ばす。

「ところで本日のご来店はどのようなご用件で？　保険もしくは現金取引？　それとも合資会社とか……」ピエトロは微笑む。

「できれば市場を分捕って袋に詰めたいと思ってな」トッレザーニは真面目に応じない。

「現金でなければ手形《レッテラ》ですか？」アルヴィゼも笑顔で問いかける。

「手紙《レッテラ》は余っている。どうせなら音楽がいいな」トッレザーニはなおもからかう。

「大物ですか？　それとも小物？」言葉がかみ合わぬため、ピエトロも苦笑するしかない。

「三十ドゥカドもあれば十分だ」冗談とも本気ともつかぬ口ぶりでトッレザーニが言った。

「出資額が多いほど利益も大きい。当然、市民への恩恵も」アルヴィゼが笑いながら三回手を叩く。すかさず戸口に銀行員らしき人影が現れる。

「トッレザーニ親方の勘定に三十！」

人影は去り、その後しばらく現れなかった。

「それではいつものように金額を記載した契約書への署名を、万が一に備えて、公証人と二名の証人の立ち合いの下で……」アルヴィゼが笑顔で説明する。

「安上がりに済ませていいなら、トルコ人の恰好で歌って踊っているやつらを連れてくるが、かしこまっていなければだめだと言うなら、高くつく」と冗談にもならない冗談を発した。

ようやく銀行員は戻ってくると、汚さぬように両手の親指と人差し指でつまんで持ってきた黒いフエルト製の袋を、恭《うやうや》しくお辞儀しつつトッレザーニに手渡した。

「陽射しに恵まれたこんな日は、仕事も夫婦も交渉成立で終えるに最適でしょう」含みのある笑みを浮かべてピエトロは言った。

「前者が最良なのは世の常かもしれんけどな」アンドレアは笑いながら立ち上がった。

ドアを開けて部屋を出ると、トッレザーニ専属の簿記方であるマッテオが控えていた。主が無造作に放った黒袋を見事に受け止め、素早く服の中に隠すと、二人のあとをついて歩き出す。

アルドは来た時と同じく、何が何やらわからない状態で玄関から出た。彼らのやり取りがまったく理解できなかった。トッレザーニが銀行から金を引き出したのか、融資してもらったのかさえもわからない。三十ドゥカドと言っていたが。確信を持って言えるのは、目の前でなされたやり取りも、彼らが交わした言葉も意味不明だったこと、自分には一生銀行との取引は理解できぬとの思いを抱いたことだ。

「所詮は暴利を貪るだけの連中よ」幅広の石段を降りて、先のとがった靴の埃《ほこり》を払いながらトッレザーニは吐き捨てるように言った。「彼らのような高利貸しを教会の墓地に埋葬したがらないのも、もっともだ」

表通りにも裏通りにも、狭い路地にも露店が並び、売り手と買い手が溢れている。その中を三人は歩いていた。トッレザーニは後ろで両手を組み、ゆっくりとした足取りで進む。凍った水たまりの上を慎重に歩くサギのように。もっとも突き出た腹に、顎を上げ、つばの広い帽子を傾きがちにかぶった顔で歩く姿は、むしろ凍った湖の水面で回る独楽《こま》に近いかもしれない。時折左右に体を揺らしては何かを探している感じだ、食べ物の屋台を探しているのか、あるいは誰か知り合いの顔を見つけて挨拶をしたいのか。人々が彼に道をあける一方で、所々にいる物乞いの姿は、どうやらトッレザーニの目には入らないらしい。

　隣を歩くアルドは背を丸めたいつもの姿勢で、無駄だと知りながらも歩調を合わせようと努めていた。トッレザーニの使用人マッテオが、あの三十ドゥカドが入ったフェルト製の袋を持って歩いているると考えるだけで、怖気《おじけ》づく自分に戸惑いを感じてもいた。すると突然トッレザーニが立ち止まり、アルドに向き直ったかと思うと両肩に手をかけ、珍しく面と向かって口にした。

「どうしてアンドレアは商売の手の内を明かしてくれるのか？　そう考えているんだろ？　アルド、図星か？　君の心が読めぬとでも思ったか？」

　実のところアルドは、トッレザーニの買い物にこれ以上つき合うのを断わる口実を考えていた。ちょうどアリストテレス全集第五巻の印刷の真っ只中で、一カ月以内に終えねばならないのに、まだ半分残っている状態だった。

「確かにそのとおりですが」と嘘をつく。「でも、どうして？」

「とりわけ嬉しいのは、君がやっとひげを剃り上げたことだ」トッレザーニが話を逸らす。「実際身内でもない者のために、いつまでも喪に服すことがよいとは思えん。もうあれから二年に……」

　アルドは避けようがなかった。どうしても脳裏にゴンドラに乗ったマリエッタの姿がよみがえってしまう。彼が漂流者のごとき面持ちでヴェネツィアに到着した際、彼女が身にまとっていた朱色のドレスとともにだ。胸に突き刺すような痛みが走る。

「アルド、単刀直入に言おう。私なりにじっくり考えた。君が私の娘と結婚する。どうだ？」

「えっ、何ですって!?」アルドが訊き返す。

　嘘ではない。本当に何を言われたのかわからなかった。

「そんな目で見るな。私の娘と結婚しろと言ったんだ」

「アンドレア、私は家に戻らないと」困惑して答える。「第五巻が……アリストテレス全集の最終巻がまだ半分しか！」

「こっちが娘婿にと言っているのに、アリストテレスとは何事だ。飛び上がって喜んでもよさそうなものを。違うか？　私の娘の嫁入り持参金がどの程度かわかるか？」

「だいたい想像がつきます。でもアンドレア……今の私は……」

「黙らんか！　私が囲っていた娼婦の一人と結婚するのに、金を払おうとまでしたくせに、持参金つきのウチの娘は受け入れられないと言うのか？」

アルドはその申し出に向き合うよりほかなくなった。長期戦は必至だが、ここで気力を失い屈するようではいけない、そう自分に言い聞かせた。まずは最初の難関を切り抜けるしかない。以前トッレザーニが彼に言い聞かせたのと同じ根拠を持ち出すまでだ。

「アンドレア、あれが病気による一時の狂気だったことはあなたにもわかっているはず。私だって……」

「そりゃあそうだ。よく聞け、アルド。トッレザーニの娘婿への持参金は、私の全財産の五パーセントだぞ！　つまり君の所持金をとめどなく増やしてやろうと言ってるんだ」

「怒らないで答えてほしいのですが」意識を凝らしてアルドが尋ねる。「あなたはおいくつですか？」

「そんなもん、知るか」身構えるように親方は答えた。

「おおよそで構わないので」

「四十代半ばってところだろう。もしかするとそれより少し上かもしれんが。で、君は？」

「大して変わりません。父親の計算では四十七歳となっていますが、本当はもうすぐ五十歳だと思います。単に私が家を出るのを遅らせるために、ごまかしていた節があるので。娘が五人もいるのに息子は私一人だけで、親はがっかりしていたんです」

「そりゃあ災難だな。確かに私と比較しても、君は老けて見えるぞ」

「きっと疲れきってしまったからでしょう。病気がちな半生を送ってきたのは、ある意味私が負った十字架です。私はあまり長生きできそうにないので」

「何を根拠にそんな不吉なことを言う!?　脅かさんでくれ」不意にトッレザーニは料理の屋台の前で立ち止まった。「ところでアルド、松の実入りのムクドリ・パイは好きか?」

「一度も食べたことがありません」

「まずはその件を解決しよう。マッテオ!」財布から何枚か硬貨を取り出し、使用人に命じる。「ムクドリのパイを二つ頼む。釣銭が出たらおまえのものだ」

「念のために訊いておきますが」アルドが話を続ける。「髪も薄くなった年配男に娘を嫁にやる、それがよいことだと思いますか?」

「私の金を娘に費やす以上、基本的にどちらも私のものだ。だったら私の自由に使う権利はあるはずだ。そうそう、前にも何度か言ったが、かつらを使ったらどうだ?　そうすればちっとは野暮ったくなくなるだろう」

「父親との約束で、姉妹の一人が結婚するまでは、私も結婚しないことになっています。いまだに誰一人嫁に行っていない状態です」

「何を言ってるんだ。だったら一人ずつ落ち着き先を探せばいい」

マッテオはパイを買うのにかなり手間取ったらしい。ほかに客がいなかった上、トッレザーニが渡した金が少なすぎたため、なかなか値引き交渉の折り合いがつかなかったのだ。

「口で言うほど簡単ではありません。ウチの父には、運も財産もないもので」とアルドはこぼす。

「親には彼らが望んだものを約束してやるべきだ。敬意は払ってやらんといかん。だが、われわれの人生は、自分で生きるしかない。それに……待てよ。ウチにはまだ独身の次男、フェデリコがいるが、君の姉妹の一人、それも一番君とそりが合わない娘と同時に結婚するってのはどうだ?　君にとっても私にとっても、持参金絡みの問題は一挙に解決するぞ」

「アンドレア、本当に申し訳ないけれど、今の私はそのような真面目な事柄を話し合える状態にはないのです。あなたが私に途轍《とてつ》もない贈り物を提案していることは百も承知です。しかし私は私なりに、自分が人生で何をしたいか、はっきりしています。結局私は仕事に向き合うしかない人間。その点では女は足手まといです。私が家の中に求めるのは静寂であって、子どものわめき声や乳母の子守歌ではないからです」

二人はそこでマッテオが差し出したムクドリ・パイを食べる。

「おっ、何だかいろんな具材が入ってるじゃないか」トッレザーニは一気に頬張り、悦楽に浸った顔でパイを噛む。「いいか、アルド」口を開けた途端、パイのかけらが顔に跳ねた。「君が今語った身の上話は、私にはどうでもいいことだ。ところでパイはうまいか？」

蜂蜜で薄くコーティングされ、黄金色にこんがり焼けて噛むとカリッとするパイ生地が、舌の上で溶けた瞬間に、イワシの味が口に広がる。アルドは自分の人生で、これほど美味な食べ物を口にしたことはないと感じた。

「肝心なのは」トッレザーニが続ける。「バルバリゴと交わした契約によって、われわれ二人が奇妙な形の縁で結ばれたことだ」

「しかしあの契約での私の影響力など、たかが知れているでしょう」

「君が考えるほど小さくはない！　ピエルフランチェスコが半分を占める中、わずかとは言え権限を有する君が万が一にでも寝返ったならば、確実に私は寝首を掻かれる。それもわからないのか？」

「私があなたを不利にするなど、絶対にあり得ません」さすがにアルドも反論する。

いつの間にかスキアヴォーニ河岸に着いていた。アルドはそれまで広い敷地で催される家畜市を見たことがなかった。

「別に君への信頼が揺らいだわけじゃない」トッレザーニが説明する。「むしろ逆だ。結婚が実現すれば、名実ともに結束を固める形になる。それに教会によらない民事婚は、商人の間では慣例になってる」

「私に儀式は無用です」アルドは否定する。「十分すぎるほど借金もありますし」

平原の至る所に屋根のない家畜小屋と囲い場があって、牛用のまぐさ桶が並んでいる。見物人の輪の中で、三人の畜殺人が子牛の屠畜を終えたところだった。砂で汚れたベンチの並びの向こう側では、大型の貨物用ガレー船が十、十二、十五隻という具合に錨泊し、積み荷を載せた何艘もの小舟が岸との間を行き来するのが見える。

「その件もある。確かに私に借金している」

「ではいったいどうすれば？」学識者は意気消沈して言った。

「本を出版するという君らの試みに、どれほど私が骨を折ったかまだわからんか？　君の五パーセントの出資は私が前払いした形だし、カルピの王子に貸し付けた金については、今さら言うまでもなかろう」

公国間の紛争いわゆるイタリア戦争が原因で、モデナで誰にも頼れなくなったアルベルト・ピオ王子は、トッレザーニへの借金を余儀なくされていた。

「アンドレア、私は王子の配慮で光栄にもピオを名乗っていますが、彼の富を自由にできるわけでも、彼の借金を肩代わりできるわけでもありません。私たちの共同事業に関して言えば、私は自分の仕事を規定どおりにこなしているはずです」

「もちろんだ。現に君はわれわれの会社で、すでに何冊も出版している。だが出版事業を営むための設備を揃えたのは私だ。もしも今ここで君が断念したり、あるいは実際にそうなりかけたが、死んだりしたら、私の投資は無意味になる」

トッレザーニは市場内をのんびりとぶらついている。時々囲い場を覗いてみては牛や馬、羊の値段を尋ね、返ってきた答えに対し、皮肉めいた口ぶりで悪態をつく。

「結婚の件は別の儀式を考えるべきです。十字架を前に誓う教会式、またはそれと似た形式があれば」

「われわれ商人の間では誰もそんな方法は取らない。結婚式によって、君は正式に私の家族の一員になる。商人の伝統に則《のっと》った約束、言うなれば血の契約を拒否するつもりか？」

「アンドレア、理解してください……。あなたとの信頼関係、約束は絶対なものですが、私は一人きりで暮らしていきたいのです」

「となると、合意はないか。畜生、何か別の方法を考えざるを得ない。結婚なしではこれ以上の出版も望めまい」

トッレザーニとの会話に息苦しさを覚えたアルドは、気晴らしに周囲を見渡し家畜の群れを眺める。まるでその中から、かつて本で読んだ怪物や天馬、象のような馬や堂々たるカバなどが不意に現れるのを期待するかの気持ちだった。

「ふう！」決心したように口を開く。「アンドレア、あなたに一つ秘密を明かしましょう」

「アルドよ、これ以上私を悩ませるな」

そう言いながら競りを囲む人垣に分け入るトッレザーニ。アルドもあとについていった。ごく普通の馬一頭が競売にかけられている。

「実を言うと私は……」アルドはトッレザーニの耳元に顔を寄せ、小声で告げる。

「えっ？　何だって？」

「私は……」アルドは繰り返すが、前よりもさらに小声だ。

「聞こえんぞ。もう少し大きな声で……」

「ユダヤ人、ユダヤ人だ」

「どこだ、どこにいる？」

「私です、私がユダヤ人なのです」

彼らの前にいた小柄な老人が振り返り、静かにしろとばかりに二人を睨む。

「何だとっ？」

「聞いてのとおりです」

「ふん、ばかばかしい！　君は衣服のどこにも、赤布を縫いつけてないじゃないか」

馬の轡《くつわ》をつかんだ男が声を張り上げながらも、どこか無関心な口調で目の前の馬の長所を並べ立てる。それから群がった人々に向かって告げた。

「競売価格は三十ソリドゥスから」

馬一頭に三十ソリドゥスとは高額だ、きっと良馬に違いない、とアルドは思った。すると競売人が単調な声で値段を順々に下げていく。

「三十ソリドゥス、二十九ソリドゥス、二十八……」

「アルド、私を騙すことはできんぞ」トッレザーニが声を落として問い質す。「だったら君はキリストを信じてないと言いきれるか？」

「私の祖先がユダヤ人だったのです」アルドもひそひそ声で応じる。「曾祖母はユダヤ教の信者でした。ところが司教だった曾祖父が家政婦として雇った彼女を母親にしてしまって。神よ彼を許したまえ！　曾祖母が子どもを養育したため、孫である私の母もユダヤ教徒となり……結局みなキリスト教徒を装って暮らしてきたのです。ある日私はその伝統を断ち切りました。装う代わりに本物のキリスト教徒になって……。もちろん家族は大反対で、私は家を出るしかありませんでした」

アルドはごく最近、自分の中でキリスト教も捨てたことについては一切触れなかった。たとえ結婚を回避するためであっても、その件は触れ回るべき事柄ではないと考えた。

「二十七ソリドゥス……」相変わらず無感動な声が価格を告げている。「二十五……」

競売人の無関心さとは裏腹に、観衆の側には何やら緊迫した空気が漂い始めた。ヴェネツィアには馬は少ないだけにおそらく良馬なのだろう、とアルドは推測する。それでもまだ高いのではないか。トッレザーニを見やると、競売に興味を示しているふうだった。

「二十三……二十……」

その瞬間トッレザーニが顔を上げ、これ見よがしに口を開いた。多くの視線が彼に集中するのがわかる。ところが競売人が〝二十二〟と発したのとほぼ同時に、別の場所からの叫び声に先を越された。

「買いだ！」

大口を開けたトッレザーニの仕草は、長いあくびを装う下手な演技に取って代わった。落胆した人々がざわめく中、少なからぬ男たちが秘密を共有するように薄ら笑いしている。アルドにも事情が飲み込めてきた。これは欲得ずくで動く者を挑発し、焦らせるための彼ら流のきつい冗談なのだと。入札者が憤りと恥ずかしさが入り交じる表情をこらえながら馬の代金を支払うのを尻目に、人垣は散っていく。

トッレザーニは散策を再開する。今度はどの家畜が目当てなのか？　何にも気にかける素振りを見せずに、大物印刷業者はまた別の人垣、別の囲い場へと向かう。

「いいかアルド。ユダヤ人であろうとなかろうと関係ない、そんな時代が到来したんだ。気高さや目新しさを追う風潮は終わり、今や世の中は古代を求めている。私の言うことがわかるか？　商品を売買するわれわれ商人にとっては、そのことこそが重要だ」

「それは甘すぎる見方です。思想信条に関わる問題は流行や金の流れとは関係ありません。あなたが考えているよりも事態は深刻です。次第に不穏な空気が漂ってきているのを私は肌で感じています。

ユダヤ人をカンナレージョ地区に閉じ込める計画があるとの噂を耳にしていませんか？　夜間の外出を禁じるために壁をさらに伸ばし、橋を封鎖するつもりだとか。もしもそんな状況下で私が密告されでもしたら、すべてが台無しになるばかりか、あなたの娘さんにとっても不名誉なことになる」

「いや、それはない。君は彼らと一緒に暮らしてもいなければ、彼らの儀式に参加もしていない。私にはその事実だけで十分だし、君自身が口を閉ざせば何ら問題は生じない。まさか自分がユダヤ人だと吹聴して回るつもりはないだろう？　おっ、ちょっと待て。見ろ！　あそこで競売が始まるぞ」突然、トッレザーニの目の色が変わる。

　二人が木柵に囲われた場所に着くと、入り口付近の椅子に男が一人座り、呼び込みをしていた。但し先程までとは違い、やけに控えめで大声を出す様子はない。

「競売……競売……」

　よく見ると男の隣には膝を抱えた女の子が座っていた。年齢は十二歳ぐらいだろうか。おそらく競売人の娘だろう、とアルドは思った。父親が時々、娘の首筋に手を当てては、赤みを帯びたウェーブのかかった長い髪を撫でてやっている。女の子は青い大きな目で集まってきた買い手たちを見つめていた。

「では競売を始めます。スタヴロス・ディアマンティディス家出品の商品で、開始価格は四十ドゥカドより」

　誰が聞いても途方もない値段だ。いくら何でも家畜一頭にそれは高すぎる。

「でも肝心の家畜はどこにいるんです？」アルドが珍しく興味津々にトッレザーニに尋ねた。これから値段を順繰りに下げていく前に、競売人が忠告する。

「スタヴロス家は手形を認めず、現金のみの支払いであるのを承知の上でご参加を」

「ちょっと待った」買い付けに来たのであろう紳士が強いドイツ語訛《なま》りで叫んだ。本物の王子かと思しき衣装を身にまとっている。「その前にイタリア語が話せるのかどうかを教えてくれ」アルドには質問の意味がわからなかった。そこでトッレザーニに再び尋ねようとしたところで、競売人が答える。

「市民のみなさま、スタヴロス家は元老院が認めていないキリスト教徒の販売はいたしません。ですから言葉については購入者が教えるしかありませんが、若いのですぐに覚えるでしょう。カッファで買ったアブハジア人の娘です。まだ洗礼は受けていない、健康状態は良好、確かめるまでもなく生娘、三拍子揃っております！」

そこで初めて事態を悟ったアルドの心は、得も言われぬ不快感に揺れた。どうにかして競売を阻止する方法はないかと正義感に駆られるものの、彼の頭脳にその気力は残っていない。と同時に心の中で反芻する。確かに奴隷の売買は禁じられているが、ヴェネツィアの高い生産性は、いまだにはびこる奴隷制度に支えられているのだ。

「生娘だって……？」トッレザーニが声を上げた。「だったら聖母マリア張りに処女懐胎したかもしれんぞ。腹が出ているのが遠目にもわかるからな」

見物人らがどっと笑い出した。競売人は不快感をあらわに、騒ぎが静まるのを待つ。

「みなさま、スタヴロス家では……」

「おいスタヴロス、おまえが家を持ってるとは知らなかったぞ！」今度は別の男が叫ぶ。

高笑いに再度阻まれた競売人のスタヴロスは、必死にこらえていた。ところがその隙を狙うようにトッレザーニが一歩前に出て、大きな声で何かを娘に問い質した。アルドには何語なのかも理解できない言葉だったが、何よりも自分の同僚である大物出版人がやけに流暢に外国語を話していたことに驚かされた。

が、女の子は真っ青な目をさらに大きく見開き、相手をきょとんと見つめている。

「沈黙は承諾のしるし、か」

トッレザーニがつぶやくと、周囲でまたもや笑いが起こる。

「ヴェネツィア市民のみなさま、スタヴロス家では妊娠女性を売ることはけっしてございません。もちろん世の中にはつねに過ちがつきものですから、私どもでは正当性が認められた場合に備え、二カ月以内の商品の返品期間を設けております。からかうのはおやめください。あなたがたのほとんどが、私が地元の人間で、もう何年も昔から商売していることも、一度たりともスタヴロス家の商品が返品された事例がないこともご存じのはずです。では競売に入ります。競売を始めます！　質問は終わりです。二十九ドゥカドから！」

アルドですら、男の言い値が当初より十ドゥカド以上も下がったことに気づいた。

「買いだ！」

驚くことに叫んだのは隣にいたトッレザーニだった。アルドは呆気に取られ、開いた口が塞がらない。これが手か？　と思わず自問する。

それが手だった。人だかりに失望めいた囁きが広まり、やがて所々で笑いが漏れ始めた。競売人はかぶっていた木綿の黒い帽子をつかみ、怒りに任せて地面に投げつける。

人の輪が次第にまばらになっていくのを見計らい、どこからともなくアゴスティーニ銀行の気品ある公証人が現れ、手にした巻紙を広げてマッテオの背中に当てると、使用人は誰に命じられることもなく慣れた様子で上体を傾けた。マッテオの背中を机代わりにして、しばらくそこで署名をしたり、型どおりの文面を無言で読んだりといった作業が続いた。

手続きをひととおり終えた先駆的印刷業者は、発情した七面鳥のような足取りで意気揚々と家路につく。使用人のマッテオが女の子の手を引き、主のあとをついていく。異郷の女の子は自分を売った男に懇願の目で訴えたが無駄なことだった。

この世は書物に描かれたような世界ではない、とアルドは内心つぶやいた。『オデュッセイア』の場面にも、アリストテレスの分類法《タクソノミー》の中にもなく、空を見上げたプトレマイオスの視線に映ったものでも、プルタルコスの明晰な散文で語られたものでもない。この世は今目の当たりにしたばかりの、巨大で不潔極まりない市場だ。しかし太陽の光は、青い潟湖《ラグーン》もそこに浮かぶゴミの山にも、区別なく降り注いでいる。

「いいか、アルド」突然振り返ったトッレザーニが、アルドの物思いを中断させた。「君が結婚について、そこまで心を砕いてくれるのには感謝している。だが私は宗教上の問題に左右される気はないし、教会がわれわれの商売に干渉してくるのは是が非でも避けたい。だから結婚式には神父ではなく公証人が立ち会う、復古式で行なう」

「それでは無理です、アンドレア。私が結婚するなら教会で式を挙げるしかありません。余計な疑いをもたれて詮索されないためです」

「単なる流言《デマ》だろう。気にしすぎだ。ローマの追従者らがあれこれ命じたがるのは確かだが、表向きは同意の返事だけして、あとは無視しておけばいい。ウチの長男ジャン・フランチェスコの結婚の時も教会で誓願などしてないし、署名から三年近くになるが何の問題も起こっていない。それに、たかり屋のジャコモ・デラ・サンタ・クローチェ神父も、結局はラ・ストゥーファで無料《ただ》で楽しみたい時にだけ、私に話を蒸し返す程度だ。今から彼に会うので何でも尋ねるといい」

「そうなるとまた同じ問題に突き当たります。教会での誓いなしに結婚はしない。それが今の私の信仰なので」アルドは嘘をつく。「これ以上、罪を負いたくはありません」

「ほう。たった今、自分はユダヤ人だと言ったばかりじゃないか？」

狩猟の場で獲物と猟師の双方が、終わりの時が来たと悟る瞬間がある。その時両者の心には、傍目にはうかがえぬ安堵に似た思いが生じる。自然界における不可欠な要素として、互いが一つの調和を担う存在として結びつくためだ。

「アンドレア、私がなぜ固執するのか、あなたもわかっているはずです」

「ああ、確かにわかっている」トッレザーニは認める。「解決策の見いだせないどん詰まりに来たという感じだ。商売上でも互いの利害が対立し、合意に至らず交渉自体を断念せざるを得なくなる時がある。君は自分の信仰を理由に、神父抜きの結婚はできないと主張する。一方私は、自分たちの協約に教会が関わる状態は受け入れがたい。私の商人としての誇りに反するという理由からだ」

その瞬間から猟師は獲物を弄ぶ手段に切り替える。自分の弱みをさらけ出すふりをして、相手に偽りの逃げ道をいくつか用意してやる。

「これではどちらも譲るとは思えんな」隣を歩くアンドレアの足取りは、次第にのろくなっていく。

「だからといって、この件でわれわれの友情が失われるわけではなかろう」

獲物は解放されたと感じ、気を緩ませる。

「ようやくご理解いただけたようですね。双方にとってこの上なく有利な協約であっても、最も根幹となる部分、互いの信条の違いだけはいかんともしがたいのですよ」

そこで猟師は猛獣のごとく牙をむき、油断していた獲物の虚をつく。

「私がどうするか見当がつくか？」

「………………」

「譲歩しよう。降参だ」トッレザーニが言った。「この際私の面子《めんつ》は飲み込み、神父が結婚式を執り行なうのを認めるしかなかろう。君のためにもその方がいい。息子よ、抱擁だ！」

急に立ち止まった二人が抱擁を交わすのを見て、後ろを歩いていたマッテオと奴隷の娘も立ち止まる。アルドは心身ともに疲弊しきり、獲物を飲み込もうとする蛇の抱擁を受けていた。事情がわからぬままの娘の大きな青い目が、困惑するアルドの目を見つめている。

カンポ・サン・パテルニアン地区に到着すると、トッレザーニは印刷所に隣接してそびえる教会に入った。そのあとをアルドとマッテオ、そして娘がついていく。四人が揃ってジャコモ・デラ・サンタ・クローチェ神父の前に現れた時、神父は聖具室で、ミサで集めた献金を数えているところだった。

「急な用事で伺った」トッレザーニが神父に告げる。「今朝市場で、実に嘆かわしい光景に出くわしてな。この異教徒の娘を競売にかけていたんだ」それを聞いた神父は、不快感をあらわに首を振る。

「どこかの悪人の手に渡るよりはましだと考え、私が買い取った。キリスト教徒ではないから、この場で洗礼を授け、できるだけ早く洗礼証明書を発行してくれ。税金を納めてさっさとけりをつけたい。もちろん実の娘のように扱い、教育も引き受ける」

「親方、あなたのような市民がいるおかげで、わが共和国は保《も》っているようなものだ」神父はトッレザーニを称えてから、硬貨と秤、やすりとともに机に置かれたキリスト磔刑像を手に取った。「まずは十字架に口づけをすることから教えよう。体の中に悪魔が宿っていても困るのでな」

異教徒らしくうろたえるかと思いきや、娘は十字架を振りかざしてゆっくりと歩み寄るジャコモ・デラ・サンタ・クローチェ神父の前にすました仕草でひざまずいた。

「まさか！」神父が仰天して叫んだ。「この娘、キリスト教徒ではないか！」

「**神を永遠に称えよ！**」少女は神父には理解できぬ言葉でつぶやくと、唇を閉じて十字架に口づけをした。

「そんなばかな！　旅の途中で学んだとしか思えない。今口にしたアブハジア語は異端の呪いか？それとも……」

「ギリシャ語です」他の者たち同様、驚きを隠せぬ様子でアルドが間に入る。「**ねえ君……名前と出身地を教えてくれないか**」

女の子は急に期待に溢れた目でアルドに向き直った。

「エレウシスから来たの。名前はフォティヌラ、鍛冶屋のヤニスの子」

「この娘はギリシャ人でエレウシスの出身、名前はフォティヌラです」アルドが通訳する。

「ギリシャ人だって!? 冗談だろう? スタヴロスのゴモラ野郎、騙しやがった!」

「トッレザーニ親方、キリストの館では言葉を慎みなさい」神父が咎《とが》める。「大したことではない。ギリシャ正教会のキリスト教徒だ。教皇の下で洗礼をして、この娘の魂を数々の過ちから救ってやろう」

「それはいいが、この質の悪い冗談で、私はいくら払うんだ?」

「秘跡には一銭もかからん。彼女たちのような罪人を守るマグダラの聖女マリアに五ドゥカド納めるだけで十分だ」満悦の顔でつけ加える。「収税吏にはわざわざ報告するまでもなかろう」

「確かにそうだな。どうせ評議会の財務など節穴だ。この娘を目にした途端、どてっ腹をえぐられかねない。あいつに一杯食わされた上にそれでは、こっちは踏んだり蹴ったりだ。キリスト教徒の娘を公共の市場で売るなど信じられん! あいつこそ不信心者だ」

「きっと父親が商船の船長にでも売ったのだろう。トルコ人の手から守るためか、飢えから救うためか」と神父は嘆いた。

「しかもギリシャ女ときた! この娘も一旦慣れたら、文句や命令を口にして私を破産に追い込むぞ」

第二部

見せかけの愛は、言葉数が多く緩慢なものだ。
——フアン・デ・メナ『運命の迷宮』

第五章
結婚式の晩

「ファウヌスに迫られる妖精《ニンフ》」作者不詳『ポリフィロの狂恋夢』(1499) より

ベール

招待客らが何を噂していているかぐらい、私にだって想像がつく。新婚初夜に新妻を一人にするとは！加齢による体調不良だなんて、怖気《おじけ》づいて書斎で震えてるんじゃないか？

彼らには想像すらできまい。

私の手元にいまだ出版されずに来た極上の本があろうとは知る由《よし》もなく、世間の夫たちは口を揃えて言うだろう。紙面に黒字で綴《つづ》られた肉体にそそられるなどあるものかと。見当違いもはなはだしい。病気か死の瀬戸際でもない限り、それはあり得ることなのだ。若々しい肌の甘美な感触や、爽やかなリンゴの香り、肉体の崇高さを実感するには、見合った言語、適切な表現に直した上で、われわれの人生の書に取り込むだけでいい。神の物質で綴られた完璧な文章は、脆《もろ》い人間の肉体とは比較にならない永遠性を備え、強風に揺らぐことも浸食されることもない。そのことを私アルドは、身をもって痛感している。ヴェネツィアに住んで八年が過ぎ、九年になろうという時期になされた結婚式の日、自分がさらに年老いたように感じているからだ。

元はと言えば……あれさえなければ……。

忌まわしきアンドレア！　彼も、彼の妻も、二人の子孫も、みんなくたばってしまえ！

私は最初から拒み続けてきた。私には不必要だ。ノーだ！　頼むからやめてくれと。

五十歳で結婚式など、たとえシビュラ〔古代地中海世界の巫女〕のご神託であっても、願い下げだ！　縁者びいきや家族ぐるみのつながりから、やっと解放されたと思ったのに。そんなものは私にはいらない。これまで一つひとつ積み上げ、地道に築き上げた末に得た自由を失い、他の家族らと同じように、トッレザーニの所有物になるのはご免だ。マリエッタの死がまだ胸を貫いた状態で、再び彼らの情緒ゲームに陥るわけにはいかない。

　これから事あるごとに後継者、跡取りと口にしてくるつもりだろう。跡取りだって!?　自分が信念のない、誤植だらけの粗悪な写本になると考えるだけで気が滅入ってしまう。

だが、すべては宿命だった。その上よりによってちょうど今日、ベネデット・ボルドネの工房から二百以上もの挿画と飾り文字の見本が届いた。いずれも『ポリフィイロの狂恋夢《ヒュプネロトマキア・ポリフィリ》』用、ジョヴァンニ・ピコ・デラ・ミランドラが生前、私に託した二冊のうち唯一手元に残った本だ。手渡された挿し絵は、私がこの三年間、眠れぬ夜に抱いてきた夢想を具体的に表現してくれる。世の中の多様性を愛した友ピコの戦い、ポリフィイロの戦いがようやく具現化する時が来た。彼が敗北し、われわれみなが敗北しつつある戦いだ。

　ピコの恋人だった詩人ジロラモ・ベニヴィエニからの手紙を受け取って以来、この本の出版への負い目をずっと引きずっている。詩人はエピクロスの写本が盗まれた一件で気落ちした私を慰めようと、友人ピコの最期の言葉を私に伝えてきた。《死は永遠にあらず》。私の務めはこの本を出版し、作者不詳のまま書物の中でジョヴァンニ・ピコを不朽の存在とすることだ。彼が復元したエピクロスの『愛について』、それを世に出すという最も大切な彼の依頼を果たせなかった私としては、彼に託されたもう一冊の本が出版されるまで、安堵はできない。

肉体の死滅は魂の死滅でもある。その考えを受け入れながらも、私はピコが作品の中で生き続けていくのを切望する。

ピコの素描《スケッチ》を基に作ってもらった絵を、腰を据えてじっくり眺めたかったのに、結婚式で中断される形になった。七時間もだ。それに加えて、ある一枚の絵に出くわしたことで、他の挿し絵に集中できなくなった。裸の妖精《ニンフ》に牧畜神ファウヌスが迫る場面。ふだんは知的な観点から動揺もせずに裸婦像を目にする私だが、その絵にはなぜか激しい疲労感を覚え、平静を保つのも容易ではなかった。

事はある面、期待どおりに進んだとも言える。花嫁と付添人らはトッレザーニの家に遅れに遅れて到着した。ドイツ・ルペルツベルクの人里離れた女子修道院からやってきたとのことだが、父親の意向、いや命令で思春期を幽閉状態で過ごしたらしい。私は待つ間、何をすればよいかわからず、ただ広場を行ったり来たりしていた。不謹慎にも、土壇場で船が難破してくれないかという邪《よこしま》な希望が、悪魔を介して脳内に入ってきたほどだ。しかし最終的に船はやってきた。遅れはしたものの到着してしまった。

下船した時点で花嫁は見るからに体調が悪かった。同行していた女中によると、一行が夕暮れ時の島々を遠くに認めた時から具合が悪くなったのだと。突然起こった風が、潟湖《ラグーン》で腐敗した町のゴミ、すなわちヴェネツィアの香りをもろに運ぶ。テッラフェルマから運河に入った船旅の最後の区間は、とどめの一撃となったに違いない。おまけにカンポ・サン・パテルニアンの埠頭で舷梯《タラップ》を渡って下船した際には、折悪しくその真下に死んだ馬一頭が浮いていた。

花嫁は両手で小ぶりのトランクを抱えていた。肘《ひじ》の張り具合、しっかりとつかんだ様子を見ても、小さいながらもかなりの重さのようだ。きっと宝石やらがらくたやらが詰まっているのだろう。するとその時、娘がつまずきトランクを落とした。地面に当たって蓋が開き、中身の一部が飛び出る。

本だ。

トランクに詰め込まれていたのは何冊もの小さな手引き書だった。トリスメギストスも驚愕の表情を浮かべている。私の足元に落ちた一冊を拾い上げるついでに、開いたページに書かれた文面を読む。ラテン語で記されていた。


……人体の生殖器官は自ら立ち上がり、過剰にいきり立った種で膨張し、無慈悲な欲情を熱き精液とともに突き棒で追い立てる。その受け皿となる愛の部位を求め……。


ルクレティウスではないか！　何てことだ、信じられない。ドイツの女子修道院では、この手の本を女性に読ませるのか？

驚いている暇はなかった。船を降りた花嫁は桟橋の縁に駆け寄ると、前かがみになって胃の中のものを潟湖《ラグーン》に吐き出した。隣で女中が忙しく介抱する。私がアンドレアと一緒に仕事を始めて間もない（さほど昔のことではない）頃に、彼の家で一度会っているはずだ。たまたま帰省していた彼女と顔を合わせただけにすぎないが、醜く覇気のない女で、もっと太っていたと記憶している。嘔吐するのにベールを寄せた際、一瞬顔が見えたが、歳月という名の刃に肉を削り取られた印象を受けた。むしろそのことが私を安堵させる。壮年の女ならば仕事に専念する男を理解し、とやかく言わぬだろう。これならまだ許容範囲の結婚だ。

そんな状態だったのも幸いし、彼女は立ち止まって私と挨拶を交わすこともなく付添人たちとともに印刷所の上階にある実家に連れられていった。少なくともこれで、歓迎の儀礼や式前日の顔合わせの夕食会は回避できたわけだ。病気がちで内気な女なら、そこそこ我慢できると思う。心にある種の平穏がもたらされ、昨夜はいつになくよく眠れた。

安眠、快眠。もう二度とその機会は来ない気がする。

結局妻となる女性の顔は、結婚式の終わりまでまともに見ることがなかった。民事婚も教会婚同様、間延びした退屈な儀式になるとばかり思っていたが、予想に反し、式そのものはごく短いものだった。おそらく教会での儀式となると、そこまで単純にはいかない気がする。ところが彼ら商人の結婚式には、家畜の競売とさほど変わらぬ目まぐるしさが伴っていた。

婚前の行列では、新婦が大勢の参列者を従えてトッレザーニ家からウチまで練り歩いた。みんな私の見知らぬ者たちばかりだ。私が着替えをしていると、ベネデット・ボルドネが『ポリフィロの狂恋夢《ヒュプネロトマキア・ポリフィリ》』の挿し絵を携えてやってきた。先の作業を進めたいのでこの場で了承してほしいと言う。「今は無理だ。結婚式の参列者たちがこちらに向かっている」と断わる。「今晩目を通して、明日には色よい返事をするから」

ボルドネは笑顔で帰っていった。

一行の到着に合わせ、歓迎すべくバルコニーに出る。われながら愚かしくてならない。先頭を歩く花嫁は、おそらく金糸で仕立てたであろうドレスの裾を引き、顔もやはり同じ布のベールで覆っていた。新婦の後ろには母親のランベルティーナが続く。名づけ親なのか親類なのかわからないが、母親と一緒にいる年配女性たちも涙を流している。そのあとを花嫁の女友達らが金切り声を上げてついていく。怒りなのか嬉しさのあまり叫んでいるのかは不明だ。次いでトランペットとファイフ〔高音の横笛〕の楽団と、何かに憑かれたように空に向けて銃を撃つ若者の群れ……。私のみすぼらしい自宅を是が非でも占拠しにやってきたかに映る。

そこで私は本気で狼狽した。バルコニーに出たはいいが、あとは何をすればいいのだ？　結婚式では贈り物の交換をすると噂に聞いたことがある。男が指輪を渡すのだったか？　しかしアンドレアの指示は次の一点だけだった。

「君はバルコニーに出て私たちを迎えるだけでいい。あとのことは全部私が引き受けた。結婚の持参金についても控除するので心配ない」

トッレザーニの使用人らは朝から家に押し寄せ、台所やら寝室やらで忙しく準備に追われていた。トリスメギストスがひどく彼らに憤慨していたのは言うまでもない。

困惑しつつ下の階に降りると、すでに一行は家に乗り込んでいた。広間の中央には机と空いた椅子が二脚置かれ、向かい側の席にはアンドレア・トッレザーニのお抱え老公証人、ニッコロ・ルフィノニが座って待っていた。そこに娘の手を引いたアンドレアが到着する。娘はベール姿のままだ。新婦の父が私を見て席に着くよう促す。隣の席にはてっきり花嫁が座るものと思っていたら、彼が腰を下ろした。向かい合った公証人は、手元の書類をてきぱきと整えていく。

「結婚の公示から十五日が経過、その間に本契約に対する不服申し立ては一切ありませんでした」事務的に淡々と語る。「あなたがアルド・マヌツィオ、アントニオの息子ですね？」十分なほど私を知っているくせに、形どおりの質問をしてくる。

「は、はい」上ずった声で何とか答える。

「それでは書類のことところ、それからここに署名してください」

アンドレアの職務遂行能力には正直圧倒された。娘との結婚を持ちかけ、強いるようになってから半年も経たずに実現しようとしている。しかも、いったいどんな術策を弄したのか、書類にはご丁寧に私の父の署名まで入っていた。父をこの場に連れてこなかったのが不幸中の幸いだ。誇り高き父はアンドレアの嘲《あざけ》り顔に耐えられなかっただろう。

「誰が娘を委ねるのか？」儀礼慣れした公証人は、状況を楽しんでいるふうでもある。

「私、アンドレアです！」大勢の人を前に、珍しく緊張している様子だ。

「ではここ、下の箇所に……。はい、これで完了です」両者の署名が終わったところで、公証人が言い添えた。「それではお二人で握手を交わしてください」

二人して立ち上がり、向かい合うと私は右手を差し出した。ところがアンドレアは涙目になって、両腕を広げて私に言った。

「握手だなんて水臭い。息子よ、抱擁しよう」

それから熊が獲物を押さえ込むように、私を強く抱き締め、頬に三回、大きな音を立てて口づけをしてきた。若い娘らの叫び声が上がり、ファイフとトランペットの華々しい音色が鳴り響き、若者らが天井目がけて銃をぶっ放す。銃弾で木製の格天井が撃ち砕かれ、家の中には煙が充満し、喚声と奇声が混じり合う……。だがどの雑音よりも騒々しかったのは、トッレザーニ夫人ランベルティーナの嘆き声だった。

「ああ、私の娘が！　手塩にかけた娘が……ああ、奪われる！　最愛の娘が！」

「ちょっと待った！　まだ終わっちゃいない！」公証人ニッコロ・ルフィノニが声を大にして訴え、一旦室内を静まらせる。

「嫁入りの持参金と花婿からの贈り物の交換は、双方の合意のもと、教会での式のあとに行なわれることになっている。なので親方、ここで娘さんを花婿に渡してもらっていい」

「わかった」アンドレアが応じた。

そこで父親は置き忘れた商品を取りに戻るかのように、娘が待つ場所まで歩き、優しく手を取り私のもとに連れてきた。彼女が真正面に立ったところで、私に引き渡すべく女中がベールを取り払う。濃密な沈黙の中、みな固唾《かたず》を呑んで見守っている。次第に相手の顔がはっきりしてくるのと並行し、カルダモンとバラが混合した香りがかすかに漂ってきた。マリエッタが使っていた香水のにおいと似ていて、まだ癒えぬ胸の古傷が疼《うず》く。

そこで初めて彼女の顔を見た。全身に震えが走る。私が知っているアンドレアの娘じゃない。まったくの別人だ。その時になって私は、自分がとことん騙《だま》されていたこと、自分でも知らぬ間に入り込んだ地獄の深みを悟ったのだった。

娘には違いないが、女の子じゃないか！　まだ二十歳にも満たない、文字どおりの娘だ。衝撃のあまり、魂が体から脱《ぬ》け出す寸前だった。ベールの向こうに天使と悪魔それぞれの、驚きの表情が一つに融け合った顔が見えた。天使は遠慮がちに、やや驚いた顔で私を見たが、それは一瞬の出来事に思えた。私が頭を働かせようとしたその時、アンドレアの救いがたい言葉が阻《はば》む。

「まんまと引っかかったな！」

一度は固く閉ざされた天使の唇から笑いが洩れる。怠惰で物憂げなしわがれ声に、私は当惑し、震撼にさらされる。悪魔だ。悪魔が面前に現れ、私を幻想から一気に覚ます。

今さらながら悔やまれる。彼女の父親と、もっと詳しく話し合うべきだった。はっきりさせておくべき事柄がいくつもあったのに。文学と哲学に没頭しすぎた私は、いつの間にか人生において無学な人間となっていた。この数年間のヴェネツィアでの世俗体験など何の役にも立たなかった。結婚を強いられている間、私はずっと年上の娘の方だと思っていた。いつだったかトッレザーニの家に出向いた際、ちょうど帰省していたジャコマという娘だ。のちにジャコマはマリアと違い、アンドレア・トッレザーニと正妻ランベルティーナの娘ではなく、アンドレアが外で作った私生児であると知った。母親のマルゲリータは偏屈で知られた筋金入りの書籍商人ピエトロ・ウグレイメルの未亡人だ。ジャコマも母親も、（今は私の妻となった）異父姉妹マリアと同じ女子修道院で暮らしていたため、勘違いしても当然ではあるが、いったいどうすればそんな複雑な筋書きが私に理解できたと言うのか？

祝宴は延々と続く。次から次へと運ばれてくる料理は一切口にしなかったが、三十種類のワインはすべて味見した。どれもこれも苦みしか感じなかった。

隣に座った新妻マリアも引っきりなしに飲み続け、喜びに浸っている様子だが、私は彼女をまともに見る勇気がなかった。そんな私とマリアのことを、若い女中らが気にしているのをひしひしと感じる。節度なく飲んでいる点では、トッレザーニ夫人ランベルティーナも同じだ。先程までの悲嘆の道のりは、いつの間にか暴走した幸福感で埋め尽くされている。しかも秘密を共有するような視線と微笑《ほほえ》みを、惜しむことなく私に注ぎ、饒舌に語りかけてくる。

「この子が生まれた時のことはいまだによく覚えてるわ。あまりに醜い赤ん坊だったから、何度女中たちに〝目の届かないところに連れていってちょうだい！〟と頼んだことか」

「何年前のことです？」仕方なく問いかけ、手持ちぶさたにグラスを口に運ぶ。

「ほんの十八年前ってとこね」と言いながら馴れ馴れしく私の脚をつねってくる。

ワインが喉に引っかかり、むせた私はもう少しで母親の顔に吐きかけるところだった。この女奴隷商人！　鬼畜め！　なぜ私のような……老いた男に娘を差し出すのか？　咳込みが治まるなり問い質したくなったが、舌を噛んで口走るのを抑える。その間も母親は慎みなどかけらも見せずに笑い続けていた。母親がこの調子では、誰が娘に、おまえの夫は希望も輝きも失った男、慢性的に背中の痛みと消化不良、不眠に悩まされているのだと語ってやれる？　教えてくれ！　誰が語れる？

食後にアンドレアが、嫁入り道具のヴェネツィアン・グラス三脚をフォークで叩き割り、一瞬会場が静まり返った。

「新婦の父親の代わりに」厳《おごそ》かに告げる。「ここでぜひ、学者でもある新郎に乾杯の音頭を取ってもらおう」

どうあがいても拒めない。全員に配られた生クリームと松の実が入ったメルルーサの煮凝《にこご》りケーキを切り分けるよりも、この沈黙を断ち切る方がたやすい気がした。突如として私を襲った膝の震えと虚脱感に抗《あらが》い、老体に鞭打って立ち上がりながら、頭の中で聖書や神話、古典の主題のおさらいをする。その中から何か気の利いた題材を、即興的に結婚のスピーチに結びつけてしまえば、無事に切り抜けられると踏んでのことだ。

　ところが、精神が虚空に落ち込んだ私の頭に浮かぶのは、およそこの場にはふさわしくない男女の逸話ばかりだった。これではとても好調な滑り出しなど期待できない。ホロフェルネスの首を刎《は》ねたユディットはどうだ？　とんでもない。ヨセフの前でチュニックを引き裂くポティファルの妻は？　これも論外。水浴びするディアナに見とれて、最終的に自分の猟犬どもに嚙み殺されたアクタイオンは？　最悪だ。

　仕方なく感謝の言葉でスピーチを始める。これでもう選択肢はなくなった。それでもなぜか、突然頭に浮かんだ『イソップ物語』の寓話の一つと、解放奴隷だったアイソーポス〔イソップ〕の愛を持ち出し、熱とワインという逆境の下で、何とか無事に話し終えた。

　最初の時点では酔った者もしらふの者も、私の話が退屈なのか、それとも落ち着かないのか、何度か話の腰を折ってきたが、次第に黙っていった。グラスを掲げ乾杯を告げると、即座にトランペットの轟音と騒ぎ声、無数の銃声が上がると思っていたが、みな静かに手にしたグラスに口をつけ、やがて物思いに沈んだような拍手をした。どう見ても場違いな私の話に対する義理だったとしか思えない。おまけに隣にいた妻が蛇のごとく身をよじり、私に顔を近づけ、甘いワインが染み込んだ毒気にも似た吐息を吹きかけてきた。

「これほど素晴らしい話は初めてよ」と洩らす。

「ねえ君」相手の目を見ることなく私は言い返した。「妻となったばかりで申し訳ないが、私は感激のあまり疲れたようだ。気力と体力を取り戻す必要がある。だからここで失礼する。もしも招待客らに尋ねられたらそう言って謝ってもらえないか。下手に断わって引き留められるのも嫌なので、何も告げずにこもるよ。回復したら戻るから」

　彼女に返答の余地を与えず席を立つ。訝《いぶか》しげに私を見やるアンドレアに〝すぐに戻る〟との視線を投げて、会食者たちの背後を通り部屋を出た。もうこの際、ソドムの町のごとく天井が落ちようが、床が燃えようが絶対に振り返らぬと心に決めて。

二階に上がると、寝室の家具が運び出されていた。何の目的でそうしたのかはともかく、ベッドもない。書斎が手つかずだったのは幸いだ。上で釘を打つ音とのこぎりを引く音が聞こえる。足音を忍ばせて階段を昇り様子をうかがう。アンドレアの若い衆が屋根裏部屋の至る所で組み立てと解体作業に励んでいた。初めてトッレザーニの印刷所を尋ねた時に、母親を亡くしたインクの攪拌係、マルチエロもその中にいた。彼に何の作業をしているのか尋ねてみる。

「マリアとあなたの寝室の準備を。この屋根裏二部屋を改装しろと指示されたもんで」

「そんなばかな」思わず口にした。「教会での式が終わるまで、マリアは親元で暮らすことになっているはずだ」

そういう取り決めになっていた。アンドレアから引き出せた唯一の妥協案がそれだった。教会婚を終えるまでは私は一人身のままだと。マルチエロが哀れみの目で私を見る。

「俺に言われても……」と言いかけたが、意を決した様子で真顔になって告げた。「いいですか親方。女ってのはね、一度家に入ったら引きずり出すのは容易じゃないんです」

私の心を蝕《むしば》み続けていた苦悩に、さらなる不安が付加される。

「だったら、ここで寝泊まりしていた筆写者たちはどこで寝るんだ?」本筋から逸らして問い質す。

「二階ですね」平然と答えた。「あなたの寝室だった部屋の改装が、ついさっき終わって申し分ない出来です。きっと部屋の変わりようを見れば気に入りますよ。書斎には手をつけるなと言われてるんで、そのまんまにしてあります。一階に大きな書棚を作る予定ですが、宴会の最中だから……」

「そのベッドを」無造作に壁にもたせ掛けた自分のベッドを指差し告げる。「元の場所に戻してくれ、今すぐにだ!」

マルチェロは仕方なく職人の一人を呼び止め、ベッドを運び下ろしていった。念のため私もあとをついていく。書斎の前ではトリスメギストスが、ドアを叩いて叫んでいた。

「アルド！　アルド！　アンドレア親方が呼んでいる。おまえさんがダンスに来るのを、みんなが待っているとさ」

「だったら伝えてくれ」背後から不意打ちする。「私は気分がすぐれないので少し休ませてもらう。私に構わないでダンスを始めてくれと。それからもう一つ。家の改装作業をしている者たちにも、祝宴を楽しむ権利はある。ワインを全部二階に運んでやってほしいと」

「わかった」実際には訳もわからずに彼は答えた。

　トリスメギストスと職人たちの歓声、彼らが階段を行き来する足音を耳にしながら、私は彼らのことも自分のベッドのことも忘れて書斎に飛び込み、ドアに鍵をかけた。『愛について』の盗難事件以来、用心のためにつけたものだ。

　部屋の外から精神的にも孤絶するよう努め、ボルドネが持ってきた『ポリフィロの狂恋夢《ヒュプネロトマキア・ポリフィイリ》』の挿し絵の確認に意識を集中させる。絶えずつきまとう不安に耐えられなくなると、自分を苛《さいな》む本音を確かめようと手元の紙に書き連ねるものの、私の思いが綴られた紙の束の行き先が火の中だけであるのはわかっている。誰も読むことがない文章だ。

　下の階でも上の階でも、ワインに煽《あお》られる形でダンスも作業も盛り上がりを見せたが、やがてその勢いが衰えていった。夜が明ける頃には、招待客らも小グループに分散してそれぞれ帰っていった。時折大声で別れを惜しむ者もいたが、ようやく静まり返った。一日中続いた騒音が嘘に思えるほど、今は不気味な静けさに包まれている。

　信じられない。ドアを叩く者がいる。開けるとトリスメギストスが立っていた。邪魔をして申し訳ないと言い訳をする彼を押しのけ、一緒についてきていたマリアの女中が口を挟んだ。マリアと同じぐらいの若さであろうか。

「あなたの奥さまからの言づけです」厚かましくも〝奥さま〟という部分を強調する。「〝私はもう休みますが、慣れない場所で一人で眠るのは心細いので、どうか……〟」

それ以上言わせず、途中で遮る。

「では君の女主人に伝えてもらいたい。〝安心して眠るために、今夜は女中ともども部屋に泊まり、疲れを癒してくれ〟」女中は目を飛び出さんばかりに見開いた。「〝私の体調不良は今の今まで続いていた。祝宴では客人らの相手も満足にできずに終わってしまったが、急ぎの仕事があるので、そちらを進めることにする〟と」アンドレアの口癖を思い出してつけ加える。「〝本が間に合わんのだ！〟。ああ、それから〝トリスメギストスにも忠告したが、私が書斎にこもった時は、いかなる理由があっても煩《わずら》わせぬように〟」

女中は不平を言いかけたが、私は鼻先でドアを閉めた。この女には苦労させられそうだ。悪い噂を流すのが得意技かもしれない。

もうおしまいだ。医学にも造詣の深い賢者、トリスメギストスから数日前に忠告された。心配事を取り除かないと私の病弱な体では身が持たないと。まさにそのとおり。私の人生もこれまでだ。そうしたら、ここにある紙と一緒に火にくべてもらおう。書き記した時点で過去になった思いは、焼き尽くしてしまえばいい。

乾杯

みなさま、本日はお忙しい中、私たちのためにお集まりいただきありがとうございます。この催しの真の主人役《ホスト》アンドレアから、僭越《せんえつ》ながら乾杯の挨拶を仰せつかりました。まずは知り合って以来、ずっと私に配慮し続けてくれた彼に対し、この場を借りて心から御礼申し上げたい。今日ここに居合わせた方々の多くはこの数年間、間近で私たちを見てきただけに、彼から受けた恩恵に今一度礼を述べても、けっして大げさではないとご理解いただけるでしょう。アンドレアは自分が築いた家庭に幸せを根づかせ、それを私にも分け与えてくれました。初めは仕事、そして今日は血筋を。友人あるいは兄弟たる人物に対し、これ以上の何を求められるでしょうか？

ありがとう！　本当にありがとう！

もちろんこの感謝の念は、あなたがた一人ひとりに向けたものでもあります。わが家に到来した幸せを祝うために、はるか遠方から駆けつけてくれた人までいます。

しかし今ここであなたがたに……どうしても話しておきたいことが……。

実は今朝、この場でみなさんと顔を合わせる喜びが、闇の幻影に阻まれかけたのです。招待客の中に、私の年代の者にとっては最も恐るべき客が紛れていたのです。おぞましくも馴染《なじ》みの顔を、確かに私は見ました。そう、死が、死がやってきたのです。

死を目の前にした私が苛まれた悲嘆が、あなたがたに想像できるでしょうか？　今この瞬間、この場に漂うのと同じ沈黙を孤独のうちに味わい、恐ろしさに身をすくめた私を。昔なじみの敵である死が何の用だ？　まさかおまえの夢を葬り去りに来たのではないか、アルド？　と私は自問しました。幸せを刻み込むはずの今日のよき日を、喪に服す日にするつもりか？　この招かれざる客と対面すると誰もが老け込むものですが、私は死から目を逸らし、極力忘れ去ろうと努めました。私じゃない。死が連れに来たのは別の者だろう、とも考えました。しかし心の中では、誰もがその場面で口にする言葉をつぶやいていました。今日だなんて嫌だ！　今日を人生最後の日にはしたくない！

少なくともその言葉は、自分の役目を果たしてくれました。今朝の私は結婚式の準備に勤しみ、自分を欺き、気を紛らわせながら過ごしていました。まったく思いもかけぬ時に、私が式の最中に初めてこの目でわが妻マリアの美しさを見つめていたその時に、おぞましき死が私の背後で弓を引き、不吉な矢の一本を放ちました。背中を射られ、体が貫かれるのを感じました。肉を破った傷口の痛みがあまりに激しく、矢ではなく槍ではないかと思うほどで、胸に小さな穴が空き、血に染まっています。

みなさんは疑問を抱かれたことでしょう。死が放った一本の矢で仕留められたはずの私が、なぜこうしてあなたがたを前に、みなの健康を祝して乾杯の挨拶をしているのか、と。

この一見不可解な謎の答えは実に単純です。昔むかしある夏の晩、愛と死が道の途中でばったり出会い、同じ宿屋に泊まることにしました。旧知の間柄ゆえに夕食をともにし、近況を語り合い、寝る前に別れを告げます。俗に愛は盲目と言いますが、死も盲目であるために、翌朝どの旅人よりも早起きした愛と死は、部屋の中でぶつかり合って矢筒を落としてしまいます。二人とも冷酷ながらも礼儀正しい射手なので、まずは自分の非礼を詫び、床に散らばった自分の矢を拾い上げます。もちろんその時、相手の矢が混じっていることも知らずに。

それ以来、たびたびむごたらしい出来事が起こっているのです。金の矢が詰まっているはずの矢筒から愛が取り出した一本の矢が、実は死が使用している骨の矢だった。そのため本来ならば恋い焦がれるべきはずの時に、若者が命を落としてしまう。結婚祝いに備えていた者たちに、不可解な災いが降りかかるのはそのためです。

一方、死の方も、骨の矢が入った矢筒から愛の持ち物だった金の矢を、それとは知らずに取り出して、今日のように老いた男に放つことがあります。そうして本当ならば葬儀に備えているべき私のような人間が、こうして結婚を祝う事態に至るのです。

私がマリアを見初めた瞬間に死が放ち私を貫いた矢は、死を嘲るかのように金の穂先をしていました……。彼女と私たちの幸せを、あなたがたとともに祝して。

乾杯！

屋根裏部屋の熱気

冗談じゃない！　淀《よど》んだ地獄に充満する憤怒を結集しても耐えがたい。自分の半生を振り返っても、これほど煩わしい事態は初めてだ。結婚してからまだひと月しか経っていないというのに。まだひと月しか、と口にしたか？　もうひと月も、と言った方がいいのではないか？

何より最悪なのは昼夜を問わず、自分が見張られている感じがすることだ。今こうして文章を綴っている間ですら、息を殺してドアの向こうで様子をうかがい、私が出てくるのを待ち構えているに決まっている。偶然出くわしたふうを装って、孤立無援の状態を訴え、気病みに近い孤独感を武器に私を疲弊させるつもりだ。

しかしながら今日までのところは、それなりに順調に生活がなされていた。結婚式の翌朝、私は率直に彼女に話した。相手は悲嘆を隠せなかったが、私は敬虔なまでの信仰心と、教会が二人の結婚を正式に認めるまでは、真の意味で結婚は成立しないことを説明した。われながらよくもそんなことが言えたものだと思う。私がすでに内心では棄教していると知ったら、彼女はどう反応するだろうか？

少なくとも従順に、かつ穏やかな言葉で私の主張を受け入れた様子だった。これで確実に教会結婚式まで、すべて先延ばしになる。その日を永久に回避するために、アンドレアが何らかの裏工作をしてくれるとも思っていた。

ところが私の期待は見事に裏切られた。ほとんど社交儀礼の形で、それも昼間の時間帯を見計らって彼女の部屋に出向いた時、こちらの警戒は増した。例の女中も含めた忌まわしき付添人たちが、自分の役目を果たすべく部屋の中で芝居を打っている。どの娘も彼女と私が舞台上で向き合うよう仕向けるのだ。私は私で彼女らに合わせて男役を演じるが、教養以外の資質はないため背筋を伸ばして応じるぐらいしかできない。上演中の芝居でいきなり道化役者たちに舞台に上げられた観客のように、周囲の状況に即した言葉をたどたどしく口にするものの、本来あるべき声の抑揚や感情表現は存在しない。そうして他の俳優らのセリフの出だしを踏みにじり、顔面蒼白の見習い役者はそそくさと舞台を離れようとする。当然ながら最後の最後につまずき、大笑いする観客の声も聞こえぬふりをして退場していくのだった。

その件ほど不快ではなかったが、部屋の暑さには戸惑いを覚えた。私が部屋に出向くと、決まって暖炉で通常の倍の炭火が真っ赤に燃えていた。熱気もそうだが、目に染みる煙も強烈で、人の思考をくらませ理性を奪う。

だが、まさかあのためだけに……。

私には理解しがたい。いったい世の母親たちは、何を思って娘たちの教育をしているのだろう？よきにつけ悪しきにつけ、外ですら不必要に肌を露出させたがる若い女たちが、家の中では野獣のように振る舞っているであろうことは想像にかたくない。見るとはなしに見る者よりも、見るべきものを見ない者にそっぽを向くなど、実に奇妙な感じがする。あどけない仕草と容貌で、別に何もしてないわ。暑いだけよ。何をそんなに見ているの？　と、まるで自分が見せつけた記憶などないという態度を取るので困る。

ともかく思い起こすだけで汗ばんでしまう。

これでも私は理性的な男であり、思春期の何たるかは知っている。私だってその時期と若者特有の熱情を経験した身だ。たとえ愛の戯《たわむ》れを断念し、自分の精神を育むことで肉体を従わせることに専念していたとしても、愛がどんなものかは理解している。何しろ私は、愛を論じさせたら右に出る者はいない最高の賢人、レオンティウムの意見を基にした、最も洗練された書物を精読した唯一存命中の人間だ。振り返ればほんの数年前、すでに円熟期にあった私は愛を生きた。愛を生きるという表現が適切だとすれば、むしろ私は愛に圧倒されながら生きたとも言える。もう何年も、誰も私を不意打ちにできるはずなどないのに、なぜ自分が絶えず目に見えぬクモの巣に絡《から》めとられる寸前であるような気がするのだろうか？

だけどそれらの事柄についてはどれも、いずれ共存できると思っている。しかしながらその後に起こった件については、本当に予期せぬ誤算だった。私がそのような罰を受けるに値する、どんな過ちを犯したというのか？

どこかに責任を求めるとすれば、自宅でギリシャ語を話す習慣があったことだ。ギリシャ語の原典を扱っていたのと、その作業に従事する者のほとんどがギリシャ人であったため、必然的に日常のやり取りはギリシャ語でなされていた。私も含めギリシャ人でない者にとっては、またとない訓練の場だったのは否定できない。それと不思議なことだが、ギリシャ語で話していると、自分の精神が目覚めて思考が一段高くなり、自分たちの作業に威厳が添えられ、決断を下す際にも確信が持てる気がする。

だからと言って来客時にまでその習慣を通すべきではなかった。悪意はなかったとはいえ、そんな罰が下るとは。神託の巫女シビュラよ、あんまりだ！　あの時のトリスメギストスの驚愕の表情は忘れられない。あれは詩だった。一節たりとも欠けていない『イリアス』の詩そのものだった。今でも彼が、あの状況でよくぞ焼き肉を載せた熱い盆を支えていられたと思う。まさに穴があったら入りたい心境。私はテーブルの下に隠れるべきか、家から逃げ出して、船に乗り込み運河の彼方に消えていくべきか、わからなかった。

マリアと私はテーブルについて食事をするところだった。トリスメギストスが焼き肉を運んできた。

「アルド、おまえさんの愛するお嬢さまからいくつか指示を受けたのだが」いつものようにギリシャ語で語る。

「それはよかった！」私もギリシャ語で答える。**「こちらとしても、彼女が気兼ねなく生活できるようにしてやりたいのでね」**

「そうか」彼は続ける。**「この世に実行不可能なことなど何もない。たとえそれが、おまえさんの部屋に直接影響を及ぼす命令だった場合でもな」**

「私の部屋？　いったいどんな指示をされたんだ？」

「大胆な奥方だ。おまえさんの部屋をさらに熱するようにと」

そこで私は彼女を見やる。食べることに専念し、トリスメギストスが調理したガチョウの胸肉を黙って切り分けている。二人の食事の時にはもう馴染みとなった風景だ。不意に彼女が顔を上げた。見られているのを直感したのだろう。視線が合うと、魅惑的な笑顔を見せた。私の方も微笑み返す。

「本当かい？」自分では叙事詩的に聞こえる皮肉めいた口ぶりで、特に態度を変えることもなくトリスメギストスに尋ねた。**「この家の出費を増やすことについて、君に何らかの理由を告げた上でのことか？」**

「余計な質問は不適切かと思い、わしからは尋ねていない。そもそもこれまで一度も女と議論の経験がない。わしはむしろ逃げ出したいぐらいだ」

トリスメギストスには深い感銘を受ける。私と同じタイプの人間、つまり仕事を崇拝する者だ。私よりもはるかに自然で本能的だという点では、彼の方が根っからの仕事人間だと言える。但し出版する写本の選定や本文の作成ではほとんど当てにできない。文学にはまったく関心がないらしい。だが生きる術《すべ》を心得ている彼の知恵は、別の領域で発揮される。それはホロスコープで未来を読めるという理由ではない。彼の隠喩だらけの言葉では具体的な説明にならないし、曖昧さが強化されるだけだ。むしろ直感的な部分を駆使して生きている。図々しさと厭人癖《えんじんへき》に基づく通俗的な知恵ゆえに、場合によってはとても私と相性がよい。もっとも彼と話をするたびに、彼の世の中への悲観的な展望に私も引きずられるという難点はあるが。

「気持ちはよくわかるよ」ギリシャ語ゆえに気が大きくなり、つい尊大な口調で同意した。「今後は未知のたわ言に耳を傾ける覚悟が必要だ。打つ手はそれしかない！　今のところは遠慮してはっきりと文句を言わないから助かっているが……どうなることやら！　気をつけろ！　聡明な大人の女でさえも、十歳の少年並みの考え方しかできないと言うからな」

なぜあの時、黙らなかったのだろう？　口を慎むべきだったのに、そうしなかった。

「となると、今回彼女が君に頼んだような思いつきも含め、女たちの頭に何か考えが浮かんだ際に、彼女らに道理を聞き分けさせるには……尻を叩いて懲らしめるしかないということか」

「残念ながらゼウスが女たちに肉体を与えたのは、理性を働かせるためではない」トリスメギストスがとどめを刺す。「女たちは自分の言っていることがわかっていないばかりか、自分が何をしたいのかさえもわかっていない。気まぐれで、最大の楽しみは噂話とくる。おまえさんだってそうは思わ……」

白状すると私も話に乗るつもりでいた。彼女の面前で堂々と非難できることに、大きな解放感か慰めを味わっていた。ところが続いて出た言葉は私のものではなかった。

「尊大な男の神々ですら時として陰口を叩いている。人間の男となればなおさらである」

これが文字どおりのマリアの言葉だ。それもギリシャ語で。しかもあまりに自然な話し方だったので、思わず私はうなずいて同意したほどだった。つまりこれまでの私たちのやり取りを、彼女はすべて理解していたばかりか、たった今したばかりの女たちへの罵《ののし》りの言葉も、一つも洩らさず聞いていたのだ。当然ながら男は二人とも沈黙を強いられる。

「私が部屋を暖めてくれと頼んだのは」猛《たけ》り狂った形相で私を見据える。「あなたが風邪を引かないようにとの配慮からよ。二人ともその程度も考えつかないの？　あなた、毎日のように明け方近くに、

ベッドの代わりに肘掛け椅子で眠ることが多いでしょう。違う？・」次第に弾みがついてきた。「**あなたが四六時中嘆いている体の不調も、眠れないのも、結局はよい形で休息を取らずにいる結果だわ**」

一気に血が昇り、顔が熱くなる。仰天の真っ只中で一番に私が思考したのは次のことだ。愚鈍なアンドレアが娘にギリシャ語の教師をつけるなんて。譫妄《せんもう》状態の時に決めたとしか思えない。とはいえ、理由はどうでもよかった。重要なのはマリアが、機知を交えた口語体や重々しい表現、ホメロスの詩に至るまで流暢に語れることだ。彼女に比べれば私のギリシャ語など、子ども騙しのようなものだ。トリスメギストスはバツが悪そうに、どうにか残りの焼き肉を盆に集めて、そそくさと部屋を出ていった。彼と違って私に逃げ道はない。それでも何とか弁解しようとしたが、こんな時に限って頭に思い浮かぶのは、呆れるほど場違いな譚詩《バラード》の一節ばかりだった。

「**尻を叩いて懲らしめるという件は**」残忍な輝きを宿した目で、痛いほどに私の目を貫いてくる。「**よりによって一番身近な人間が、それが夫の務めだと考えているのを恥ずかしく思う**」

紛れもなくそう言った。ああ！　魔女キルケですらオデュッセウスをここまで辛辣な言葉で責めなかったであろう。私としてはその場で口の利けない豚になれるなら、その方が千倍はよかった。食べ終わった彼女は優雅にナプキンの端で口を拭い、椅子を後ろに引いて立ち上がると、ナプキンをテーブルに叩きつけ、大股で食堂を出ていった。

人生を振り返っても、この時ほど強く自分が消えてなくなりたいと願ったことはない。父親とは一度だって意見が一致したことがないのに、なぜこんな時に限って彼の安直すぎる居酒屋哲学を受け売りしてしまったのか？　しかも女性について論じるなどもってのほかだと、つねに細心の注意で避けてきたはずの私が……どうして？

そのまま一人でしばらく食堂に残っていた。冷たくなったガチョウのもも肉が、皿の上から私をせせら笑う。自分の体は家を出たがっていたが、その可能性は捨てた。今ここで外に出かけたりしたら、戻ってくるだけの気力も体力も確保できそうもない。結局私には、妻に詫びる以外に何一つ手立てはなかった。力を振り絞って立ち上がり、堅苦しくて無益な言い回しが充満した頭で彼女のもとに行く。彼女の部屋に通じる扉は半開きになっていた。無言で開けると、中から途切れ途切れのすすり泣きが聞こえてくる。

「アルドだ！」これ以上ない卑屈な声で呼びかけた。「君にお詫びを言いに来た」

途端に沈黙が漂った。私はゆっくりと寝室に入る。天蓋つきベッドを覆うカーテンの下に、彼女の赤紫色のドレスが落ちたままだ。私はカーテンをくぐって、ベッドの脇に腰かけた。薄いカーテンが時折揺れて鼻をくすぐる。いったい何をしているのか、自分でもおかしく思えた。彼女は半分毛布をかけた状態でうつぶせに横たわっていた。白く盛り上がった惚れ惚れするような一方のふくらはぎが、私の目の前に輝いている。カーテンの隙間から差し込む、銀色の午後の陽射しに照らされているせいだ。先程彼女が怒りに駆られた顔で言った〝それが夫の務め〟という言葉をふと思い起こした。

ただでさえ苦悩している上、さらに複雑な思いに駆られる。その場で夢想など避けねばならぬことだったが、彼女と自分がベッド上で肉弾戦を繰り広げるさまが、脳裏に浮かんで離れない。二人してアンフィスバエナ〔双頭の蛇〕の頭になって、互いにもう一方の末端にある相手の顔を見つめる場面だ。

「マリア……」間違いがないようイタリア語で話しかける。「私としたことが……本当にすまない……言葉が過ぎた。君にどう許しを請えばいいのかわからないし、先程のばかげた言葉は本気で言ったわけではないと、どう証明したらいいのかもわからない。あの嘆かわしい会話の中で唯一確かな物事は、トリスメギストスが口にした、彼も私も女の扱い方を知らないという事実だ。しかも最悪なことに、私の年齢でそれを学ぶのはとても難しい。達成できるかどうか保証できないが、それでも私は努力を怠らずにやっていくと約束する。君が信じられないとしても無理はない。私も今すぐ許してもらえるとは思っていないし、そんなことは不可能だと承知している。だがこれだけはわかってほしい。

君が私の健康状態を気遣って、改善方法を探してくれたことには心底感激している。だからこそ君のここでの生活がより快適なものになるよう何か方法を考えてもらいたい。思いついたらできるだけ早く知らせてくれ。もちろん……」まだ私に向き直るまでには至っていないとはいえ、彼女が枕から上げた顔は真剣そのものだった。相手が無言で聞き入っているのに励まされ、私は話を続ける。「もちろん今の状態が窮屈だと言うなら、この家を君が望むように変えてもらって構わない。費用は気にしなくていい。先程の私の愚行を償える方法があったら、遠慮なく言ってほしい」

話しながら私はむき出しの彼女の足の指の怪しい動きに目を奪われ、われを忘れていた。すると不意にその足が毛布の中に逃げ、私の夢想は消え失せた。マリアは身を反転させると、上体を起こしベッドの頭板にもたれた。絹のシーツを引き寄せて胸元を隠す程度の恥じらいは見せたが、それでもむき出しの肩の輪郭は私を惑わせた。否応なしにかつて恋焦がれたマリエッタの肩が脳裏によみがえる。

「ずっと切り出せなかったお願いが一つあるの」すすり泣きの余韻が残る声でつぶやいた。

「君に何か贈り物をして許してもらえるなら、そんなに嬉しいことはない」念を押すように答える。

「何でも言ってくれ！」

彼女の顔は逆光で陰になっていたが、それでも満面の笑みを浮かべたのがわかった。

「印刷所で働かせてほしい」出し抜けに言った。

「何だって!?」

彼女の言葉は聞き取れていたが、あまりに非現実的で受け入れられぬところがあった。

「父は私が幼い頃から男兄弟と一緒にヴェネツィアで暮らすのは許してくれたけど、仕事を教えることだけは拒んだわ。それで私は仕事を学ぶ兄たちをこっそり見て育ったの。その後ルペルツベルクの女子修道院で、同じように家族から引き離された女性たちと幽閉状態の共同生活を送ってきた。ギリシャ語を学び、内面的に成長したのはそこでのことよ。修道院にあった古い印刷機で印刷の仕方も学んだ。散々実践したから印刷の仕事をしている人くらいのことはできるし、イタリア語・ドイツ語・ラテン語・ギリシャ語の校正もお手のものよ。活字も組めるし、インク塗りや印刷作業だけでなく、活字の彫刻、製本だってこなせるわ！」

その瞬間、どれほど目の前で間抜けなトッレザーニの首を絞めてやりたいと感じたか。道化芝居で私を役立たずと罵りながら叩き続ける卑劣漢、あの無慈悲な悪魔の背後には、どれだけの秘密が隠されているのか！

「しかし……」何とか論理的に思考しようと努める。「簡単ではない要求だ。職人たちが何と言うか……」彼女の顔が曇るのを見て、慌てて前言を撤回する。「だが約束は約束だ……。印刷所の最高責任者は私で、最終的な決定権は私にある。ウチは今、植字工も含め人手が足りているとはとても言えない状態だから、結局は受け入れざるを得なくなるだろう」

「どうもありがとう！」

一旦足を踏み入れた複雑な迷宮から、外に脱け出す方法は見いだせそうもなかった。

小躍りして喜んだ彼女が歓喜のあまりシーツを手放したため、思いがけず一方の乳房があらわになる。乳白色で大きめの、もう大人の胸だ。私は体内のばねが弾けたように反射的に立ち上がる。私の奇異な反応の原因に気づいた彼女は、慌ててシーツで胸元を隠した。私の方も目のやり場に困って靴のつま先を見つめる。どうしようもないほど泣きたい気分だった。意識の中では彼女の胸と、それとは著しく異なるかつて愛したマリエッタの胸を見比べていた。私が長年拒絶し、地上から消し去ろうとしてきた女体なるものには、まだどれほどの魔力が、不可思議な力が隠されているのか？

「それではこれで」動揺していないふうを装い、告げる。「明日の朝一番に印刷所で待っている。私の妻だという以上に、仕事の能力があることが肝心だ。それが満たされなければ、こちらも考え直さざるを得ないからね……」

両脚の震えを必死に抑えつつ、果敢な決意で欲望を断ち切り彼女の聖域から逃げ出す。そのまま立ち止まることなくスキアヴォーニ河岸まで歩き続けた。投錨した船の並びを眺めていると、身を休める船たちの平静さが伝わり、私を憔悴させる熱情も一見鎮まったかに思われた。が、そうではなかった。なぜならそれから数時間が経った今、私は心地よいほどにトリスメギストスが暖めてくれた書斎で机に向かって座っているが、若者のごとく煮えたぎっている。

わが家に根づいた謎の怪物《スフィンクス》が、どれだけの秘密を抱えているのか予想がつかない。しかも明日は印刷所に来る……。仕事の内容を決めるのは私だし、これまで決定を強いられる場面でも、大抵は職人たちともめることなく同意を得てきた。しかし、われわれの神殿とも呼ぶべき仕事場に妻を引っ張り込めば、反発は必至だろう。彼らの怒りや嘲りが目に浮かぶようだ。

もうたくさんだ。火だ！　火にくべてしまえ。書き上げたばかりの原稿が燃える光景が、私に気力を与えてくれる。印刷と火は表裏一体だ。印刷が次から次へと原稿を複製し、増殖させる一方、火は世に出すに値しない無意味で虚しい原稿を無に帰していく。

第六章
トッレザーニの回想

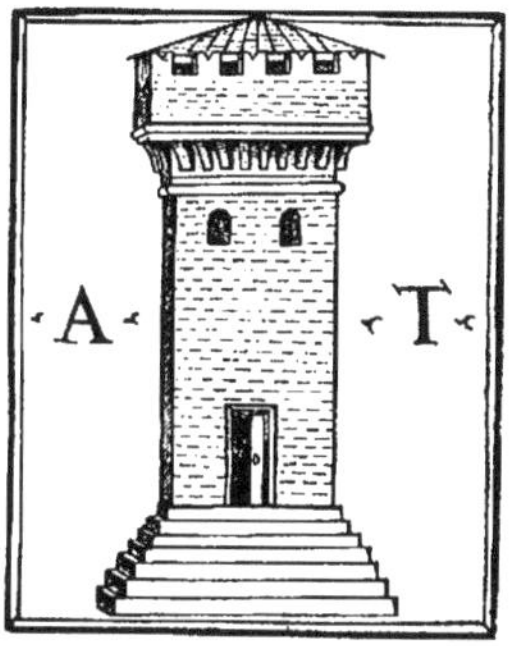

「アンドレア・トッレザーニ印刷所の商標」作者不詳

扉の神ヤヌス

私が真の意味で生まれたのは、現実にぶち当たって砕け散ったあの時だった気がする。まあ聞いてくれ、アルド。アゾラ出身の私トッレザーニだが、実際にはヴェネツィアで誕生したと言えよう。あの日、妻のランベルティーナがアゾラから、何の予告もなくカンポ・サン・パテルニアンの書店に現れた。われわれの三人目の子ども、幼いマリアを抱えてだ。疑念に苛まれ、居ても立ってもいられなくなった末のことだった。店内でウチの出版物を一冊一冊手に取り、かつて田舎の修練院でかじったラテン語を頼りに奥書の文字を読む。当然ながらどれもこれもアンドレア・トッレザーニ・ダ・アゾラ社印刷と銘打ってある。ランベルティーナに印刷所の件はひと言も話していなかった……織物工場と印刷所の経営は完全に切り離し、テッラフェルマの織物工場の状況だけを報告していたんだ。

「アンドレア・トッレザーニはこちらに？」

あちこち尋ね回った末、やっと印刷所の場所を突き止めた。

「たぶん家にいるよ」職人の一人がそう答えたらしい。

「家？」

疑問を抱いても無理もない。ヴェネツィアに家を持っているなど、知らせていなかった。

「ああ、上の階だ。ドアから入って台所を通り抜けた向こうの、左手の角部屋だよ」

ドアの前に仁王立ちし、壊れんばかりの勢いでノッカーを叩き出すランベルティーナ。何も知らずに作業場から台所に向かっていた私は、運悪く彼女とそこで鉢合わせした。

「おおっ、ランベルティーナじゃないか!? それにマリアまで！」思わず叫んだ。「何て嬉しい驚きだ！ そんな所で呆気に取られてないで、遠慮せずに中に入ってくれ！ さあ、入った、入った！」

よりによってちょうどその時、台所の反対側から愛人のマルゲリータがジャコマの手を引いて現れた。ジャコマは七年前にマルゲリータと私の間に生まれた娘で、彼女にとっても三人目の子どもだった。前の夫で書籍商のピエトロ・ウグレイメルとの間に二人子どもがいたからな。

「驚くなよ、マルゲリータ！」私は呼びかける。「わが妻ランベルティーナがわざわざ訪ねてきてくれた！ こちらは愛娘のマリアだ！」

どちらも娘を抱きかかえ互いに顔を見やる。こわばった両者の顔は、今にも突進しそうな船首像《フイギュアヘッド》みたいで、正直腸《はらわた》がえぐられる思いだった。そこで初めて、自分が愛する二人の女があまりに似ているのに気づいた。片やドイツ女、片やイタリア女だが、肉厚の唇、逆立つ頭髪、物思いにふけるような顎もそっくりで……私を挟んで前後の戸口に立つ同じ顔の女。まるでコインに刻まれた二つの顔を持つ扉の神ヤヌスのようだ。こうなってくると、大惨事は避けられない。

本妻であるランベルティーナの方が気分を害したようだった。もちろん妾《めかけ》のマルゲリータも彼女なりに憤慨していたが。当時ランベルティーナの聴罪司祭だったジャコモ・デラ・サンタ・クローチェ神父の介入がなかったら、今頃どうなっていたことか。神父は私のアゾラ時代の遊び仲間で、遠路はるばるアゾラから仲裁にきたが、本当の目的はヴェネツィアに留まることだったようだ。私はこの厄介事が高くつくのを覚悟していたが、思いのほかもめることなくあっさりと片がついた。最終的に聴罪司祭の説得でマルゲリータは故郷に戻る決心をした。私の胸は大いに痛んだが、神父から〝この土地では重婚罪は絞首刑だ〟と言われてしまっては、私だって根回しのしようがない。

　私はマルゲリータを深く愛していた。もっともランベルティーナも同様に愛していた。それは先程も言ったとおりだ。彼女たちがいなかったら、私はどうなっていたか？　そう考えただけでぞっとする。実際ランベルティーナはずいぶんと私に辛抱してくれた。彼女が死んだ時のために――もちろん、そんなことは神も私も望んじゃいないが――すでにラテン語の墓碑銘まで用意してある。《文字どおりの良妻賢母、長年にわたり不満を洩らすことなく生きたランベルティーナ、ここに眠る。出版の刷新者アンドレア・トッレザーニ・ダ・アゾラ》、あとは没年月日を加えるだけだ。〝不満を洩らすことなく〟ってところが泣かせると思わんか、アルド？　結婚して約三十五年、私は彼女に対し一つの不満もない。

　それはマルゲリータに対してもだ。

　時に考えることがある。アゾラを離れるべきではなかった、そうすればもっと幸せに暮らしていたかもしれぬのに、と。今だからこそそんなふうに言えるが、当時は……。

「おまえは何がしたいんだ？」ある日ウチの親父に問い質された。

　二十歳になっていた私は、迷わず答える。

「機織《はたお》り機が欲しい。服を作って売ろうと思う」

　幼い頃、親父に連れられてテッラフェルマの川沿いにあるジャコポ・バッタリアの織物工場を訪れた。大きな水車と毛織物の縮絨機《しゅくじゅうき》も備えた作業場だったが、同じ職人たちの工場でも、ほかとは違うところがあった。労働者も使用人も、奴隷も含め、男女ともども親族が一人もいないが、経営者は穏やかながらも威信があって、一人ひとりと誠実に接していたことに私は感銘を受けていた。

しかしジャコポには跡取りとなる息子がいなかった。私が幼児期からの夢を実現できる年齢になった頃には、もう彼の織物工場は衰退の兆《きざ》しが見え始めていた。

「なあジャコポ、おまえあとどのぐらい元気で歩いていられると思う？」

私のいる前で親父が尋ねた。

「運がよければ五年かそこらだな」

親父はジャコポと肩を組み、一緒に笑うかのように話しかける。

「五年だと!?　結構なこった。で、おまえのあとは誰がこの工場を仕切っていくんだ？」

「そんなの、こっちが訊きたいぐらいだよ」ややうなだれて答えた。

「だろうな。おまえ、娘たちの結婚資金にどれぐらい必要か想像がつくか？」

「困ったもんだ」とつぶやく。「近頃の相場は五百ドゥカドを下らんはずだ」

そこでウチの親父は真顔になった。

「五百ドゥカドだと？　おいおいジャコポ、冗談言うな。修道士みたいに織物工場に閉じこもりすぎたんじゃないのか。千ドゥカドでもテーブルに乗せない限り、誰もおまえの娘に目もくれないと？娘の結婚に全財産をなげうとうって言うのかよ。おまえが困窮状態にあるのは承知してる。そこでジャコポ、折り入って相談だ」

余計な説明は不要だった。

「俺たちは同郷人で、俺の息子はすっかり機織り機にのぼせ上っている。そこで一石二鳥の妙案だ。ウチのアンドレアとおまえのところのランベルティーナを結婚させる。結婚持参金は五百ドゥカドでいいから、代わりにアンドレアに仕事を教えるってことでどうだ？」

結婚したその週から、私はランベルティーナに別れを告げて、テッラフェルマにある彼女の父親の織物工場に住み込んだ。来る日も来る日も舅《しゅうと》と一緒に仕事に明け暮れ、ひととおり学んだのち後を継いだ。舅は文字どおり凋落寸前だったとも言える。何しろ引退して数カ月後に死んだからな。

服を作る仕事は私に大きな可能性をもたらした。間もなく私は、織物市場で古着の取り引きが手堅いことを知った。木綿のくずが製紙の原料になるからだ。アルドよ、紙商人が一リブラ〔約五百グラム〕のシャツの切れ端にいくら払うか知ってるか？　この際古着の白シャツが文学の土台だというのを覚えておくといい。白シャツなしでは文筆家のたわ言を印刷する喜びだって得られない。

まずはくず屋となる連中を集めた。ちょうど凶作の年に当たっていてな。飢えを逃れて農民たちがヴェネツィアにやってきた。身を粉にして働く覚悟で故郷をあとにした連中だ。最初に雇ったのはマルチェロだ。覚えてるか？　われわれが初めて出会った日、お袋さんを亡くしたあいつだよ。当時はまだほんの子どもだった。一家揃って田舎から出てきた彼らのために、まず私が一軒家を借り、うちひと部屋を父親にまた貸しして家族全員がそこで暮らす。間貸しした部屋は馬小屋と呼んでいた。

「町の通りという通りを歩き回って」マルチェロの父親に命じた。「布切れと古いシャツを恵んでもらってくれ。子どもに服を着せたいとでも何とでも言って、施しを受けるんだ。その後、白と色つきのものを選り分けてもらう。集めた布に見合った賃金を払ってやる。一リブラ当たりの単価は白の方が高い。集めてきたら詳しく説明する」

ただで集めたぼろ布が金になるとは、父親には錬金術の賢者の石に思えたかもしれない。で、集めてきた布に対して、しばらくは馬小屋代よりやや少なめの金額を支払い続けた。借金がある程度まで膨らんだ時点で一家を追い出す代わりに、父親と倅《せがれ》のマルチェロと向き合って話をした。

「何かがうまくいっていないようだ」二人に説明してやる。「このままでは無理だ。解決策を見つけないといかん」

使用人には鞭を振るえばいいと主張する連中は間違っている。それよりは愛情や寛容さを示す方がずっと効果的だ。少なくとも彼らは感謝し、余計なことは考えない。その後は一家総出で布切れ集めに繰り出し、倉庫を満たしてくれる。その後は布切れが大量になると値が下がることを説明してやる。それはともかくマルチェロの一家のあと、また別の家族、さらに別の家族がやってきた。いつの間にか一階当たり六部屋の馬小屋に増えた。ビル一棟六階分を借り切って、自宅として使う部屋を除く三十五部屋を間貸しする。利益が別の利益を生むことがわかった私は、続いて家を借りるのではなく、買い取っていった。古い家に的を絞って買っては、馬小屋として間貸しする。当時は暖炉なしの建物で火を焚く連中もいて火事で焼けたりもしたが、今度はそれを利用し改築あるいは新築して、暖炉も含めさらに快適な設備を整えて高値で貸す。カンナレージョには私一人で全部立て直した地区がいくつもある。ヴェネツィア共和国の再建・新開発にふさわしい貢献の仕方ではないか。

だが私は自問した。くず屋を雇って繊維を集め、それを一リブラいくらで買い取るやつがいる。それを原料に商売する製紙業者やそのまた先はどうなっているのか？　そこから次第に印刷業に目が向いていった。

そこでキリスト教世界で最高品質の紙を製造するアゴスティーニ兄弟から話を聞こうと、ファブリアーノにある彼らの工場まで出向いた。アルド、あの極上の木綿の紙、円に錨《いかり》の透かし模様が入った良質の紙は、まさに子どもの尻の皮並みの白さ、印刷のためのものだ。

「これほどの紙の山をいったい誰が何のために買うんだ？」単刀直入に私は彼らに尋ねる。

まだ銀行経営に乗り出していなかった頃の彼ら二人は、今のように銀行員特有の笑顔を絶やさぬ男たちではなかった。だけど説明はしてくれたよ。

「梱包用や代筆屋専門の紙商人が多い。だが、大部分は印刷屋だと思ってもらっていい」ピエトロが真顔で言った。

「それも半端な量じゃない」重々しい声でアルヴィゼがつけ加える。「中でも大量に購入するのはフランス人のニコラ・ジェンソンだ」

何百冊もの本を作り出す筆写機械の話は何度か耳にしていたし、ヴェネツィアの島々で盛んな商売の一つだとも聞いていた。絹《シルク》や香辛料の貿易路の終点であるこの地をヨーロッパの玄関口と捉えたドイツ人たちが、こぞって移住してきているとも。そこで詳しく調べてみると……ヴェネツィア共和国内に五十も印刷所があるではないか！　そのうちの大手と呼ぶべき二社は、文字どおり休みなしに本を吐き出している状態だった。元老院もその商売が儲かると踏んだのだろう。贈賄を見返りに印刷業者を減税してやり、ヨーロッパの主だった都市に本を持ち込む際の関税も大幅に引き下げる優遇措置を取った。大勢のドイツ人が印刷所の設置に押し寄せたのも当然と言えば当然だ。

そんな最中にニコラ・ジェンソンと面会を取りつけた。開口一番、私は彼の仕事を学びたいと告げた上で、代わりに彼の会社や計画に投資をすると申し出た。

ジェンソンは返事代わりに哀れむように微笑むと、机上の本の山から一冊取って私に手渡してきた。

「そこまで言うなら、この本について何でもいいから語ってくれ」

戸惑ったのは言うまでもない。百ページほどの大判の本で、重かったのを覚えている。時間稼ぎのつもりで適当なページを開き、買い手《バイヤー》を前に毛織物の品定めをするような厳しい表情を作った。その時、子ども時代に出会った教師が〝良書〟を前にしていた仕草を思い出した。そこで、ばかでかい本に鼻先を寄せてまぶたを閉じ、雌犬を目にした発情期の雄犬のごとく深く息を吸い込んで、至福のうめき声を洩らした。

アルド、覚えてるか？　最初に出会った時の君も同じことをした。だから私はあの時、君に協力しようと決断したんだ。

「これで君はウチの会社の一員だ」私の寸劇のあと、ジェンソンが言った。「早速明日から来てくれ」

からかわれてるのかと思ったが、あえて反論しなかった。困惑した私を前に、ニコラ・ジェンソンは大笑いしたよ。

「君は鼻がよく利く。紙の本はひどくにおうものだ。亜麻あるいは麻の腐敗臭、乾いたパルプ、鉛の臭気やインクの有害物など、とにかく悪臭に満ちている。よいにおいがするのは羊皮紙の本だ。子羊や子牛のにおいは、肉食を常とする人間には相性がいい。印刷屋はある意味、不可能な市場における小売商人とも言える。実売できるよりも多い数の本を刷るのだから。われわれの仕事には売るための嘘、方便を見いだすことも含まれる。君はそちらにも長《た》けていそうだな」

私はこん畜生と叫びたい気分だった。ジェンソンには完敗だ。彼は私のことをそこまで見抜いていたのだ。それが彼から学んだ最初の教えだった。

〝印刷業界の貴公子〟と称されたジェンソンは、自らを機械で書く技術の真の発明者だと見なしていた。彼が手がけた作品で最大の虚構《フィクション》は、彼の人生そのものかもしれん。何しろ謎に包まれている。金細工師グーテンベルクのマインツの工房で見習いをしていたが、世間知らずにつけ込まれ、親方に功績を横取りされたらしい。グーテンベルクは実践なき金細工師だったのさ。彼の真価はみなを巻き込む無限の能力にあった。彼の最初の印刷事業は機械による印刷ではなく、魔術的な印刷を考案したことだ。

聞いたか、アルド。魔術だ。水銀張りの鏡を使った印刷だ。

鏡を見るとたとえそれが一瞬であっても、対象物の映像が脳裏に刻み込まれる。そこに目をつけたグーテンベルクは小さな鏡を大量に生産し、それを使ってカール大帝の遺体をひと目見ようとアーヘン大聖堂に詣《もう》でた巡礼者らを惑わせた。巡礼者の帽子にその小鏡を固定すれば、跪拝のたびに不朽の遺体がそこに映り、印刷されると。そうして巡礼者たちは鏡を故郷に持ち帰り、目には見えずとも聖遺物が刻まれた鏡を家に飾って、家族や知人に巡礼の思い出話とともに示した。

程なくライン川沿いの町では、巡礼者たちの間で帽子に鏡をつけるのが流行した。彼らが鏡に映したものには、聖地の全景や建物の細部、聖人の墓のほか、洗礼者ヨハネの頭や聖アグエダの胸の遺骨、キリストの包皮など、ありとあらゆる聖遺物があったという。

ともかく彼はこのアイデアで巨額の金を稼いだが、すぐに模造品が登場し、供給過多になって価格の値崩れが生じた。だがそれらは彼の鏡とは比べものにならない粗悪品だった。これは本にも当てはまる教訓だ。よい本とは内容を問わず、みんなが真似して類似本を出す前に出版されていたものだ。これは大いなる教訓だぞ。

なあアルド……何だよ、眠ってしまったのか。まったく、しようがないやつだな。

宣伝ビラ

やっと捕まえたぞ、アルド。フランクフルトの見本市でも、口述の時間を取れそうもないと思ったからな。

いいから、他の約束は断わってしまえ。私の回想の方が重要なはずだ。どこまで話した？　前回は余計なことまで語りすぎた感がある。君がきちんと理解してくれているかどうか、わからんが。私がジェンソンに負うところが大きいと言っているのは、彼のもとで物事をうまくやり遂げることへの喜びに気づいたからだ。以来私のモットーは〝よいものは完璧なものの敵である〟になった。反対じゃないかって？　いや違う。本の出版においては明白な事実だ．完璧な仕事にするためには、質の悪い印刷にすべきなんだ。これはうんざりするほどグリッフォにも言い聞かせている。かつてジエンソンにも同じことをしてきた。ジェンソンは私に印刷業務の手ほどきをしてくれたが、私は彼にもっと重要な事柄、経営の仕方を教えた。

彼の会社で働き始めて一週目、決算書を見た私は呆気に取られた。三百部の本を印刷するのに三カ月もかかっている。三カ月だぞ！　信じられるか？　ジェンソンは昔ながらの頭のまま、かつて何人も筆写者を抱えていた時代の作業時間をいまだに踏襲していたが、畑違いの職種を経てきた私の目には、浪費以外の何ものでもない。

まずは無駄を減らすことから改善を図った。常時休みなく稼働する十五台の活版印刷機、大量の薪《まき》を消費し続ける焚きっぱなしの窯《かま》。鉛、錫《すず》、インク……そして最大の出費となる紙！　次に目を向けたのが、ジェンソンの印刷所に住み込みで働きながら毎日食い続ける見習いも含めた四十人以上もの職人たちだ。植字工、彫刻師、銅の箔打ち、鋳造工……職人仕事は誰でも務まるものではない。ヴェネツィアの労働市場は奴隷に負うところが大きいが、今の世の中、本気で働く人材が必要だ。人を見極め、投資だと思って日当を弾めば、そいつらは解放された気分を味わい、仕事に忠誠を誓うようになる。アルド、それがいずれどんな形で恩恵をもたらすか、想像できるか？

印刷所にとっての最大の問題は出版物だ。工程が複雑な上、細かい配慮をしようと思えばきりがない。二本の柱に支えられた巨大な機械と何千もの活字が、無意味な言葉を延々と印字していく。

だがさらなる難題に気づき、私は愕然とした。これらの価値なき言葉の羅列をいったいどこのどいつが読むのだ？　見当もつかない。考えるだけで夜も眠れなくなる。

わかってる。私だってわかっているさ。大学があるじゃないか。大学教授が本を書いて、教科書として生徒に買わせればいい。たとえ生徒が一行も読まなくても。そりゃあそうだ。でもそれでは数字が出ない。現在ヴェネツィアにどれだけの印刷所がある？　百いくつだ？　わかりやすいよう百社としよう。一社当たり年間何冊出版してる？　平均十冊ってところか？　だったら一年で千冊だ。で、部数は？　最低二百？　となると一年で総計二十万冊の本が世に出ていることになる。この数はアルド、奴隷も含めた共和国の人口の約二倍に相当する。君も承知のとおり、今やフィレンツェでもローマでも、ナポリでもミラノでも本を出版しようと競っているからな。単純に三万か四万の作品があると見積もっても……印刷機の出現から半世紀足らずで、一千万冊が出回った計算になる。

終末論を唱える修道士らは二千万冊の本について語っていたな。

いったいそれだけの本をどうやって売り捌《さば》いていくか？　印刷業の鍵となる問いへの答えを、この私は見いだした。どうだ、アルド！　それはまさしく市場の聖なる法則だ。

本は本来魂のように実体がなく、空気のような存在で触れることができない。本を売る者は、人々の思考上の欲求を満たすだけ。それさえわかっていれば話は早い。食料置き場が満たされた裕福な家庭に、さらに何を売ることができるか？　書物だ。それも気まぐれで、思いがけぬ恩恵をもたらすものならなおのことといい。だから文学作品が鉱脈になる。なぜならば、法律や宗教とは比較にならぬほど、実体のないものだからだ。

考えもしなかっただろうが、君も認めろよ。聖なる法則はまだある。ある本の代わりに別の本を買う。人をそうさせるのは何か？

いや違う。著者や本のテーマ、言葉のよさといった美的なものではない。ジェンソンは自分の出版物には異常に神経をとがらせていて、他人から評価されることも、他の会社の粗悪な出版物と比べられることも毛嫌いしていた。そこで彼はどんな解決策を講じたか？　著名人に金を払って本の序文で次のように記してもらったんだ。《ジェンソン印刷所発行の本は、他社よりも入念な作業を経ていて誤植が少ない。その上絶えず原典に忠実な写本を探し求め、出版に際しては最高レベルの専門家たちの協力を仰いでいる……》

ばかげた話に思えるだろう。ところがこれが見事に機能した。本の冒頭にこの手の言葉をつけ加えるだけで、人々はそれを鵜呑みにし、あたかも自分の意見のごとく繰り返す。私に理由を訊くな。自分の思いつきの威力を知ると、ジェンソンは続いて史上最大の発明の一つを実行に移した。

宣伝ビラだ！

そうだ、それも彼の功績だ。序文でもそうだったが、簡潔に言いたいことだけを告げる。ジェンソンを否定的な目で見る者が多いのは認めるし、君が彼を間抜けだ、困ったやつだと言ったとしても私は驚かない。だが宣伝ビラの文句を書かせたら、彼の右に出る者はいないと断言できる！　本当だ！　一枚見本を持っているから、読み上げてやるよ。実に無駄のない文面だぞ。

　卓越した人物ジェンソンはより博学な読者と、ギリシャ語・ラテン語の専門家を探し求めており、作品の選定もつねに複数の専門家と行なうため、出版物の文章は一文たりとも過不足がない。

なっ？　まるで他人事のように〝卓越した人物ジェンソン〟とまで書いてだ！　実際、〝印刷業界の貴公子〟は妙案の持ち主だった。誤植探しで疲弊するよりも、自社出版物の質の高さを知らしめる宣伝ビラをヴェネツィア中にばら撒く手段を選んだ。本の中でも最も非常識なものが、完璧な本に変わったわけだ！

　ジェンソンには商人的な勘があり、一目置かれるだけの資質が備わっていた。本質的には昔ながらの金細工師だったが。私が彼の会社に加わった時には、本の市場は飽和状態で、破裂寸前だったと言っていい。危機は目前まで迫っていたが、彼にその備えはなかった。

「こんなことがあっていいのか」と不満ばかり口にしていた。「本がまったく売れないとは。丸一年利益なしだ。ヴェネツィア人は本を読まなくなった。無学者の群れになり下がりおって」

　私にとっては待ち望んでいた好機だった。これで本領を発揮できる。不況はすでに織物産業で経験済みだ。危機的状況に他の要素も加わったら何も売れないのはわかっていた。ただでさえ物が売れないところに商売敵のトルコ人の商人がやってきて、黒死病《ペスト》が到来し、女性問題が持ち上がって……となったら、何をやっても失敗する。

　まずは私が苦境を経験した人間だということを示すために、ジェンソンを外に連れ出した。行き先はわれわれの住む地域の治安を維持していた武装警備隊、通称〝夜の番人《シニョーリ・デイ・ノッテ》〟の本拠地だ。ドゥカーレ宮殿内にある本部に行くと、多忙ながらも警備隊長がわれわれに応じてくれた。戦略も兼ねてだが受付のすぐ隣が拷問部屋になっていて、ちょうど職務の真っ最中だった。

「こんにちは」私が話を切り出す。「実は私どもの工場で問題が生じ、相談に伺いました。商人たちの間で反乱が起こり、どうやって自分たちの身を守るかも含めて心配しています。何かよい案があればと思って」

ジェンソンが落ち着かぬ様子で、椅子の上で身をよじる。隊長とのやり取りを私に任せてくれたのは幸いだった。わずか数メートル先で拷問される男の悲痛な叫びを耳にしては、さすがに彼も動揺を隠せない。二人とも不安げに見えた方が好都合だったので、私は内心ほくそ笑んでいた。

「まずは専門家に尋ねようという、判断は正しい」厳格な職業の者にありがちな、やけに柔らかい物腰で署長が言った。「この際、信頼のおける人間二名に身辺警護を頼むのが妥当でしょう。職場の問題で決断を下す前は、昼も夜も警護してもらうといい」

「なるほど。警護をお願いするのには何の支障もありません。ただ私たちには、その任務を引き受けてくれるような知り合いがいないものですから」

「それなら私が推薦した方が無難でしょう。その代わり一つ条件があります」と口にして眉をひそめた。「こんなことは滅多にないのだが……扱いが難しい件だけに、私が直接その二人に金を手渡す方が得策だ。それによってあなたがたの支払う金額が増すわけではない。私はただ間に入って手渡すだけだし、その方が余計な手間も省ける」

「そうしていただけるとこちらもありがたい。あなたのお墨つきの人たちなら安心です。ところで費用はどのぐらいを？」

「大した金額ではありません。工場のことも考慮すると三名もいれば十分かと」

「では警護三人でお願いします。さらに必要になった時には、追加という形で」

「警護三名、一週間分、一ドゥカドでいかがでしょう？」

「わかりました。警護三人、一週間で二ドゥカド払います」逆にこちらから値上げを申し出た。「私どもにとって、職人たちの安全確保は何よりも重要ですから。もちろん反乱せぬ側の職人たちのことですが」

「反乱者らには身の程をわきまえさせるしかない」〝夜の番人《シニョーリ・ディ・ノッテ》〟の長が険しい目で言った。

私が倍の金額を提示したものだから、ジェンソンが我慢できなくなったらしい。血の気が失せた顔のまま、口を挟んで値段を下げようとした……。

「やめてくれ！　お願いだ、指だけは！　頼む！」

実に折りよくジェンソンより前に、拷問部屋からの叫び声が響き渡った。時の政権が共和制だろうと君主制だろうと、民主制だろうと貴族制だろうと大差はない。治安維持に携わる人間が自身の暴力行為に甘い間は、われわれはどの政権下でも生き延びていかれる。

「今さら何のために指が必要なんだ？」拷問者が答えた。「ケツの穴に突っ込みたけりゃ、俺が代わりにやってやる。そうすれば手間が省けるだろう！」

ジェンソンは開いた口を静かに閉ざす。顔がひくついていた。

「ではこの件についてはそういうことで」隊長が話を締め括《くく》る。「ご覧のとおり、私どもも忙しい身で。お帰りの前に私の秘書に一週間分を前払いしてください。明日から工場に警護の者を三人向かわせますので。本の印刷に従事する方々に協力できるのは、われわれとしても非常に喜ばしい。書物も共和国を築くものの一つですから」

ここまでは実に簡単だが、その後が厄介だ。労働者一人ひとりに向き合い解雇を告げねばならん。解雇すべき者と絶対に必要な者の区別は前もってできていて、半数は切らざるを得ない。残った者は解雇に伴って空いたポストに順次昇進し、半分に減った人数でどうにかやりくりしていく。
アルド、職人の首を切るのは耐えがたい瞬間だ。私だって誰も切りたくはない。確かに日頃から賃上げと労働時間の短縮を要求してばかりの労働者を厄介払いはできる。しかし一方で、長年一緒に仕事をしてきて、愛着が湧いた者たちまで首にする場合だってある。家族持ちの職人を放り出した一カ月後に、愛娘が売春宿で働いているなんて話も珍しくない。経済危機だ、不況だとなると、どこもかしこも眠れぬ夜を過ごすやつでいっぱいだ。この私でさえも憂鬱な状態に陥り、二度とそこから脱け出せないかと思ってしまう。

会社の立て直しのためには、どの職種でも同じだが、まずは残った労働者を全員集めて、誠意をもって現状を説明する。これから生産を半分に減らす。君たちがこの場にいるのは有能であったためだ。この手の談話は組織の傷の瘢痕化の基本となるものだ。アルドよ、長年経営者として生きてきた私だが、今でも労働者たちを前にそう告げる時は、自分でも感動を覚える。信じられるか？　君が信じようと信じまいと構わないが、そのたびに職人たちとの絆は強固になっていく。

そうそう、ジェンソンの件に話を戻さないとな。必要だと思ってあえて脱線したまでだ。雇い人の解雇日に何が起こるか、容易に想像がつくと思う。人間の心はなかなか本性を隠しとおせない。単純な者ほど顕著でね。いっそ工場を焼いちまえ。それが行き着く結論だ。

だがアルド、彼らを責めるな！　彼らの立場だったら、われわれだって同じことをやらないか？　ゲームをするかトランプを壊すか。首にされた連中は、大抵はすぐに破壊しようと考えるが、武装した警備隊の姿を目にするや、訳もわからずその行為を先送りする。やがて慰めと似た形で、憎悪の念を抱えた状態で生きていくことを学ぶ。

本気で焼き打ちしたい連中はすぐに実行しようとするから、百戦錬磨の〝夜の番人《シニョーリ・デイ・ノッテ》〟にとっては、飛んで火にいる夏の虫だ。ランプの芯と油を手に放火しようとした連中がどこに行くかって？　そりやあ檻に決まっている！　囚われの身となった直後の拷問で、恨み節を歌うしかない。サン・マルコ広場で二本柱の間に吊るされる前に、万人の耳に届けと言わんばかりに、声を張り上げ絶叫する。あとは死肉と化した彼らの頭上をハゲワシが旋回するだけだ。

何て無残な光景だ、何て悲惨な地獄絵だと思うかもしれない。だが危機の終わりに収支決算すると、たとえ以前の四分の一しか売れていなくても、大抵は好景気の時以上の利益があったりする。諺《ことわざ》にもあるだろう、不景気は雇い主を肥やすって。

そんなもんじゃないか？

あれ、そんな話をするつもりじゃなかったのに。まあ、よしとするか。

ラ・グランデ・コンパニア

アルド、やっと捕まえた。ようやく君と向き合える。君を探しに行くたびに、姿を消している感じがするぞ。一番重要な事柄がまだ残っている。それを君に差し出そうというわけだ。この口述筆記が出版された暁には、誰もがわずか十ソリドゥス足らずでトッレザーニの生涯の真髄を読めるようになる。そう考えただけでも腹立たしくないか？　十ソリドゥス！　ほとんど投げ売り状態だぞ。

印刷業務を巡ってあれこれと何年も考えた末に、私にもはっきりと展望が見えてきた。つまり自分の印刷所を設立する用意が整ったということだ。だがジェンソンの会社を去る前に、私の好奇心をそそった未解決の事柄が一つあった。彼は商人の重要な資質の一つ、口のうまさが根本的に欠けた男だった。人を魅了して物を売るためには、しばしば長期戦を強いられるし、時には率直な姿勢を見せたり、相手を言葉巧みに丸め込むこともある。この場合は相手が何を言うかが問題ではなく、買い手の考える余地をなくして、売り手に身を委ねさせられるかどうかが鍵となる。

ところがだ、ジェンソンのような口下手な人間が、どうやって多くの大物とつながりを得たのか？ローマ教皇までが彼の仕事での奉仕を評価し、伯爵の称号を与えたほどだ！

お世辞にも策略にも長けていない者がなぜか頂点に居座っている。そんな時には、そいつの周囲にいる人間に目を向ける必要がある。とりわけ女を注視すべきだ。なぜなら彼女たちこそが、陰ながら働く真の専門家だからだ。

ここで一つ言い添えておく。ジェンソン伯爵はヴェネツィアに来る前にリヨン出身のジャネットと結婚していた。彼女との間に一人息子を儲けているが、母も子もヴェネツィアを訪問したことはなく、ジェンソンが年一回生活費を送っていた。

しかしジェンソンは毎週月曜日と木曜日に、決まって自宅に女の訪問客を迎えていた。謎めいた一人の女が深夜の十二時、ゴンドラではなく徒歩でやってくる。顔を覆った姿でいつも勝手口から入り、誰とも言葉を交わすことなく親方の部屋に直行する。夜明けまで一歩も外に出ることはなく、明け方に来た時と同じく顔を隠して、再びまだ薄暗い通りに影のごとく静かに消えていく。

わかってくれ。私は自分が手本とする人物の弱点を知りたかっただけだ。噂好きな人間ではなく、ましてや道徳家には程遠い。だからこそ男の弱みは痛いほどわかる。しかも女となると……。女はたとえるなら非常に扱いにくい商品だ。商人を輝かせることもあれば、闇に落とすこともある。

ジェンソンの成功の鍵は謎の女にあると睨んだ私は自分の直感に従った。ある月曜日の晩、女が家に入るのを見届けると、早朝に家を去る彼女のあとを見つからぬよう尾行した。マントに身を包んだ彼女は、陶器に魚の骨が当たるような靴音を響かせながら狭い通りを足早に歩いていく。やがて一本の運河に面した通りに入ると、一艘のゴンドラが待っていた。彼女は慣れた様子で乗り込み、あっという間に遠ざかっていった。

同じ週の木曜の晩、私はギリシャ人のゴンドラ乗りに話をつけて、その場所で待ち構えていた。ところが驚くことに女は前回とは反対方向に歩いていく。ゴンドラには乗らない。また足取りがのろく、片脚を引きずりがちに歩いているふうにも見える。今週二度の訪問で一方の脚を痛めでもしたか。さほど遠くない所で、使用人らしき二人の男が彼女を待っていた。女主人を間に挟む形で進み、ジョヴァンニ・ダ・コロニアの邸宅の玄関前で立ち止まる。当時ヴェネツィアで最も有力な書籍商として知られた男の家だ。中に入る際、思いがけず彼女の顔が拝めた。紛れもなくジョヴァンニの妻、パオラ・ダ・メッシーナだった。

アルドよ、私はパオラ・ダ・メッシーナほどの大物女性に出会った記憶がない。彼女の半生の経歴は過去の夫たちに集約される。最初の夫はメシナ出身の金細工師、バルトロメオ・デ・ボナチオ。出版熱に目がくらみ、彼女をマインツに連れていき、何とか事業を始めた矢先に突然病に倒れて死亡。二人目の夫はヴェネツィア人の先駆的印刷屋、ジョヴァンニ・ダ・スピラ。彼女をマインツからこの地に連れてきた彼も、最初の出版不況が起こった時期に突然病に倒れて死亡。三人目の夫はそのジョヴァンニの弟、ヴィンデリーノ・ダ・スピラ。彼は結婚せずに彼女と一緒に暮らしていたが、数年間の繁栄後、やはり出版事業が衰退した頃に突然病に倒れて死亡した。そして四人目で当時夫だったのが印刷工でもあったジョヴァンニ・ダ・コロニアだ。ジョヴァンニはヴィンデリーノが亡くなる前に、彼の印刷所を吸収合併している。私がパオラの存在を知ったのもその頃の話だ。ジョヴァンニが有するのは莫大な資産と広範囲に及ぶコネ、そこにさらに不動産を加えた状態で、パオラはジェンソンを凌《しの》ぐ本の製造・販売の一大企業を築いて一世を風靡《ふうび》していた。

女であるがゆえに歴代の夫を前面に出さざるを得なかったとはいえ、実際の事業主は最初から完全にパオラだった。六千三百五十四冊に及ぶ一大事業の指揮官と言ったところだ。

美人かって？　いや、彼女の醜さはそれなりに有名だった。私が直接顔を合わせた時点で、五十を超えていたと思うが、よい年の取り方をしていたと断言できる。何が困るって、とにかく笑わない。

誇り高き女流作家の肖像じゃないが、いつも取り澄ましたポーズを取っていた。
ちょうどその頃、ジェンソンは多くの著者らを取り込み自分の新会社ジェンソン＆ソシオスを立ち上げたところだった。パオラとジョヴァンニ・ダ・コロニアの会社にとっては脅威だったに違いない。そうなると謎の女の正体が彼女だと知った時、私がローマ彫刻の胸像並みに硬直したのもうなずけるだろう。

さてパオラの脚の悪さを考えると、月曜の晩にジェンソンの家に出入りしていた軽い足取りの女が別人であるのは間違いない。そこで私はもう一方の謎を追及することにした。ゴンドラであとを追い、大運河《カナル・グランデ》からドイツ人商館《フォンテゴ・デイ・テデスキ》に通じる拱廊《アーケード》の石段にたどり着いた。

いや、ドイツ人商館《フォンテゴ・デイ・テデスキ》は単なるドイツ人巡礼者の宿泊施設なんかじゃない。ドイツ商人の会合の場としても、彼らが扱う品物の倉庫としても機能している建物だ。しかも当時はその真正面に、ジェンソンの共同経営者で親友でもあるドイツ語書籍商人ピエトロ・ウグレイメルが、妻のマルゲリータと住んでいた。謎の女の二人目は彼女だった。

そうだよ、アルド。やはり気づいたか。わが愛しのマルゲリータだ。思わぬところで愛は巡るものだ。

その頃のマルゲリータはまだ若奥さまといった感じで、ドイツ人商館《フォンテゴ・デイ・テデスキ》の運営の傍ら、夫不在の寂しさをジェンソンで紛らわせていた。というのも、彼女の夫は熱狂的な本マニアで、写本を探し求めてヨーロッパ中を駆け巡っているようなやつだった。ミラノに書店まで出して活動していたほどだ。

この〝不倫の貴公子〟！　フランス流儀のジェンソン伯爵は女にかけては王者だった。信じられるか？　彼はベッド上で、当代の大物女傑の二股をかけていたんだ。

それにしても女たちの働きの目覚ましいことよ。アルド、私は今ここで敬意を表したい。戦争さえなければ、われわれ男が女に屈服するのは必至だろう。彼女たちなら商売上でも小競り合いで済ませ、静かに市場を支配し、通りはおろか都市全体を牛耳れるに違いない。小売商人が注目すべきは女たちの意向だ。誰もが欲しがる商品は大抵、彼女らの目の中に映っている。女たちは本物の宝の地図なんだ。

私はマルゲリータを通じて、彼女とパオラの大胆な計画を知った。どんな同業組合も考えつかぬヴェネツィアの二大印刷所の合併、すでに二人は新会社の名称も決めていた。その名もまさしくラ・グランデ・コンパニア〔大会社〕！　過去に類を見ない規模の製造業・商業の一大グループで、ヨーロッパ出版市場の支配を視野に入れていた。本に関わるあらゆる分野を包括的に運営する会社中の会社だ。誰にも事業領域の境目がわからぬだけに、もしも実現すればその価値は計り知れない。

新会社の繁栄は確約されたも同然だった。パオラとマルゲリータ、そして二人に賛同する者たちが合併の準備を進め、あともうひと息というところで、突然ジョヴァンニ・ダ・コロニアが水を差した。

「パオラは何も話してくれなくて」心配そうにマルゲリータが私に打ち明けた。「だけど彼女の女中の一人が手がかりを与えてくれたの。パオラとジョヴァンニの間で言い争いになったたって。彼女に対する妬《ねた》みと、ジェンソンへの嫉妬が原因で。そんなのってないわ！」

ラ・グランデ・コンパニアが誕生を目前に崩壊しかけたその時、パオラが自宅で賛同者たちの緊急会合を開いた。ジェンソンも呼び出され、私も同行した。

「昨晩、夫のジョヴァンニが急な病にかかり、今朝亡くなりました」パオラがジェンソンの目を見据えて告げる。だが同時に、警戒するように私の目も時々うかがっている。

ジェンソンがお悔やみの言葉を述べようとしたが、彼女はそれを遮った。

「災いに動揺し冷静さを失うわけにはいきません。財産と大勢の従業員の生活が危機にさらされているのですから。私のたび重なる懇願にもかかわらず、ジョヴァンニは遺言状を作成しませんでした。評議会が遺言状なしの相続を認めるかどうか。その裁定を待つ間にも多くの事柄が後退してしまいます。今この場にいるみなさまは、本計画に託したジョヴァンニの思いをご存じのはずです」そう口にしながら感極まった表情を見せる。「彼の遺志を尊重し、生前に合併が合意に至ったということで、この場で署名してはいかがでしょう？　疑念がおありならば、この計画はなかったことにしましょう」故人の右腕だった共同経営者ジョヴァンニ・マンテンを見やりながらパオラは話を締め括った。集まった者全員が、彼女の説明に大きくうなずき、同意する。

　妥当な話に思えたし、書類もすべて整っていた。

「ところで故人の署名はどう代用するつもりだ？」と私が尋ねた。

「彼の死亡日を明日に延ばします」と答える。「まずは公証人を呼び、夫が所有していた権限を共同経営者のマンテンに委譲させ、彼がラ・グランデ・コンパニアの契約を行なえるよう計らいます」

「だが上級公証人を買収するのは無理だ」私は主張した。「そのために彼らは多額の給料をもらってるんだから。裁判官と同じで賄賂の利かない連中だ」

　みんなの視線が一斉に私に注がれた。パオラが手を口に当て、喉から奇妙な音を出す。錆びついた蝶番《ちょうつがい》のきしみ音にも似た嘆き声に思えた。みんな押し黙って床を見つめている。マルゲリータは固く目を閉ざし、泣き出す寸前に見えた。だが次の瞬間、たまりかねたジェンソンがロバのような荒い息をつくと笑い出したんだ。そして他の者たちも。

　今でもあの時のみんなの大笑いが聞こえてくる気がするよ。まるで家の中に横たわっていた遺体に、けしかけられたかのような笑い声だった。その瞬間、私はもはや世間知らずの田舎者には戻らないと誓った。この世には誠実な人間が働く分野がまだ存在するなどと、どこでそんなおめでたい先入観を持ったのか。何だか自分が罪でも犯した気分だった。

　ラ・グランデ・コンパニアが始動しだした頃、ジェンソンから私が経営の指揮を取ったらどうかと言われた。そこで私はパオラと二人きりで会見をし、彼女が同意した場合にのみ、提案を受け入れると伝えた。

「問題となるのは年齢差だけね」

会見したパオラが若い娘のようなまなざしで顔を輝かせるとは、思いもよらなかった。次いで契約を結ぶためという名目で、彼女の部屋での夕食に招かれた。

そりゃあ私だって急な病で死にたくはなかったさ！　まだ若かったが、そこまで間抜けではなかったからな。彼女は情事に及ぶには年齢が行きすぎていたが……何と言うか……他の女には見られぬ力がみなぎっていて。それで結局、彼女の招待を受けることにした。

私にとっての躍動の時代が始まった。際限のない金儲けは素晴らしかったぞ、アルド！　ジェンソンは……彼は選択を誤った。大いに予測できたことだが、何年も関係を持ったのちにパオラに結婚を求められた時、実は既婚者だったと打ち明けざるを得なくなった。

困ったジェンソンに相談されたが、私に何が言える？　それでも彼を評価していたので、遺産をいくらか息子に相続させたければ、一日も早く遺言状を作った方がいいと助言した。

「活字は？」と訊かれた。「あれだけはフランチェスコ・グリッフォに譲渡したい」

活字の行方は肝心だ！

「弟子のフランチェスコに譲ったら、パオラに多大な恩恵を与えることになりますよ」巨額の金がかかっているのを承知で私は言った。「あなたの棺《ひつぎ》に墓掘り人が土をかぶせるよりも早く、分捕られるのは目に見えています。私があなたの立場なら、共同経営者のピエトロ・ウグレイメルに譲るでしょうね」

「ピエトロに？　でもピエトロはわが道を行く人間で、活字を扱えるわけじゃない」

「本当ですか？」私は問い質す。「私が見る限り、彼はミラノを拠点にし、ヴェネツィアでの仕事をマルゲリータに任せたことで、厄介事と無縁の状態で利益を上げている様子です。だから彼に譲渡する形にして、あとでグリッフォに渡るようにすればいい」

私はその機会に小さな印刷所を設立するつもりだとジェンソンに告げた。まだ哀れみの笑顔を見せるだけの余裕があった彼が言う。

「それは無謀だ。第一君には活字の彫刻技術がないし、印刷機の操作に長けてもいない。出版業は金細工師の仕事だよ」

結果的にこっちがジェンソンを哀れむことになる。自分の死後に、私が一銭も払うことなくすべて物にしたと知り、仰天して飛び起きた彼は棺桶の蓋に頭をぶつけたことだろう。

ジェンソンが急な病に倒れて死亡すると、相続人となっていた兄弟が現れ、予想どおり遺産の権利を主張してきた。それがパオラの衰退の始まりでもあった。パオラ自身も事業も弱っていたが、それでもラ・グランデ・コンパニアはその後数年、多少の利益をもたらしていた。パオラのもとを離れるに当たり、私は感謝代わりの餞別としてヴェネツィア在住の恋にも技術にも長けたオランダ人の若い活字彫刻師リナルド・ダ・ニメガを紹介した。商才はないが恋愛術は町中の評判だった。彼は歴代のパオラの夫の中で唯一、病に倒れて死亡しなかった男となった。逆にパオラを看取ったんだ。野心も何もかも忘れたパオラは、彼の腕の中で幸せとともに死んでいったよ。

そんなこんながあった末、私とマルゲリータとの間にジャコマが生まれ、さらにそれから数年後のある日、マリアを連れたランベルティーナが印刷所に現れた。私の青年時代の終焉だよ、アルド。

え？　どうしてマリアを修道院に入れたのかって？　教育にかけてはドイツ流が一番というマルゲリータの影響さ。彼女いわく、あの修道院だったら、ラテン語とギリシャ語の読み書きを教える教師がいると。私も婦女子の教育は大切だと思ってる。いいかアルド、われわれはつねに時代を先取りしなきゃならん。男と同じく女も学べば学ぶほど、こちらが御しやすい安価な人手になる。結局のところ教育は従属にほかならない。規則にせよ、公式にせよ、何かを学ぶためには従うことが基本中の基本だ。従うことを学んだ経験のない者には、何を教えても身につかん。

まあそれは別の話になるのでやめよう。私の事業主としての経歴は君で終わりを迎える。君との提携が私の会社を頂点に押し上げたことを洩らさず記してくれ。

確かに君の言うとおり、あり余るほどの利益は得たが本当の意味での名誉は得ていない。それはな、私の仕事の流儀が貴族《パトリキ》らのお気に召さないからだ。塔《トッレ》の印刷所と対等に張り合える出版社はない。だから彼らは私に並々ならぬ憎悪を抱く。嫌悪感ではなく憎悪だぞ！　私だって自分がどう見られているかよくわかっている。田舎出身の男が彼らの主要産業を牛耳る、ヴェネツィア人はそれに我慢がならない。よそ者に君臨してもらっては困るんだ。不快なまでに世の中は、私への罵詈雑言に満ちている。私のもとに出入りする小売商人や会社前の波止場に停泊するゴンドラの列、各ゴンドラに掲げられた刺繡入りの旗……それだけでも十分すぎるほど妬みを買っている。

アルドよ、われわれは孤独を嚙み締めている。この世を向上させるために不可欠な戦いで、運命が恩恵と引き換えに渡してくるのが孤独だ。だが出版業界を見た場合、仕事による報酬は利益以上に名声だ。だとしたらこれ以上、不名誉に甘んじていられるか？　私は心の中でつぶやいた。アンドレア、おまえはこの事業そのものを覆してやらねばならん。人々はますます不条理な物事を求めてくる。内容に何の価値もない、中身がないものを。しかしそれがどういうものか、自分では皆目見当もつかない。だからこそおまえの傍には、教養ある人物が必要だ。たとえ周囲の者たちには役立たずに映ってもだ。

そんな自問を繰り返していたところへ、折よく君が現れた。無益な知識が詰まった本の出版というばかげた計画を引っ提げて。しかもとんでもなく間抜けな恰好でだ。いや失敬。だがな、君が洗練された今だからこそ言えることだ。

君を目の前にした日、ああ、こいつこそ私が探し求めていた人間だと思ったよ。

博学な連中を使っての印刷、出版のあり方を変えるアイデアを築き上げたのはこの私だ。理解しがたい本を揃えて出版する君のおかげで私も名声を得て、ミサ典書や法律書の売り上げまで増大した。そうして階段を昇り詰めた末、今の地位に安住していられる……。

おいおいアルド、どうした？　顔色が悪いぞ。もう少し自分の健康状態を気遣わんとな。何か食べに行こう。どうせ君のことだ。本を読むか印刷する以外は、一日中机に向かって文章を書いて過ごしているんだろう。君らのような詩人や文法学者、修辞学者といった、人生の方向音痴な連中に、私のような人間がついていなかったら、いったいどうなるか。まったく、先が思いやられるよ。

第七章
夢における愛の戦い

「眠るポリフィロ」作者不詳『ポリフィロの狂恋夢』(1499) より

魔法の言葉

結婚契約書に署名して以来、日々慎重に紡《つむ》いできた平穏が、五年目にしてついに両手をすり抜け、私はまたもや書斎にこもる羽目になった。火にくべる文章を綴るためだけにだ。それ以外は何も、何一つすることがない！　私は自分が屈するまで全力で戦い続けた。そう自覚できているのがせめてもの慰めで、残すは敗北を認めるだけだ。

それにつけても私に対し、妻はどれだけの幸福感を味わわせたことか。来る日も来る日も印刷所に現れては、次々に新たな計画を提示して。だが実はその裏で別の計画も着々と進めていたのだ。起こるべくして起こった出来事、ごく自然のなりゆきを装ってはいたが、それは現実には緻密に企てた戦略だった。

私に何ができただろう？　彼女を一旦印刷所に入れてしまった以上、追い出すのは不可能だった。魔女並みの巧みさで私から許可をもぎ取ったその翌日、彼女は言葉どおり朝一番に印刷所に現れた。いつも夜明け前に家を出て、最初に仕事場に着く私よりも先にだ。

まるで昨日のことのように覚えている。彼女はとても持ち衣装にあったとは思えない、やけに地味な亜麻布の服を着て、挨拶もそこそこに活字箱に直行した。私がジョヴァンニ・ピコ・デラ・ミランドラからもらった二冊の写本の一冊『ポリフィロの狂恋夢《ヒュプネロトマキア・ポリフィイリ》』の印刷用に、フランチェスコ・グリッフォが彫刻した活字を自分の目で確かめるために。彼女が私の人生に闖入《ちんにゅう》してきたのは、あの本の作業をしていた頃だった。

グリッフォが彫った活字を前に、マリアはかなりの時間押し黙っていた。長く伸ばした爪を赤く染めた細い指先で、美しい仕上がりの活字をつまんでは目の前にかざし、まるで虫の形態でも観察するように眺めている。

続いて作業場にやってきたのは、印刷所の主任でもある活字彫刻師のフランチェスコ・グリッフォだ。グリッフォは職人にありがちな頑固で無愛想な人間だけに、いくらトッレザーニ親方の娘が相手でも、何らかの抗議をしてくることは大いに予想できた。緊張状態が続けば続くほど、彼女を仕事場から引き離す口実は生まれやすい。ところが開口一番、マリアの口から出た活字への称賛の言葉にグリッフォの顔はほころんだ。その後二日間、彼の表情から喜びの色が消えなかったほどだ。

私は机に向かい『ポリフィロの狂恋夢《ヒュプネロトマキア・ポリフィイリ》』の写本を見直すふりをしていたが、二人の会話が気になって一向に集中できなかった。鋳造用の窯に火をつけ温める間、羨《うらや》ましい思いで耳をそばだてていた。

その朝グリッフォは印刷の効率を上げるべく、さらにもう一セット分活字を作った。活字の鋳造中に合金の融点を見極める際、彫刻師はお決まりの文句を唱える。

「エスペフ・デプラン・テオス！」

鉄でできた父型を銅に打ち込んで作った母型に、巧みな手つきで溶かした合金を流し込みながら必ず口にするのだ。

「今の言葉はいったい何？」マリアが問い質す。

同じ質問は私も過去に何度かしているが、そのたびに返ってきたのは渋面だけだ。彼は自分の技術の秘訣を頑《かたく》なに守っている節があった。ところがマリアには、あっさり応じたので驚くばかりだった。

「古代エジプトの魔法の言葉だ。半分獣の姿をした神々のどれかを呼び出す呪文らしい。そんな目で見ないでくれ。俺だってそんなたわ言を信じちゃいない。この場で唯一通用する決まりは、活字に使う合金の鉛と錫、その他の金属の配分だけだ。印刷に酷使されても耐えうるだけの強度を備えた活字のな。こっちの方は魔法の言葉じゃなく秘密の言葉だ。そうは言っても職人同士の伝統は、やはり伝統として受け継がれていく。さっきの文句について言うと、俺はジェンソンに教わった。発することで精神を、自分が扱うものに……。ちょっとここを押さえてくれるか?」マリアに指示を出している。

「要するに溶かした金属を注ぐごとに意識を集中する。型枠に触れさせずに母型の底まで流し込めるかどうかが鍵だ。枠に触れると底に達する前に固まってしまう。合金をまんべんなく行き渡らせるためには、ゆっくりとした動きで素早く注ぐ。気泡が入ってしまったら、欠けやすくてすぐに壊れる粗悪な活字が出来上がる。迅速に作業するが、じっくり考え抜く必要があるわけだ」

「本当にそのとおりね。ところでさっきの言葉、正しくは何と言ったの?」マリアが話を蒸し返す。

聞き耳を立てるだけでは済まなくなって、私は思わず席を立ち二人を凝視してしまった。

「ハッハッハ」フランチェスコ・グリッフォが上機嫌に応じる。「知らないと気がすまない性格か。勤勉な女だ。〝エスペフ・デプラン・テオス〟だ」

「ふうん、エジプトでも何でも構わないけど」マリアも乗り気になって話す。「ギリシャ語の〝スペウデ・ブラデオス〟みたい。ラテン語では〝フェスティナ・レンテ〟。どちらも〝ゆっくり急げ〟とか〝急がば回れ〟って意味。どんな技術にも相通じる矛盾した秘訣で、印刷にも当てはまるわ。〝ゆっくりとした動きで素早く注ぐ〟、まさに錬金術のやり方ね」

「お、おい、何だって?」私は我慢できなくなって口を挟んだ。

　印刷所主任も呆気に取られている。まさかまだ技術も知識も浅い新米が、熟練工の真髄を嗅ぎつけるなどとは思ってもいなかったらしい。

「〝スペウデ・ブラデオス〟、〝フェスティナ・レンテ〟。ゆっくり急げ、ゆっくり急げ。まるで〝ゆっくり着せて。私、急いでるの〟と頼んでる感じね。〝ゆっくり急げ〟はギリシャの格言だけど、元々は古代エジプトの象形文字から来てるって話よ。錨に巻きつくイルカを描いた独特の寓意画に、よくその言葉が添えられた形で表されるわ」

「イルカだって……？」理解できずに、今度はグリッフォが疑問を口にした。

　思い当たる節があり、机に走って『ポリフィロの狂恋夢《ヒュプネロトマキア・ポリフィリ》』の写本をめくる。ジョヴァンニ・ピコ・デラ・ミランドラの下絵の中に、錨に巻きついたイルカの姿があった。なぜ覚えていたかというと、ゴンドラ乗り・写本泥棒のコンスタンティノス・パレオロゴスの入れ墨とあまりによく似ていたからだ。手にした挿し絵をマリアとグリッフォに見せた。

「そうそう、これよ。〝つねにゆっくり急げ〟。〝つねに〟すなわち永遠の概念は、輪で表されている。錨とイルカは宙を飛ぶ矢にコバンザメが載った姿で表現される場合もあるけど、その方が意味が明確になるわね。コバンザメはサメや船底にへばりついて速度を落とさせる魚だから……。ところでこれは？」手にした写本をめくりながら訊いてきた。「この本……素晴らしいじゃない！　どうしたの？」さらにページをめくって文章を追いながら「わあ、何これ！」と思わず感嘆の声を上げ、ページの間にあった別の下絵に目を奪われている。「こんな本、初めて見た！　この本を出版するの？　信じられない。何の本なの？」

「それは」と応じる。「愛する女性に無視されて眠れぬ夜を過ごしていた青年が、夢の中で夢を見る。つまり二重に眠った状態で……」そこで一瞬ためらった。「彼は夢の中で彼女を追うが、相手は現実には死んでいて……」

「物語……」

「ああ。それに……」またもやためらう。「美学の知識や異教文化を扱った書物でもある」

「で、主題《テーマ》は何なの？」さらに問い質すマリア。

「主題《テーマ》？」彼女に問われて、自分が作品を何も理解していなかった事実を思い知らされる。「取り立てないように私には思えるが……」

「主題《テーマ》がないのは現実世界の人生だけよ。人が創作した物語には、必ず何らかの主題《テーマ》があるものだわ」とマリアが言い切る。

その毅然とした言葉によって、無責任な父親の策略で私と結婚契約を結んだ若い妻は、『ポリフィイ《ヒュプネロト》ロの狂恋夢《マキア・ポリフィイリ》』出版の指揮を執る形になった。その過程で彼女が懇切丁寧に授けてくれた文学談義は、誰もが知っていながらも意識せずにいた何かをわれわれに思い起こさせてくれた。言いにくいことだが、自分で読んでいる間は支離滅裂な話だとしか思っていなかったが、彼女の説明が加わることで作品の魔力を認めざるを得なくなった。

その時点で私は、忌まわしき書物に対する情熱が、自分自身を罠に陥れ、四つん這いにさせていたことに気づきもしなかった。一度作業場に足を踏み入れたマリアを、そこから引きずり出せなくしたのは、わが親友ジョヴァンニ・ピコの亡霊と、彼が託した魔力を秘めたその本だった。

「この本の著者は誰？」彼女は徹夜で読書したある翌朝、不意に尋ねてきた。「私はこの話を知っていたの。何度も夢の中で見聞きして……私の物語、私のために書かれた本と言ってもいいくらい。幼い頃、女神《ムーサ》たちがよく耳元で囁《ささや》いていたわ。人間の芸術に対して主人公が抱く愛は、私が抱いている愛そのものよ」

『ポリフィイロの狂恋夢《ヒュプネロトマキア・ポリフィイリ》』の印刷に携わる間、マリアとグリッフォ、私の三人はその夢物語を介して団結していた。そこで私も二人にはピコ・デラ・ミランドラが著者である事実を打ち明けた。ジョヴァンニ・ピコとこの本については極力沈黙を守り、作者名も伏せる約束をしたことや、彼が自ら綴った冒瀆的な内容の本だけに、出版すれば厄介な事態になることもこの機会に知っておいてもらった方がいいからだ。そうでなくても当時のジョヴァンニ・ピコは、詩聖と呼ばれながらも十分すぎるほど物議を醸していた。とりわけ野心的作品『九百の定立《テーゼ》』で、すべての宗教を一つに統合する考えを示し、教皇から異端の有罪宣告まで受けていた。

　教会との衝突を避けるため、『ポリフィロの狂恋夢《ヒュプネロトマキア・ポリフィリ》』を市場から遠ざけておこうと提案したのはマリアだった。教会が過剰に印刷物をコントロールしたがっているだけに、作品の出版に踏み切る際にはこれまで以上の迅速さを要するのは必至だった。ジョヴァンニ・ピコは、印刷をはじめとする諸費用ばかりか、出版して得られる利益をはるかに上回る金を用意してくれていた。そのためアンドレアもこの作品の出版を、わざわざ聴罪司祭に相談しようとはせず、売り上げを心配することもなかった。そこで印刷を終えた本は全部倉庫に保管し、本の内容を楽しんでくれるだろうと思った読者への贈り物にすると決め、あとはその時を待つのみだった。

　そんなある日、珍しくアンドレアが印刷所に姿を見せた。中に入ろうともせずに、有無を言わせずわれわれが一番恐れていた命令を口にした。

「本の売り上げが軒並み頭打ちだ。不況の兆しだ。だが心配するな、すでに解決策は用意してある。幸いわれわれの会社は名声をほしいままにしている状態だ。ラテン語の古典を大量に出版すれば、偏屈な読者や気取り屋連中がこぞってわが社の本を買いに走るだろう。ともかく利益が回復するまでは、ギリシャ語の本の印刷は見合わせる」

手軽に読める喜び

順調に行きすぎて、アンドレアの独断の危険性をすっかり忘れていた。突然のギリシャ語書籍の出版禁止に驚くばかりで何の反応もできなかった。父親が去ったのを見計らって、マリアが打開策を提示しなければ、私は落ち込んでいたかもしれない。すでにヴェネツィア、ローマ、フィレンツェ、ミラノといった大都市で他社が出版しているのと同じ類《たぐい》の本を印刷することには、マリアも私と同様、魅力を感じていなかった。それならいっそのこと、彼女が長年温めてきた新しいタイプの出版物を刊行する計画を実行してはどうかと言い出した。私とグリッフォと三人で密談すべく、ギリシャ語に切り替える。

「この際、主だったラテンの古典作品を、ミサ典書みたいに持ち運べる本にするのはどう？　ギリシャ語の手引き書なんかもそうだけど、八つ折り判の大きさにでもして。手のひらよりも少し大きいぐらいがちょうどいいと思う。どこにでも持ち運べる小型本、ポケットに入るぐらいの！」

確かに理にかなっている。私もつねづね二つ折りの本は手に余る重さだと感じていた。それは机や書見台から離れ、ベッドに寝そべったり、肘掛け椅子でくつろいだりしながら読書することが多いマリアにとってはなおさらだ。私自身は部屋の中を歩き回りながら読書するのが好きだ。ヴェネツィアの通りを散歩しながら読むことも多かった。当然行商人に呼び止められたり、足を踏み外して運河に落ちたりしなければという条件つきだが。いずれにせよ二人とも職業柄、まだ製本前の束ねていない紙を大量に読まざるを得なかった。

小型本の手頃な寸法が決まるまでには長い期間を要した。活字のポイントと紙面とのバランスを考慮し、小さいながらもできるだけ文章が読みやすい状態にしたい。組版との兼ね合いもあるだけに何度も試作を繰り返した。

「**やったぞ！**」ようやくある日の午前中、グリッフォが勝ち誇った顔で叫んだ。「**黄金比に匹敵するバランス、調和の取れたページの完成だ**」

「**ついでに文字を傾けてみましょうよ**」たびたび起こる閃《ひらめ》きに興奮しつつマリアが言った。「**文学者たちが書いた本の筆跡を真似るのよ。前に出版したピエトロ・ベンボの『エトナ山について』の手稿みたいな字体にするの！**」

「**活字を傾けろと言うのか？**」グリッフォが怒りをあらわにする。試行錯誤を重ねた末に、また一からやり直すことになるのだから無理もない。「**知識をひけらかすお嬢さまめ。まずは師匠である俺の仕事に頭を傾けるのが先だ**」

「**あなたに頭を下げるぐらいなら、怪物ハルピュイアの死体の尻に口づけする方がましよ！**」われわれを魅了する流暢なギリシャ語でマリアが叫ぶ。

　すると罵りと相まって、グリッフォの高笑いが作業場で黙々と仕事する職人たちの頭上に響き渡った。今まで誰も聞いたことのない大きな笑い声だ。この光景には神託の巫女シビュラですら驚愕するに違いない。三十人の男の視線が一斉に彼女に注がれ、笑い転げるグリッフォを誰もが仰天した顔で見つめた。つられて全員が笑い出し、初めて印刷所の四方の壁が震撼した。

　ともかく印刷所で働く者の誰一人、その後に巻き起こる反響など予想していなかった。実のところイタリック体の本や小型本は――今となってはヨーロッパ中で私の名を冠してアルドゥス版と呼ばれているが――出版不況の最中に異例の成功劇となった。直後にフィレンツェ、リヨン、パリ、フランクフルトの主要な印刷所で粗悪な偽造本が次々と出版されたにもかかわらずだ。後援者《パトロン》を探せと再三言い続けたアンドレアの提案に頼ることなく、会社が生き延びるのに十分すぎるほどの莫大な利益につながった。一年間で一冊の印刷部数の平均が、わずか三百部から三千部にまで増えたためだった。

アルドゥス版は最初がウェルギリウス、次いでホラティウス、ユウェナリスとペルシウス、カトゥルス、ティブルス、プロペルティウス、マルティアリス、さらにはペトラルカやダンテにまで及んだ。手元に入ってくる莫大な利益にご満悦のアンドレアの許可なしに、ギリシャ語でソフォクレスとエウリピデスも出版する……。

アンドレアが融通した五台の印刷機を昼夜稼働させ、二カ月に一冊のペースで印刷した。ラテン語の本もイタリア語の本も三千部ずつ。通常の三倍以上の印刷部数だ。ほかにも羊皮紙写本を印刷後、ベネデット・ボルドネの工房で彩色した挿画を施したものは、ヨーロッパ中の名家の図書館向けで大きな利益をもたらした。そこに加えて印刷所で出版した全作品の一覧に、最低価格をつけた商品目録を作って配布したらどうか、それによって売り上げは確実に上がるという話が持ち上がった。これもマリアのアイデアだった。

いつしかアルドゥス版は、教養人を自負する者や文学者気取りの人々にとって、必需品の一つになった。私たちが出版した小型本を手にした青年が、恋人に会うためバルコニーの下をうろつく姿を見るたびに、いかにマリアの見方が的を射ていたかを思い知らされた。あのアンドレアですら時々本を片手に外に出て、読書を中断したのを装い、わざとページの間に人差し指を挟んで通りを歩いていた。それどころかそのポーズの肖像画まで描いてもらい、印刷所の階段の踊り場に飾ったほどだった。

だが利益が回復したはずなのに、またもやアンドレアが印刷所に現れ、以前と同じ結論を告げる。

「先日も言ったが、危機的状況はそこまで迫ってる。そういった現状を踏まえて、需要の少ないギリシャ語の大型本と手堅い小型本を出版費用の面から比べてみた。ギリシャ語の二つ折り判一冊分で、ラテン語あるいはイタリア語の八つ折り判三十冊が印刷できる。そこで小型本の単価を値上げすると同時に、訳のわからんギリシャ語の大型本の出版は永久に見合わせる。難解な本で碩学《せきがく》の名声を得る時代はもう終わりだ」

父親の姿勢に憤慨したマリアは、印刷所の仕事からギリシャ語書籍の作業を切り離して進めようと考えた。そこで私がカンポ・サンタゴスティンに住み始めた時から解体した状態で自宅に放置してあった印刷機を、マルチエロに頼んで組み立ててもらい、ようやく稼働させられる状態になったところで、父親を食事に招待した。

「これは何の真似だ？」一見新品にも映る印刷機を前にアンドレアが問い質す。

「特別な意味はないわ」と娘が応じる。「お父さまとの印刷所で出版できないギリシャ語の本を別の商標、つまり新会社の名前で印刷するとアルドが決めたの。心配はご無用よ。カンポ・サン・パテルニアンの印刷所の職人を借りるようなことはしないから。自力で何とかするって、今日も新たなギリシャ語活字の製造の件で活字職人の親方と会ってきたばかりでね」

「ばかげてる！」言葉ではなく行動で分離を示唆する娘に、仕事上での自分の支配権を脅かされることを危惧した彼は吐き捨てるように言った。「アルドがそこまでギリシャ古典とやらに固執するのなら、われわれの印刷所で進めればいい。だが戦力を分散させるわけにはいかん。そんなに重要ならば、はっきり言ってくれればよかったものを！」そう言いながらもアンドレアは、特有の皮肉めいた口調で告げた。「ちょうど日当を倍にすると決めたので報告しに来たのだがな。賃上げはアンドレア＆アルド出版印刷会社の仕事に専念する場合のみで、副業は認めん」

ふだんは給料を下げたがるアンドレアが、私の給料を上げたのはこれで三回目だった。

結婚の契約を結んでから四年間は、二人とも一日中、本の印刷ばかりに時間を費やしていた。そこで安堵したのが運の尽きだったのかもしれない。とはいえ、マリアは私が温め続けた計画実現の原動力となり、毎日十五時間働いたあとは疲弊してベッドに倒れ込む日々だった。その状態で安堵しない方がおかしくないか？　彼女に責め立てられる危険がなくなった私は慢性的な不眠状態のまま、何の気兼ねもなく家の中をうろついていた。

それはかりそめの平穏で、状況は反対の方向に進んでいた。そうとも知らずに私はマリアに対する警戒心を解いていた。彼女が美しかったかと言えば、おそらくそうだろう。諸々の書物で警告されている女の危険性が、彼女にも備わっている事実は否定できない。日々働いている印刷所では地味な服装の彼女だが、たまの休日ともなると、装いにも振る舞いにも慎みがなくなるところがあった。

その時点ですでに、マリアの態度や外観を意識するほど私は罠に近づいていたのだろう。しばしば私の妄想の中では、『愛について』のエピクロスとの対話で中心的な役割を担《にな》った弟子レオンティウムの姿とマリアの姿が重なっていた。それどころか、気づかぬうちに心の中でマリアを縮小辞の〝マリエッタ〟と呼ぶまでになり、次第に堕落が始まっていた。最近、夕食時に、マリアが読書中の本についての話を始めた。それ以前にも同様のことは何度かしていた。

「そのうち出版するっていうから、今、ギリシャ古典選集のあなたの手稿を読んでいるの。まだ印刷できるほどの写本が手に入らないのは残念ね。ところでその中の一冊に、よくわからない詩があるんだけど」

「あの本の詩はもう長いこと読んでない。思い出そうにも思い出せないので、現物を一度確認してから説明した方が……」

「そうしてもらえると助かるわ。アスクレピアデスの警句《エピグラム》の一部が、どうしても理解できないの。捧げ物が金の拍車なのか、それとも私の解釈が違っているのかよくわからなくて」

その罠に落ちるべきではなかった。アスクレピアデスのばか野郎と言いたいが、愚かな私は食後に一緒にその箇所を読もうと申し出て、彼女の部屋についていってしまった。

私を自室に通した彼女がドアを閉めた時ですら、自分が軽率な一歩を踏み出したことにまったく気づいていなかった。夜にその部屋に入ったことは一度たりともなかったのに。彼女は私に待つよう告げると、奥の寝室に入っていった。一人になった私は何の気なしに部屋の中を歩き回る。書見台の隣にあるテーブルに目をやると、マリアが頼んで作らせたテーブルマットがかかっている。『ポリフィ《ヒュプネロト》ロの狂恋夢《マキア・ポリフィイリ》』の中でも極めて不道徳な挿画、ファウヌスに迫られる裸の妖精《ニンフ》の場面が刺繍されているものだ。壁際に目を向けると本棚があり、そのすぐ横にドイツ人画家デューラーの木版画『わたしに《ノリ・メ》触れるな《タンゲレ》』がかかっていた。マグダラのマリアがひざまずき、手でキリストに触れようとしている。「わたしに触れるな」と師が発する直前の場面で、担いだシャベルと屍衣《しい》の狭間にキリストのむき出しの上半身が描かれている。

画面に気を取られているとマリアが戻ってきた。まさかあんな姿で現れるとは思ってもいなかった。夕食時につけていた髪飾りを外し上着もスカートも脱いでいた。髪はほどき、両腿に密着したピンク色の半ズボンに短めのシュミーズという恰好なので、否が応でも体の線、特に脚の曲線が際立って映る。

しかし目を引いたのはそれではない。またもやむき出しの両足、裸足だった！　真っ白な両足に曙光のごとく輝く薄紅色の指、それを目にした途端、私は身震いを覚えた。そこで初めて部屋の中がやけに熱してあるのに気づく。あまりに慎みがないと言おうとしたが、まったく隙を与えない。彼女はすぐに書見台の前に座り、疑問の箇所を読み上げた。

「読むわね。

キュプリスよ、リシディケがそなたに拍車を捧げる。
彼女の見目麗しきくるぶしにつけていた金の穂先を。

彼女の腿から血を流すことなく駿馬《しゅんめ》は活気づき、
拍車をかけることなく彼女は目標地点に達した。
だからそなたの扉の前に、
この金の拍車を吊るす。」

読み終えた彼女が私を見つめた。私の中で言葉が湧き立ち、かすれぎみの声で発した言葉の一つひとつが私を夢想に溺れさせる。私は言い訳めいたことをつぶやいて彼女の背後に回り、肩越しにページを眺めて文章に集中しようとした。

「君の言うとおり」それ以外にあり得ないとばかりに口にする。「捧げ物は金の拍車だ」

一行目の六歩格の詩句の最後と、二行目の五歩格の最初の単語を指で示して説明しようとするが、マリアのうなじに光る汗の滴が目に留まり、幻惑される。首筋からブラウスの襟ぐりに沿って流れ、二つの胸の谷間に向かう滴。私の意識も必然的にそこに向けられる。

「でも、どうして女の人が拍車を捧げるの？」

「えっ？　ああ……。絵画を眺めている感覚で読んでごらん。リシディケという名の女性が女神に、乗馬で使用した拍車を捧げる場面だ。金の拍車というぐらいだから上流階級の女性で、それもプロの名騎手だったと……。引退する時に拍車を贈る習慣は……」

完璧な真珠と化した滴は胸の谷間に落ちていく。だが熱く火照《ほて》った体に温められて蒸発し、徐々に小さくなり、鈍く反射する湿った筋を一本残す。思わず人差し指で滴をすくい、自分の唇に持っていきたい衝動に駆られたが、必死にこらえる。

「女性騎手の捧げ物なのはわかったけど、選集第五巻のこの詩は本当のところ何なの？　性愛の詩の書のようだけど」

〝性愛の〟という言葉が、下腹部を疼かせる。

「つまり……」とても詩に意識を集中できない。「キュプリスとは愛と美の女神アフロディテのことで、彼女に捧げる物だったんだ……。リシディケはもしかすると……古代ギリシャのヘタイラ、つまり高級娼婦の一人かもしれず……その……拍車というのは実は……。ギリシャ選集の詩には淫らな性質のものが結構あって……当時はキリストもいなくて……つまり聖母マリアもまだ……」

「なるほど」彼女はなおもこだわる様子で椅子から立ち上がった。これで輝く滴は私の視界から永久に消え去った。「でも高級娼婦《ヘタイラ》の愛と金の拍車にはどんな関わりがあるの？　馬に拍車をかけて傷つけるのはわかるけど、リシディケが腿から血を流すことなく云々というのは？」

彼女は今一つ納得できずに部屋の中を行き来する。シュミーズの裾が半ズボンの臀部に引っかかり、薄絹に収めた桃が怪しく輝く。

完全に気が遠くなりながらも明確に見えてきた。詩もからくりも理解し、自分が洞窟内に足を踏み入れ、蛇に丸呑みされる寸前だと悟った。その詩についても、それが言わんとしていることについても、彼女は熟知していたのだ。

「……アルド、教えて。彼女が追い求める目標は何？　馬に拍車をかけることなく到達できるものって？」急にこちらに向き直り視線を合わせたが、「アルド！　どうしたの？」と私を見るなり叫んだ。よほど顔色が悪かったに違いない。

「ちょっと外の空気を吸ってくる」かろうじて口にした。

燃え上がった状態のまま、その場から遠くに逃げた。

その後の数日間は悪夢にうなされ続けた。夢の中でマリアは私に馬乗りになって、私の腹を拍車で蹴り上げ、ギャロップで走らせて一度も想像したことのない目標に到達する。今や私の平静は、糸一本で吊り下げられた状態だ。

そして今日、その糸がついに切れた。これまでも私は頻繁に教会に足を運び、ジャコモ・デラ・サンタ・クローチェ神父に告解していた。ふだんは持って回った言い方——しかもラテン語——で延々と小罪を並べ立て、定期的に公表している〝罪人名簿《つみびと》〟に名前を載せるぞと脅す神父が、珍しく色欲に悩まされる私の告白を遮った。

「アンドレアが娘との同棲を強制して以来、貞潔を保つ日々を送る君の献身ぶりには、必ずや多大な神の報いがもたらされるであろう。アルド、喜ぶがいい。君のマリアとの教会結婚式は二月一日、ここで挙げることに決まった」

「それは喜ぶべきことですが」思いがけない言葉に狼狽しつつも、何とか応じる。「アンドレアが同意するかどうか……」

「彼とは話がついている。慈悲深き娘マリアが父親を説得した。今となってはアンドレアも、君たちの結婚生活の破綻を危惧している。悪魔の刻印とも呼ぶべき妻の肉体が間近にありながら、指一本触れずに過ごしている。そう君が主張しても私は鵜呑みにできないが、少なくともアンドレアは信じている」

聴罪司祭とアンドレアはグルか？　教会は市場や産業界と結託したのか？　全身に悪寒が走る。実際、教会と出版は持ちつ持たれつの関係だ。書物の中の書物、聖書がその最たる証拠じゃないか。年々視野が狭くなる博識家たちの思考にカトリック信仰を植えつける。それに対する印刷技術の貢献は計り知れないものがある。

だが何よりも私に恐怖心を抱かせたのは、マリアと彼女の策略だった。あの強情さをもってすれば戦略は百発百中だ。とても太刀打ちできない。こうなったらこちらも奥の手を出さざるを得ない。強硬策だが今の私に残された唯一の逃げ道だ。

「懸案事項がまだあります」私は極力平静を装って切り出す。「私が黒死病《ペスト》で倒れて会社設立が危ぶまれた時、アンドレアが私の救命と引き換えに、私の名で聖職者への誓願を立てたはず。貞潔の誓いも含めて、誓願は神聖なものだと考えると……私には叙階の道しかありません。それに私は最近になって……神の思し召しを感じるのです！」

「君の突然の召命は遅すぎたようだ。まだ知らないのか？」神父は私の訴えを無視して話を続ける。「マリアはローマとコンスタンティノープルの間で物議を醸しながらも、ローマ教皇に君の誓いの取り消しを飲ませた。もちろんただではない。君の慈愛行為と引き換えにだ。君がシエナの聖カテリーナの『書簡集』の印刷をするとの条件だったが、すでに出版している。そうじゃないか？」

草むらに隠れて待ち伏せするマムシめ！　私が描いた構想と実行に移した戦略に対し、何歩も先回りして辛抱強く策を巡らしていたとは！　今さらながら彼女が、なぜあれほど聖女の書簡集の出版に固執したのかが理解できた。彼女らしくない、道理に反しているとは思っていたが。

私の不幸は急速に進展している。もう苦悩だけで十分だ。またもやこれらの紙を火にくべる。この行為が私を生き永らえさせてくれる。必要とあらば、アルベルト・ピオ王子から譲渡されたノヴィの別荘《ヴィッラ》にでも逃避しよう。この忌まわしき都に来て以来、私は自分の人生に敷かれていたはずのまっすぐな小道を見失って生きてきた。ついにこの町を去る時だ。

第八章
ゆっくり急げ

「アリストテレスとフィリス」ハンス・バルドゥング・グリーン（1513）

韻文と火

〝ゆっくり急げ《フェスティナ・レンテ》〟！　これほどの屈辱があるだろうか！　またもや火にくべるためだけに無数の紙に文章を綴る事態に陥るとは、やるせなくてならない！

〝ゆっくり急げ《フェスティナ・レンテ》〟！　〝急がば回れ〟、〝亀の歩みのごとく飛べ〟とも言うが、この状況下で〝ゆっく《フェスティ》り急げ《ナ・レンテ》〟だなんて！　これほど侮辱に満ちた文句があるだろうか？

今やアルド印刷所の商標として定着している錨に巻きつくイルカの標章。そもそもあれを、本の奥書や扉に載せようと提案したのはマリアだった。彼女はつねづね言っていた。一冊の本を作るには、熟考しつつも作業は素早く、冷静に判断を下しながらも突発的に、分析に基づき具体的イメージを構築する熱意が不可欠だと。実際思い描いた計画を迅速に行動に移し、目に見える形にしていったのはマリアだった。彼女の傍らで私はまったくの形なしだった。できたことと言えば、皮肉にもゆっくりと奈落の底に落ちていくことだけ。自ら錨に食らいつき、そのまま囚われの身となったイルカのように。

そんなの嫌だ。受け入れたくない。だが今さらどんなに悔やんでも、自ら腹に剣を突き刺した以上、自業自得だと言い聞かせるしかない。私は思慮に欠ける狂った老人なのだと。

迫りくる教会結婚式の脅威に絶望し、溺れかけていた私は、すがりつくべき藁《わら》を見いだした。マリアと同居して五年、若い女の心の機微を読むことを学んだ私は、彼女の弱点を見逃さなかった。当時わが家を頻繁に訪れていたサントだ。彼は私の教え子であると同時に、アンドレア＆アルド出版印刷会社の共同経営者で紙工場主・貴族《パトリキ》のピエルフランチェスコ・バルバリゴの私生児でもある。サントを見るマリアの目が、通常と違うことに私は気づいていた。

少年時代のサントも他の若い貴族と同様に、体育や武術にかまけ、同世代の娘たちの誘惑になびいた。私はそんな彼の若気の至りを抑えることができなかったが、それでも文学を通じて彼を教育した結果、高潔な人間にできたと自負している。狼だらけのあの家系で、従順な白羊が育ったのが何よりの証拠だ。サントは父ピエルフランチェスコの存命中に、いかがわしい事業を継ぐのを拒否して勘当され、法律を学ぶべくヴェローナに移り住み、その地で弁護士業を営んでいた。彼は定期的にヴェネツィアにやってきた。それというのも父の死後、遺産相続の裁判が長期化していたからだ。事の発端はバルバリゴ家から二代続けて輩出した総督《ドージェ》、ピエルフランチェスコの父マルコと叔父アゴスティーノの途方もない汚職を、元老院が突き止めたことだった。一家の不名誉は瞬く間に広まり、汚名はすでに墓に眠っていたピエルフランチェスコにまで及んだ。故人も草葉の陰でさぞかし憤慨しただろう。だがその問題をきっかけに、思いがけずサントに家督相続権復活の話が持ち上がり、遺産相続を巡る異母兄弟との裁判が浮上したのだった。

私はサントの誠実さを見込んで彼に手紙を送り、私の顧問弁護士となって自宅と印刷所の法的手続等の管理を一切引き受けてくれないかと持ちかけた。正直、毎日のように持ち上がる契約や訴訟、特権許可証の申請などの煩わしさから解放されたかったこともある。高額な報酬を提示したので、彼の側に拒む理由はなかっただろう。但し一つだけ、この家に住み込む形で仕事をするという条件をつけた。

私は彼のような有能な男を必要としていた。残念ながらヴェネツィアの弁護士のほとんどは、裁判官と変わらぬぐらい堕落していた。賄賂が横行する世界で彼らと仕事をして、悪事に染まらず生きていくのは難しい。しかしサントを雇い入れるのには別の理由もあった。マリアとの関係を壊すことなく心の平穏を保つには、彼を家に招き入れるしかなかったからだ。幸いサントはマリアと年齢も好みも近かった。彼がヴェネツィアを訪れるたび、二人は対話の機会を作ろうとしていた。時折顔を赤らめつつも燃えるような視線で互いを見やる様子、それぞれが本人のいない場で相手を称賛する姿を見ても、互いに好意を抱いているのは明らかだ。わが家で燃えたぎる火山を鎮めることができるのは彼、サント以外にあり得ない。

サントが家にやってくると、彼の案内は妻に一任した。まずはここカンポ・サンタゴスティンの自宅での印刷業務、次いでカンポ・サン・パテルニアンにある塔《トッレ》の印刷所の様子と本が出来上がるまでの流れを見せて、会社の仕組みも含め十分に把握してもらう。この機会に改めて組織がどう機能しているのかを見直し、改善の余地を探ることは君にとっても役に立つと告げて、マリアを彼に同行させた。

サントとマリアの関係が深まれば、教会結婚式を無期延期に持ち込める。そう踏んでいたのに、若い二人の距離は一向に縮まらない。いったいサントはどうしてしまったのだ？　私が面倒を見ていた学生時代には、年齢・家柄に関係なくヴェネツィア中の若い娘が自宅の門前に詰めかけていた。中には口実を見つけて家に入り込んでくる大胆な娘たちもいて、授業を中断せざるを得なかったこともしばしばだった。ヴェネツィアを離れて暮らしている間に、彼は正真正銘の思慮深き人間になったとでもいうのだろうか？

それでも私は、できるだけ彼らが二人きりで仕事ができるように、わざと緊急の用事を作って任せることも多かった。

その頃マリアはルクレティウスの詩『物の本質について』を愛読していて、出版を切望する素振りを見せた。そこで私は、彼女の父親の聴罪司祭がその本の出版を禁じている旨を説明し、当初はその詩に対する称賛を隠して、キリスト教徒の女性の読書には不適切な詩であると告げた。しかしマリアがその後もルクレティウスの詩やエピクロスの小論文について、崇拝の念すら抱きながら熱く語るものだから、ついに私も誘惑に逆らえなくなり、かろうじて残っていた『愛について』の一部分を彼女に手渡した。

写本を目にした彼女は、私がそうであったように、無言で涙を流した。それから最初の一週間を読書に費やし、次の週を自分の手で書き写すのに費やした。本の説明をせざるを得なくなった私は、それがピコ・デラ・ミランドラからの贈り物であったこと、コンスタンティノス・パレオロゴスが盗んだ経緯を説明する。そこまで語る以上、マリエッタの件にも触れないわけにはいかなかった。

「ということは、あなたが娼婦と結婚する気だったという噂は本当だったの？」別に非難されたわけでもないのに、私は赤面する。「よほど強い愛情だったのね」とだけつけ加えて、それ以上は何も言わなかった。

一方エピクロスの本については、ジョヴァンニ・ピコがしたように、記憶を頼りに復元するよう勧めてきた。私は彼女に対し、これまで何度も試みたができなかったと話した。それを聞いて今度は、だったらコンスタンティノス・パレオロゴスを探すのはどうかと言い出した。

「書物の重要性を一度でも理解した人間ならば、写しを一部は作っていると思う。しかもこの作品の価値の大きさは無視しようがないはずよ」

「君があの男に近づくのを、夫として禁じる」自分でも珍しく厳しい口調で言った。「そう考えたくなる気持ちもわかるが、概して金への渇望は同情心をも根扱《ねこ》ぎにする。あの男が写本を盗んだ日、冷酷にもマリエッタを壁に叩きつけた時に見せた憎悪は忘れられない。慌ててさえいなければ、迷わず殺していただろう」

私は彼女に警告しつつ、別の写本が見つかる可能性に期待していることも話した。少なくとも一冊は生き延びた事例があるのだから、ほかにもまだどこかに残っているはずだと。

自分が望んだことをいつでも実現させるマリアが、『物の本質について』の出版計画を口にするのに、さほどの時間はかからなかった。但し彼女の提案は、自宅の印刷機で密かに印刷した上でアンドレアに話を持ちかけるというものだった。彼が出版に同意すれば、これまでどおり奥書に〝アンドレア&アルド出版印刷会社〟の文字を入れ、拒んだ場合は〝アルド印刷所〟のみを記載する。そんな彼女のアイデアが、私の妙案にもつながった。

「ルクレティウスの作品を印刷すると決めたよ」

ある朝私は彼女にそう告げると、教会側の批判を回避する方法が浮かんだと説明する。本の冒頭部分に私の序文を添え、出版人自身がこの本に憤慨している姿勢を明確に記す。

将来アルド・マヌツィオの名を記憶する者がいるとすれば、おそらくは私が書いた序文によってだろう。事実この形状を思いついたのも、それを少しずつ完璧にしていったのも私だったのだから。本文を容赦なく攻撃する序文を盾に、本を守り、存続させる。初歩的な修辞法かもしれないが、見事に機能すると思った。出版物の内容にこちらが先に憤りを示すことで、禁じようとする側の怒りを殺《そ》ぐ作戦だ。前もって断わり書きがあることで、読者も教会に負い目を感じることなく読書を楽しめる。

だがそれを実現するには、やはりマリアの提案どおり自宅の印刷機で、それも秘密裏に作業を行なわねばならず、必然的に夜の作業になるのは避けられない。まずはそのことをマリアに告げた。そしてこの仕事に協力してくれそうな者、しかも信頼できる人間はサントしかいないとも伝えた。

幸いサントはわれわれの挑戦を二つ返事で快諾してくれた。そこで私は夕食時、自分が書いたルクレティウスの手稿を手にし、詩の何節分かをマリアとサントに読み聞かせた。だいぶ前からわが家では印刷する本を読み込む行為が習慣化していた。日常生活にうまく仕事を織り込むためだが、その時の目的はそれではなかった。無作為に開いたページを読むふうを装ったが、実のところ事前に選んでおいた箇所だった。

……すなわち獣の姿勢での交接は、妻の受胎を容易にする。なぜなら両胸は下がるが尻が上がるため、恥部が大量の精液を吸い込むことができる。好色な妻は妊娠を避けるべく、男の快楽に寄り添って巧みに体を揺すり、精液の射出方向をずらす。娼婦は体を揺する術を心得ているゆえ、陰部に精液が溜まることは滅多になく……

私は時々、マリアとサントが夜に作業している場に顔を出しては、進行状況を尋ねる。二人とも熱心な仕事ぶりだった。彼女は油まみれになりながらも活字のボディーにインクを塗り、彼は紙が破れぬように版が紙を巻き込むべく、真剣なまなざしで取っ手を引く。まるで若い二人が溶け合って一つの機械と化し、罪深きルクレティウスの声を自分たちの心に刻み込んでいるかのようだ。自分の手で文章を綴る筆耕人らは認めぬかもしれないが、本を印刷する行為に没頭している者も、やはりその本に憑依するのだ。

時間と作業を共有する二人の間に愛情が芽生えたにもかかわらず、それ以上の進展はなく、残念ながら何も起こらなかった。刻一刻と迫りくる猶予期間の終了を前に、私の計略への関心もだんだんと薄れ、気がつくと教会での結婚まであと三日になっていた。

ちょうどその時、事件が起こり、私は失意に打ちのめされる。

マリアが消えた。突然いなくなった。行方不明になったのだ。

正気を失った人質

最初に異変に気づいたのはサントだった。深夜一時、書斎でうたた寝していた私のもとにやってきて告げる。

「ルクレティウスの印刷を始める時間になっても帰ってこないのは妙だと思い、探しに行ったが塔《トッレ》の印刷所にも実家にもいない。ラ・ストゥーファまで足を運んでトッレザーニにも尋ねたが、そこにも来ていないそうだ。彼女を最後に目撃したのはグリッフォだ。いつもより早く午後七時頃に印刷所を出ていったが、どこに行くかは告げていない。厄介事に巻き込まれていなければいいが」

われわれがまず危惧したのは〝夜の番人《シニョーリ・デイ・ノッテ》〟の手に落ちたのではないかということだった。彼らに捕らえられる事態となったら、ふだん彼らが追っている犯罪者よりも困ったことになる。心臓が縮む思いで独房を尋ね回ったが、幸いそこにはいなかった。

それから思い当たる場所、まずは彼女の女友達の家を訪ねる。書店主ガスパル・フォン・ディンスラーケンの娘（パオラ・ダ・メッシーナと彼女の二番目の夫ジョヴァンニ・ダ・スピラの孫でもある）パオラが言うには、日暮れ時にカランパーネ地区のラ・ストゥーファに近い、テッテ〔おっぱい〕橋でマリアとすれ違った際、何か用事があると話していたらしい。

ふだんだったらその時間にカランパーネ地区を歩いていると言われても心配などしない。至る所に娼婦がいるとはいっても、そのほとんどは娼館ランパニの窓際で、ポンテ・デレ・テッテ橋の通行人にたわわな胸をさらして客を誘う女たちばかりだ。本来ならば風紀を乱すと非難する元老院も、男色者の増加を食い止めるにはやむを得ないと判断し、それを合法とする法律の承認に踏み切ったほどだ。

それ以来、表向きは静かな地域となっていた。

サントと二人で娼館を一軒一軒回ったが、マリアが立ち寄ったらしき形跡はない。何の手がかりも得られず途方に暮れた状態で夜明け頃、家に戻った。彼女に何か悲惨なことが起こったのではないか。そんな不安を抱く自分を見て、初めて私は煩わしいと感じていた彼女が、実は不可欠な存在であったのだと悟った。今この瞬間、彼女は危険にさらされているかもしれない。苦しんでいるかもしれないと考えるだけで気が狂いそうだった。

仕事着に着替えようと自分の部屋に上がる。万が一彼女が塔《トツレ》の実家に姿を見せた場合を考えてのことだった。その矢先に下でドアを激しく叩く音がした。慌てて階段を駆け下りる。サントの方がひと足先に着いて玄関扉を開けて周囲を見渡したが、カンポ・サンタゴスティンの通りには誰の姿もない。敷居の所に粗悪な紙で包んだ手紙が置いてあった。やけに整った文字、それもギリシャ語で〝アルド・マヌツィオさま〟と書かれている。中を開けると次の文面が記されていた。


奥方は私が預かっている。生きた状態で彼女を返してほしければ、夜七時の鐘が鳴る前に、娼館ランパニの隣の空き家に一人で来ること。行き先は誰にも告げてはならない。その際、『愛について』第一章の写本をすべて持ってくること。一つ残らずだ。では、のちほど。


マリアはコンスタンティノス・パレオロゴスの手に落ちたのだった。怒りを抑えられず手にした紙を握りつぶした。サントは脅迫状の内容を知りたがったが、マリアの命がかかっているので明かすことはできないと説明した。その上で私が家を出ていっても、絶対にあとをつけないでくれと念を押し、誓わせる。

「彼女の命を第一に考えよう。ここで失敗は許されない」

それから『愛について』の冒頭部分の写本を二冊——一冊は私、もう一冊はマリアのだ——入れた羊革の書類入れを抱え、私は一人でテッテ橋を目指して歩いた。

道中、物事がどんな具合に起こったのかを想像するだけの余裕はあった。マリアは何度か私に対し、一緒にコンスタンティノスを探そうと言っていた。となると、彼女が何らかの形で、あの男との接触を試みたとしても不思議ではない。たとえ私に禁じられてもだ。それとは別にコンスタンティノスも、われわれ二人があの作品の第一章の写本を持っているのを嗅ぎつけた可能性がある。連絡を取ってきた彼女に本を売る話を持ちかけ、誘拐に及んだと。だが実のところ、あの犯罪者が何を意図しているのかは皆目見当がつかない。

娼館ランパニの隣には、木の梁《はり》で支えられた半壊状態の家屋があった。閉ざされた玄関扉を拳で数回ノックする。扉が開くとコンスタンティノスが現れ、無言で私を中に招き入れた。

「マリアはどこだ？」

返事代わりに扉を閉めると、二階に続く朽ち果てた階段を示した。昇れということか。相手が腰に剣を帯びているのが見える。自分が武器を携えてこなかったのを素直に喜んだ。学生時代、敵の剣帯から剣を奪い取る訓練は何度も練習したが、奪った剣でどう対処するかは習わなかった。とはいえ、時には大胆な行動を取るだけで命拾いする例も少なくない。もちろん相手が教皇の衛兵だったら、そうはいかないだろうが。今の私には対話する以外に選択肢はない。だから丸腰でやってきた。

彼よりも先に階段を昇り、戸のかんぬきを外す。相当のぼろ家で天井は大部分が欠けていた。マリアが藁布団に横たわっていて、コンスタンティノスと私が入ってきたのに気づいて身を起こす。部屋の真ん中には、小さなかまどの残り火がまだ燃えていた。

「もう大丈夫だ。助けに来たからね」と声をかける。

ところが予想に反し、彼女に不安の色は感じられない。それどころかこの状況とは場違いな笑みを浮かべている。

「老哲学者が揃いも揃って、若者じみた飢えた視線を投げかけるのはなぜ？」そう言い放ったかと思うと、突然大笑いしだした。

正気を失っているようだが、酒のせいではなさそうだ。と同時に彼女が発した言葉が何なのかすぐわかった。レオンティウムとメトロドルス、エピクロスの会話のセリフだ。残念ながらマリアも暗記してしまったらしい。まさかずっと暗唱していたわけではあるまいな？と不安になる。コンスタンティノスが事実を知ったら、厄介なことになりかねない。

「毒でも盛ったのか？」

「騒がないよう夕食後に大麻のヤニを少量与えたまでだ。どうやら気に入った様子だが」

「一生のうちに裸の女を目にする機会など滅多にないから、何でもかんでもひけらかしているように受け止めてしまうのね」われわれのやり取りに構うことなくマリアは続ける。

大麻の花の樹脂を集めた粉、キーフについてはピコ・デラ・ミランドラが文学の夕べで愛用していたのでよく覚えている。ピコはヘブライ語とアラビア語の教師、フラヴィオ・ミトリダテの影響で、パイプで吸ったり、菓子に混ぜて食べたりしていた。ワインよりもよっぽど精神が高揚するという話だった。

「写本はそこか？」コンスタンティノスが訊いてくる。

彼に書類入れを手渡す。

「二冊しかない。一冊は以前おまえが盗んだ時に私が書き写していたもの。もう一冊は最近マリアが写したものだ」

「奇妙だな」嘲るような口ぶりで言う。「印刷屋のくせにこれっぽっちとは……」

「そう、それでいい」マリアが男の言葉を遮る。「もっと上もお願い。ついでにそこも。ありがとう。

ギリシャ人男性の何が嫌かと言うと……」

「それにしても」口にしながらコンスタンティノスは剣を抜く。「暗記のできる文章を何のためにもっと印刷するんだ？　あんたの嫁さんはよく覚えてるじゃないか」

「剣を収めてくれ、コンスタンティノス。金ならいくらでも払うから」

「おまえから盗んだ写本をサヴォナローラに渡した時に、おまえの殺害を依頼されてな。それ以来、金には困っていないんだ」誇らしげに言う。「気前がいい男でさ」

　私は死を覚悟した。エピクロスの作品を存続させるべくしてきた努力が無駄になるのは無念だが、陶酔状態にあるマリアがさほど苦しまずに死ねるのがせめてもの救いだ。過去に多くの快楽主義者《エピキュリアン》が成し遂げられなかった偉業を、私が実現するのを夢見ることはできた。プラトン主義者から現在のキリスト教徒に至るまで、古代ギリシャの〝庭園〟で交わされた哲学者たちの言葉を迫害し、消し去ろうとする者たちは後を絶たない。いつの時代も弟子たちはそんな勢力に抗い、言葉を伝えようと心血を注いできた。だが今の時代は憎悪がかき立てられ、愛を弱める力があまりに強すぎる。

　コンスタンティノスがマリアに切っ先を向けた。

「背中に油を塗ってとあなたに頼むつもりでいたけど」恐れる素振りも見せずにマリアは自分の世界に浸っている。「その気も失せたわ。騙し討ちで妙なことになるのもご免だから」

「殺すなら私が先だ」私は言ってやる。「彼女には苦痛を与えぬよう頼む」

「苦痛だと？」男が笑う。「享楽主義者ってのは、どんな苦痛も大して苦労もせずに克服しているもんじゃないのか」

「苦痛に打ち勝つという考え方はキリスト教徒に特有のものだ」つい本音を洩らす。「書物を破壊するのはたやすいが、私にはその意図がまったく理解しがたい」

「黙れ、負け犬」言葉を吐き捨てたコンスタンティノスが、剣を振りかぶった。私の首を刎ねるつもりだ。

私は空を見上げた。祈るためではない。彼が切りやすいように身動きしないためにだ。その時、天から救いが降ってきた。

サントがコンスタンティノスの背中目がけて飛び降りてきたのだ。崩れかけた屋根の端でずっと様子をうかがっていたらしい。床に転げたコンスタンティノスの手から剣が離れ、マリアの足元まで滑っていった。

そこで初めて私の忠告を無視したサントに感謝した。少年時代、体育とけんかに費やす時間を勉学に向けさせようとした私に、素直に従わなかったのが功を奏した。

立ち上がった二人は、互いを睨みながら剣までの距離を確認する。取りに行けば相手に背を向けることになる。それがわかっているだけに、下手に動くわけにはいかない。

マリアが身をかがめて剣を取り、片手で頭上にかざして叫んだ。

「さっきから私のお尻ばかりを触っていない？　油を塗ってほしい箇所はほかにもあるのに、そこだけに塗りたくって無駄にしているわ」

けがをさせてはまずいと思い、剣を握ったままのマリアをかばう形で私は彼女の前に立ちはだかる。その間も勇敢な態度を装っていた。

一見締まりのないコンスタンティノスは、見かけによらず機敏だ。先に攻撃を仕掛けたのは彼の方だった。コンスタンティノスの拳をかわしたサントだったが、即座に相手の蹴りを胸に受けて吹き飛ばされ、壁に激突して倒れた。ギリシャ人がサントを追い詰める。一瞬気力を奪われたサントを、私はハラハラしながら見守っていた。

仁王立ちで薄笑いを浮かべたコンスタンティノスの表情に、残忍なまでの憤怒が感じられる。その時の彼の顔は従順そうな去勢男の本性として、私の記憶にその後も刻み込まれることになる。しかしサントも負けていない。不利を装っただけと言わんばかりに強烈な足払いを加えて反撃を試みる。倒されて床に背中を打ち付けたコンスタンティノスの痛手は軽くないはずだ。ほぼ同時に二人とも立ち上がって身構える。

そこからの攻撃のリズムは衰えていった。体重で勝るコンスタンティノスに対し、サントが守りに入った印象を受ける。取っ組み合いを望むギリシャ男。それを回避したいサントが素早い連打を浴びせ、相手を寄せつけない。

このまま戦いが長引けば先に疲弊するのは自分の方だ。去勢男にはそれが十分わかっている。そこで一気に片をつけようと力を振り絞り、じりじりと相手を追い詰める作戦に出る。状況は彼に味方した。サントが床に落ちていた屋根瓦につまずいて転んだ。咄嗟《とっさ》の判断で身を遠ざけたが、立ち上がろうとしたところを、背後から敵にのしかかられる。

またもや形勢不利かと思われたが、サントの動きは驚くほど敏捷だった。身をよじって抵抗する代わりに、覆いかぶさってきたコンスタンティノスの体を、自分の身を丸めて前方に投げ飛ばした。背中から落ちる去勢男。その隙を突いてサントが顔面に強烈な蹴りを浴びせ、鼻の折れる音がした。

鼻血を垂らしたギリシャ人が怒り心頭の表情で立ち上がったが、すでに勝負は決まっていた。サントは笑みを浮かべてマリアをかばう私に歩み寄り、手にした剣を渡すよう目で合図する。私はためらうことなく手渡した。

その光景を目の当たりにしたコンスタンティノスは、階段を駆け降り逃げていく。

追いかけようとするサントに、その必要はないと叫ぶ。今はマリアを無事に実家まで送り届けることが先決だ。

「マリア、けがはないか？　大丈夫か？」

「あなたたちには驚きでしょうけど、多くのギリシャ人女性にとっては、あなたたち男が少年たちと何をしようと、今さらやめようとどうでもいいの」うつろな目つきでつぶやいている。
やがて気を失った。

矢とコバンザメ

昨晩の騒動の余韻も冷めやらぬまま日曜日に突入した。結婚式の当日だ。マリアの誘拐事件で憔悴しきっていた私には、もはや抵抗する気力も体力も残っていなかった。それでもサントと一緒に彼女を実家に送り届け、そこから教会への行列の準備をしてもらう。

事件の経緯を知ったアンドレアは即座に警護人を数人雇ってわれわれに張りつかせた。お世辞にも人相がいいとは言えないが、何しろ天下の〝夜の番人《シニョーリ・デイ・ノッテ》〟たちだ。これでマリアと私に手出ししようとする者はいなくなるだろう。

どれだけ先送りしても結局この日を迎えてしまった。サン・パテルニアン教会の扉を前にして私はついに腹を括った。ジャコモ・デラ・サンタ・クローチェ神父の面前で、通常以上にぶざまな恰好の私が、誓いを立てるべく震える両手でマリアの手を包み込む。彼女を見つめる神父の視線がやけに好色に映るのは気のせいか。

「あなたはこの女性を妻として受け入れ、病める時も健やかなる時も、いついかなる時も夫として彼女を愛し、彼女に尽くし、死が二人を分かつ日まで忠実であることを誓いますか？」

その時私は胴衣《ダブレット》をまさぐり、道化役者さながらにうろたえた。装っていたわけではなく、本当に焦ったのだ。

「指輪を忘れてきたかもしれません」正直に告げる。

参列者の中に心配そうなサントの顔が見える。すると……。

「私が持っています！」背後で裏切り者のアンドレアが声を上げた。「どの結婚式にも見劣りせぬ式にしたいという新郎たっての依頼で、指輪二十個を用意しておきました」

「はい、誓います」観念して私は応じる。

「あなたはこの男性を夫として受け入れ、病める時も健やかなる時も、いついかなる時も妻として彼を愛し、彼に尽くし、死が二人を分かつ日まで忠実であること、彼に奉仕し、服従することを誓いますか？」神父はつけ足した最後の部分を強調して問いかける。

「はい、誓います」誘拐後、二十時間以上眠り続けた彼女が即答した。

「さて、誰が新婦を委ねるのか？」神父がアンドレアに尋ねる。

「私でございます！」そう言ってアンドレアが一歩前に出た。

民事婚であっても教会婚であっても、茶番であることに違いはない。

儀式が進むにつれ私の不安は募る一方だった。続いてお決まりのミサと説教になったが、ジャコモ・デラ・サンタ・クローチェ神父はこの機会を利用して、参列者と新郎新婦にというより、執拗なほどに私に対して説教をした。ミサの前後にトランペットやファイフの騒音と娘たちの叫び声、青年たちが撃ち鳴らす銃声、娘を手放す母親の嘆きがあった点は、世俗の結婚式の時と何ら変わらない。その後私の自宅で食事をし、祝杯を挙げたのも同じだが、逃げ場を失った私が最後までつき合った点だけは違った。

祝宴の間、マリア誘拐事件での協力への感謝を口実に、半ば強制的にサントを私の隣に座らせた。自分に思いつく限りの策と理由を並べて二人を酔わせることに専念する。ダンスの時間になると、室内の暗がりでマリアとサントを一緒に踊らせるよう努め、その後は他の男たちの手に委ねるように仕向ける。サントはサントで、かつてラファエレ・レジオ司教の教会での狂人たちの宴に何度も参加していただけに、踊ることには手慣れた様子だ。いずれにしても悪くない兆候だ。宴を見守っていたトリスメギストスが懸念の色を浮かべ、注意を促してきた。

「親方、宴会が制御できなくなりつつある」

「気にせず楽しんでくれ。人生は短い」私は彼にも酒を注ぎ、踊っている連中の輪に送り出してやる。

「時は足音も立てずに、矢のごとく去っていくものだ。さあ、踊って踊って！」

自分の計画が首尾よく運んでいるのを見届けると、宴の場からこっそり脱け出し、いつものごとく自室にこもる。矛盾した感情に駆られたまま、何とか眠ろうとするがどうにも眠れない。しばらくすると泥酔していない招待客たちは、三々五々退散していった。

私は多少酔いが回った状態で、頃合いを見計らい、部屋を照らしていた燭台を片手に、静寂に包まれた家の中を徘徊する。その時、突如響いた女の嘆き声が静けさを断ち切った。正直に告白すると、心臓を鷲づかみにされたような気分だった。

それが私の幸せなのか？　自分の願いには気をつけろと古い諺にあるが、だったら叶わないよう願いたい。歪《ゆが》んだ期待に怯《おび》えつつ、忍び足でサントの部屋に入る。彼はすっかり酔いつぶれて大の字になっている。私は自分の計画が失敗に終わったと認める一方、安堵感に満たされる。

予期せぬ心の平穏が、次第に溢れんばかりの喜びに変わっていく。囮《おとり》が眠っているということは、獲物が無事である何よりの証拠だ。形容しがたい希望が、衰えたはずの私の体を一挙に若返らせた気がした。自分の妻となった女と、本当に一体化する瞬間が到来したというのか？　人間が営むどんな行為よりも激しい情熱と陶酔を伴う、恋人たちが踊るあのダンスを踊る時が？

結局私は自分の幸せのために何をしてきたのか？　何を求めて人生を生きてきたのか？　欲望の自制と貞潔、思春期以来その二つを愚直なまでに貫いてきた男。ユダヤ教・キリスト教の思想を、ソクラテス並みの厳格さで守った時期もあった。そんな自分は何者なのか？　先祖代々の宗教を捨てたユダヤ人、背教者であるキリスト教徒、ユダヤ教・キリスト教から見れば立派な異端であるが、かといって異教の神を崇拝するわけでもない……。自分が何者かを表すならば、〝愛のない男〟のひと言に尽きる。マリアは私を愛する姿勢を示したのに、なぜ私は彼女を愛さなかった？　年齢差のせいか？それとも、十年以上前に死んだマリエッタのためか？　あるいは、単に愛に対する恐れからか？

それでも私の中には、少なくともある種の信仰心があると言える。書物に対する信仰だ。「創世記」の一節一節も、『神曲』の三行連句も、プラトンの対話も、文章を書いた者たちと同じ情熱で読んできた。それらの中にはこの世と人間の情欲を違った形で理解するという、私を震撼させたエピクロスの著作も含まれている。あの作品には、今の私が抱えるものと似た恐れが、如実に表現されている気がしてならない。レオンティウムが二人の愛人の内面に見いだし、彼らに認識させ、克服させようとした恐れの念が……。たとえあの作品の章句が失われても……。残念ながら永久に失われたかもしれないが。

アルド、何を恐れている？　マリアをか？　束の間の輝きを放つあの肉体の、何が恐ろしいというのだ？　ルクレティウスの詩と同じように理解してみてはどうだ？　苦悩も快楽もはかない感覚にすぎない、だから恐れを抱かず生きろと師は言っていたはずだ。快楽、喜びを拒絶することで、私はそれを怪物へと変貌させ、やがてその怪物が私を内から貪《むさぼ》るに至った。ずっと前からわかっていた。だが彼女に死が迫って初めて、私はそれを認めることができた。マリアは地獄ではない、彼女は救いだった。

静かに廊下を歩き続ける間、自分でも思いがけずマリアと出会って以来うなされ続けた夢の数々が、彼女のイメージとともに脳裏に押し寄せてきた。しばしば私の不眠を奪った鮮明な夢の中で私は、昼間は愚かなまでの貞潔さで抑圧していた好色さを発揮し、彼女の若い体を二度三度と物にした。実生活は万事平穏だったが、夢の中のトンネルでは彼女と果てしなき真の性愛の戦いを繰り広げていた。ここまで自分の愛という名の奈落を赤裸々に描写できるのも、書き終えた時点でこの紙をすぐに燃やすとわかっているからだ。

燭台の火を消した。ああ、哀れアルドよ。まだ目に映る炎の残像をまぶしく感じながら、足音を殺して妻の部屋に忍び込む。それにしても、と自問する。なぜ家主が泥棒のようにこそこそと振る舞う必要がある？

だが夢は単なる夢でしかなく、私の眼前に痛々しい現実が明かされる。ベッド脇にある小さなロウソクの炎が劇的な光景を照らしていた。暗闇にいて姿が見えない私に顔を向けたマリアがうつろな視線でこちらを見ている。当然ながら彼女の視界に私は入っていない。ベッド上で四つん這いになり、異常なまでの罪深き悦楽に浸り、顔が上気している。

一人ではない。誰か一緒にいる。彼女の背後で三倍の大きさにも映るサテュロス〔半人半獣の森の神〕のごとき影が激しく踊っている。わが妻の神聖な尻をつかみ、痙攣並みの小刻みなリズムで骨盤を叩きつけるように突き上げていた。

鷲鼻の顔に禿《は》げ頭ですぐに誰だかわかった。トリスメギストス！　私よりもずっと年上じゃないか！　真っ先に考えたのはそれだった。

狂乱状態で二人同時に果てる直前、マリアは相手に大声で命じた。耳慣れたラテン語が、鋭い矢のように私の心に突き刺さる。

「ゆっくり急いで《フエステイナ・レンテ》！」

説教

親愛なるみなさま。

本日この祭壇を前に、アルドとマリアの結婚式が行なわれました。非常に残念な状況により、長年キリストの祝福なしに同居しつつも、罪に抗い暮らしてきた二人の信者。商人の打算的なしきたりだけでなく、神聖な教会による絆でも結ばれた二人の魂が、ようやく真の祝福を受けたことになります。

私の役割は今この場でみなさまに、愛は鷹匠《たかじょう》の手袋をはめて扱うべきだと思い起こさせることです。そこでとりわけ新郎のアルドにとって実のある話をいたしましょう。アルド、あなたは学識ある老齢の文学者ではあるが、だからといって、しばしば愛が導く過ちと無縁であるとは限りません。あなたの会社で出版した素晴らしい本の著者、賢人アリストテレス。彼は経験豊かな哲学者・老賢者として自分は女の誘惑を克服できると信じていました。

古来多くの識者（もちろんそこにはアルドも含まれます）が、王位継承者たちの教育に従事してきました。アリストテレスも例外ではなく、世界に名だたるアレクサンドロス・マグヌス王子に文学と政治を教える機会に恵まれました。

さて、若き日のアレクサンドロスは人生経験の不足ゆえ、エトルリアの地から宮廷にやってきた高級娼婦《へタイラ》に夢中になってしまいます。美しき性悪女フィリスはビウエラ弾きでもあり、夜な夜な楽器ばかりか王子のこともつま弾きます。彼女の歌声と愛嬌にすっかり魅了された王子は罠に落ち、美貌の裏に隠された欠点や腹黒さ、心の汚さといった実態も知らぬままに、女のわがままや怪しげな飲み物に金を貢ぎました。さらに女の悪ふざけを放任し、その恥知らずな行為で宮廷内に騒動ばかりを引き起こしてしまう。目に余る王子の行動を彼の父親、フィリッポス王が心配していたのは言うまでもありません。

その状況を見かねた古代ギリシャの賢人は、まずは生徒を呼び出し、行動を咎《とが》めます。「アレクサンドロスよ！　君はふしだら女とどんな遊びにかまけているのだ？　あれは稀に見る詐欺の友、善意の敵なのに。これ以上あの女との戯れに財産を注ぐのも、数々の戦いで君を勝利に導いた力をベッドで浪費するのも好ましくない。今こそペテン女のことは忘れて哲学の源である理性に立ち返れ」

すでに魔性の女の虜《とりこ》になっている若きアレクサンドロスは、師の忠告に反論します。

「いいかい、アリストテレス。僕はこれでもギリシャ全土を支配した偉大《マグヌス》な男。今後ヨーロッパばかりかアジア、まだ見ぬアトランティスをも手中に収める人間だ。その僕の目から見てもフィリスは手強い敵だと言える。迷宮でミノタウロスを退治したテセウス、トロイア軍を勝利に導いたオデュッセウスやアキレウスでさえも、彼女を虫けらのように押しつぶすのは困難だろう。何しろ彼女はエトルリアの人間、さまざまな呪いを母から受け継ぐ土地の娘だ。だから僕は相手するふりをしている。あのような敵に対しては、ぬかるみに沈んで身動きできなくなるよりも、抵抗せずに屈した方がいい」

「大陸ばかりでなく大海の奥深くをも剣で征服しようという男が。このままでは、降伏は時間の問題だぞ！　私のお気に入りの生徒である君だからこそ、私に倣《なら》ってもらいたい。小娘を寄せつけないのはもちろんだが、女には乙女にとって最も大切な二つ、沈黙と慎みだけを求めること。私はそうして女たちに惑わされぬ人間となった。今では何かの拍子に薄絹を介して彼女らの胸に触れ、とがった乳首を感じても、あるいは瞑想に浸る私の鼻先に優美な尻が現れても、いや、それどころかもっと魅力的で目の毒とも言える小さめの素足を目にしても、私が動じることはない。むしろ彼女らに〝罪深き女よ、ひざまずいて神に祈るがよい〟と堂々と告げている」

もっともアリストテレスの言う神は、異教の神ゼウス、すなわちユピテルだったと補足しておきます。当時はまだ主イエス・キリストは降臨せず、世の罪人たちの目を見開かせた時代ではなかったからです。

そうして師に散々説教された王子アレクサンドロスが、うなだれて好色フィリスの部屋に行くと、彼女は毒気を含んだ雄弁さで若者を招き入れます。

「わが愛しの王子アレクサンドロス・マグヌス、女神《ウェヌス》のごとく穏やかに横たわる私のベッドに来て。私のへそから金髪の産毛に降りていったシラミの卵を探して取り除き、それからかゆい箇所をその爪でかいてほしいの」

その誘いが彼を淫らな行為へと導くための方便であると承知している王子は、嘆くように彼女に言います。

「ああ、愛しき人よ、甘い香りのバラたる君よ。実は、ひげの賢者アリストテレスから、もう君との遊びには溺れずに、学問と祈りの生活をしろと忠告された。書物から戦闘に、戦闘から神の崇拝へともっと有意義なものに身を捧げよと。そのほかにも、雷鳴を武器に人々を脅かしている現在の神は、本物の父なる神から祝福されたキリストとかいう神の到来で失脚すると言っていた。すべては信仰心を持つ人々への善と、不信心なトルコ人たちへの悪のためであると」

それを聞いたフィリスは憤慨し、目から悪の閃光を矢のごとく放って王子に語ります。

「あのアリストテレスという人は間抜け以外の何ものでもない。もしも今日明日中に私が、あの男の知恵が大嘘で何の価値もないと証明できなかった時には、涙を呑んでこの宮廷から出ていくわ。反対に私の知恵の方があの老人よりも勝っているとあなたが認めた場合には、私の足の指を一本ずつ舐めた上で、私に何でも欲しいものを買い与え、さらには私があなたに飽きてしまうまで愛を注いでもらうわ。私たち娼婦には娼婦の知恵がある」

あの哲学者の強固な意志を手なずけられる者などいるはずがない、そんな不安を口にした戦士に対し、女が言い加えます。

「アレクサンドロス、あなたに特別な要求はしないから安心してちょうだい。今日の午後、配下の兵士全員を山に向かわせ、怯えたシカでもイノシシでも追うよう命じて。アリストテレスには、あなたも彼らと一緒に行くので夜まで戻らないと言っておくわ。だけどあなたは黙って書斎に隠れて、何が起こるのかを待つの。私が歌を歌った時が合図よ。〝夫が私に強いる仕事の、何と大変なことよ……〟この歌が聞こえたら外の様子を見に出てきて」

狩りの準備を終えた兵士らが意気揚々と宮廷を出ていくのを見届けるや否や、狡猾な女フィリスは裸足で、それも薄手の肌着姿で庭に降りていきました。そこには仏頂面のひげ老人が勉強に没頭する粗末な小屋があるのです。

ヘロデ大王を前に素早い足の動きで踊ったサロメ、婚姻の晩にディオニュソスと踊った罪深きアリアドネのごとく、悪女フィリスもその場で踊ってみせます。軽やかに跳ね回り、時折宙を舞っては芝生に柔らかな愛の足跡をつけていく。ところが肝心の賢者は、修道院に収められた書物のごとく、机を離れる様子も見せなければ、顔を上げようともしません。博識家の尻は椅子を離れたがらないのか。フィリスは女の武器を売りに騙すのは難しいと悟りました。そうこうするうちに約束の時間は瞬く間に過ぎていきます。

周知のとおり、彼女らのような魔性の女のほとんどは、代々母親から悪魔を手なずける術を学んでいます。したがって大小のヘビを飼いならすことなどお手のもの。不実なフィリスも例外ではなく、小さな毒ヘビを呼び寄せ、肌着の下に隠すと、叫び声を上げました。

「大変、誰か来て！　ヘビに、ああ、噛まれてしまう！」

慌てて足を踏み鳴らす音と女の絶叫に、さすがの老哲学者も大型の本を机に置き、小屋の窓から顔を覗かせました。

「いったい何があったのだ？」と問いかけます。「そんなに甲高い大声を出して。まだ耳に鳴り響いているぞ。読書を妨げるつもりか？」

「おお、賢者のアリストテレス師、たった今、脚とふくらはぎを伝ってヘビが肌着の下に」

一大事とばかりに哲学者が庭に出てきました。王子不在の際には、宮廷内の管理は彼が担うことになっていたのです。当然そこには貴婦人や娼婦の世話も含まれます。

「安心しなさい」素足の踊り子に語りかけます。「まずは害獣と話をさせてくれ。私の正しい論拠で説き伏せれば、喜んで地中に戻ってくれるはずだ」

「それどころじゃないの！　嚙まれたわ」と女は声を大にして告げたかと思うと、仰天する偉大な思想家をよそに肌着を脱ぎ捨てました。実り始めたオレンジを思わせる二つの胸の谷間に、確かにヘビが身をくねらせています。うろたえたヘビは脚を伝って、あっという間に地に身を隠しました。

生まれた時と同様の一糸まとわぬ姿で、赤みを帯びた四肢をさらす。優美さを伴うフィリスの肉体の輝きは、午後の陽光をも凌ぐほどです。

「ここを嚙まれたの」胸にあるピンク色のつぼみの一方を示しながら、悲痛な表情で訴えます。「毒が回ってきた感じがする」

「どれ、見せてごらん」猛獣や毒液の知識にも長けた哲学者が言いました。「私が傷口を吸って害毒を抜き取り、あとは地に吐き出してやろう」

老賢者は言葉どおりに律儀に作業に勤しみます。女はともかく、哲学者の方もまんざら嫌いではない様子です。頃合いを見計らって彼女が言いました。

「もう結構よ。毒液は全部出ていったみたい。ところであなたが私の治療に没頭している間に、さっきのヘビがまた来て、あなたの脚を這い上がっていったわ」

「どこにいる？　私には見えないぞ」真理と動物学・生物学の探求者でもあるひげ男が、さほど驚く素振りも見せずに問い質します。

「おそらくここ、この膨らみ！」

邪悪な輝きを宿した目でフィリスは答えると、相手に隙を与えずひざまずき、半ズボンをずり下げました。すると、淑女が直視してはならぬ一物がぬっと飛び出します。

「あらっ、ヘビではなくこん棒がでてきたわ」生娘のような驚きを装うフィリス。「きっとヘビは見つからないように、慌てて巣に逃げ帰ったのね。それ、しまっていただけるかしら。怖い思いをしたので、気を鎮めに部屋に戻るとするわ。それじゃあ私はこれで」

「そんなことはない！」賢き哲学者が声を張り上げました。女の罠に引っかかったのです。「私もへビに嚙みつかれて意識が遠のいていく感じだ。フィリス、この先端の傷が見えないか？　今度はおまえが毒を吸い出す番だ。急いでくれ、毒が心臓まで回って死んでも困る……が、日は暮れてほしい」

「でもちょっとおかしくない？」アリストテレスの期待に反し、フィリスが反論します。「あなたの忠告に従って王子が私に禁じた行為を、今ここで私にさせようって言うの？　それってすごい欺瞞じゃない」

「王子が戻ってくるまでその命令は撤回にしよう。何しろ今の私はイチゴ色したおまえの唇を欲している。すでに味わったおまえの胸の蜜については一生忘れまい」

その後かなりの間、二人は議論し合いました。男は時折嘆きを交えて肯定し、女は笑いながら否定する。最終的にアリストテレスが結論を下します。

「フィリス、私を焦がす病を、おまえの愛で治してくれたら、私は家でも宝石でも金でも何でも与えよう」

「それなら喜んで。お安いご用よ」悪戯《いたずら》好きの女が応じます。「急に思い浮かんだわ。いつも女ばかりに要求する四つん這いの姿勢。あなたに裸でそれをやってもらうとしましょう。いっそ本物らしく馬具もつけて、女性騎手のように私が乗って庭を駆け回るの」

色欲に目が眩《くら》み愚者と化したアリストテレスが、馬小屋に走り、鞍と馬勒《ばろく》を手に戻ってきます。賢者の面影などかけらもありません。そうしてラバのごとく四つ足をつき、フィリスに言います。

「私に乗って思う存分拍車をかけ、鞭を唸《うな》らせてくれ。日暮れも近い」

奇怪な獣にまたがって、彼女が歌を歌い出します。

夫が私に強いる仕事の、何と大変なことよ。
長い夜のあと早起きし、彼好みの料理をし、
ヘビを労《いたわ》り、荒馬の彼にまたがり駆け回る。

合図を耳にしたアレクサンドロスがバルコニーから顔を覗かせました。そしてあられもない師の姿を眺めた末に尋ねます。

「先生、あれほど僕にはフィリスから遠ざかれと言ったのに。忠告はどうなったのです？」

それまで目を閉じ、魔性の女に操られるがまま前進していた老賢者が、教え子に言い聞かせます。

「わが生徒アレクサンドロスよ、これ以上の教訓はないぞ。王国一の賢者を自認する人物の学識を結集しても、性悪女の術策は免れぬということだ。確かに君の言ったとおりだ」

師の言葉を真摯に受け止めたアレクサンドロスは、フィリスの危険性を肌で感じ、他の人騒がせな娼婦らとともに彼女を王国から追放しました。

お話はこれでおしまい。この場に居合わせたみなさまを祝福します。それでは、ともにご唱和ください。パーテル・ノステル、クイ・エス・イン・チェリス……。

第三部

女神《ムーサ》たちに耳を貸さぬ者は、自分の愛を売る者だ……。
――ティブルス『挽歌』第四書

第九章
ヴェネツィアを離れて

「ジョヴァンニ・ピコ・デラ・ミランドラ」作者不詳、
パオロ・ジョヴィオ『英雄たちの儚き生涯への賛辞』(1546) より

逃避

「ところで、君は何という名前だったかな？」

「エカテリーノです、親方」

塔印《トツレ》刷所の新たな書店主は、一メートル八十センチはありそうな長身の上、肥満体なのでクマのような印象を受ける。頭は完全に禿《は》げているため、巨体でなければつい写本泥棒のコンスタンティノス・パレオロゴスを思い出しかねない風貌だ。店を開けるにはまだ早い夜明け前なのに、もう起きて店にいる。奇妙な気がしなくもないが、アルドにとっては好都合だった。

「ではエカテリーノ、頼みがある。このトランクに八つ折り判の本を各一冊詰め込んでほしい。それが済んで余裕があればこの袋の本も加えてくれ」

何のために持っていくんだ？　本当に持っていきたかった本は、もはや存在しないのに。

「君は馬車を操れるか？　それと旅の日程を組むのは得意か？」と書店主に問いかける。

今のアルドに必要なのは、教養だけあるかばん持ちではない。目的地まで無事に送り届ける役目を引き受けてくれる男だった。

エカテリーノはまぶたを半分閉じてアルドを見据える。まるでそうすることで、相手が自分に何を望んでいるのかを読み取っているようだ。これまでほとんど顔を合わせたことはなかったのに、なぜか彼の顔立ち、表情には親しみを覚える。わずか数カ月前にフランチエスコ・グリッフォの紹介で、正式に書店主として雇われたばかりだ。じっとアルドを見つめているが、何を考えているのだろう。今のアルドはどんな表情に映っているのか？　さすがに彼が感じている悲嘆がまだ顔に反映されるには至っていないと思いたいが。

「ええ、大丈夫です」書店主が返事をする。

「実は今すぐ旅行に出たい。帰りの日にちは未定だ。私を目的地に連れていってくれるのなら、週一ドゥカド支払おう」

相手は不審というよりは、むしろ好奇の目でアルドを見た。

「私たちだけですか？　ほかには誰も？」と問う。

結婚式の翌日に妻から逃げる男、いったい何なのだ？　きっとそんなことを考えているのだろうか。

「ああ、われわれ二人だけだ」

単なる雇われ書店主にはない皮肉の色と行儀のよさ、教養がエカテリーノには感じられる。それだけにアルドも、彼にある種の信頼を寄せる。

「行き先はどこです？　荷物は本以外にないのですか？」アルドが手にした金色の毛織物を指差して尋ねた。

「目的地に着いてから必要な物は買い揃えよう。ヴェネツィアを出た時点で行き先を詳しく教える。車は最初の区間だけになると思う、その後は馬での移動がほとんどだ。余分な荷物は持たずに行く。旅程はのちほど練ることにする」

エカテリーノが旅支度をしている間、アルドは印刷所内をうろついて時間をつぶした。もう二度と戻らぬつもりだった。相手を憎み、愛する。愛する者を憎む。それが人間の本質かもしれない。これら二つの言葉では、自分を襲う感情を正確には形容できない。アナクレオンの詩で愛と憎しみに触れていた節を、頭の中で呼び覚ます。その場で二つ折りの紙に、サントに宛ててひととおりの指示を殴り書きする。当分自分を探さないでほしい、それが唯一の願いであったとも言える。

二人を乗せたゴンドラが大運河《カナル・グランデ》を進む間、雄鶏たちはみな鳴りを潜めていた。ドイツ人商館《フォンテゴ・デイ・テデスキ》前を通り過ぎた時、周辺一帯が炎に包まれているのを目の当たりにする。次から次へと火が燃え広がる中、無駄だと知りつつもバケツで水をかけ続ける男たちがいる。その一方で、水上からその様子を眺めるアルドらのように、ただ無言で事態を見守るしかない者たちもいた。

ゴンドラを埠頭に係留し、今度は渡し船で静けさと暗闇の真っ只中をテッラフェルマに向かう。夜明けが近づくにつれて、夜の町を照らしていたたいまつの明かりが次第に朝の光に場を譲ろうとしている。

「ノヴィまでどのぐらいかはわかりませんが」アルドから目的地を打ち明けられたエカテリーノが答えた。「ミランドラまでなら運がよければ急ぎで四日、無理せず行くなら一週間程度でしょう。もちろん運が悪ければ、永久にたどり着けないこともありますが」

空が白み始める頃には、義父所有の小さめの豪華馬車の椅子にもたれかかり、多少穏やかな気分でパドヴァに向かっていた。乗り物にではなく文字どおり酒に酔っていた。精神が目を閉じろと命じている。考える間もなく、彼は夢の中に落ちていった。

どのぐらいかはわからないが、アルドが目を覚ますと馬車は停まっていた。外の様子をうかがうべくドアを開けたところ、エカテリーノが両手を腰に煙が立つ家を眺めている。どうやらここも火事らしい。

「何もかも破壊されたか」アルドに向き直って言った。「ひと月足らず前にこの地を訪れた時には、すべて順調に行っていたのに」

外に出て周囲を歩き回る。まるで悪夢だ。町全体が廃墟と化している。怖くて馬車から遠くへは離れられなかった。通りの角の家から赤ん坊をあやす老婆の嘆き声がする。

「ちょっと覗いてみます」エカテリーノがそう言って家の中に入っていく。

アルドもあとについて屋内の様子を見た。樽や甕《かめ》が並んでいる。何を思ったかエカテリーノが蓋を開け、柄杓《ひしゃく》を探して中の液体をかき回した。

「やっぱり！」冷めた口ぶりで言う。「ミルクに糞をしてある。故意にやりやがったな」

アルドはとても信じられない。

「いったい誰が？」

「誰って、自尊心を傷つけられた兵士たちですよ」エカテリーノは説明する。「おそらくは神聖ローマ帝国皇帝マクシミリアンの配下でしょう。先週皇帝の軍隊がヴェネツィアの領土を通ってローマに戻ろうとしたが、当地の元老院が許可しなかった。その報復措置というわけです。ここに長居は無用です、行きましょう」

馬車に向かって歩いている途中、エカテリーノが妙なことを訊いてきた。

「親方、私はあなたが誠実な人物だと思っています。だからこそ、正直に答えてほしい。この何年かに、人から恨みを買うようなことをした覚えはありますか？」

「何を言いたいんだ？」思わず問い返すアルド。戦禍の地獄絵から即刻逃げ帰りたいが、愛の地獄には戻りたくないとの思いが渦巻く。

「私の思い過ごしならば、むしろその方がいい」相手は答えた。

以前彼とどこかで出会ったか？　肥満体ゆえに年齢がよくわからないが、アルドよりもずっと若いに違いない。フェラーラで教師をしていた頃の教え子という可能性もある。

「私自身は誰かに対し恩義を欠いたことも、悪事を働いたこともないと思っている。後ろめたさがあるとしたら自分自身に対してだけだ。だから逃げることにした。知りたかったのはそれだけかい？」

「わかりました。あなた自身に危険がないのならば、進路を変更してマントヴァ経由で向かいます。遠回りにはなるが、戦争の爪痕は大幅に回避できるはず。次の宿場でこの馬車を手放しましょう。この先、役に立ちそうもないですから」

途中立ち寄ったカザルロマーノの町も別の戦争の被害に遭っていた。もっとも国境沿いにある宿屋の主《あるじ》が領主たちから投資を得て、いち早い復興を約束しているという。

「この土地はできるだけ早く去った方がよさそうです。うろつくには時期が悪すぎる。人々の目に復讐心が感じられる」

そうエカテリーノから忠告されていたにもかかわらず、迂闊にも居酒屋に入ったことをアルドは後悔した。確かにこの店のドアをくぐるまでに見かけた者たちはみな、アルドを奇異の目、あるいは蔑《さげす》みの目で眺めていた。だが、彼のそんな懸念は店の片隅のテーブルに着き、ワインを飲むことに集中した途端にすべて吹き飛んだ。一人飲み続けているうち、体格のよい男がテーブルの前で立ち止まったのに気づく。てっきりこの先の移動に使う馬を調達に行ったエカテリーノが、戻ってきたものとばかり思っていた。

「おまえは最低だ。俺の家族はおまえのせいで死んだ」男はそう叫ぶと激しい蔑みの目でアルドを睨みつけ、テーブル上の水差しをつかむとアルドの顔目がけて中身をぶちまけた。

店内にいた客たちが席から立ち上がる音と椅子が倒れる音、慌てて店を出ていく足音が入り乱れる。上半身にワインをかぶったアルドは、抵抗もせずに静かに立ち上がって男と向き合った。鼻を中心に顔がほとんど包帯に覆われているので誰なのかわからないが、男が帯から小ぶりの畜殺刀を取り出し掲げた瞬間、腕の入れ墨が目に入る。ヘビのごとく錨《いかり》に巻きつくイルカの図。コンスタンティノス・パレオロゴスだと悟ると同時に、大声で告げた言葉は目撃者らを惑わせる方策だと理解した。生きてこの店から出られる可能性は低い。

「なぜ？」咄嗟《とっさ》に口から問いが出る。

自分がどうして殺されるのかはわかっていた。知りたかったのは相手の入れ墨のことだ。なぜコンスタンティノスが腕に〝ゆっくり急げ〟を彫ったのか、一度も尋ねたことはない。自分を殺そうとする男の腕に自分の会社の商標がある。偶然にしてはあまりにできすぎだ。

とその時、コンスタンティノスの表情が急に変わった。驚愕に眉を吊り上げたかと思うと、畜殺刀が手からこぼれ落ちる。そのままテーブルに突っ伏し、完全に床に崩れ落ちた。わずか一分足らず前にアルドが足を踏み入れた死の領域に、今度は相手が身を沈めていく。店内から最後の客が逃げ出し、死体とアルド、エカテリーノの三人だけがその場に残った。アルドの驚きをよそに、書店主は自分の短剣に付いた血を死んだ男の服できれいに拭う。

「なぜ？　訊きたいのは僕の方だ！」エカテリーノが声を上げる。「いったいどうして？　こいつはあなたを追っていた。殺すためにだ。誰にも悪事は働いていない、後ろめたいことはしていないと言っていたじゃないか」

エカテリーノは横たわった死人の顔をまじまじと確認する。

「コンスタンティノス・パレオロゴスか！　これにはヘカテも仰天だ！」

アルドはこの数分間の出来事を脳裏で反芻する。店から逃げ出す地元客の波に逆らい、エカテリーノが入店し、背後からコンスタンティノスを刺殺したのだ。しかもあばら骨を避けて心臓に直接、短剣を埋め込むとは。

書店主らしからぬ書店主は、客が去ったテーブルからワインの入った水差しを拝借し、アルドにもグラスを渡した上で乾杯する。ワインを飲み干す大男を眺めながら、彼が口走った女神の名を思い起こす。後にも先にもヘカテの名を口にする人間など一人しかいない。ヘカテ……エカテ……エカテリーノ！

「君はピコか、ジョヴァンニ・ピコ・デラ・ミランドラだったのか」アルドは自分が命拾いしたこと以上に、友人が生きていたことに驚いた。「それにしても、その変わりようは？　肩まであった金髪の面影すらないとは、いったい何が？」

「その件はあとで説明する」袖で口を拭いながら答えた。「まずはこれまでどおりエカテリーノと呼んでくれ。いずれにしても僕は公《おおやけ》には死んだ身なのでね。ところでカザルロマーノに誰か知り合いはいるか？　協力してもらいたいことがある」

アルドもわれに返る。

「そう言えば」記憶の糸をたぐり寄せる。「顔見知りの書籍商が一人この町で暮らしているはずだ。一年ほど前、その男が商売から身を引く際にいろいろと支援してやった」

「金か？　金の恩だと……」

アルドはいまだに信じられぬ思いで相手を見やる。締まりのない肉、太鼓腹に禿げた頭、良家の令嬢のようなきめ細かい白肌だけは健在らしい。

「いや、そうじゃない」

「ならば大丈夫だ。訪ねるとしよう」

書物の死

アルド、僕の復活の物語は至って単純だ。君に『愛について』と『ポリフィロの狂恋夢《ヒュプネロトマキア・ポリフィリ》』を手渡した際に言ったように、僕はジロラモ・サヴォナローラの紹介でドミニコ会修道院に入った。実はその直前にマルシリオ・フィチーノが僕のもとを訪れ、何とか思いとどまらせようと説得してきた。

「サヴォナローラは狂っている」と彼が言う。

「そんなことは百も承知だ。僕も含めて、フィレンツェ中が似たようなものではないか。君だって人のことは言えまい」

「ジョヴァンニ、聞け。私は冗談を言っているのではない。近年われわれの友人、ロレンツォとポリツィアーノが相次いで死んだ。いずれも晩年にサヴォナローラと関わり、臨終の床に彼が居合わせたが、不審な点が多い。二人はサヴォナローラに関心を寄せながらも批判するなど、愛憎半ばしていた。その上どちらも君と同じ詩人で、同性愛者でもあった。神を見いだすことに執心していたところも、君とそっくりで……。実は、彼らが死に至った兆候が一致している。衰弱、吐き気、皮膚の斑点……ジョヴァンニ、あれはヒ素だよ。毒を盛られたとしか思えん。二人ともサヴォナローラに殺された。どう見ても次は君の番だ」

「冗談はよしてくれ、マルシリオ。君はサヴォナローラの倫理面での優位を羨《うらや》んでいたから。気にしないことだ」

「医師の言葉を信じないと言うなら、せめて占星術師の言葉を信じてくれ。私が黒死病《ペスト》のフィレンツェ到来を一年前に予言し、見事に的中させたのを思い出せ。君はそれを信じた数少ない者の一人で、ロレンツォとカレッジに避難したではないか」

「黒死病《ペスト》から逃れようとフィレンツェを離れたのは事実だ。但《ただ》し君の予言を信じたというよりは、むしろ君がその災いを呼び寄せていると確信したからさ」

フィチーノはいつものごとく不満げに去っていった。彼の警告を笑い飛ばした僕だったが、それでも警戒心のかけらは植えつけられた。その後、サヴォナローラと活動する中で僕は病気になり、毒を盛られていると確信した。そこで何とか生き延びてやろうと決心してね。何がそうさせたかなんて、余計なことは聞かないでくれ。

自分の死を装うのにどれだけの芝居を打たねばならなかったかは、ここでは省略する。事前に話をつけて、僕をサン・マルコ教会に埋葬した男たち二人に墓から出してもらった。棺《ひつぎ》の中で横たわって待つ時間の長いこと。疑念ばかりが押し寄せた。墓掘り人たちに金を払いすぎただろうか？　わざわざ危険を冒して掘り起こしに戻ってくるだろうか？　生き埋め状態で陥る絶望の深さよ……。

幸い二人にとっては十分すぎる金だったようだ。律儀に約束を果たし、過去との決別に協力してくれたのだから。僕の恋人ジロラモ・ベニヴィエニですら僕が生きている事実を知らない。知っているのは二人の墓掘り人だけだ。僕の墓に別の男の遺体を置いてくれた彼らとは、多額の報酬と引き換えにこの件は一切忘れることで合意した。だから君にもそうしてもらう。

僕は新たな人生を生きるために、ジョヴァンニ・ピコをやめた。海神プロテウスではないが、僕自身の理論にこれほど力を感じたことはかつてなかった。われわれは自分がなりたいと望むものになれる。焚き火であろうと大樹であろうと、泉であろうと獣であろうと……。自分が願うだけでいい。それこそがわれわれの天使あるいは悪魔並みの崇高さだと。アルド、人間は結局一つの見世物、ありとあらゆる奇跡であり、幸せなカメレオンなのだ。そこで僕は第二の人生を、いっそ天使として生きることにした。

最初に長年切望しながら果たせなかったことをやった。キリスト磔刑像だけを携えて、裸足でエルサレムまで巡礼する。だが最終地までたどり着けなかった。コンスタンティノープルに留まったからだ。トルコの新たな都にすっかり魅了された僕は、十字軍兵士がやるように町全体を略奪したくなった。そんな最中に重要な転換の機会が目の前に訪れた。去勢だよ、去勢。トルコ人にとっては先祖伝来の技だというので、噂を聞いて以来ずっと試したいと考えていた。

花にたとえれば除雄《じょゆう》とも呼ぶべき完全な去勢を施した。君主《スルタン》の奥方らに仕える宦官《かんがん》たちや、子を儲けることなく快楽に明け暮れることを望む者たち、あるいはコンスタンティノープル在住のギリシャ人らが歌い手に少年のような声を維持させるために強いる一部だけの去勢ではなく、一切取り除く方法だ。アルド、つまりは股間から害悪の資質を消し去ることを意味している。

必要に迫られ、あるいは運命の巡り合わせによってつい先程殺したコンスタンティノス、彼は僕の着想の源泉、または手本みたいなところがあった。彼は僕に、快楽とは本来安定した状態でわれわれの精神の奥深くに宿り、体のどの部分ともつながっているものであるがゆえ、無理に従わせる必要はないと教えてくれた。根本的に去勢することは、全身をこれまで以上に広範で敏感な生殖器に変化させる。

僕自身は去勢によって肉欲を取り除くつもりも、逆に情欲を増大させるつもりもなかった。去勢したことで根扱《ねこ》ぎになったのは、奇妙にも僕の宗教的希求だった。信じられるか？　僕は以前、偉大な神秘主義者のように、人間の愛も神の愛も一緒で同じ肉体を通じて表現されると考えていた。ところが運命は、僕が間違っていた事実を認識させてくれた。

ほかにも、去勢後に消滅したものに、かつて怪物並みと称された僕の知的能力がある。すべては無益だったのだろうが、その大部分が失われた。僕の知能が飛躍的に低下したため、実に逆説的だが、やっと自分が向き合う世の中を理解できるようになった。信じられるか、アルド？　幼少期の僕の家庭教師、アンドロニコの問いの答えも得ることもできた。覚えているか？　そうだ。何が人間を無敵にするのか？　君は何だかわかるか？

僕が理解に苦しむのは、どうしてもっと前に答えを見いだせなかったのかということだ。実際それがわからぬままに多感な思春期を過ごし、何度も挫折感を味わった。敗北のたびにその問いがつきまとう。僕を敗北させる男たちに共通する特徴とは何か？　僕の抵抗など物ともせずに凌《しの》いでしまう連中には何がある？　僕が最も入念に考え抜いた著作を世に広めるのを阻止した無知な教皇……。僕の親友を何人も殺した、嫉妬深き無学な亭主……。低俗な詩句を加えて真髄を骨抜きにすべく、僕の詩を横取りした無知な詩人……。

そう。答えはあまりに単純で痛ましい。人間を無敵にするのは、無知にほかならない。

どうだい、アルド？　無知、無教養なのに権限を握った人間が、世界を自分のものにする。よく考えてほしい。かつて君の生徒で旧友だった少年ジョヴァンニに耳を傾けてくれ。君が巡りたがっている知恵の道のりも、僕が第二の人生で毎朝たどる道も、地図で示された場所に行き着く道ではない。僕はそれを知った時、改めてエピクロスの文章を読み直したくなった。だからヴェネツィアにやってきた。もちろん見たところ、本はまだ出版されていないようだが。君の手元にあることを願うよ。そうだろう？

ああ、コンスタンティノスが……僕もそれを恐れていた。サヴォナローラの手にかかると、コンスタンティノスは危険極まりない凶器と化す。考えてもみてくれ。サヴォナローラが火焙《ひあぶ》りにされたのはいつだ？　僕が死んだ四年後。ということはコンスタンティノスはもう八年近くも命令どおりに君の殺害の機会をうかがっていたわけだ。高い報酬の依頼はいつも忠実に果たしてきた男だからな。

いやアルド、それは無理だ。非常に残念だが。僕の才能の終焉には、類稀《たぐいまれ》なる記憶力も含まれていた。だから『愛について』の文面の再構築などとても期待できない。今の僕はそれほどまでに別人だ。

それ以外の僕の変貌ぶりに関しては見てのとおり。僕の精神が切望していた安楽に慣れ、太り出した末にこの牛のような姿だ。アルド、こうなってくると僕は、身も心も別人だというしかない。

それは違う。ヴェネツィアに来て、すぐに君の会社に入ったわけではない。何年かは享楽を尊ぶ都、俗人たちのエルサレムとでも呼ぶべき町での生活を楽しんだ。ゴンドラ乗り、修道女、貴族《パトリキ》、商人……あらゆる連中と遊んだ。君には想像できないだろうが、僕は自分と同じように他者にも内に存在する天使の体を目覚めさせたい欲求に駆られる。男も女も僕を物にしたいと望んだ者は、僕の体が去勢されているがゆえに、僕が彼らを物にしようとしないと思い込んで失望する。彼らには僕の新たな性《さが》が実は貪欲で、終わりも限界もない愛が可能である事実がわかっていない。他人の体を独り占めするための淫らな行為が必要ないという意味では、神の愛により近いかもしれない。去勢してからの僕は鳥のように生きている。這って歩く状態には戻りたくない。

僕の才覚と記憶、文章を書くことへの野心も性器とともに取り除かれた結果、生計を立てるためにできる仕事は写本泥棒ぐらいしかなかった。結局殺すことになったとはいえ、僕もコンスタンティノスとほとんど変わらぬ道を歩んでいるとわかっただろう？

ああ、告訴の件は本当だ。あちこちの修道院の図書館から本を盗んだので、いくつもの国から追われる身ではある。捕吏が僕を拘留したがるのは当然だ。心配しなくてもいい。コンスタンティノスの死の件など話題にもならないだろうし、盗みの件も君のコネとトッレザーニの財力があれば帳消しにできるはずだ。

いずれにせよ写本泥棒は将来性がない職業だった。何しろ印刷技術が大きな市場を生み出したのだから。そんなある日、君の会社の宣伝ビラを手にした。出版したばかりのアリストテレス全集の最終巻である第五巻に、一つでも誤植があった場合には結構な額の銀貨を支払うと記されている。別にその時、金が必要だったわけではないし、僕は今の今まで一度も必要だと感じたことがない。何も持たない、持つ必要がない。それこそが現在のイタリアで最も裕福な人間じゃないか。だけど僕は君らの印刷所に足を運び、この目で本を確かめた。ギリシャ語の文面に多くの誤植があったので、それを書店主に伝えたところ、書店主が主任を呼んだ。フランチェスコ・グリッフォが出てきたので、カウンターに本を置き、冒頭の誤植三箇所を指摘した。僕の適性を即座に見抜いた彼は、校正者として雇いたいと言ってきた。でも君らの印刷所で校正の仕事をするのは、どう考えても割に合わないので、彼と交渉した末、書店の仕事に回してもらった。

そうだよ。だから『ポリフィロの狂恋夢《ヒュプネロトマキア・ポリフィリ》』を印刷したのも知っている。ある晩本を手に取り、今の僕の目、つまり新たな目で再読してみた。正直、退屈極まりない時間だった。自分が書きたかった本と実際に書いた本の間の隔たりは克服しがたいと突きつけられた。僕は文学というものの流れを変えたかったのだろうが、結局は袋小路で迷子になった。

だけど、もうそんなことはどうでもいい。印刷所の書店主として過ごしたこの数カ月間は、僕にとって実りある生活だった。君の様子を間近で眺められたからね。君の挫折、それは現実の否定以外の何ものでもないが、ともかく君の内面での挫折を目の当たりにした。幼い時分によく母親が口にしていたことだが、女の子を夢中にさせるためには、世の女はみんなドラゴンだと認識しなければならない。浴槽に身を沈めた途端、下半身がヘビの尾に変わるヘビ女メリュジーヌのようにと。聖母の絵画を見たことあるかい？　聖母マリアが毒ヘビを踏みつけているやつだ。あれは彼女がヘビと戦っているわけじゃない。それはキリスト教徒向けのまやかしの解釈だ。本当のところ毒ヘビは彼女の一部であり、自分を襲わぬよう踏みつけているわけだ、足を離したら、自分の負けだと。

それ以外の件に触れると、君は自分の結婚が失敗だったことは十分承知していると思う。こんなことを言うのは心苦しいが、あえて言わせてもらえば、君の仕事も無益だ。だからこそ聞いてくれ、文学の小道をゆっくり急ぐ師アルドよ。印刷の象徴である錨は、文学の象徴であるイルカを槍のごとく貫き、海の底に突き刺している。印刷機は休みなく稼働し、書物の価値は何百万冊もの本の中に溶けていく。

ソクラテスがあの時代に懸念を覚え、著述しなかった理由はそこにあるのかもしれない。人はかつて知恵や物語を先人から口伝えで受け継いできた。だが文字の出現でその伝統が失われ、膨大な量の口承文学が消失した。現在印刷技術の向上によって書物の価値が薄められ、真の文学が失われつつあるように。今や世界には星の数ほどの書物が溢れているが、それらの多くはまったく読むに値しない。

だからわざわざエピクロスの作品を闇に葬る必要はない。火や水をもってしてもできなかったことを、非情なまでに印刷は実践しているのだから。エピクロスだけじゃないさ。大プリニウスも、アリストテレスも、ソフォクレスも、プロペルティウスも……死んだ。みんな虐殺されたんだ。

まさに書物の死だよ！

第十章
エピクロスの運命の下に

「執筆中のポリフィロ」作者不詳『ポリフィロの狂恋夢』（1499）より

ノヴィでの隠遁

親愛なるアンドレア・トッレザーニへ

アルド・マヌツィオより

拝啓

おそらくあなたは、私がこのノヴィの別荘でどのように夏の日々を過ごしているのか、とお尋ねになるでしょう。気の向くままに目を覚まし、と言っても、大抵は夜明けと同時、稀にその前のこともありますが、夜明け後に目覚めることは滅多にありません。窓はいつも閉ざしているので、瞑想にはおあつらえ向きの静けさと暗闇の中で私は一人、自分自身から解放され、両目が精神に従うに任せます（精神を両目に従わせるのではありません）。これは目には見えぬものを思考で見るためです。

自分の両手にもたらされる一つひとつの言葉を、綴《つづ》っては書き直すように瞑想します。言葉の難易度によって、文を構築し記憶に留める時間も変わります。それが済むと秘書を呼び、明かりを灯して文面を口述筆記させます。最終的に点検したあと、また秘書を呼んで、書簡を発送させるのです。

それから三、四時間――煩《わずら》わしいので時間は気にしないようにしていますが――ポプラの林を散歩しながら瞑想したり、玄関先で口述筆記をさせたり。馬車や徒歩で町を散策することもあれば、寝室のベッドの上で過ごすこともあります。集中力が保たれているうちは作業し、能率が落ちてきたら仮眠を取ります。眠気覚ましに少し歩いたあと、鮮明な頭でギリシャ語・ラテン語の論考などを声に出して読みます。喉のためというよりは腹を空かせるためですが、どちらも私の体を強くしてくれるのは確かです。

夕食前にもう少し歩いて、使用人らに汗を洗い流してもらい、油を塗って、全身を軽くもみほぐしてもらいます。夕食時はたとえ誰が居合わせても書物を朗読します。そのため食事とともに戯曲や抒情詩に触れる日も多いのです。出入りする客に教養人は数多くいます。文人たちとの議論や談義が、夜更けまで長引くことも少なくありません。

もちろん休息や散歩、昼寝や読書の時間が入れ替わることもありますし、馬車に乗る代わりに馬にまたがることも多々あります。近郊の町からやってきて貴重な時間を奪う者もいれば、疲れぎみの私を癒してくれる者もいます。

時々狩りにも出かけます。得意な方ではありませんが、何かしら仕留めて戻ってきます。菜園で働く農夫たちの話し相手をすることもあります、彼らは私がなかなか顔を出さないと不平を申しておりますが。田舎者の小言を聞くにつけ、あなた方とのやり取りや都会の暮らしが恋しくなります。

それでは今回はこれにて。

敬具

粉を当ててインクを乾かす代わりに、アルドは書き上げたばかりの手紙を破り捨てる。アンドレアに向けて綴った文章は会心の出来には程遠く、若い頃に感銘を受けて繰り返し読み記憶した、小プリニウスがフスコに送った書簡とは似ても似つかぬ代物だ。運命の女神は富裕な小プリニウスには微笑《ほほえ》んだが、アルドに対しては嘲笑しか向けなかった。

思いがけぬ贈り物としてこの別荘《ヴィッラ》をいただいたあの日、もう二度と戻ることのない平和と幸せの時を思うと、郷愁の念を禁じ得ない。アルベルト・ピオ王子と一緒に領地を馬で駆け巡ったあとに譲り受けたのだ。元はといえば、ヴェネツィアに派遣されたアルドがそこで印刷の仕事全般を学び、カルピの王子の下でこの地に印刷所を立ち上げて、多数の賢人たちとともにギリシャ文学の名著を出版する計画だった。過去に例がないほどの人類への贈り物、叡智と平和の時代の到来に向けて、カルピを新たなアテネに、これまでとは異なる真の世界の拠点に変えるのが夢だった。

そして今、歳月を経て出版人としての名声を得た彼は、夢の実現に向けて何ができるか？　ノヴィに印刷所を設ける計画を中止したのはほかならぬ彼自身だったが、実はヴェネツィアに住んでいる間も、当初の計画の再開の機会を模索し、多少は根回しをしていたのだった。彼の弟子の一人ベネデット・ドルチベリをカルピに派遣し、小さな印刷所を立ち上げた。若いベネデットは何とか軌道に乗せ、ラテン古典を何作か印刷するまでに漕ぎ着けた（但し、まだギリシャ古典までは及ばずにいた）。ほかにもアルドは、トッレザーニが娘との結婚話を持ちかけてきた頃にも、クレタ島出身の哲学者マルコ・ムスロをその印刷所に送り込んでいる。協力者の中でも屈指の逸材なだけに、ベネデットの意志を受け継ぎ、持ち前の知性でアルベルト・ピオ王子を喜ばせ、夢の実現への希望を保ってもらうつもりだった。ところがムスロはヴェネツィアの奔放な生活が忘れられず、カルピでの静かな暮らしに耐えられなくなり、散々口論した末に都市に戻る道を選んだ。

市場の中心でちやほやされたいという願望は学者たちにまで及んでいた。小規模の宮廷内で主に仕えることでは満足できなくなり、自分の考えや意見を自分の所有物として扱うようになった。貴族や宮廷人らのお抱えとして安泰の待遇を保ちながらも、一般社会では詩人の顔で通りを歩きたい。自著が名作として大量に印刷されてヨーロッパ中に出回り、ダンテやペトラルカ、ボッカチオといった歴史に名を残した偉大な文人たちと並んで、霊廟に自分の名前が刻まれるのを夢見る。アルドとて例外ではなく、まったく文才がないのを自覚しながらも、一度はそれを試みたのだった。巷《ちまた》にどれほどの愚かさと虚栄心がはびこっていたことか。

カルピの王子との計画が進展する可能性はなかった。たとえあったとしても、今のアルドにとって何の意義があるのか？　すでに取り返しのつかない所まで落ちた状態だというのに。カザルロマーノの居酒屋で死を間近に感じた時に、彼は自分のむなしい過去と対面した。彼の記憶で唯一煮えたぎっているのは、牧畜神ファウヌスに物にされ、乱れた妻の姿だ。心臓を引きちぎってでもいいから、誰かこの胸の痛みを取り除いてくれないかと思った。

ノヴィで完全に隠遁生活を送る以外に考えられるのは、神聖ローマ帝国皇帝マクシミリアンの寵愛を得て、インスブルックやウィーンに印刷所を設け、彼のために数カ国語の対訳聖書を作ることぐらいしかない。多くのキリスト教徒たちが夢見た書物の中の書物、偉業とも呼ぶべきその出版を達成するのに、アルド以外の誰がふさわしいだろう？

マクシミリアンに対しては、過去に出版した作品を毎回献上していた。皇帝はその都度アルドの申し出に強い関心を示し、美辞麗句とともに計画を実現すべく予算を準備すると返事した。だがその金が届くことはなく、アルドの失望だけが募る結果となっていた。

小プリニウスの書簡になぞらえて書いたアルドの文面は、いわば彼の理想の姿だった。確かに早朝に起きてはいたが、いつも苦悶に怯《おび》えて目が覚めていた。静けさと暗闇の中、嫉妬という名の悪魔が彼を襲い続けていた。自分の不幸を噛み締めるのに疲れ、光に向き合おうとするアルドにつき添っていたのは、ジョヴァンニ・ピコ改めエカテリーノだった。彼の半ば蔑みにも似た世界観は、底の見えない井戸にアルドを浸すようなところがあった。使用人が浴槽で彼の体を清め、油を塗り、体をもみほぐしてくれるなどという事実はない。アルベルト・ピオ王子がこの邸宅と土地をアルドに贈った時から王子の金で雇われている三人の使用人は、間抜けな上に怠惰と来ている。朝早くに起きることなどまずない連中だ。朝まで飲んでは奇声と大笑いでアルドの休息を奪っている。馬車の操作はおろか自分の体重ほどのものすら持ち上げられるかどうか怪しいアルドは、別荘《ヴィッラ》から離れた町になど行きようがない。誰か訪問者が遠くに見えようものなら、すぐに家の中に閉じこもり、使用人らに客を追い払わないと解雇するぞと脅して居留守を使う。

これがアルドのノヴィにおける隠遁の実態、没落ぶりだった。

妻の出現

無精ひげが濃くなり始めたアルドが、いつものように邸宅二階の小ぶりの柱廊《ロッジア》に寄りかかってくつろいでいたある日の午後、遠くに馬車らしき土煙が見えた。ありがたくない訪問者だったら、下に降りて書斎にでも閉じこもるしかない。使用人たちはどこに行った？　重い体でやっと立ち上がった頃には、馬車は間近に迫っていた。塔を挟んで左右にA・Tの頭文字を配した旗をはためかせている。トッレザーニの紋章だ。一瞬にして押し寄せた不安に、怠惰な姿勢も消し飛んだ。

何度も破り捨てた末、最終的にアンドレアに型どおりの手紙を送ったのはかなり前のことだ。突然ヴェネツィアを去り、ノヴィに移ったことを詫び、何年間もの慌ただしい暮らしから離れて自分を見つめる必要があると言い訳をした。トッレザーニの返信はすぐにアルドのもとに届いたが、それには胸がつぶれるような感覚を味わい、複雑な思いを抱いた。

トッレザーニはアルドが捕まらない時には、いつもマリアに手紙を口述筆記させていた。だがその手紙は自らしたためたもので、ぎこちない文字で書かれていた。ところどころに支離滅裂な言葉が挟まれ、読むのに少し手間取った。娘については〝暗く落ち込んだ状態〟だと記していた。今思い出しても心が痛む表現だ。アルドは迷わず下に向かう。階段を降りるわずかの時間、不吉な予感が彼を苛《さいな》む。泣き崩れるアンドレア。屍衣《しい》からわずかに覗く真っ白なマリアの顔。彼女の遺体を前にうろたえ、ありきたりの言葉をつぶやく自分の姿。しかもアルドの手には結婚式で初めて妻の顔を見た時の金色のベールが握られている。結婚後だいぶ経ってから彼女の部屋でくすね、ヴェネツィアを出る際、本以外に唯一携えてきた荷物だ。

　表門をくぐった馬車がゆっくりと中庭に進み、地面を前脚で蹴り上げ、鼻息を荒くした馬がようやく止まった。御者台から飛び降りた御者が、ドアを開ける。

　アルドの予想に反して、降りてきたのは父親ではなく娘だった。

　髪をほどき旅用の毛布に身をくるんだマリアが目の前に立っている。つい今しがた想像していた遺体と同じ、疲れきってやつれた青白い顔をしている。そのため、悪夢のあとのように不吉な光景が拭えず、アルドは彼女を前に身動きも言葉を発することもできない。

「子どもができたの」毛布を広げ、服の下の突き出た腹を示す。「九日間も寝台と馬車での移動の繰り返し。これ以上は限界よ。女中にさえ旅の途中で見放されたわ。私があなたに許しを請う資格などないのはわかっている。夫としてではなく友人として、せめて子どもが生まれるまで協力してほしい」

　そこまで告げた直後、不意にマリアの顔が苦痛で歪《ゆが》む。何かつけ加えようと口を開いたが、すぐに意識を失って、中庭の敷石で固めた地面に崩れ落ちた。

　アルドはそこで初めて、悪夢ではないと悟り、妻を抱き上げ叫んだ。

「エカテリーノ、手を貸してくれ！」

　男二人でマリアを二階のアルドの部屋まで運ぶ。彼女は破水しており、漏れ出た羊水が階段に滴り落ちる。その時になってアルドはノヴィに来て以来、女嫌いの態度を取った自分を心底後悔した。何しろ彼がこの邸宅で初めにしたことは、使用人の女性二人の解雇だったのだから。

意識を取り戻したマリアが、以前助産婦が言っていたことを思い出して男たちに告げる。それを聞いてアルドもエカテリーノも途方に暮れた。赤ん坊を取り上げるなんて、とてもじゃないが自分たちには無理だ。早く決断を下さねば。アルドが口にする。

「使用人の一人に大急ぎでノヴィの町に行き、助産婦を連れてくるよう命じてくれ。他の二人には必要な物を集めさせるんだ。湯を沸かして金《かな》だらいに入れて……きれいな布切れと……それから……」

それ以上思い浮かばない。

「使用人どもは熟睡している。朝まで飲んでいたからな」エカテリーノが告げる。フェラーラで出会って以来、初めてジョヴァンニ・ピコの顔に恐れの色が浮かんでいる。

「だったら叩き起こして言ってやれ。いい加減にしないと、私がこの手で殺してやると」

はっとしてアルドを見つめるエカテリーノ。口にしたアルドも自分の言葉に驚いた。エカテリーノはそれ以上何も言わずに使用人らを叩き起こしに降りていった。

家中がにわかに騒然となる。アルドは部屋で横になったマリアの様子を時々見に来ては、彼女が痛みを訴えるたび熱いタオルを当ててやり、手を握って励ます。その都度、窓から地平線を眺め、使いに出した馬車が戻ってくるのを待ち続けるが、助産婦を乗せた車が現れる様子はない。

自分が出産を手伝うしかないと覚悟を決め、陣痛にさらされながらも訴える妻に従い、赤ん坊を取り出す。頭から出てきたのは男の子だった。エカテリーノも出産に立ち会った経験はないが、それだけに何とかしようと奮闘するアルドに驚きを隠せない。ぎこちない手つきで、抱き上げた赤ん坊の尻を二、三度叩いたのもアルドだった。部屋中に新たな生命の泣き声が響き渡る。すぐに母親を診ようと、赤ん坊をそっとエカテリーノに手渡した。

エカテリーノは子どもが苦手、血染めともなればなおさら嫌だ。そこで金だらい二つを載せたテーブルに、受け取った赤子を無造作に横たえる。

この世になど生まれたくない、元いた子宮に戻りたいと訴えるように赤ん坊は泣き叫ぶ。泣き続けながらも穏やかに呼吸しているのは幸いだ。マリアの介抱をエカテリーノに任せ、アルドは自分の手で子どもの体を洗い、泣き止ませようと両腕で抱えてあやす。赤ん坊がやや落ち着いたところで、母親に母乳を与えるよう促し、手渡そうとした。

ところがマリアは拒否し、子どもを見ようともしない。

「母乳が無理な場合には」エカテリーノが言う。「ヤギの乳がいいと耳にしたことがある。厩舎に子を産んだばかりのヤギがいる。行ってみよう」

理由はわからないが母親が子どもを拒んでいる。アルドは彼女が受け入れないうちは、自分が赤ん坊の面倒を見ると決心した。ヤギの乳に吸いつき飲み続ける赤子を眺めながら、この子をマヌツィオと呼ぼうと決める。私生児だと疑われぬためにもその方がいいと考え、最終的にマヌツィオ・マルコ・ノヴェシという名前に落ち着いた。

助産婦を乗せた馬車が戻ってきたのは日暮れ時だった。その頃にはひととおりの作業を終え、アルドは〝庭園〟のベンチに座り、両腕の中で眠る赤ん坊を感慨深く眺めていた。

その時、出版人の中の出版人は、他の哺乳動物と同じく人間の場合にも、生みの親から拒否された子どもとその子を育てると決めた者との間に、実の親子も同然の絆が築かれるよう自然が計らうことなど、知る由《よし》もなかった。

出産から二日、アルドは午前中の中頃を見計らってマリアが休む部屋に行き、窓を開けて空気を入れ替え、ベッドの端に腰かけて過ごした。ワインを浸したパンのかけらを碗に入れて差し出すものの、彼女は一切口にしない。それでも日が経つにつれ、アルドが黙って彼女の手を握る時間が生まれるという具合に、何らかの変化は見られた。

三日目、ようやく少し食べ物を口にした。それからは少しずつ食べる量も増え、一週間後にはアルド自ら日常的な話をし始めた。都市から離れた町、この別荘《ヴィッラ》周辺での小さな出来事を語ってやったが、息子マヌツィオ・マルコについては触れずにいた。相変わらず彼女が会話する様子はない。

翌週になるとアルドは、午後にもマリアのもとを訪れるようになった。彼は一冊の本を携えて部屋に入ってくる。マリアがヴェネツィアを出る際に、一緒に荷物に詰めた唯一の本、ルクレティウスの『物の本質について』だ。アルドはいつものようにベッドの端に腰かけ、一節一節を読み上げる。そうして一日が過ぎていった。

二週目の終わり頃、初めてマヌツィオ・マルコの話をした。午前中の訪問時に、何の気なしに口を突いて出た。アルドは多くを語らず、母親似の額と祖父似の笑顔だと言うにとどめておく。彼女から口を開く様子はなかった。

アルドの独白は続き、日増しに幼い子どもの日常の出来事の話題が増えていく。この家にマリアが来てから六週目のある日、アルドはルクレティウスの本に加え、マヌツィオ・マルコを抱えて部屋に現れた。いつもと変わらずにベッドに腰かけ、詩の朗読を始める。腕に子を抱いていることだけが違う。マリアは出産以来見せていたのと同じ無表情な顔で、時折子どもの顔を見つめていた。アルドが立ち上がって部屋を去ろうとしたその時、初めて彼女が口にした。

「子どもを抱かせて」ノヴィに来て出産してから最初の言葉だ。「何て名づけたの？」

「私と同じマヌツィオ」アルドが答える。「マヌツィオ・マルコ・ノヴェシだ」と言って彼女の手に子を委ねる。

その瞬間から彼女が子を手放すことはなかった。

さらに一週間が過ぎていく。マリアは毎日決まった時間になると、子どもを抱いて庭園に降りてくる。そこでいつものようにアルドが朗読するルクレティウスの詩に耳を傾ける。妻が生活に慣れてきたので、アルドは馬車に乗らないかと誘う。彼女が来て以後、不測の事態に備えて馬車の操作を学ぶ時間は十分あった。母子を馬車に乗せ、周囲の町を案内し、王子が彼に土地を譲ってくれた経緯を語ってやる。

なだらかな山裾にある町、澄んだ小川が流れ込む湖沼と一体化した緑深き小さな森……。豊かな大地がマリアの心を魅了し、彼女は次第にノヴィでの暮らしに溶け込んでいった。心身ともに妻が回復したと判断すると、アルドは自分が何度となく拒んできた行為を申し出た。彼女は快く夫を寝室へと招き入れ、そこで愛は育まれ熟成されていった。

愛する者同士は孤絶された場に二人だけで置くに限る。なぜなら愛をわずかの快楽として飲み干す時、そこには教えも嘲りもなく、その瞬間を生きる二人にしか理解できない何かが存在するからだ。それを言葉で語ること自体が無意味だ。確かなのはその日を境に、老いた不慣れな夫と若い熟練者たる妻が、かつてはそれぞれにとって不満、情熱、苦悩、飽満、不安の源だったものを受け入れ、認めたことで、二人ともが幸せになる術《すべ》を学んだことだ。失われたエピクロスの写本の最終章に載っていた、いくつかの体位、それらを記憶していたアルドが、無器用ながらも実践したのは言うまでもない。

ささやかな幸せが、互いを傷つけることなく双方の胸の内を語らせた。アルドにとってはまったく予期せぬ話でもあった。マリアは父親から結婚の話を持ちかけられた時、花婿がずっと年上だと聞いてむしろ喜んだ。若いうちに未亡人になり、その後の人生を自由気ままに一人で生き、自分のやり方で成熟していけるかもしれない。残念ながら女にとっては、それ以外の可能性が期待できぬ世の中でもあると打ち明けた。しかしながら結婚式当日のアルドの言葉は、乾杯の挨拶も含めて彼女に痛手を残した。その後のアルドの抵抗については今さら言うまでもない。

アルドを誘惑できないと悟ったマリアは、ルクレティウスの教えを応用し、自分の病的な愛の激情を一人に注ぐ代わりに分散させることにした。

……自分の内にある種の痛みを抱えているうちに、やがて外側の傷は固まり熟成されていくものの、芯にある熱情は日増しに膨らみ、狂気は悪化する。それゆえ心の熱情を他者に向けることで、行き場を失った愛情を慰め……

マリアの不貞は、必ずしもトリスメギストスとのあの晩に始まったわけではなかった。トッレザーニとマヌツィオの間で結婚の契約が成立して以来、マリアは自分の欲望を他の男たちで鎮めていた。彼らの会社や印刷所以外の男たちを選んでいたのは、もちろんばれた時に身近な者たちに影響が及んではいけないと考えてのことだった。それはサントが家にやってくる時まで続いた。禁断の愛と自責の念が相まって、サントとの関係は激しいものになった。アルド自身の口からサントの件を聞かされ、マリアは実はそれが自分の夫が仕組んだ計画であった事実を知り、アルドはアルドでマリアとサントが隠しおおせたため、自分の策略が成功していたことに今頃になって気がついた。

女子修道院で一時期暮らした女たちにはよくあることだが、マリアも避妊法はある程度心得ていた。その中には子牛の腸やヤギの膀胱で作った袋の使用も含まれている。だが道具と違って感情の扱いには不慣れだったため、愛人らに道具を使わせるのを忘れたことも、正しく使用しなかったこともたびたびあった。そんな状態だったため、アルドがマリアとトリスメギストスの性交を目撃したあの晩、彼女はすでに妊娠していたのだった。結婚式の当日からマリアがノヴィに到着した日まで、七カ月も経過していないのだから、わざわざ確かめるまでもない。

教会結婚式の晩、アルドの勧めですっかり酔っ払ったトリスメギストスは、やはり同じように泥酔状態で夫を待っていたマリアの部屋に忍び込み、アルドを装って行為に及んだ。アルドが家を出た翌日、ギリシャ人の執事兼料理人も姿を消した。その意味では、出版人の術策の犠牲者がもう一人増えたと言えるかもしれない。

一方、幼いマヌツィオ・マルコについては、サントの子どもであることに疑いはないという。夫婦が互いに自分の幸せを装うために、ノヴィでの時間が止まる。二人で毎日子どもの世話をし、アルドは別荘《ヴィッラ》内の小さな菜園の手入れに勤しむ。都会人のないものねだり、ずっと夢見た田舎暮らしをアルドも満喫していた。空き時間には二人で、『愛について』の第一夜を思い起こして楽しむこともあった。失われた残り六夜分の記憶とともに、彼ら二人の人生に留まるのを願って。

荒れ果てた菜園

ある朝アルドとマリアが目を覚ますと、使用人全員が別荘《ヴィッラ》から消えていた。夜のうちに家の食料と家畜を何頭か盗んで逃げていったらしい。アルベルト・ピオ王子の近況も含めた情報を得るため、カルピに出向いたエカテリーノは、悪い知らせを携えて戻ってきた。フェラーラ公アルフォンソ一世デステとの領土争いで城と支配権を失ったアルベルト・ピオ王子は、フランスに逃げざるを得なくなったという。使用人らの給料は、もう数週間前から未払いのままだった。王子はアルドに事情を知らせようとカルピから別荘《ヴィッラ》に書簡を送ったが、おそらくは配達人も逃亡していたため届かなかったものとみられる。

即座にアルドはアゴスティーニ兄弟に手紙を書き、彼名義の預金の引き出しを要求する。ピエトロ・アゴスティーニから直ちに返信があったが、その口座の預金を動かすことはアンドレア・トッレザーニが禁じているという。そこでアルドはアンドレアにも手紙を送り、共同経営者としての利益分だけでも送金してくれと頼む。だが返答は絶望的なものだった。彼らの印刷会社は破産状態にあると。

アンドレアはアルドに対し、この新たな経済危機を乗り切るためにも、ヴェネツィアに戻って指揮するよう求める。というのも彼は今、故郷のアゾラに所有する土地で農民一揆が起こり、とても会社を切り盛りできる状況ではないからだ。急場凌ぎにアルドは、カンポ・サンタゴスティンの自宅を閉鎖し、使用人や協力者たちの解雇に踏み切る。あとは家を売るかどうか迷うところだ。あの家は、元は借家だったが、マリアとの教会結婚式の際、アルベルト・ピオ王子から結婚祝いとして贈られていた。

アルドとマリアは押し寄せた新たな状況について、まったく別の見解を示した。アルドは自分が慌てて逃げ出したヴェネツィアに戻って、しばらくそこで印刷所の再建計画に取り組み、会社が軌道に乗ったところで誰か信頼できる人間に経営を任せ、自分たちはその利益でまたノヴィに戻って暮らすのが望ましいと考えた。

ところがマリアは彼の意見に反対だった。それをしたら父の手に落ちるだけだと彼女は強く主張した。他人を自分の金に依存せざるを得ない状態にすべく、父が巡らす術策には目を見張るものがある。それはアルドも身に染みているはず。ヴェネツィアに出ていったら二度とノヴィには戻れなくなる。

マリアの反論に、アルドは執拗に言い張る。『愛について』の写本探しのためにもヴェネツィアに戻るべきだ。利点は多い。キュロスのテオドレトスの『物乞い』の訳書が手に入るかどうか交渉中なのに加えて、ヘブライ語聖書のシリア語版、いわゆるペシッタ訳旧約聖書の註解書の話を持ちかけてきた者もいる。アンティオキアの秘密のキリスト教共同体が所有しているものだが、それを買うには長旅を要するし、そうなるとヴェネツィアからしか行けない。ほかにも理由はある。各地に散らばる協力者の情報では、すでに『愛について』の写本の所有者を何人か突き止めている。なかなか売ってくれないとなると、やはり直接一人ひとりと会って交渉せざるを得ない。

両者は合意することなく日は過ぎていく。そんなある日、やけに蒸し暑い朝のあと、午後に突然ひどい嵐が到来した。その時アルドとマリアは別荘内《ヴィッラ》で言い争っていた。

アルドはマリアに言い聞かせる。二人を幸せへと導くのは、基本的に生活と読書が結びつくことによる。その意味では出版自体が幸せを拡大する一つの形である。とりわけ二人で協力して『愛について』を探し出し、世に出すことが。

マリアはアルドに思い起こさせる。自分たちはヴェネツィアと印刷から離れたことで幸せを得た。自分たちが持っていない幸せをほかの誰かに与えることなどできない。ノヴィには家があり、家畜も菜園もある。十分生活していかれる。エピクロスの著作は彼の時代に、多くの人に読まれたはずだが、世界を変えることはなかった。アルドがあの本を再び入手できるかどうかなど、どうでもいい。自分たちはそれに関わるべきではない。結局は教会がまた本を破壊し、アルドが破門されるだけで、何も変わりはしない。

外では強風が唸《うな》り続け、嵐は夜の訪れとともに竜巻に変わった。翌朝、菜園はすっかり荒れ果て、厩舎も完全に崩壊していた。残っていた家畜もみな消え失せていた。

マリアはアルドにしがみついたまま、家の玄関先から嵐のもたらしたものを眺める。ぼんやりした目で、ヴェネツィアについていくと口にした。アルドと一緒にいたいと。但し父親の計略には乗らないし、印刷所では働かないと宣言した。印刷所と出版はアルドにとっての夢だった。しかしその夢は実現した途端に悪夢に転じ、捕らえられた彼はいまだ脱《ぬ》け出せずにいる。マリアにはわかっていた。一緒にノヴィに帰ってくるまで、アルドがくつろげる日は来ない。

第十一章
エラスムスの嘆き

「エラスムスとテルミヌスの胸像」ハンス・ホルバイン（子）（1538頃）

アルド？　アルド・マヌツィオのことか？　あんな哀れな男の何が知りたい？　そうか、彼に嫉妬しているのか。無理もない。私もあんたを本名のヨハン・フローベンよりも先に〝バーゼルのマヌツィオ〟の通称で知ってたからな。わかってる。その方が宣伝にもなるし、何かと都合がいいんだろう。そのあだ名だって自分でつけたんじゃないのか？　だが、どうやら単なる同業者の妬《ねた》みだけじゃなさそうだな。

おいおい、嫉妬するのはお門違いだぞ。確かにあんたが専属の出版人になる以前、私は結構な期間アルド・マヌツィオのもとで暮らしたよ。いつ頃だったか……二十年ぐらい前だな。私が四十歳前後のことだから、十五以上年上のアルドは五十歳代後半だったはずだ。男同士の間に愛情が芽生えるには、理想的な年齢差ではあるけどね。

がっかりさせてすまないが、彼との間には何もなかったよ。指をくわえて見てたわけじゃないが……。アルドは死ぬまでにまだ間があったが、いい年の取り方はしていなかった。顔はしわくちゃ、肌は干からびてつやもなく、いぶし銀って感じでさ。それでも私のような境遇の者には、彼の名声は耐えがたいほどの刺激だった。だから当初は彼を引っかけようと、巧妙な網を張る努力をしてみたさ。けど、うまいことかわされてしまってな……。

何よりも彼の傍にいれば、自分の愚かな夢も叶いそうな気がしてね。キリスト教世界初の大文筆家として名を馳《は》せる。当時はまだ、その夢の重要度の低さを認識していなかった。実際、著者兼校正者としてアルドの印刷所に住み込む以前の私は、文学的成功を収めながらも極貧状態だった。ヨーロッパ各地を旅しては、各地の文芸後援者《パトロン》の秘書や有力者の御曹司の家庭教師、あるいは神父らの顧問として定住しようとしたが無駄骨に終わり……挫折のたびに、さらなる屈辱を味わうありさまだった。その時期はボローニャでひどい生活をしていて、倒れる寸前で修道院に戻ろうかと考えあぐねていた。そのためほとんどただ同然で『格言集』を貧乏人のパリ人印刷屋ジャン・フィリップに売らざるを得なかった。あいつはあの本を何樽分も売り捌《さば》いたはずなのに、私には一銭も払っていない。とんでもない極悪人だ。それに幸か不幸か『格言集』は方々で読まれ、誰もがあの作品を知ってはいたが、みんな本の著者よりも中身のことばかりに気を取られていた。信じられるか？　人類のつぶやきの真髄とも呼ぶべきあの格言が、まるでひとりでに集まってきたもので、私の注釈など無用の長物だと言わんばかりだ。誰もあれが私の手による新たな文章表現だと思い至らぬから困る。私自身がこんなことを口にしなければならない、この胸の痛みがあんたには想像できないだろう。

今や私は文筆家である以上に会社のような存在だ。若い筆写者や弟子が何人も私の下で働いている。あんたが印刷する作品の口絵に私の顔があるので、読者に顔も知られてる。だがあの頃のエラスムスは呆れるほどに無名だった。その一方で偉大なるアルド・マヌツィオのことは、ヨーロッパの片隅でさえ語り草になっていて、文筆家と称する連中はみな、自分の著作をアルド印刷所の目録に並べようと必死だった。もちろん容易なことではなかったし、ほぼ不可能だったと言ってもいい。

だから私は絶望的な状況下でアルドに手紙を書き、彼の小型本の全集用にエウリピデスの悲劇二作のラテン語への翻訳を申し出た。《賢者の中の賢者たるアルド、貴方が望むなら出版費用は私が持つ心積もりでございます》。極貧状態にあることなどおくびにも出さずに。

彼からの返信は、私がスティンの修道院に帰ろうとトランクに本を詰め終えたところに届いた。不本意ながらまた聖職者生活に戻ろうとした矢先のことだ。どうやら私が手紙を送った時期、アルドは印刷業務を中断していたらしい。印刷業者トッレザーニの娘マリアと結婚していたが、何らかの事情があって夫妻はヴェネツィアを離れて隠遁生活をしていた。アルドがアルベルト・ピオ王子に仕えていた頃に譲り受けた別荘《ヴィッラ》で暮らしていたが、最終的に彼の義父——正真正銘の悪魔のごとき奴隷制度擁護者——が呼び戻す形になった。

ともかくアルドは私の翻訳でエウリピデスの作品を出版すると決め、費用負担は断わった。それどころかボローニャの銀行家に、私のために少額の金を預けることまでしてくれた。私は銀行家のもとに出向き、翻訳原稿を渡して用意された書類に署名するだけ。しかも私がヴェネツィアの住まいに滞在できること、彼の負担で『格言集』の新装版を契約することまで謳《うた》われていた。

以前当たった作品を新装版で再版して世に広めるというのが出版人の提案だった。そうすれば、買い直す人も多いだろうと。思いつくようで思いつかない考えじゃないか？

そうだ。後年あんたが私にしてきた提案と同じだよ。あんたら出版人は会心の発想だと思い込んでいるだろうが、アルドの後追いをしてるだけなのさ。ある著述家の本が売れたとみると、どの印刷屋も判で押したように〝独自の妙案〟が浮かぶ。この作品のテーマをもっと広げたらどうか？　続編あるいは第二部を執筆すれば？　われわれ出版人の〝華麗な閃き《ひらめ》〟がなかったら、キリスト教文学界はどうなるか？　と。あんたたちは子ども並みに人真似ばかりをしたがる。だから自分で考えるのをやめたとも言えるし、自分たちの生計を担《にな》ってくれる筆写機械とべったりなのかもしれない。

私もそんなあんたたちから金を受け取っている身。不平は言えまい。金、金、金……。これほど強力な虚構を誰が思いつくかね？　このサソリだらけのヨーロッパで、われわれはその虚構を従順なまでに崇拝している。だが、金という虚構のからくりを理解するのは別の話だ。いいかヨハン、どちらが価値あるものか？　ワインひと樽か、子羊の丸焼きか？　エラスムスの一ページか、ルターの一ページか？　文筆家の一日の労働か、娼婦の一日の稼ぎか？　やれやれ。世の中には二種類の人間がいる。金について熟知し、物事の価値を理解している者と、それが一生わからぬ者。倹約する者と、浪費する者とも言い換えられよう。金について熟知した者だけが、金の亡者にならずに済む。キリストが言っていたように、その逆もしかりだ。金の価値をわかっていないからこそ、平然と労働者たちの給料を私物化できる。一方金を理解せぬわれわれは、彼らに強いられた抗《あらが》いがたい信仰を見事に崇拝する。一方の集団に生まれる者もいれば、もう一方に生まれる者もいる。神父と情婦の私生児たる私がどちらにあるかは、推して知るべしだ。

卑しき贅沢

「マヌツィオ親方が私をお待ちだとのことですが」だだっ広いトッレザーニ印刷所の玄関扉を開けた使用人にそう告げた。

私を待ってたかって？　まさか。しかしその言葉が符丁のように作用したのは確かだ。誰もいない部屋に通された私は一時間ほど待たされる間、ずっとその中を行ったり来たりするしかなかった。ところが直後に、その部屋が空っぽではない事実を突きつけられる。世界の至る所からやってきた文筆家が、彼との会見を求めては部屋に閉じこもる、そんな光景が繰り返されていた。アルドの書斎のドアには、大きな文字で次のように記されていた。忘れようにも忘れられない文面だ。

訪問者にお願い。アルドは多忙の身であるため、用件はなるべく簡潔に。速やかにご退室のこと。自分が招いた者に対してアルドは、不動のアタランテの重みを支えるヘラクレスのごとく、支援していく所存である。

何さまのつもりだ、思い上りもはなはだしい。その時私は、説明書きの真意も彼からの依頼の件も冷静に考えられなくなっていた。閉塞感と待ち続けることに腹を立て、だだっ広いヴェネツィア建築を去ることだけを考えて、来た道を引き返した。一時間以上前に玄関を開けてくれた使用人の傍を通ったが、顔を合わせる気もなかった。もう二度とこんな家に来るものかと思い、出て行こうとした。「親方」不意に思い出したように使用人が男に告げた。「こちらが先生……ええと、何先生だったか……確かデシデリオ先生です。文筆家でいらっしゃって、親方にお会いしたいと」「デシデリオだって?」男が答える。「近いうちに来るかもしれんと、言っておいたはずだろう……?」途端に私を向いて声を上げる「**ヨーロッパの太陽、敬愛すべきデシデリオ・エラスムスさま、やっとお会いできた。アルドのネアカデミアにようこそ**」

大した男だよ、アルドってやつは。私を迎えた時にした、もったいぶったギリシャ語での挨拶は、策略の一環か嘲りの一種かと思ったほどだ。

勘違いするな。アルドはわれわれの多くと同じく、長年わびしい学者と青二才の教師として生きた末、天職に恵まれた男だが、商売人としては見習い程度でしかない。文学が好きでたまらない人間だが、売れる本の出版には結びつかないのはあんたもわかるだろう。本質的には彼も私も、自分自身を解放奴隷だと思いつつ、自分の人生を生きようとしている別の形の奴隷なんだと思う。

それにしてもどんな暮らしぶりだったか! 私は富裕商人の家は、貴族《パトリキ》や高位聖職者が住む家のようだと考えていた。ところが彼らは違う。彼ら成金連中にとって富は、労苦とともにもたらされる授かりものというより、利益の増加と経費の削減の巧みな組み合わせで得るものらしい。そのせいか、さらなる恩恵を受けるのを目的に、自分の富をひけらかすのを楽しんでるきらいがある。

カンポ・サン・パテルニアンで働く職人や使用人らは、毎晩印刷所内にベッドを並べて寝泊まりしていたが、幸い私は屋根裏部屋の一室でもう一人の知識人と一緒に住むことができた。とはいえ、ベッドはシラミの卵だらけのまぐさ。食事だって深鍋の底に三日間続けてまったく同じ牛の大骨が入っていた。そのうち便所で見かける軟体動物にすら愛着が湧いたほどだ。航行可能な排水溝とでも言いたくなるヴェネツィアだったが、ワインだけは豊富にあったぞ。アゾラ出身の族長の計らいなのだろうが、質の悪さをごまかすため大量の薬味が混ぜられていたよ。

いつの間にかトッレザーニ印刷所の劣悪な環境で働き始めてから二カ月が経過していた。ろくな食事も摂《と》れず、シラミには食われ、眠ることもできずに働き続ける毎日。そうでなくても痩せこけていた体が、あの時期何リブラ減ったかわからん。

だがヨハン、それが労働というものだ。トッレザーニの決まり文句「本が間に合わんのだ！」の下、通常の倍の印刷をこなさねばならない。おおよそあんたの生産リズムと等しい流れだが、それを半分の人数で作業する。アルドゥス版『格言集』の補記も含め、あれほどの速さで文を書いたことはない。それこそ耳をかく暇もない激務の上、溶けた金属の臭気とインクのにおいで口の中までまずくなり、絶えず気分が悪いわで……。

同時に『格言集』二冊の作業を進めていた。一つは私の覚え書きをもとに執筆し、もう一つはアルドの協力者の中でも優秀なやつらが提供してきた題材を使って執筆していた。その中にはマルコ・ムスロをはじめ、碩学《せきがく》と呼べる人間もいた。彼らと仕事をすることで、私のギリシャ語の知識も飛躍的に向上したほどだ。

印刷の仕事全体を見渡しても、最悪だったのは文章の校正作業だ。植字工が活字に組む際、あれほど私が指示したにもかかわらず、アクセント記号や句読符号を平然と落とし、ひどい時には同じ節を繰り返したり、単語や文章が飛んだりしていた。一ページ丸ごと抜けていたなんてこともあったぞ。なぜ職人たちの勤勉さはこの場合発揮されないのか？　ただ彼らの低賃金を考えれば、余計な労力を強いられたくないのも当然だ。チップを弾めばある程度改善することはわかっていたが、こちらにもそんな余裕はなかったからな。

まあその程度のことはあまり気にせずにいた。九つの頭を持つ海蛇ヒュドラ並みに怒り狂いかねないアルドの植字工らとは、絶対にけんかはしなかった。文の校正で一箇所の誤植を指摘したら、次は二つにしてお返しするような連中だ。

職人たちの態度に加え、トッレザーニが初日から口にした言葉にも耐えるしかなかった。「仕事は半人前なのに食事は三人前、エラスムスはまさに天才だ」と散々言い触らされたのだ。自分だって正午の鐘より早く起きたことがないくせに、よくも言えたものだ！　唯一の心配事は昨日と同じ服装でいたくない、帽子も毎日替えることだけだというのに！

これで私があの印刷所でどんな待遇を受けていたか、あんたにも想像がついただろう。心が崩れぬよう、とにかく仕事にしがみついた。おかげでただでさえ病弱だった体がさらに弱った。何をするにもこの病弱な体を運ばねばならない。薬は毎日のワインだけ。まあ、あんたの主治医パラケルススのアヘンチンキを飲んでない頃の話だ。あれで痛風と関節痛が見事に治まったのだから大した万病薬だ。パラケルススと出会うまではどの医者からも、たとえ一生ワイン樽に身を浸しても、四十歳以上までは生きられないと言われていた。

アルドの下で働いたその時期、三千部まで増刷した『格言集』に加え、エウリピデス作品のギリシャ語版とラテン語訳も手がけ、いつでも出版できる状態にして置いてきた。ほかにもプルタルコスやプラウトゥス、テレンティウス、セネカなどの名著がその後、何年間もアルドゥス版で出版され続けているが、どこにも私の仕事だとは謳われていない。

　そうはいっても塔《トッレ》印刷所の思い出は、必ずしも悪いものばかりじゃない。ある意味幸せな時代でもあった。あんただから言うが、あの非人間的なリズムでの仕事によって、自分の使命を見いだしたと認めざるを得ない。時には言葉が私に従い、自分が考えていることや社会に潜む声を掘り起こすための比類なき武器になると悟ったのだから。一つの文章を書き上げる行為は、受胎や老化、あるいは殺人が引き起こす事態と同じぐらい、極めて決定的なものになり得る。

　おお、そうだった。わかった。私の話はやめよう。アルド・マヌツィオだ！　彼についてほかに語れることか？　どう考えても普通の文学者じゃなかった。たとえばシリア語の作品の収集。どれだけ金を払っても手に入れようとするあたり、完全に取り憑かれていたよ。彼の生前、私はどこかで彼が欲しがっている本に出くわすたびに、アルドに連絡し、その入手方法を知らせては手数料をもらっていた。安く買えたらそれだけ私の口銭が増す形だ。キュロスのテオドレトス『物乞い』の写本にあんな大金を払ったやつなど、後にも先にもあの狂人ぐらいだろう。それも元々シリア語で書かれたわけではない書物にだ。私が連絡を取った持ち主はロンドンの書店主で、当初売る気はなかったがアルドの熱意に負けてね。たかだか一冊の写本に二百ドゥカドも出すなど信じられるか？　現物が手元に届いた時、私は彼に本を読ませてくれと頼んだ。対話形式でキリスト単性説を扱った学術書だったが、どうしようもない内容だった。アルドらしいと言えばそれまでだが。

　ああ、アルド！　厳しい時代、ヘラクレスのごとき苦難の道のりだった！

　わかるだろう、親方？　私も基本的には、あんたと同じで感傷的な人間だ。つい郷愁に浸ってしまう。それと正直に打ち明けると、あの男には何かがあった。だがそれが何かは正確には説明できない。奥方のマリアも彼の傍にいるだけで十分という感じで、夫を尊敬というよりほとんど崇拝していたから、やはり彼には何かがあったんだろう。

そう、マリアだ。私がアルドと知り合ったのは、彼がトッレザーニの娘と結婚してさほど経っていない頃だった。共同経営者の娘との政略結婚、商人の世界にはよくある話だ。

マリアはそりゃあ感じのいい奥方だった。いや、まだ健在だから「感じのいい奥方だ」と言うべきか。おそらくあの会社の中でも、いろんな面で一番賢い人間だったに違いない。機転が利くところも際立ってた。あれだけ粗野で無感動な連中に囲まれていても、彼女の美しさと創意の炎は消えなかったのだから大したものだ。カンポ・サン・パテルニアンでの初対面時に、彼女は私のエウリピデス作品の翻訳を褒め称えてくれた。最初は私もよくある空疎なお世辞かと思った。ところが品質を確かめるためにぜひ目を通してみてほしいと言って差し出してきたのが、私が翻訳したディオゲネス・ラエルティオスの『ギリシャ哲学者列伝』第十巻、哲学者エピクロスを論じた箇所の抜粋だったので驚いた。あんたが私の名前をつけて出版しようと計画し、いずれあんたの息子が刊行するであろう翻訳書だ。出来はいいぞ。売名行為かだって？　まさか。なぜ私が他人の著作を盗まねばならない？　作品を消失させぬよう、私の署名入りでの出版を希望したのは彼女の方だ。

本当だよ。私にとってマリアは何でも打ち明けられる相手、相談役になった。われわれの友情は、彼女が私にエピクロスの主張の実生活への応用を解説したところから始まった。簡潔で選び抜かれたささやかな快楽の追求。彼女はその教えに厳格に従っていた。そんな顔するなよ、それが難しいことぐらい私だってわかってるさ。

だがな、私は驚くべき事実を発見してしまった。いいかヨハン、彼女には……彼女には一つ欠点があったんだ。それについては口外すべきものじゃない。と言いたいところだが、あんただからあえて話すとしよう。彼女は正真正銘のエピクロス信奉者だ。私はそんな人間に出会った例《ためし》がない。彼女にとって魂は肉体とともに滅びるもの。それだけじゃなく、彼女は神の存在を信じていなかった。

私だって当然、今自分が口にしていることの意味はわかっている。だが十分あり得る話だ。あり得ないとは言えないさ。彼女もその頃には浮気をすることも、夜中に悪女と化すこともなくなっていたんだろう。もっとも自分がそんな世界観に没頭したらどうなるかは、皆目見当がつかない。ヨハンよ、現在特異な立場にいるあんたはどう解釈する？

それはない！　アルドにはあり得ない。アルドは敬虔な人間だ。あの序文の言葉が彼の信心深さを物語っている。そりゃあ何かあっても不思議じゃない。奥方が崇拝するのには、何かあるのだろうから。当時夫婦には子どもが一人いた。マヌツィオ・マルコと名づけていたが、アルドの子じゃないともっぱらの噂だった。舅《しゅうと》のトッレザーニも事情を察していたらしく、「本当にあの子は父親似だな！」と行く先々で触れ回っていたよ。私があそこを出ていく頃に、マリアはまた身ごもっていて、今度はアルドの子だと誓っていた。彼女とは滅多に手紙のやり取りをしないが、以前もらった手紙には双子が生まれたと……。アルドの死後、マリアはアゾラに移り住んで子育てをしていたが、ある時トッレザーニが孫たちをヴェネツィアに呼び寄せ、彼女から引き離した。母親の悪影響を心配したとの話だ。彼女は末息子のパオロを奪い取られたのを境に、アルドがカルピ近郊の田舎に所有していた別荘《ヴィッラ》に移り、そこで暮らしている。そこでいったいどんな異教徒の友人たちとつき合っているのかはわからん。

それ以外に私が耳にしたのは、トッレザーニは時々奴隷の少女を買い取っては、自分が経営する娼館に囲っていたということだ。仕事の契約が成立するたびに取り引き相手や友人を接待する場所らしいが、マリアはそんな娘たちを父親の手から救い出し、教育を施しては、別荘《ヴィッラ》で使用人として雇ったり印刷所で働かせたりしているそうだ。

そういえば私に愛を……少年たちへの愛をきっぱりと捨てるよう勧めたのも彼女だった。

今さら何をうろたえている？　別世界の人間みたいに驚いてどうする？　多くの者と同様に、私も子ども時分に修道院で聖職者から少年愛を教えられた口だ。南ヨーロッパだけで起こっている話じゃない。宗教共同体が女性的思想を排除するには、それなりの理由がある。しかし無理な抑制や貞潔が、性暴力という聖職者たちの歪んだ愛情に発展していく。男色もその一つだ。私は快楽とは洗練された苦悩、複雑な情欲で、詩やよき友の優しさ、長い時間でしか克服できないと身をもって学んだよ……。そうでなければなぜ私が、あんたとの戯《たわむ》れでそのデリカシーのなさにさほど苦悩を感じずにいられると思ってるんだ？　郷愁……懐旧の念による部分が大きい。

いずれにせよ、世の中のそんな風潮を矯正していくのは私の役目じゃない。言わせてもらえば、私にはもっと別の重要な仕事がある。あどけない子どもの体を渇望する神父たち、教育が彼らの特権でなくなる日はいずれやってくる。まだまだ先の話かもしれないがね。実は、マリアに自分の教え子や通りの少年らに手を出している事実を語った際、もっともらしく弁解した私は、彼女から率直な物言いで諭された。

「あなたが年端の行かない少年たちに、かつて自分が経験した暴力的な行為をもってではなくて、愛情深く接してくれると嬉しいわ」と説明する。「一つ訊くけど、彼らがあなたの愛を自分で自由に選択しているかどうか、考えてみたことがあるかしら？　あなたは教師なのだから、自分と同じく彼らにも自分の快楽を自由に選択する権利があることを教えないと」

少年たちに自由に愛を選ばせる!?　そんなばかげた考えがあるか？　だがそう言われて振り返ると、金目当てに飛びついてきた少年たちが、私の吐息から思わず顔をそむける姿を何度も目にしていた……。ああ恥ずかしや、恥ずかしや。そうだろう、ヨハン親方？　確かに奴隷の愛など本物の愛ではない。彼女はそんな私の病根を治す手助けをしてくれた。その意味で彼女には恩がある。

いや違う。それは根本的に異なる愛情だ。今の私は自分にしか授けられぬ教えと引き換えに、若い書記らが熱意をもって私に委ねてくれるだけでよしとしている。それはどんな職務においても真っ先に問われる姿勢だろう。と同時に彼らには、多少なりとも自分の欲望を抑えること、精神的な愛へと傾けていくことを教えてもいる。残念ながら、あんたには教えることができなかった事柄だ。

ともかく、マリアにはずいぶんと世話になった。

振り返ってみると、私が自分の内にある二重性を同化させたのはヴェネツィアでのことだ。愛に対する接し方と知識に対する接し方を変えてね。それはマリアによるところが大きい。

それはさておき、ヴェネツィアでの生活を愚痴りたくなる理由は山ほどある。金がある者にとっては、娯楽がないというのもその一つだ。あの土地でうまくやろうと思ったら、まずは行動することを学ぶしかない。いずれにしても町中が欺瞞に満ちているのだから。ヴェネツィアに着いて間もなく、私は最も下劣な娯楽、淫楽を求め、初めて夜の町に繰り出した。まだマリアと先程のような会話に至る前の話だ。通りで男娼を誘って宿に連れていったところ、実は男装した娼婦だと判明した。ところが逆に女の方が怒り出し、私の失望は出る幕もなかった。世に男色がはびこったせいで客が取れず、数少ない好色爺か、私のようなうっかり者を引っかけるために少年を装うしか稼ぐ道がないという。

信じてくれ、これがローマ帝国のなれの果てだ。われわれはついに女が愚かな男を装い、男は文字どおりの愚者となる社会にまで行き着いた。

ヴェネツィアの吹き溜まりの案内人は、印刷所の書店主だった。エカテリーノって名前の特異な男で、アルドとマリアとの関係は淫欲絡み以外の理由が思い浮かばない。あんたが崇拝するアルドだが、私はこの件では当惑させられたよ。エカテリーノは去勢男だった。いや、東洋の後宮《ハレム》に仕える宦官とも違うし、かといって教会堂《バシリカ》で歌うカストラート〔去勢された男性歌手〕とも違う。自他ともに認めるイタリア男の去勢版だ。

本人いわく成熟期にコンスタンティノープルで自ら去勢したとのことだが、両性具有的な目的があったのではないかと私は踏んでいる。たとえば作家が理性と欲求という二重性の和を求めるように。彼の語る逸話は、愛についての話題も含めて驚嘆するしかなかった。とはいえ本人は、それを書物に記す気はなかった。果たしてあの男が、アポロンの芸術性を有するディオニュソスか、はたまたディオニュソス的乱痴気騒ぎで羽目を外すアポロンだったのかはわからん。とにかく作家というのはそんなところがある。人間の知識を究明しようと思うと、やはり男にも女にもなれる能力が不可欠なのだろう。

去勢の人エカテリーノは身体的な条件に加え、高い教養も備えていたので、トッレザーニ印刷所に本を買いに来たギリシャ人やユダヤ人と、延々と逸脱した議論を繰り広げることもあった。彼に一度、聖書の精読を勧めたことがある。ご丁寧にも〝われわれを狂気から救い出してくれる〟と言い添えてだ。それに対しエカテリーノはこう答えた。

「聖書に書かれていることはだいぶ前に実践済みだけど、僕には逆の結果しかもたらさなかったよ。聖書は僕を狂気に導く」

焚書がもたらした安堵感

そうだった、親方。いや、すまん。アルドの話をしてくれって頼まれたのに、つい彼の周囲の人間に話がそれてしまった。アルドには……何と言えばいいのか……奇妙なところがあった。私の人生でも最悪の出来事の一つは、印刷所で彼と一緒に仕事をしていた時に起こった。ちょうど『格言集』の《未経験者にとって戦争は甘美なもの》にまつわる文章を練っていたのを覚えている。その場にはアルドの協力者のカルテロマコやジロラモ・アレアンドロ、アンドレア・ナヴァゲロたちもいて、それぞれ私がボローニャで書き記した草稿を読みながら必要な段落を書記に書き取らせていた。その横でアルドと私は植字工に渡すページの最後の校正をしながら、時々文面の修正をしていた。

男たちが作業に明け暮れている仕事場に、突然エカテリーノが入ってきた。後ろに貧しそうな夫婦とその娘を引き連れている。印刷所に部外者が入ってくることなど滅多にないので、みな作業の手を休めて彼らを見つめた。

「もしもこの人たちのことを尋ねられても、いないと言ってくれ」エカテリーノが告げる。

彼は親子を書店の奥に連れていき、作業場に隣接した、時々トッレザーニが昼寝をしに閉じこもる小部屋に案内すると、ドアを閉めて自分はその前に腕組みして立った。

しばらくすると派手な色の半ズボンに丈の短い上着、詩人が好んで着るシャツ姿の若者の一団が入ってきた。娯楽に勤しむ貴族の息子《パトリキ》たちだが、その多くは武装している。教会の差し金で動く愚連隊の一つで、貧困家庭の娘をさらって輪姦後に娼館に売ったり、同性愛者の男たちを虐待したりしている連中だ。

これまでの人生、私が勇敢だったことなど一度もない。むしろ逆だ。だから慌てて敷物に覆われた作業台の下に隠れた。ごろつきどもを迎えたのはアルドだ。

「印刷所にようこそ。今日は何のご用で？」

と口にするものの、声は震えている。

「貴様が匿《かくま》ったと思《おぼ》しき女を探してる」リーダー格であろう男が告げた。他の者よりもさらに良家の出に見える。顔中に嘲りの色がにじみ出ている。「この地区に住む神父さんの女だ」

逃げ込んだ一家はカンポ・サン・パテルニアンの住人で、ジャコモ・デラ・サンタ・クローチェ神父が娘に熱を上げているらしかった。教会直属の愚連隊にとって、神父らが目をつけた女は極上のご馳走だ。仮に家族が訴えても、もみ消してもらえる。万が一問題になっても、良家のご子息二、三十人を軽罪ですら罰するわけにはいかないだろう。

全身を震わせたままアルドがごろつきどもを説得する。今の今まで私たちが練り上げていた文章まで引用してだ。

「地震、洪水、病、老い……自然がもたらす災いだけで十分ではないのか？　そこにわざわざ暴力を加える必要があるだろうか？　高貴なるコンタリーニ家の一員であれば、誰もがそれを承知のはず」

　初めは私も彼の反応の意義が理解できなかった。野蛮人の群れに平和の称揚だって!?　押し入ってきた連中をさらに激怒させるだけだ。彼の言葉を耳にして、自分たちの文章で彼らを説得などできぬ現実を認めるしかなかった。しかも相手は金持ちばかりとくる。確かに印刷所には、あの若造どもに立ち向かえるだけの勇気を十分備えた男たちはいたが、職人が貴族《パトリキ》を殴って受ける刑罰は、最低でもサン・マルコ広場で鞭打ち五十回。となると戦うのは最悪の解決方法だ。

「……昨日、私は崇拝するゾルツィ氏の話を伺う機会に恵まれた。娼館も争いも住人同士のけんかも、主イエス・キリストの望むことではないと。彼は平和そのものであり、暴力を忌み嫌っていた……」

　ところが若者らはアルドを床になぎ倒して、エカテリーノが見張っている小部屋に向かう代わりに、なぜかまひ状態に陥った。

　そこで私ははたと気づいた。アルドは暴力に関する私の論証を用いて彼らに説いているが、そのところどころに、地元の名士らの名前を織り交ぜていたのだ。

「トロン家の末裔が女性一人を殴ることに疑念を抱く方が、よきキリスト教徒としてふさわしいのではないか？　父親からも愛されるドルフィン家の輝ける跡取りが、通りを堂々と歩める方が望ましいとは考えられないか？　私の敬愛するマリピエロ氏が、自分の息子が浮浪人らの間でのたうち回る姿を目の当たりにしたらどれだけ悲しむだろう？」

　アルドの説教じみた言葉に、若者たちは背を向けて無言で立ち去っていった。その場に居合わせた知識人も職人も、みな驚きのあまり反応できない。それからアルドは呆然と見守るわれわれに、今日は先に失礼するとだけ言い残して、よろめきながら去っていった。

　言葉には長《た》けたやつだったからな。あとで知ったが、アルドは名字を並べ立てた貴族《パトリキ》の誰とも面識がなかったらしい。その貴族《パトリキ》たちは名門中の名門で、通りで出くわすことなどほとんどないからだ。加えて彼は長年、上流階級の家庭教師を務めた経験から、良家の子どもたちが一番恐れる相手は父親だと知っていた。

くだんの一家は感謝の涙を流して帰っていった。もちろんその時には、まさか二日後に同じ愚連隊が自宅に押し入り、両親の目の前で次から次へと娘を犯した末に、美しい顔を深く切り刻むなど予想だにしていなかった。娘は今後生計を立てるために唯一残された手段まで、卑劣な男たちに奪われたわけだ。

はい、はい、わかってるって。誰もアルドが雄弁家だったかどうかなど知りたくない。当代きっての偉大な出版人として、名を残すであろう彼の生涯が知りたいと言うのだな？　だがアルドが注目されて以来、彼を手本にする者が現れていない事実は、あんたも否定できまい。その一方でトッレザーニ流の印刷業者は増加の一途をたどっている。ヨハン、あんた自身がいい例だ。文章を見直すために、あんたは私と私の弟子たちを抱えている。あんたの偉業は文学的なものではなく、昨日創り上げた活字だ。交渉を終え二日の道のりを六頭の馬を乗りつぶして帰郷する。戻ってきた時の興奮の面持ちは口にするまでもない。そこで私は問いたい。それは博学な人間が取る態度か？

私が印刷所に着いた二、三日後に、トッレザーニが私の仕事、つまり本文の校訂者としての作業を説明した際にほざいたセリフを思い出す。

「要するにアクセント符号や句読符号をすべて適切な位置に置く。それと同じ理屈で私は今からラ・ストゥーファに行き、作家や商人、書店主らと食事をし……」

ヘラクレスに誓って言うが、よっぽど首を絞めてやろうかと思ったさ！

出版はつねに商人の手に委ねられてきた。それから親方、職人といった技術者の手にだ。アルドは決定的に違っていたし、それが彼にとっての内面での挫折になった。彼は別の時代の夢を追っていた。

よりによって商売が好ましくない仕事と見なされた三美神の頃の夢をだ。

今さら活字の美しさについてなど触れなくてもいいだろうに。アルドの印刷所、つまりトッレザーニの印刷所だが、あそこで活字を作ってたのはフランチェスコ・グリッフォだ。私の生涯を振り返っても、あれほど怒りっぽくて嫌な男はいない。その上トッレザーニが平気で彼を刺激するので困りものだった。グリッフォが畜殺人のように突き錐《ぎり》を握り締め、怒りをこらえてぶつぶつひとり言を始めるたびに、私は必死に隠れる場所を探したものだ。

ある日、エカテリーノが思いがけぬ贈り物で私を驚かせた。私の肖像の版画を依頼していたらしい。ご丁寧に境界の標《しるべ》の神テルミヌスの銘句《私は一歩も譲らぬ》まで添えられている。その肖像画の中で私は、ちょうど股間の辺りに位置するテルミヌスの頭を撫でているので、卑猥に見えなくもない。そうだ。ハンス・ホルバインがあんたの肖像画を描いたが、あんな感じのものだ。

版画を見た私は、これは私の男らしさをほのめかした洒落《しゃれ》だろうと、納得の表情でエカテリーノににんまり笑ってみせる。《私は一歩も譲らぬ》、彼も彼で、承知の上で作らせたのだろうから。もちろん本当のところは、どこにも属さぬ思想家としての私の能力・姿勢を称える意図だったのは明白だ。

おやっ、今あんたの顔にせせら笑いが見えたのは気のせいか？　何を想像してハンカチを顎に当てている？

ともかくエカテリーノと私が面白がっているところに、何事かとフランチェスコ・グリッフォが寄ってきたのが不幸の始まりだった。

「いったいテルミヌスは何を象徴してるんだ？」寓意画の意味を理解しようとグリッフォが尋ねる。それに対しエカテリーノが答えた。「つまりはテルミヌスが、土地の境の標を示す古くからの境界石であると同時に、小便を放出して縄張りを示す男根《ファルス》も象徴しているためだ。フランチェスコ、君がいつもそうやって構える突き錐とも共通する」火に油を注ぐのが好きなエカテリーノがつけ加えた。

「あとで自室で一人弄《もてあそ》び、喜びをもたらしてくれる一物を……」

それ以上は言葉が続かなかった。フランチェスコがすかさず彼に飛びかかり、憤怒の表情で無言のまま突き錐を腹に埋め込み、切り裂いたからだ。

エカテリーノの巨体があおむけに倒れる。腹部にはオメガの文字が見事に刻まれていた。私はもう恐怖で身がすくんで動けない。どう考えても次は私の番だ。ところがグリッフォはわれに返って突き錐を放り出し、頭を抱えたかと思うとその場から逃げ出した。

作業場内の騒ぎを聞いてアルドが入ってきた。エカテリーノのもとに駆けつけて、重傷なのを確かめると彼を抱き締めた。私はすぐさま医者を呼びに走ったが、部屋を出る直前、エカテリーノがつぶやく奇妙な言葉を耳にした。あれだけ激しく切りつけられても、まだ死んでいなかったらしい。

「アルド、これまで読んだ本の内容が頭の中によみがえってきたよ。『愛について』も全文戻ってきた」今わの際のうわ言で、重く引きずるような声だった。「たった今、記憶を取り戻したらしい」

医者たちにも手の施しようがなく、書店主は三日後に死んだ。その間アルドは執筆すると言い残して、彼と二人で部屋に閉じこもっていた……。おそらくはエカテリーノが記憶していると口にした『愛について』という本の口述筆記をしていたと思われる。

何の本だろうかって？　私にもわからん。アビセンナの書簡かプラトンの『饗宴』の訳書、そうでなければアルドが方々で探し回っていたシリア語の写本の一つじゃないかと踏んでいる。

信じられるか？　殺人を犯したにもかかわらず、アルドはグリッフォを訴えなかった。裁きに関して特異な考え方を抱いていてな。彼を逃がしチャンスを与えてやってほしいと私にも言ってきた。何らかの理由で、エカテリーノの遺体を求める人間などいないと知っていたのだろう。今回の犯罪行為で、グリッフォは十分なほど罪を負っているのだからとも説明した。

よくあることだが、そんなアルドの哀れみは、その何年後かにボローニャで別の結果を生む。故郷に戻って印刷屋をしていたグリッフォは、またもや同じ罪を繰り返した。自分の助手をしていた娘婿の頭に、的確なひと刺しを浴びせて殺害したのだ。前と違うのは一撃で死に至らせた点だけだ。その時には裁判官と絞首台が後始末をした。

ところでヨハン、この辺りであんたの陰鬱な思考からアルド・マヌツィオを追い払ってもらえるか。少し私の話を聞いてくれ。私は重大な決意をした。昨晩あんたのベッドで決めた。ずっと中途半端になっていた話だが……。

恐れんでもいい、誰も聞いちゃいない！　あんたの奥さんも早々に休んだので心配ない。考えてみれば彼女も哀れよ……あんたの情動には耐えられまい。

どうか運命を恨まんでくれよ、私らみたいな高齢で、誰が好き好んでフランクフルトからここまで休みなしで旅をする？　しかも到着するや否や、激しい欲情に身を委ねるなど。二十歳の青年だって具合が悪くなって当然だ。そうなるとあんた自身が卒中を招いたとしか言えないぞ。

率直に言おう。私はあんたの手厚いもてなしを、もっと正確に言えば、あんたの息子の手厚いもてなしを断わり、この家と瀕死のバーゼルを捨てざるを得なくなった。なぜなら私に対するあんたの情けも、他の家族の情けもすでに失われている。

もう決めたことだ。理由はいたって単純だ。この町でも次第に暴力が浸透し始めている。言うまでもなく、ルターの怒りに駆り立てられてだ。昨日何が起こったか知っているか？

いつもの散歩を終えた帰り道、すでに夕暮れ時だったが男たちが集まっていた。本の小売商人らしき人間を囲んでいる。何の気なしに私は人の輪に近づいた。本音を言うと虚栄心からだ。本が並べられた場面に遭遇するといつも、まずは自分の著作がその中にないかと期待してしまう。その意味では運がよかった。どれも私の作品だった。地面に山積みにされた私の著作の手前には、新約聖書やキリスト教書の初版本、騎士道物語や対話篇なども見受けられる……。

饒舌な商人らしき男が集めた本に油をかけるのを見て、私の虚栄心はものの見事に消え失せた。鼻につんとくるにおいが漂っている。

「……あの忌まわしきデシデリオとやらは」手にしたたいまつを掲げて語る。「われわれの町の面汚しと化した。招かれざる客となった事実を、あの男に示してやろうではないか」

自分のことだと悟った瞬間、私はその場を離れようと踵を返した。ところが運悪く私の後ろ姿は、よりによって野次馬を注目させるのに慣れた男の目に留まってしまった。

「まあ待て、そこの兄弟。間もなく終わる。火をつけるのを手伝ってもらえるか」そう言われた以上、私は立ち止まって向き直るしかない。

さすがにその瞬間、あんたを説得して本の口絵に自分の胸像画を入れさせたことを呪った。ヨーロッパ文学界初の肖像掲載を意図したはずなのに——それは間違えてはいないが——こうなってはどんな間抜けでも私に気づき、駆け寄ってきてこの大事な体をこん棒で打ち据えかねない。

もうどうしようもない。私は潜在的暴徒の群れに面と向き合い、差し出されたたいまつを手にする。半分自分の身を守るつもりでたいまつを高くかざし、ルターへの反論を口にした。が、集まった連中を見る限り、誰一人として私だと気づいていない様子だ。そこで不必要な演説はやめ、迷わず山積みにされた本に火をつける。めらめらと燃え上がる炎、居合わせた男たちの満足げな歓声、それに呼応するかのように立ち昇る濃い噴煙。儀式を終えた私は人垣を離れ、靴の埃《ほこり》を払い、何食わぬ顔で家に戻った。ほっと胸を撫で下ろし、喜びすら感じていた。まだ焼けた油のにおいが服に染みついている。気づかなかったか？

志半ばで斃《たお》れたわが友よ。自分の著作を手ずから燃やしたことで、私はむごたらしい問いに行き着いた。なぜ文筆家になどなったのだ？　残念ながら慰めを与えてくれる答えはない。信じられるか？　貪《むさぼ》り尽くす炎の中で人生を賭けた大演説が燃えていく。それでも物語として日の目を見ずに終わるよりはよっぽどましだというのなら、人類の声を捉えて文章にする虚妄への希求がなぜ芽生えるのか、私に理解できる日が来るはずがない。

結論として言おう。私は誰も教え諭す気はない。そんなものは、死者ですらうんざりするだろう。出ていく、それだけだ。いつか来るはずだった日が来ただけだ。三日間の招きで訪れただけなのに、十三年間ここからほとんど外に出なかった……。ひと目ぼれというやつだ。だがヨハン、認めるしかない。巷にはびこる無益な結婚のように、私もこの町バーゼルと、愛情、同情、倦怠、軽蔑を混合した状態で共存してきただけだ。

バーゼルは私の夢の町と化していた。ほんの数日前までは、家を買おうかとさえ思い始めていた。信じられるか？　宿敵ルター派の連中が〝放浪ネズミ《エランス・ムス》〟と揶揄するこの私がだぞ。だがそれも昨日までの話だ。私の望みはつねに挫折だ！

今日あんたが死んだように、エカテリーノの死を目の当たりにした日が、二度とヴェネツィアには戻るまいと決心した日だった。種も蒔《ま》かず、刈り取りもしないヴェネツィア人にはうんざりだった。不衛生な沼で泳ぎ続ける、ヒキガエルのようなペテン師たち。他人の心臓を売るために盗み、代わりに石を詰める、そんな連中だ。

あの町を出た時と同じように、今日私はこの町を出ていく。嫌な後味を抱えてだ。だが一方で親方、仕事に明け暮れた昼と眠れぬ夜をともに過ごした、あんたとの思い出も携えて去るつもりだ。ただトツレザーニの印刷所でのひもじかった日々を思い起こしたせいで、やたらと腹が減ってきた。出発はフランセスの食堂に寄ってからにする。勤勉な彼のことだ、今頃調理場で慌ただしく今日のメニューを準備しているに違いない。あんたが長い休息、羨むべき永眠になじんでいくのを尻目に、私の方は何か食べ物にありつけるかどうか、彼に尋ねるとしよう。

第十二章
奥書《フイナーレ》

「印刷における死」マティアス・フス『死の舞踏』（1499）より

その時が来た

六時

サン・マルコ広場の時計塔から鳴り響いてきた六つの鐘で、アルドは目覚めた。暗闇の中で両目を開け、そこがトッレザーニの印刷所内にある自室だと確認する。夜通しそこに沈んでいたはずの夢を思い出そうとするが、たった一つの場面を除いて取り戻すことができない。マリアの膝で泣いている自身の姿。すでにか細くなった記憶の中に、泣いていた理由は見いだせない。あるのは夢から遠ざかったあとに残る、ある種の不安だけだ。

室内が冷え切っている。裸のままゆっくりと身を起こし、手探りで暖炉まで歩いていく。しゃがむのは辛いので膝をつき、燠《おき》をかき回しておがくずと木っ端をいくつかその上に置いた。大きく息を吹いて火をかき立てると、木っ端の間から小さな炎が顔を覗かせ始めた。そこでようやく、残照のごとく目を射る炎から視線を逸らす。

あと二カ月したらノヴィに戻れるかもしれない。もちろん物事が計画どおりに進めばの話だが、と自分に言い聞かせる。いつも〝あと二カ月〟の繰り返し。実際に二カ月経つと、また別の〝あと二カ月〟だ。いったいどれほどの期間、同じ思いを抱いているのだろう？　ノヴィを離れ、ヴェネツィアに戻って以来だから、六年……いや七年……記憶違いでなければ八年だ。自分の願いが果たされぬまま、時がすべてを貪り尽くしていく感がある。だが今回ばかりは本当に果たすつもりだ。ルクレティウスの『物の本質について』の小型最新版が今日刷り上がる予定になっている。帳簿の締めが済むまでの辛抱だ。これまでの蓄えに今回の売り上げを加えれば、家族で十分暮らしていかれる。ノヴィでの出費は、都市とは比べものにならないほど緩やかだから……。

今日が彼にとって大きな意義を持つ理由はほかにもある。出版人として二十年間働いてきた経歴の、頂点とも言える日だからだ。これはアルド自身でさえ思いもしなかったことだ。マリアと一緒にノヴィで暮らせるだけの金を確保できたのに加え、念願が実現しようとしている。昨日の午後の終わり頃、サンタゴスティンの自宅で『愛について』最終章の印刷を終了した。ジョヴァンニ・ピコの死以来、自宅の印刷機で秘密裏に作業を進めてきた本だ。

暖炉から火のついた木っ端を取り出し、鈍い動きで立ち上がると、木っ端の火で傍に置いてあるカンテラを灯した。それから毛の半ズボンをはき、灰色をした厚手の上着を身につける。鏡の前に立ち、ほとんど禿げ上がった頭を眺めつつ、かつらを整える。昨晩寝る前に翌日の予定をメモした紙を取りに行こうとしたところで、初めてマリアがベッドで寝ているのに気づいた。彼女も自宅に戻らなかったのか。アルドは立ち止まったまま、穏やかに眠り続ける妻を羨ましそうに眺める。そうだ、昨夜は久しぶりに彼女と睦《むつ》み合ったではないかと思い起こす。

昨日はマリアの怒りの最終日でもあった。何らかの理由で彼女は数日前からアルドに腹を立てていた。どうやら夢の中でマリアに非礼を働いたらしいのだが、当然彼には理由などわかるわけがない。三日間口を利かなかった彼女が、なぜか昨日になって許すと言ってきた。おそらくは別の夢で先日の非礼を詫びたのだろう。

カンテラ片手に部屋を出て、あくびをしつつ階段を降りて台所に向かう。台所に着くと木製テーブルの上に明かりを据え、大甕の水を陶器の水桶に注ぎ、服を脱いで体を洗った。その後パンとワインの朝食を摂りながら、今日の予定を記した紙に目を通す。ルクレティウスの『物の本質について』小型最新版の作業工程が事細かに書かれている。一取引分の五百冊が今日、パリとロンドンに向けて発送される。この本が二度目の出版に至ったことに、アルドは心底感激していた。初版の印刷時には、彼は自分がマリアを愛していることを改めて認識したのだった。

今日の予定表で落としていた事柄があるのに気づき、すぐに書き加える。オウィディウスの『名婦の書簡』、『愛の技術』、『愛の処方』三作品用の紙の調達だ。もっとも彼はそれらの本が仕上がる頃にその場にはいないので、当然出荷される様子も見ることはないだろう。本心からそう願う。

アルドの予定に、もう一つ重要なものがあった。娘のアルダを公現祭〔東方三博士の日、一月六日〕の宗教行列に連れていく約束だ。行列はサン・マルコ広場で十二時に始まる。

七時

サン・マルコ広場の時計塔の間延びした鐘の音と同化したような緩慢な足取りで、アルドは階下の印刷所に足を踏み入れる。すでに職人たちは揃っており、もどかしげに彼の到着を待っていた。前日の晩、彼が仕事を終えて作業場を去ろうとした時に、マルチェロが切り出してきた話を思い出す。アルドが初めてこの印刷所を訪れた日、母親を亡くしたあのインク攪拌係の青年だ。フランチェスコ・グリッフォが逃げて以来、マルチェロが責任者として印刷所の職人らをまとめている。とはいえ、表向きはトッレザーニの長男ジャン・フランチェスコが主任ということになっているため、彼の肩書きは主任補佐になっている。マルチェロは前の日、印刷所の全労働者が、今朝からストライキに入ると忠告していた。

「おはよう」状況が状況だけに厳しい顔でみなに挨拶する。「昨日マルチェロから、トッレザーニが君たちの給料の支払いを滞らせていると聞いた。今日私が銀行に出向き、その分の金を用意するつもりでいる。マルチェロ、一人ひとりの支給額は書き留めてあるか？」

マルチェロが一枚の紙を手渡す。そこには職人とその徒弟全員の名前と各自の未払い金額が並び、最後に合計金額が記されていた。今日中に支払えるかどうかにかかっている。ルクレティウス作品の収益と比べたら些細な額とはいえ、それでも借金には変わりない。アルドにしてみれば容易に解決できる問題だが、トッレザーニが十二時前に起きてこないことを願うのみだ。彼がその場に現れれば、紛糾するのは目に見えている。

「十時前には金を揃えて戻ってくる。だが忘れないでくれ。今日の正午には、本がすべて樽に収まっている状態にしなければならない。船が抜錨《ばつびょう》する前に、何としてでも波止場に運び、荷を積み込む」

労働者らが無言で顔を見合わせる。が、すぐに一人の叫び声が沈黙を破る。

「職人だって給料をもらう権利がある！」

「みんなあなたのことは信頼しているんだ、アルド」仲間をなだめるようにマルチェロが割って入った。「だけどトッレザーニがどう対処するかは疑問だ」

「わかった。アンドレアが態度を変えないようなら、私も君たちのストライキに加わろう。今は本の納入が先決だ」

「問題はまだある」マルチェロが言い加える。「トッレザーニが起きるのは、本を詰めた樽を全部船に積み込んだあとだ。そこで未払いとなったら、われわれには次の本に取りかかる気力も体力も残らない」

「そうならぬためにも」アルドが応じる。「アンドレアが譲歩するまで、私が週給を支払う。それでどうだ？　何とか彼が考えを改めるよう、私からも説得する」

労働者たちはまたもや全員で顔を見合わせるが、今度はうなずき合っている。アルドはみなに別れを告げて、作業場を去った。

八時

アルドは出かける前に台所に寄り、ワインを少量飲みながら思いを巡らせる。トッレザーニが強硬姿勢を崩さなかった場合、もうしばらくヴェネツィアに留まらざるを得なくなる。最長でも二カ月？　いつものことか……。それでも解決策は見いだせるだろう。これ以上、ノヴィへの出発を遅らせたくはない。

台所から通りに出ると、カモメが三羽、ネズミの死骸を巡って争っていた。アルドの姿に気づくと二羽は飛び去ったが、一番大きな一羽だけは逃げることなく、獲物を足で押さえたまま挑発的な目でアルドを見ている。アルドが扉を閉めると、残った一羽も翼を大きく広げて飛び立ち、一度だけ甲高い鳴き声を発した。

まずは銀行のあるメルチエリア通りに通じるカンポ・サン・ルカ通りを目指して歩く。外は寒い。メルチエリア通りに差しかかる頃には、周辺の露店はもう準備を終えていた。ピエトロ・ベンツォーニの書店の前で立ち止まる。店先の掲示板にアルド印刷所の出版物七冊のタイトルが記され、陳列台にはさらに二冊が並べられているが、一押しの『スーダ』〔東ローマ帝国で編纂された辞書兼百科事典〕が見当たらない。一番目立つ書見台に飾られているのは、ルカントニオ・ジュンタが出版したオピアヌスのギリシャ語書籍だ。ルカントニオはアルドのライバルで、兄弟のフィリッポ・ジュンタもフィレンツェで出版人をしている。アルドはやるせない思いで見つめる。あれは協力者マルコ・ムスロが編集した作品で、元はといえばアルドが出版するつもりで準備し、費用も負担していた。ところが定期的にぶり返すトッレザーニの鶴のひと声で、ギリシャ語書籍の出版がすべて中止された。そこでアルド自身がムスロに、ジュンタ兄弟の所で出版してもらうよう勧めたのだった。

店内に店員見習いの少年がいたので呼ぶと、笑顔で傍に寄ってきた。

「ピエトロに伝えてほしい。オピアヌスの代わりに『スーダ』を置いてくれたら、耳寄りな情報を提供すると。しばらくしたらまたここを通る。言ったとおりにしてあったら、店に入ってその話をしよう」

少年は真剣な面持ちで聞き入ってから、店の奥に向かう。不意に足を止めて向き直り、アルドに言った。

「オピアヌスはとても価値ある本ですよ」

「あの本の重要性は認めるが、『スーダ』も価値ある書物だ。何よりも私がこれから与える情報の方が、ピエトロにとってはさらに価値あるものになる。わかってもらえたか？」

「わかりました、親方。そう伝えます」と返事だけは一端《いっぱし》だ。

「どの本を代わりに置くか覚えているか？」念のため確認する。

「いいえ」正直に告げる。

「『スーダ』だ。言ってみてくれ」

「『スーダ』ですか。聞き覚えがないですね」

「ならばいい機会だ。オピアヌス以上に価値あるギリシャ語の本で、叡智がアルファベット順に要約された書物だ。ともかくピエトロにきちんと伝えてくれ。頼んだよ」

「わかりました」

奥に入っていく少年の背を見つめながら、アルドは本の販売の将来を危惧する。店主ピエトロはあの見習いのどこに将来性を見込んでいるのだろうか？　遅くなったと気づいて、メルチェリア通りを急ぎ、アゴスティーニ兄弟の銀行に向かう。出入り口に通じる石段を登りきった所で吐き気がした。ひと息入れようとしばらくその場に立ち止まる。今や老齢の域に達したピエトロ・アゴスティーニの息子、マフィオ・アゴスティーニが、玄関をくぐったアルドに気づいて近づいてくる。目の前に現れた父親譲りの物憂げな笑顔に、アルドは融通してほしい金額を告げる。

「昨日トッレザーニ親方が来店されて、あなたに融資を求められても拒否するようにと」マフィオが笑顔で応じる。

「そうか」アルドの脳裏に不安がよぎる。「だがそれでも私の申し出には応じた方が無難だ。そうしないと私も、ドイツ人商館《フォンテゴ・デイ・テデスキ》でドイツ人銀行家の世話にならざるを得なくなる。何度もやってきては口座を開いてくれとしつこく頼まれていてね」

「都合をつけてみましょう」マフィオはそう言って微笑んだ。

アルドは思案しながら銀行内を歩く。アンドレアはどういうつもりだろう? いずれ何らかの説明がつくとは思うが。『物の本質について』の出版を望んでいないとも考えられる。初版の時と同様に、また見えざる手が作用しているのか。しばらくするとマフィオが金の入った袋と書類を携えて戻り、彼に手渡した。文面に目を通す。

「マフィオ、いくら何でもこの利息は法外だ」不安を胸に苦言を呈するアルド。

「マヌツィオ親方、これでも私は危険を冒しているのですよ。トッレザーニ親方の性格をご存じでしょう。あなたがたの口座外でのお取り引きとなると、通常の特典はございません。それが当銀行の内規でして……。父ピエトロと叔父のアルヴィゼが故郷のファブリアーノから目を光らせているもので、私は文字どおり両手を縛られた状態なのです……」

「そうなると現在われわれが準備している、七十人訳聖書《セプトゥアギンタ》〔ギリシャ語旧約聖書〕用の透かし模様入り二つ折り紙の、君たちの製紙工場への発注は見合わせるしかないか……。少し高いと感じていたところにこれでは……」アルドが思案顔でつぶやく。

「一連〔紙の取引単位〕二・五ドゥカドならばいかがです？　お求めやすい価格かと」

「わかった、確かに悪くはない。部数をどうするか決めていないが、今すぐ契約しようと思えばできなくもない」

　彼はそう言いながらも、聖書ゆえに大きな部数は見込めないとわかっている。

「紙の注文次第では、何とか利率を通常どおりまで下げられるかもしれません。父と叔父を黙らせる口実にはなりますから。以前と同様、紙の発注量は保留にして……」マフィオが微笑む。「少々お待ちを」

　アルドは柱にもたれてひと息入れる。まだ午前中の早い時間なのに、異常に疲れている。もう十分、そう告げる時だ。何もかも捨ててノヴィに帰る。マリアだってその言葉を聞きたがっているじゃないか。今夜こそそれを告げて、彼女を喜ばせてやろう。

　突然アルドの耳にいら立った男の声が入ってきた。銀行員と顧客がひと組、テーブルを挟んで向かい合っている。

「何だって！　たった十五ドゥカドにそんな高利を！」

　すぐにアルドにも声の主がわかった。マルコ・ムスロだ。銀行員は小声で説明していたが、傍に寄ったアルドの耳には聞き取れた。

「少しお時間をいただけますか？」声を落とす。「一応マフィオさんに相談してみますが、今すぐとなると難しいでしょう。私どもも両手を縛られた状態なので」

　銀行員が立ち去ったところでアルドは協力者に近づいた。気づいた相手は立ち上がり、アルドと抱擁を交わす。

「実は別の出版について話をしたくて君のもとに行くところだった」アルドが言う。「急ぎの案件だ」

「それは朗報だ」不安をひた隠しにして、ムスロが応じる。「そちらさえ都合がよければ、明日にでも塔《トッレ》の印刷所に顔を出す」

「いや、マルコ」アルドが言い切った。「今すぐ合意してくれ。君がいくつも依頼を抱えているのは知っているが、この場で君の返事が欲しい」

「でもいったいどんな用件で？」

「私のギリシャ語文法書の校閲だ。ほぼ作業は終わっている。校正も併せてお願いしたい」

「願ってもない」

「必要ならば前払いでも構わん。もっとも、出せてもせいぜい二十ドゥカド止まりだが」

「十分すぎるさ」ムスロの目が輝く。

「ここで約束してくれたら今払う」

「今？　ここでか？　その必要は……」と強がるムスロに対し提案する。

「マルコ、そうでもしないと君のことだから、あとでできないと言われかねない。ちょっと待っててくれ。ここで私が融通して二十ドゥカド君に渡そう」

最終的に話がついてムスロに感謝されたものの、アルドは落ち着かぬまま家路を目指しメルチェリア通りを歩いていた。自分の協力者が借入れを申し込む場面に居合わせた。偶然とはいえ、あまり後味のいいものではない。一方で、マフィオ・アゴスティーニの質《たち》の悪いやり方も知った。あの男の笑顔の裏には、交渉が不首尾に終わった時に見せる別の顔が隠されているに違いない。それに銀行での経緯を知ったら、またアンドレアの新たな怒りを招くのは明白だ。

婦人靴を並べた露店の前で立ち止まり、商品をじっくりと眺める。マリアが気に入りそうな靴がいくつかあるが、ふと時間がないことに気づき、再び歩き始める。その時、強烈な勢いで背後から突き飛ばされた。

アルドは倒れた瞬間、地面についた方の手首を痛めた。傍にいた老女に支えられながら身を起こす。もう一方の手で内ポケットを探ると、銀行で受け取ったばかりの袋がない。十メートルほど先で騒ぎが起こっている。近づいてみると、アゴスティーニ銀行の警備員の一人が、地面に倒れたみすぼらしい身なりの若者を足蹴にしていた。もう一人の警備員がアルドのもとに駆けつけてくる。いつも銀行の出入り口で警護をしている男で、面識があった。若者の手から金の入った袋を奪い取ってアルドに手渡す。

「新顔だ。ここで妙な真似をしたらどうなるか、知らないらしい」

「もう勘弁してやってくれ」アルドはそう訴えたものの、警備員はひったくり犯に制裁を加え続ける相棒を止める様子はない。仕方なくアルドは自分でもう一人の警備員に向かって叫んだ。振り向いた屈強な男に腹立たしげに睨まれ、アルドは慌てて職務を果たした礼を述べた。警備員が倒れた犯人の顔を最後にもう一度踏みつけ、ようやく騒ぎは収まった。

取り戻した袋を抱えてアルドが立ち去る際、若者はまだその場にうずくまり、折れた鼻から血を流していた。同じようなぼろをまとった女の子が、傍に寄り添い介抱していた。

九時

九時の鐘にアルドは仰天する。居酒屋イッポカンポ前に来ていた。心を落ち着かせて、ワインを飲んで、たった今遭遇したばかりの盗難とけがの衝撃から回復したい。とはいえ、とてもそんな余裕がないのはわかっている。やけに寒い。居酒屋の出入り口付近の席にラファエレ・レジオ司教の姿があり、アルドに手招きしている。この店を訪れると大抵その場に彼がいて、一緒に座るのが常態化していた。レジオは席に着いたアルドに、今日は逆聖体の日だと説明する。アルドは訳がわからず、いったい何の祝祭なのかと尋ねた。少なくとも彼は一度も耳にした記憶がない。そこでレジオが説明する。

ディオニュソス神を祝う日で、祭りの間はどの神々の神殿においても、ワインがテオドシアの泉から川のごとく湧き出てくる。誰もが望むだけ飲めるためにだ。ところが、ディオニュソスの崇拝者らが神殿の器にワインを入れてその場から遠ざかると、なぜかワインが水に変わってしまう。つまり水をワインに変えたキリストの逆を行くので、逆聖体というわけだ。その日には世界の居酒屋がテオドシアの泉の代わりを務めるので、当然この居酒屋イッポカンポもそんな神殿の一つになる。したがってアルドも自分も飲みたいだけワインを飲める。なぜならこの場を離れれば、ワインは胃袋の中で全部水に変わってしまうのだから。

お騒がせ司教の真偽の怪しい説に、アルドも冗談で切り返す。それはプリニウスの著作に出てくる、アンドロス島で一月の第五日《ノナ》に行なわれる祝祭かもしれませんが、第五日《ノナ》も九時《ノナ》もすでに過ぎているから大丈夫、水には変わりませんと。アルドの言葉にレジオが笑う。

「私はすでにテオドシアの泉の水を飲んだから、本の中に何と書かれていようと関係ない。アルド、よく聞け。人生に対し文学は何の用もなさぬ。それでも引用したいならばエウリピデスの『バッカス神の巫女』でディオニュソスが述べた《知識は必ずしも賢さではない》を頭に留めた方がいい」

アルドは笑って応じる。先程痛めた手首をさすりながらレジオに、昨夜ベッドの代わりに書物に横たわる夢を見たと語る。そそくさとワインを飲み、あとは彼と抱擁して別れた。

それからピエトロ・ベンツォーニの書店に再び立ち寄る。書見台に『スーダ』が飾られているのを確認し、店に入ってピエトロに声をかける。

「私が今日、誰に会うと思う？」

問われた店主は怪訝《けげん》な顔でアルドを見た。

「収集家のジャン・グロリエだよ」

ピエトロが目を丸くする。

「だからあと一週間は『スーダ』をあのままにしておいてくれ」アルドは続ける。「会見後にラ・ストゥーファで行なわれるグロリエとアンドレアとの食事には君も招待するから。ジャン・ピカールも同席する予定だ。二人のジャンと一度に会える、悪くない話だろう？」

「悪いも何も、どちらもフランスの大物じゃないか」店主はそう言って破顔した。

十時

サン・マルコ広場の時計塔が十時の鐘を打つ。その時アルドは印刷所でトッレザーニの専属公証人、すでに長老と化したニッコロ・ルフィノニと机に並んで座り、職人たち一人ひとりに給料を手渡していた。全員に渡し終えたところで、公証人はうんざりした顔でアルドに書類を差し出し、署名を求めた。

給料支払いの件で少し遅れたものの、アルドの計算では、正午までに本の出荷の準備は十分整うはずだった。作業場内の六台の印刷機（トッレザーニが機械を売却した際に残されたもの）も順調に稼働している。アルドは印刷機の一台に近寄り、刷り上がったばかりのページを一枚手に取った。何の気なしにざっと眺めるとたまたま誤植が一つ目に留まる。印刷済みの分量はまださほど多くはないが、これ以上の作業の遅れは許されぬと判断し、植字工には言わずに看過した。

さらなる誤植の発見を恐れるあまり、作業場から一旦離れることにする。印刷所の上階にあるマリアの実家、トッレザーニ家の邸宅内にあてがわれた書斎に向かった。ドアを開けて薄暗い室内に入る。窓を開けて明かりを入れた途端、部屋の隅から声がする。

「おはようございます」

ぎょっとして声のした方を振り返った。誰だ？　見覚えのない男だが。

「失礼しました」と言いながら男が近づいてくる。「私はサルヴァトーレ・ヴァストス・ダ・パドヴア。自分で書いた作品を直接手渡したくてやってきた。わが生涯で最高の傑作だ。今の今まで読んでいたが、われながらよい出来だと思う」

サルヴァトーレというこの男、どうやってここに入り込んだのか？　しかもこんな暗い場所で文字を読むなんて。アルドは気を取り直して手を差し出し、男と握手を交わす。

「私の人生の物語だ」訪問者は続ける。

「そうですか」机に向かいつつアルドは応じた。「失礼ながら座らせてもらいます。覚え書きに記しておきたいので」

サルヴァトーレは紙の束を手にしたまま、黙って机の前に立っている。アルドは椅子に腰かけると、インクの小瓶に水を少量加えて書く用意を整えた。

「では見せていただけますか？」

彼は手稿を受け取り、手にしたガチョウの羽根ペンで紙の上部に《アルド受け取り》と書き込んだ。そこで訪問者が口にした、実に奇妙な言葉を聞く。単に空耳だったのかもしれないが、そう聞こえたのは確かだ。

「私はあなたを迎えに来た。その時が来たのだ」

顔を上げて相手を見る。訪問者は立ったまま、大きな目でアルドを見つめていた。

「今何と？」かろうじて訊き返すアルド。

「本当はパドヴァから郵便で送るつもりだった」男が答えた。「だがヴェネツィア共和国中の郵便局から阻《はば》まれている。何年も前から私は憎まれ、追い回されているからだ。これでは本があなたの手元に届きようがないと思い、直接自分で持ってきた」

アルドは男の言っている意味が理解できずにいた。少し頭痛がする。

「事情はわかりました」実際にはわからないが適当に返す。「ご住所を教えてください」

「郵便で送り返すつもりではないな？」男が念のため尋ねた。

「ご心配なく」アルドは笑顔で答える。「こちらで把握しておくためですから」

アルドは相手が口にした名前と住所を紙に書き込んでいく。その上で末尾に《要注意、著者本人以外持ち出し厳禁、および郵送厳禁》と記入した。

その後、立ち上がって男に礼を述べ、三週間後にまた来てほしいと告げた。相手はしばらくの間、自分の散文のよさを称えていたが、アルドは愛想よくうなずきつつも一切口を開かなかった。やがてサルヴァトーレは立ち去った。ドアを閉めたアルドは、そのままもたれかかり、両手で顔をさすって大きくため息をつく。直後にノックの音がする。開けてみるとマルチェロだった。

「今出ていった変なのは何者です？」と尋ねてからつけ加える。「今しがたグロリエさんが到着しましたよ」

マルチェロの言葉に応じるかのように、サン・マルコ広場の時計塔が十一回鳴った。

十一時

「通してくれ」アルドはマルチェロに告げる。「作業の方は？」

「奥書の印刷が終わったところで、梱包し始めています。樽一つ分詰め込みが済みました」そう報告して刷り上がったばかりの本をアルドに手渡す。

「よろしい」本を机上に置いてから書斎の外に出る。「ジャン、久しぶりだな！　元気かい？」嬉しそうに叫びながら、両腕を広げて熱狂的な本の収集家を迎えた。一方の相手も、きれいに切り揃えた口ひげを動かし、上の歯を見せた笑顔で応じる。

「君以上にな！」グロリエはそう言って笑う。

それが彼のいつもの挨拶だった。抱擁を交わす二人。

わずか三カ月ほど前、アルドとマリアはグロリエの結婚式に出席するためパリに行ったばかりだった。そこで夫人の様子を伺ったついでに、式で知り合った他の家族についてもそれとなく訊き出そうとしたが、グロリエはやんわりと、本以外の話はしたくないと断わった。逆に彼の方からギリシャ語文法書について尋ねてきたので、アルドはちょうど今執筆を始めたところで、おそらく半年後には出版になると答える。グロリエはアルドの文法書を相当数買うつもりだと告げる。その言葉にアルドは、万が一他の作品がうまく運ばなかったとしても、ノヴィでの生活費は、これで十分確保できそうだと目算した。

アルドは低いテーブル上に、今年出版した本を何冊か並べて一冊一冊説明していく。

「ピンダロスの『オリンピア競技祝勝歌』。表題作のほか、『ピュティア祝勝歌』、『ネメア祝勝歌』、『イストミア祝勝歌』も併録している。もちろんギリシャ語版。二・五ドゥカド」

「それは私向けの価格かい？」

「ああ。本来は他のギリシャ語書籍と同じ、三ドゥカドで売るものだ。しかし二・五でも高いというなら、君ならもう少し値下げしてもいい。ページ数はあまり多くないので……二ドゥカドでどうか」

「気に入った。では三冊」

グロリエお決まりの返事だ。彼はいつでも三冊購入する。一冊はパリの自宅の図書館用、もう一冊は別荘の図書館用とのことだが、どこにあるのかアルドは知らない。残り一冊は彼が読み終えたあと、友人に贈呈するらしい。自分のために特別に装幀させた、豪華な革の装飾表紙の中央に、蔵書票のごとくラテン語で《グロリエと読書仲間の蔵書》と銘文を刻み、気に入った文章は余白部分に縦線で記す。アルドは以前ミラノの露店で、グロリエの特別装幀のギリシャ語書籍と遭遇したことがある。もちろん線も書き込まれていた。おそらく本を贈られた相手が、読めずに手放したのだろう。

「アレクサンドリアのヘシキオス編纂のギリシャ語辞典『レキシコン』、これは君だけの特別価格二・五ドゥカド」

「気に入った。では三冊」

「アテナイオスの『食卓の賢人たち』ギリシャ語版、こちらも二・五ドゥカド」

「気に入った。それも三冊」

「おお、そうだ」本の並びにわざと一冊分の空白を作っておいたアルドが、その箇所に来たところで思い出したように口にする。「つい先程出来上がった作品がある」立ち上がって机に向かい、本を手に戻ってくる。さっきフランチェスコから受け取ったばかりの見本をグロリエに手渡した。「ルクレティウスの『物の本質について』。神学的には間違いだらけの本だが、詩句の美しさは際立って……」

「ルクレティウスか？　間違いというのは愛を扱った箇所のことか？」

「ひどいものだ！　神託の巫女シビュラに誓って、私も認める！」当惑した様子で問うグロリエを前に、アルドは作品の内容に同意していないふうを装った。この本の運命がかかっている。そう感じたからこそ咄嗟に機転を利かせたとも言える。収集家グロリエのルクレティウス作品への興味が、教会側の思惑をかわす唯一の方法につながるかもしれない。相手が食らいつくかどうか、一か八かの思いだった。

「気に入った、三百冊」

アルドはしばし言葉を失う。大成功だ、賭けに勝った。これでトッレザーニも再度、ルクレティウスの出版を容認するしかない。アルドが予測したよりもはるかに多い注文だ。グロリエが贈呈用に購入する場合でも、五十冊を超えることなどまずないのだから。

「二百五十冊、来週にはパリに届けられる」満面の笑みでアルドは答えた。

「素晴らしい！」グロリエも声を上げる。

ふとアルドの頭にある考えが浮かぶ。ここでもしルクレティウスの詩を大量に購入したグロリエに、製本済みのエピクロスの『愛について』を何冊か添えてやったら、彼が友人たちに贈ることで、ヨーロッパ中にあの作品を拡散できるのではないか。しかしためらいも覚える。まだ『愛について』の存在は誰にも明かしたくない。たとえ誰かがそれを知る最初の人間になるとわかっていてもだ。

「残りの五十冊の荷物に、私から本を一冊添えておこう。今回の取り引きを忘れられぬ思い出にするために。私からの贈り物だと思ってもらっていい。次の船便は十日後に届く」

「いったい何なのだ？」愉快そうに問い質すグロリエ。

「秘密だ。荷物に詳しい説明を書いた手紙を入れておく。きっと喜んでもらえると思う」

「秘密？　私を信用できないのか？」グロリエが眉をしかめた。

心臓がきゅっとなる。彼のその表情が何を意味するのかは、アルドにもわかっていた。グロリエは途方もない金持ちだ。一度気になり出したら、それを手にするまで固執する。

「もちろん信用している！　神託の巫女シビュラに誓ってもいい」動揺を押し隠してアルドが答える。

「ちょっとした遊び心だ。必ず気に入るだろうから」

「この場で言えないのなら、本の購入はなしだ」

文学という名の共和国には教養高い善人たちが住まうという。だがジャン・グロリエの高飛車な態度に、その常套句が偽りであることをまざまざと見せつけられた気がした。

「エピクロスの『愛について』だ」アルドが浮かぬ顔で白状する。これ以上問題が膨らむよりはましだと判断した。「他に例を見ない唯一と言ってもいい作品で、君が最初の所有者になる。本当は驚かせてやりたかったが、君の押しには負けたよ、ジャン。ここだけの話、二人だけの秘密にしてくれ。アンドレアにすら話していないんだ」その場しのぎの言葉で取り繕う。「注文が殺到して身動きできなくなっても困るから」

「気に入った。ではそれも三冊、上質子牛皮紙で頼もう」

幸いグロリエは、いつもの買い手の顔つきに戻ってくれた。ひとまず終わった。すべて終わった。なのになぜアルドの心に一抹の不安が残ったのか？　世界を支配する男たちに最良の文学を伝える、そのための図書目録を作るべく、自分はヴェネツィアにやってきたはず。そして今、その手本とも呼ぶべき大物の一人ジャン・グロリエを目の前にしている。だが、過剰なまでに相手が悪意に満ちた人間に思えてならない。どんな本ならこの男を変えられるだろうか？　何よりもアルドを悩ませたのは、エピクロスの作品が存在する事実を打ち明けたことだった。それもよりによってこの男に！　アルドは一度たりとも有能な商人だったことがなかった。

その時、トッレザーニがいきなり部屋に入ってきた。目覚めたばかりで顔も洗わぬまま、シャツ姿で現れた。かつらもしていないため、まばらな白髪が頭上で踊っている。

「アルド、畜生め。たった今、ルクレティウスの出荷をやめさせるよう命じ……」

グロリエの姿を見るなり、驚いて口をつぐむ。

「アンドレア、おはよう。ジャンが到着したよ」笑みを浮かべてアルドが挨拶をした。

「ジャンじゃないか！」トッレザーニが嬉しさを装って両腕を広げる。「友よ、元気か？」

「君以上にな！」グロリエが大笑いで応じ抱擁する。

トッレザーニにとってグロリエ特有のこの返答ほど不快な言葉はなかった。というのも、彼が所有する財産がトッレザーニ以上に莫大なのは明らかだったからだ。それだけにいつも余計な問いをせぬよう努めていたのに、今日は起き抜けだったためについしてしまった。

「ちょっと失礼」アルドが断わる。「下に行って発送の手配をしてきます。ルクレティウス二百五十部、ジャンの購入分、来週パリに到着予定」

「ルクレティウスを二百五十部だって!?」トッレザーニが復唱した。どうやら眠気も吹き飛んだ様子だ。「君はそれを全部読むつもりか？」

「まさか！」グロリエが笑い飛ばす。

アルドは作業場に降りていったが、誰一人いない。そこで職人たちが寝泊まりしている隣室に向かう。みな黙ってそれぞれの荷物をまとめていた。

「どうしたんだ？」とマルチェロに尋ねる。

「トッレザーニがやってきて、俺たちは首、ストライキをしたから解雇すると。最終的にストはせず働いていたと説明したが、そんなことは関係ないとさ。どっちにしても俺たちは解雇だと言って、公証人を呼びに行った」

「みんな聞いてくれ」荒い息をついてアルドが呼びかける。「誰も解雇しない。もしも私がトッレザーニを説得できなかった場合には、君たち全員、今日はカンポ・サンタゴスティンの私の家に寝泊まりしていい。マルチェロ、君は先に行って万が一に備え、用意を整えておいてくれ。マリアに言って鍵をもらうように。これから私が言うのは本当の約束だ。出まかせでないのは君たちもわかるはずだ。君たちが解雇されるのなら私も一緒に会社を去り、あっちで印刷所を立ち上げよう。だから今は当初の予定どおり、速やかに本の梱包を済ませて、残らず埠頭に運ぶんだ。マルチェロ、もしもアンドレアが戻ってきて君たちを阻止した時には、誰か私を呼びに寄こしてくれ。いいな？　これから重要なことを話す。すでに詰めた十樽以外に五樽を用意し、それぞれに五十冊ずつ入れて同じ船に積め。行き先はアルフルール港、そこからパリのグロリエの家だ。それともう一樽、後日追加で彼の家に発送するが、その荷物には何冊か別の本を入れてほしい。今からそれを持ってくる」

自室に昇ったアルドは、娘アルダの手を引いたマリアと鉢合わせする。公現祭の行列に行く用意が整ったという。アルドは、グロリエとの件がもう少しかかるので待っていてくれ、とマリアに頼んだ。言葉にならない不安が押し寄せてくる。トッレザーニを納得させる手段が見いだせないと、ノヴィに帰る計画が崩れ去ってしまう。

書斎に戻るとグロリエとトッレザーニが揃って大笑いをしている場面に遭遇した。いい兆《きざ》しだ。たぶん販売の件も含めうまくいったのだろう。アルドが積み荷の伝票を用意していると、トッレザーニは着替えのために去り、グロリエは食事の時間まで出かけてくると言う。アルドは顧客を送り出し、そのまま埠頭に足を運んだ。渡し船で本の樽が積み込まれるのを確認し、グロリエ宛の最後の樽の伝票をマルチェロに手渡すと、あとの手続きを任せて急いで家に引き返す。ほとんど忘れかけていたが、マリアがアルダと待っている。

十二時

アルドは娘の手を引き、広場に向かって歩く。サン・マルコ広場の時計台が鐘を十二回鳴らす。広場には大きな頭の張りぼて人形が集結し、至る所で子どもたちが悲鳴を上げていた。いびつな頭に真っ赤なチュニック姿の人形の中には、牙をむき出しにしたドラゴンや猫の爪を持つ人魚《セイレーン》、片手に黒い尻尾を握った悪魔などがいて、子どもたちを追い回している。時々泣きわめく子どもを捕まえて、お仕置きをするのだ。トランペットと太鼓の音が広場全体に轟《とどろ》く。娘のアルダは怖がって、巨大な頭の怪物には近づこうとしない。アルドはひとまず、娘とドゥカーレ宮殿のアーチ型の門の下に逃げ込む。悪魔の張りぼてが一匹、親子のあとを追ってくる。気づいたアルダが怯える。娘のあまりの怖がりように驚くアルドは、一旦避難しようと脇道に出た。ところが悪魔は、怯える娘に構わず早足で追ってくる。黒く大きな頭に垂れ下がった厚めの赤い唇は黒人奴隷を彷彿させるが、角が生えているのでやはり悪魔なのだろう。アルドは泣き出した娘を抱き上げて曲がり角を目指し、曲がってすぐの家の拱廊《アーケード》に入り込んで身を隠す。相変わらず悪魔があとをつけていた。悪魔は周囲を見回すと、迷うことなく親子の所に向かってきた。またもやアルダが悲鳴を上げる。目の前に立ちはだかった悪魔が、張りぼて頭を脱ぐ。あらわになった男の素顔は、仮面より多少ましとはいえ、同じ笑みを浮かべていた。

「マヌツィオ親方ですか？」

「え、ええ」困惑しつつアルドは答えた。

「あなたに渡したい本があって。今朝直接持っていくつもりでした」

男はそう言って厚手の上着の中から、粗雑な作りの小さな本を取り出した。アルドは差し出された本を受け取り、ページをめくる。彼の所で印刷している八つ折り判の模造写本だが、見るからに粗悪品で傾けた字体も判読しがたい。

「私の人生の物語です」と説明する。「これまで書いた中で最高の作品だと断言します。自分で言うのもなんだけど、素晴らしい出来です。何なら今ここで冒頭部分を語ってみせてもいい。そうすればあなただって……」

「わかった、よくわかった」アルドが遮る。「その必要はない。あとでゆっくり目を通すから。だがこの場で受け取って失《な》くしてしまっては元も子もない。そこで提案だが、君が直接、塔《トツレ》の印刷所に持っていってくれないか。場所はわかるだろう？」

「もちろんです」悪魔が返事する。

「そこで君を迎えた人間に私から頼まれたと言って、まずはマルチエロを呼び出すように。マルチエロに本を渡して、私の机上にある二つ折りの紙に、君の名前と自宅の住所を書くのを忘れぬよう気をつけてくれ」

「わかりました、ありがとう」

黙ってやり取りを聞いていたアルダが、悪魔が去っていくのを見て父親に尋ねる。

「悪魔も本を書くの？」

「ああ。世の中に出回っている本は、ほとんど悪魔が書いたものなんだよ」アルドは娘に言ってやった。

十三時
サン・マルコ広場の時計塔が十三回鳴った時、彼は娘アルダの手を引き家に戻ったところだった。二人が玄関に入るのとほぼ同時に台所からマリアが現れて、彼の指示どおりにカンポ・サンタゴスティンの家を開け、職人たちが寝泊まりの用意をしていると報告する。また、食事を運ぶよう使用人に手配したとも言い添えた。

地面が揺れ出したのはその時だった。当初アルドは自分がめまいを起こしたのかと思ったが、鈍い轟音と驚愕するマリアの顔ですぐに地震だと悟る。アルダを抱き上げたマリアが急いで家の外に出た。アルドも二人を追ってカンポ・サン・パテルニアンの通りの真ん中に立ち尽くす。

地震はすでにやんでいた。やけに強い揺れに思えたが、周囲の建物に崩れた様子はなく、目立った被害はなさそうだ。とはいえ何か奇妙な感じがする。町一帯が静まり返っていた。飛び出した人たちみなが、自分の心臓の鼓動を感じるほど緊迫した雰囲気だった。

「もう大丈夫かしら?」ようやくマリアが口を開いた。

「今しばらく様子を見てみよう」と妻に答えながらも、得も言われぬ安堵感に襲われる。午前中ずっと心に抱いていた不安は地震の予感だったのかもしれない。不安の原因が過ぎ去った以上、もはや思い煩う必要はない。彼らよりも遅れて、家の料理人や見習いが驚きの表情で外に出てきた。町に人のざわめきが戻ってくる。何ブロックも離れた教会から鐘の音が聞こえてくる。呼応するように周辺の教会も鐘を打ち始めた。やがてサン・パテルニアンの教会の鐘も鳴り出したが、何度か打ちつけると不吉な轟音を立てて黙りこくる。

アルドは胸騒ぎを覚え、急いで教会に向かった。教会に入るなり六角形をした鐘楼を目指す。そこではジャコモ・デラ・サンタ・クローチェが、ヴェネツィア初の大鐘の下敷きになっていた。周りに血溜まりができている。アルドは身をかがめて彼の傍に寄る。体を半分鐘に押しつぶされながらも、まだ息はある。意識の有無を確認すべく、耳元で声をかけてみた。

「神父さん、しっかり。アルドです」

ジャコモ・デラ・サンタ・クローチェ神父が片目を薄く開ける。

「私は……大罪を……」かろうじて口にした。

「私に罪を告白してください」アルドが話しかける。「主イエス・キリストの名のもとに、キリストのしもべである私が許しを与えましょう」

神父は最後の力を振り絞ってアルドに告げる。

「おまえにそんなことをさせてたまるか。この……ユダヤ人め。誰か別の……者を……」

「えっ、何ですか？」アルドは聞こえないふりをしたが、何を言われたかはわかっていた。

ジャコモ神父はそのまま息を引き取った。アルドは困惑したまま神父の頭を床に置き、立ち上がって外に出る。そこで初めて手首の痛みを自覚した。アゴスティーニ兄弟の銀行を出た直後のひったくり騒動で痛めた箇所だ。広場に到着すると、塔《トッレ》の印刷所に暮らす家族と使用人らが集合していた。

アルドは自分の子どもらも含めてみなが無事であるのを確認すると、あとはマリアに任せ、料理人の見習い二人に、鐘の下敷きになった神父の遺体を運び出すよう指示する。それから料理人と使用人二人を引き連れ、家に戻る。まずは作業場と台所の火元、次いで暖炉のある部屋一つひとつを回って異常がないかを確認する。それが済むと建物の壁の被害状況を調べた。思いのほか点検作業は時間を要した。幸いどの部屋も散らかってはいるものの、壁にひびが入った様子はない。印刷所に足を踏み入れる。大文字・小文字の活字箱が引っくり返り、活字が床一面に散乱していた。当然ばらばらで、判読できない単語や文を形作っている。これほど象徴的な混沌《カオス》の表現があるだろうか。理解しがたいという意味では、人生とよく似ている。未知の言語で書かれたページの文面でも読むかのように、アルドはしばしわれを忘れて床を眺めていた。不意に、ところどころに単語らしき並びがあるのに気づく。順番につなぐと〝その……時……が……来た〟と読める。しかしながら頭の中で反芻しようと、もう一度見直しても、どこにもそれらしき言葉は見当たらなかった。

台所に入ってワインを飲み、気力を取り戻してカンポ・サンタゴスティンへと向かう。同じように状況を確認するためだ。

十四時

崩壊した建物の前を通ったところで、サン・マルコ広場の時計塔が十四回鳴った。が、遠くで鳴り響く鐘の音と重なり混同している。瓦礫を取り除く人々、けがをした男が妻の名を呼びながらさまよう姿を目にする。アルドは立ち止まらず歩き続けた。サンタゴスティンの自宅も崩れ落ちているのではないかと不安に駆られる。解雇された職人たちがみな犠牲になったら、悲劇以外の何ものでもない。出口のない罪悪感に苛まれるのは勘弁してほしい。善意から自宅を提供したのに、死に導く結果になったなど考えたくもない。

歩きながら責任回避の言い訳を考える。元はといえばトッレザーニが一方的に職人たちを解雇したためだ。彼がルクレティウスの出版をあれほど執拗に阻止しようとしなければ、こんなことには……。しかし今さら何を言っても遅いと気づき、無駄な思索をやめにする。

幸いカンポ・サンタゴスティンの家にこれといった被害はなかった。動揺していた気持ちが地震によって静まった感じがする。アルドは職人たちに間もなく食事が到着すること、今日の仕事は終わりにすることを告げる。マルチエロにはカンポ・サン・パテルニアンに行って、十リットルほどワインを持ってくるよう命じた。みな一斉に歓声を上げる。

二階に昇り、寝室に入る。小テーブルの上で埃をかぶったミニチュアの足つき飾り棚の引き出しから鍵を一つ取り出した。元書斎の鍵だ。現在そこは夫婦の秘密の作業場で、室内の作業台には上質皮紙が何種類も置いてある。壁際にはすでに製本済みの本が整然と積まれ、その横には製本前の紙が山となっている。それは塔《トッレ》の印刷所から運んできた、製作途中のルクレティウス『物の本質について』だった。グロリエに追加で送る五十冊にはあと六冊足りない。期日に間に合わずに収集家がへそを曲げれば、契約は破棄され、完成している四十四冊も宙に浮く。この状態でどうやって『愛について』の特別仕様、上質子牛皮紙三冊まで手が回る？

本来ならばため息しか出ない状況だが、幸か不幸か今はマルチェロと職人たちがここにいる。彼らの手を借りれば、どちらの作品も一週間とかからないはずだ。いずれにせよ、マルチェロには明日指示を出そう。

自由奔放で天使のようだったジョヴァンニ・ピコ。死の直前に記憶を取り戻した彼が『愛について』を口述してからというもの、アルドは休むことなくこの作品に取り組んできた。まずは書き取った文章をマリアの協力でラテン語に翻訳し、ギリシャ語・ラテン語対訳の写本を作成した。その後、サンタゴスティンの自宅にあった印刷機を駆使し、少しずつ少しずつページを印刷していった。それもトッレザーニの印刷所で使われぬまま放置されていたグリッフォの活字一式を密かに運んできてだ。紙もインクもトッレザーニとは一切取り引きのない商人らと交渉して調達した。来る日も来る日も夕暮れ時の散歩を終えては、一時間ないし二時間ほど部屋にこもって作業を続けた。今となっては早く過ぎ去ったと感じるが、孤独の中でゆっくりと印刷、校訂、製本などを重ねた八年間だった。

作業部屋の戸締まりをして、元の引き出しに鍵をしまうと、アルドは階下に降り外に出て、ラ・ストゥーファ目指して歩き始める。そこで初めて、地震後に二次災害が起こっていたことに気がついた。途中で火災に遭遇し、回り道をした。火事場では多くの住人が、バケツをリレーして消火に当たっている。みな必死だ。彼は一面雲に覆われた空を見上げ、雨が降ればいいのにと思った。

ラ・ストゥーファは健在だった。安堵のため息が洩れる。中に入ると、トッレザーニ、ジャン・グロリエ、書店主ピエトロ・ベンツォーニ、そして製本工のジャン・ピカールがすでに食事をしていた。アルドは四人を前に、遅くなったことを詫びる。

「心配してたんだぞ」トッレザーニが心にもないことを言う。「どんな状況だった？」

「被害は知れています。当然、建物も無事です」

「そりゃよかった！」

食事が終わったところで上機嫌のピカールがアルドを脇に連れていき、グロリエが購入したばかりの本の装幀の形が決まり、今回はアルドへの仲介手数料を上乗せすると伝えた。

首尾よく商談がまとまったところで、トッレザーニが女たちを呼び寄せる。

最初に入ってきたのは、トッレザーニが最近買ったばかりの、十二歳になるかならないかの女の子だった。見事な小麦色の肌で切れ長の目をした娘は、丸顔にまだあどけなさが残っている。グロリエにあてがうためだったのはあきらかだ。タタール人か何かだろうとアルドは思ったが、そういう彼もタタール人については本で読んだことしかない。少女が怯えているのが傍目《はため》にもわかる。事前に笑顔でいるよう言い聞かされたのだろうが、娘の引きつった笑顔がアルドを辛い気持ちにさせる。息苦しさを感じ、早く部屋を去りたくなった。やるせない思いとともにワインをさらに一杯飲み干した。

「気に入った」とグロリエが言った。「三人」

「三人でも何人でもお好きなようにしてくれ」トッレザーニの言葉にみな大笑いする。

十五時
男たちの高笑いがこびりついたままの耳に、サン・マルコ広場の時計塔の鐘の音が十五回折り重なって響く。アルドはラ・ストゥーファから二区画ほど歩いた所で、胃の中のものを全部吐き出した。

食べたばかりの料理とワインがそのままの吐瀉物の横に座り込み、深く息を吸い込んでいる。

呼吸が落ち着いたところで、いつしか眠りについていた。

夢の中では彼の最初の恋人マリエッタが、ラ・ストゥーファの浴槽でくつろぐアルドの前で静かに身を沈めていく。泡立った湯の表面に彼女のへそが見え隠れし、それ以上沈む様子はない。なぜか浴槽の脇に一匹の犬がいて、溢れ出た湯を飲んでいる。金のベールに覆われたマリエッタの顔が近づいてくる。アルドは片手を伸ばしベールを取る。いつの間にかマリエッタではなくマリアの顔に変わっていた。彼は自覚していないが、彼の夢でマリアとマリエッタは、一人の女性の中で何度となく入れ替わっていた。一方が彼のもとに歩み寄ってくると、もう一方は離れていく。一方の唇が口づけをすると、もう一方の顔が即座に離れる。マリアとマリエッタ、だから同じ名前なのかもしれない。ある時はマリアの仮面をかぶり、別の時にはマリエッタの仮面をかぶって演じる女優のように。

十六時

サン・マルコ広場の時計塔が十六時の鐘を鳴らすが、アルドは眠り続けていた。時折小雨が降る。

鼻をくんくんさせて嗅ぎ回る犬の気配で目を覚ます。夢で見たのと同じ犬だ。もう雨はやんでいる。彼が重い体を起こして立ち上がると、犬は少量の雨では流れずに残った彼の吐瀉物を見つめていた。浴槽の傍で湯を飲んでいた犬以外は思い出せなかった彼だが、夢と現実の犬が一致したことで、夢の枠《かせ》の糸を少しずつ手繰り寄せる。夢で見た浴槽は、ラ・ストゥーファに実際にあるものとはまったく違っていた。だがある種の懐かしさがあった。アルドはそこで初めて、あの浴槽は自分が何年もの間、虚構の空間で見てきたものであったのを理解する。

夢はいつでも繰り返し。諦めにも似たその境地に、自分もいよいよ足を踏み入れる年齢になったかと感じる。夢の演目は限られている。だからいつも繰り返しなのだ。繰り返される夢が、逃れられぬ悪夢へと変わる。

カランパーネ地区では地震の被害が大きかった。半壊した建物と、まだくすぶり続ける牧草地の間を通り過ぎる。ここは恵みの雨に少し救われた様子だ。

サン・マルコ広場の時計塔の鐘が鳴り響いた。十七時だった。

十七時

サン・パテルニアンの家に戻ったアルドを出迎えたマリアは、夫の服が濡れているのに驚く。マリアはこの寒さでは風邪を引きかねないと言い、アルドに来客があると知らせる。

「父が新たに雇った現場責任者だそうよ。あなたの書斎に通しておいたわ」

彼女は説明しながらタオルを手渡す。

アルドはタオルを手に階段を昇り自室に駆け込む。濡れた服を脱いでタオルで体を拭いた。鏡を見て、かつらを失くしたことに気づくが、なぜだか少しほっとした。しばしの間、何も考えずに、暖炉の前でベッドに腰かけて過ごす。気を取り直して別のズボンとグレーの上着に着替え、書斎に向かった。

アルドが入ってきたのに気づいた新責任者が立ち上がり、帽子を取って自己紹介をする。落ち着かないのか、手にした帽子を両手で弄ぶ。アルドとの面接が始まった。どこの印刷所で働いていたのか？　ミラノの印刷所で二年間、今から三年前のことだ。インク塗りも棒引きもできる。これまで数多くの本を手がけてきた。本のタイトルは？　覚えていない……。一冊でもいいから。聖書のどれかだった。ラテン語は読めるか？　いや、まったく。そんなやり取りの末、アルドが何か訊きたいことはあるかと尋ねた。

「日給が知りたいんですが……アンドレア親方は教えてくれなかったもので……」

アルドは相手を見つめる。この男は本とは無縁の仕事に人生を費やしてきたに違いない。金、市場、機械……結局は現実をほとんど見据えずにきた労働者か。

その時アンドレア・トッレザーニが部屋に入ってきた。酔ってはいるが、頭ははっきりしているようで、新責任者に気づき、挨拶している。アルドは彼の日給について尋ねた。トッレザーニはアルドの椅子に座って話を始めた。

「さて」とひと息入れて責任者に問う。「君はひと月にどれぐらい使うのだ？」

男は深く息を吸い込んでしばし考えている。口にした金額を基にして、トッレザーニが日給を提示してくると踏んだようだ。

「二ドゥカドぐらいですかね」

声を震わせている様子から察すると、これまで一ドゥカド金貨すら目にした経験がないのかもしれない。

「だったらこれからはその分を使わずに済むぞ」即座にトッレザーニが答える。「ここで毎日働く限り、食事も寝泊まりも私持ち。つまり二ドゥカド貯金できるというわけだ。その上で二十ソリドゥス受け取れるとなれば、一カ月約三ドゥカド。よかったな！」

言われた本人は呆気に取られている。

「え……ええ、確かに」やっとの思いで口にした。

「ちょっと席を外してもらえるか？」トッレザーニが話を切り上げる。「下の階に降りて、印刷所の見学でもしていてくれ。気に入ってもらえるといいが。私はアルドと話がある。解決しなきゃならん案件がいくつか浮上したものでな。本が間に合わんのだ！　まあ君には想像もつかないかもしれんが……」

新責任者は立ち上がり、戸口に向かった。ドアを開けて向き直り、何か言いかけたが、思いとどまった。

「では、のちほど」とだけ言い、ドアを閉めて去っていく。

「あの調子では印刷所がどこにあるか迷うのではないでしょうか」アルドがつぶやく。

「迷子になった方がいい。そうすれば嫌でも学ぶ」トッレザーニが応じる。「重要な案件に入ろう。率直に言って、あの男をどう思う？」

「役立たずですね」アルドは何のためらいもなく答えた。

「君の言うとおり。だからこそわれわれが必要とする人材ではある」トッレザーニが席を立ち、いらいらした様子でその場を行ったり来たりする。「命じられたことを黙って果たせない、そんな賢い連中に私は辟易《へきえき》している。職場に組合を持ち込むのは好みじゃない。これ以上もめごとを起こしてもらっては困るのだ。彼らには追い追い説明していくつもりだ。私が必要としているのは、楽観的で金のためだけに働く職人。自分たちで状況を改善していく気概のあるやつらだ」

アルドはその場を立ち去る口実を考える。

「ここからは内輪の話だ」トッレザーニが続ける。「エピクロスの本とは何のことだ？」

アルドは一瞬ぎくりとしたが、すぐに平静を取り戻した。グロリエだ。彼がアンドレアに何もかも話してしまったのだ。アルドは観念して本当のことを洗いざらい話す。落ち着いた口調で、どのような経緯で本を手に入れ、なぜそれを出版するに至ったのかを説明した。トッレザーニにしては珍しく、黙って耳を傾けている。アルドはむしろ相手の方が不安げなのに少なからず驚いた。

「あり得ない」トッレザーニが否定する。「私が知らぬ間に、あのような本の印刷ができるわけがない。ジャン・フランチェスコはなぜ私に何も言わなかったのだ？」

「アンドレア、息子さんはあなたに隠し事などしませんよ。彼は何も知らなかったのです。あなたはあまり評価していませんが、彼は有能な印刷人ですよ。ともかくエピクロスの本は会社とは一切関係ない。ですからこれ以上問わないでください。どうやって作ったかも、どこに置いてあるかも。費用は全額私が負担し、一冊たりともここでは印刷してません」

「確かか？　誰も？　マルチエロすら知らんと言うのか？」

「マルチエロも知りません。誰も何も知らないのです。今日グロリエに打ち明けた以外、誰にも話していません。彼にはなりゆき上、白状せざるを得なくなりました。彼に告げたのは浅はかだったと思っています。こうして知れ渡ってしまったのですから」

「哀れマルチエロ……」急にトッレザーニがうなだれ、指で涙を拭う。

　相手が何を悲しんでいるのか、アルドにはわからない。

「心配はいりません」と慰める。「彼は今後もあなたのために働いてくれますよ」

　トッレザーニは大きくため息をつき、相変わらず部屋の中を行き来している。

「今君が告げた話をグロリエから聞かされた時」今度はトッレザーニが打ち明ける。「私は愚息ジャン・フランチェスコに問い質した。あいつが何も知らないと言うので、そうなると君がサンタゴスティンで作っていた可能性が高いと思った」

　アルドは嫌な予感がした。

「エピクロスとやらの評判は実に悪い。グロリエはその辺の事情に通じていてな。教えてくれたよ、教会からの破門の危険なしに印刷などできないと。破門が何を意味するかは、君もわかっているはずだ。こと異端に関して現教皇レオ十世は、自分の追従者や知識人、宗教画家の後援者《パトロン》でさえも容赦しない。君を心配する人間がここに一人いたのをありがたく思え」

　アルドの顔が青ざめる。トッレザーニは大きく息を吸い込み、話を続けた。

「私は〝夜の番人《シニョーリ・デイ・ノッテ》〟とサンタゴスティンに乗り込んだ。当然よき信者であることを強調するためにだ。まさか君が、あそこにやつら全員を匿っているとは思いもしなかったさ。くそったれどもめが！

英雄を気取りやがって。だから私は何度も忠告したのだ。職場に組合が入ると制御が利かなくなると。無知で愚かなあいつらは、〝夜の番人《シニョーリ・デイ・ノッテ》〟に歯向かいおった！　マルチエロ、マルチエロまでが……哀れなことよ！」

悪びれるふうもなくすすり泣くトッレザーニに、アルドは恐怖すら感じた。

「何があっても警備隊を挑発してはならんのに。下手に抵抗などするものだから、彼らも強硬手段を取らざるを得なくなった。アルド、はっきり言わせてもらうぞ。すべては君の軽率さが招いた結果だ。死者六人！　いい加減に目を覚ませ。それともまだ懲りないか？」立ち上がったアルドにトッレザーニが叫ぶ。「どこに行くつもりだ？　もうあそこには誰もいないぞ」

アルドは崩れるように座り直す。

「少なくともエピクロスの本の問題は片づいた」トッレザーニが自らを慰める。「君の書斎のドアを壊して侵入し、本は全部運河の底に沈めた。これ以上変な気を起こさせぬために、周りにあったそれ以外の本も紙もことごとく処分した」

アルドは再び立ち上がって窓の外を眺めた。広場は暗闇と静けさに包まれている。体中が痛む。自分の家で死んだ者たちのことも、世界を変えるはずだった書物『愛について』のことも考えられない。襲撃によって失われた自身の書簡や、まだ完成もせぬ自作の詩のことしか頭になかった。またもや激しい吐き気を催す。

「私は……」口を利けるぐらいまで持ち直したところで告げる。「私はここを出ていきます。仕事を辞めて」

トッレザーニが向き直り、数回瞬きするとアルドを見据えた。

「何を言ってるんだ？」

「終わったのです、何もかも」アルドがこぼした。

「出ていくことはできん。君は私への借金がある身だ」

「だったらその金額を教えてください。何とかして返しますから」

「金だけじゃない。血筋もだぞ、アルド。私は君にすべてを与えてきた。家も、娘も……」

「私が借りた血の量も示してください。何らかの返済方法はあるはずですから」

「本当は独立したいだけじゃないのか？　商売の仕方は学んだから顧客を持ち逃げしようと。自分の印刷所を立ち上げて、私のものを奪う。それが望みか？」

「私は二度と出版業には戻りません。ヴェネツィアから出ていきます。私の唯一の望みは、あなたとの仕事を辞めること。あなたからも、あなたの家からも離れることです」

部屋を出ながら思った。だがそんなことはどうでもいい。もうどうでもよくなったと。

十八時

サン・マルコ広場の時計塔の鐘が十八回鳴り響いた時、アルドはカンポ・サン・パテルニアンの邸宅の階段を降りていた。そこで父親を探しにやってきたマヌツィオ・マルコと出くわす。今や九歳になった息子がアルドに、ラテン語の単語をいくつか説明してくれと頼んでくる。彼は喜んで応じる。一瞬とはいえ、疲れを忘れる。戻る形で息子と一緒に階段を昇る。息子がいつも家庭教師と勉強する屋根裏部屋に向かいながら、かつて教師をしていた頃を思い起こす。部屋に入って席に着いた息子が、書類入れを開けて紙を数枚取り出した。アルドはそこに書かれたラテン語の語句の意味を一つひとつ説明してやる。しばらくそうやって過ごしているうち、マヌツィオ・マルコが反応しないことに気づいた。座ったままいつの間にか息子は眠っていた。それも不自然な姿勢でだ。

手首に加えて胸まで痛み、激しく咳《せ》き込む。時間がよくわからないが、サン・マルコ広場の時計塔の鐘が鳴っていることに戸惑う。ついさっき鐘の音を聞いたばかりじゃなかったか？　まさか一時間近くも、眠ったままの息子に語り続けてきたというのか？　脳裏に鐘の音が鳴り続けているが、何度鳴ったのかはもうわからない。十八回？

十九時

熟睡しているマヌツィオ・マルコを抱きかかえたまま小部屋を出て、マリアの部屋の隣、子どもたちの寝室に向かう。中に入ると、ちょうど娘アルダをベッドに横たえたマリアが、眠っている二歳の末っ子パオロの体に毛布をかけてやっているところだった。次男のアントニオもすでに寝入っている。アルダの双子の姉妹、レティツィアの姿だけがない。彼女が死んで以来、アルドはアルダがいつも寂しそうに思えてならない。

なかなか寝つけないアルダにせがまれ、マリアがいつものように即興のお話を聞かせる。アルダという名の女の子が主人公で、今回は白馬を追いかけている。マリアは子どもが想像しやすいように、白馬が通った場所を再度女の子が通る形で、同じ場面を繰り返しながら話を進めていく。噴水のある庭園、なだらかな山裾、緑深き小さな森、白馬と女の子が泳いで渡る澄んだ小川……。

アルドはレティツィアが死んだ日のことを思い出す。アルダと一緒にいたところ、男が操る馬車に轢《ひ》かれたのだ。顔見知りの女性が彼女の亡骸《なきがら》を抱え、家まで運んできてくれた。そのあとをアルダがついてくる。こわばった顔をしていたが落ち着き払っていた。

「娘さんが！　娘さんが死んでしまったよ！」半狂乱で叫ぶ女の声を聞き、慌てて出てきた父親に、アルダは真剣なまなざしで言ったのだった。「大丈夫、明日になれば起きるから」

お話の白馬は海にたどり着いていた。あとを追ってきた女の子は、生まれて初めて見る青い海に感激し、浜辺で白馬と戯れる場面で物語は終わった。波打ち際で水を飲む白馬、その首を優しく撫でてやる女の子、海面にきらめく日の光……。

アルドはふと考える。馬は海水を飲むのか？　塩が好きだからあり得るか？　誰に尋ねたらわかるだろう？　ヴェネツィアは海に臨む港湾都市だが、馬に詳しい住人はいなさそうだ。いずれにしても文学だけが、自然がもたらす光景を心像という形で再現してくれる。マリアの語る物語を聞きながらアルドは、白波が泡立つ水面に燦々《さんさん》と降り注ぐ太陽の下、馬に水をやる少女の姿を生き生きと思い描いていた。それは生まれて初めての経験だった。

レティツィアが死んだ日、マリアはひと晩中泣き通した。アルドは泣くことができなかった。今頃になって、あの時流さなかった涙が彼に訴えかけてくるが、それでも泣けない。自分の中に未解決の事柄があるからか、先送りできない何かがあるからなのかはわからない。だがそれを思う前に、少しワインが飲みたくなる。

台所に行ってワインを少量温める。座ってちびちび飲みながら、職人たちの夕食の用意をする料理人を眺める。アルドは彼に、今夜印刷所には誰もいないのではないかと尋ねる。料理人もそれはわかっていた。マリアから頼まれてカンポ・サンタゴスティンの家に持っていく夕食を作っているところだと説明する。アルドは口ごもりながらも、あそこにも、もはや誰もいないと告げた。料理人は黙ってアルドを見つめる。それから調理中の煮込み料理の大鍋を振り返り、両手を腰に当てて長い間その場に立ち尽くしていた。

とその時、ドアを叩く音がした。アルドが開けてやると、そこには巡礼者、いや浮浪者と思しきひげ面の男が立っていた。アルドは中に入って何か食べるかと声をかけ、男を招き入れようとするが、男は黙って突っ立ったまま、じっとアルドを見つめている。料理人も身動き一つせずに男とアルドを見やっている。

「**私がわからないのか？**」ギリシャ語で男が問うた。

アルドが半信半疑でよくよく相手を見つめると、長い顎ひげの上には懐かしい顔が――。

「トリスメギストス！　いったいどこに行っていたんだ？」思わず叫ぶ。「突然姿を消して。まさかさっきの地震で地面から吐き出されたわけではないだろう？」

「あちこち旅をしていたが」彼は答える。「全然うまくいかなくて困っていてな」

「とにかく入ってくれ。私たちと暮らせばいい」アルドは迎え入れる。「住まいは変わったが、以前とほとんど同じ暮らしぶりだ。君はいつでも大歓迎だ」

　トリスメギストスは台所に入ると、倒れ込むように椅子に座った。必死に笑顔を作ろうとしているが、どうやら悲嘆に暮れている様子だ。アルドがワインを温めている間、彼はこれまでの経緯を語った。エルサレムへの巡礼を果たしたものの、帰路マケドニアでトルコ人の盗賊に捕まった。その後アレクサンドリアまで連れていかれ、ベドウィン族に売り飛ばされた。リビアで何年か奴隷生活を送ったのち、再びアレクサンドリアでヴェネツィア商人に売られたが、しばらくモーロ人を装って暮らしていた。ヴェネツィアに戻った時点で、キリスト教徒で幼い頃に養子に出されたヴェネツィア人である事実を告白する。雇い主は阻止しようとしたが、法律には抗えず何とか自由の身になることができた。それがつい先程の話だ。そこで以前住んでいたサンタゴスティンの家に行ったものの、もぬけの殻だったため、ここに来たというわけだった。

　二人がワインを飲み終えたところで、アルドは料理人の妻を呼び、トリスメギストスが屋根裏部屋で寝られるよう準備してくれと命じる。またマリアのもとに行き、彼を迎えに降りてくるよう伝えてほしいともつけ加えると、旧友に別れを告げ、通りに出ていった。カンポ・サン・パテルニアンからさほど遠くない場所に住む、サントの家を目指して歩く。

　サントはちょうど夕食の最中で、一緒にどうかと勧められたが、食事については断わり、ワインだけを注いでもらう。青ざめたアルドの顔を見てサントは健康状態を危惧するが、アルドは午後の雨にさらされて以来、微熱が続いているが体調は悪くないと答えて、訪問の理由を説明した。今日は遺言状の作成をしてもらいたくてやってきた。アルドの言葉にサントが真顔になる。

即座にサントは、協力者の一人に頼んで公証人を手配してもらう。また使用人を呼んで、ワインを二人分持ってくるよう命じた。アルドが遺言を口述し、サントが書き取っていく。時折、口にしたばかりの言葉を訂正して、文面にも修正を加えていく。

ある程度作業が進んだところで、アルドはサントに、長男のマヌツィオ・マルコを自分の子だとする文を盛り込む方が好都合かどうかを相談する。長男はアルドの実の子ではなく、本当はサントの子であるためだ。もしも誰かに密告された場合、遺言状が無効になることはないか？　念のために対策は取っておきたい。

サントはまず遺言状にマヌツィオ・マルコがアルドの実の子であると記した上で、もう一つ別の書類を作成し、息子に相続する分の遺産を具体的に明記するよう助言する。仮に異議を唱える者が現れても、アルドの意向を明確にしておけば、問題視されることはまずないと。アルドはサントが誠実に対処してくれたことに心から感謝した。

二人がマヌツィオ・マルコのことを楽しげに語り合っていると、サン・マルコ広場の時計塔が二十回鳴り響いた。子どもの顔はますますサントに似てくるが、仕草は完全にアルドを真似ているのがわかる。サントにとって子どもの成長は、ある意味自分が幸せだった時代の証《あかし》でもあった。

「マリアがノヴィに去った時」不意にサントが口にする。「彼女を失ったと知り、死のうかと思った」

二十時

公証人が到着し、サントが遺言状と別の書類を読み上げ、三人で署名した。用事が済むと公証人は早々に退散する。サントはアルドを家まで送ると申し出たが、彼はそれを断わった。別れ際、アルドはサントに思いがけない打ち明け話をする。幼い頃、自分は古代ローマの政治家だった小カトーに憧れていた。今となってはなぜその人物にあれほど惹かれていたのか理由すら思い出せない。もっとも小カトーの死にざまを知った時、憧れは霧散した。カトーは名誉を賭けてカエサルと戦ったが敗れ、壮絶な最期を遂げた。降伏するのを拒み、割腹自殺を図ったのに、意識を失っている間に手当てを受けて命を救われてしまったのだ。意識が戻って死ねなかったことに気づくと、カトーは自ら包帯を取って傷口を引き破り、はらわたをえぐり出して絶命したらしい。

不吉で暗示的な話に、サントは複雑な表情でアルドを見つめる。

アルドは別れを告げてサントの家をあとにした。心配したサントが距離を置いて尾行していたが、アルドは気づかぬふりをして歩き、やがて自宅のある塔《トッレ》の邸宅にたどり着いた。

自室に入ると、マリアが彼の帰りを待っていた。そのことが彼に多大な喜びをもたらす。と同時に、ずっと抑え続けてきた悲しみが堰《せき》を切って溢れ出す。妻とベッドに並んで座り、死んだレティツィアを思い出し胸が痛むのだと打ち明ける。娘のために泣きたいが構わないかと尋ねた。彼がその日、ずっと果たせずにいた唯一のことだった。

二十一時

サン・マルコ広場から聞こえる二十一回の鐘の音が、アルドを包み込む。妻の膝に顔を埋め、彼は泣き続けている。自分ではもう覚えていないが、昨晩彼は夢の中で、今号泣している自分の姿を見たのだった。それが彼が欲していた事柄だった。

涙も涸《か》れて泣きやんだ瞬間、得も言われぬ安堵感に満たされた。不思議にも手首の痛みは消えて、咳も治まったようだ。重たげに身を起こして、服を脱ぐとベッドに入る。枕に頭を預けたところで、つぶやくように語り始めた。

彼が滔々《とうとう》と語るサンタゴスティンの自宅での出来事に、マリアは慄《おのの》きつつも耳を傾ける。ひととおり聞き終えた彼女は気を取り直すと、必要以上に自分の責任だと思い込まない方がいいわ、と言って夫を慰める。

するとアルドは、何年間も心血を注いできた作品『愛について』の破壊を嘆く思いを、皮肉にも職人たちの死が和らげてくれたと本音を洩らした。今回の挫折で最悪だったのは、何もかもが無駄であった事実を突きつけられたことだろう。マリアの言い分はもっともだ。確かに、再びあの本を手に入れたものの、教会がまた破壊し、何も変わりはしなかった。それもそのはず。今の世の中は、学問・知識をひけらかすだけで向上心のない衒学者《げんがくしゃ》たちに牛耳られている。どうして彼らが現状を変えようなどと考える？　だが彼をヴェネツィアに向かわせたのは、まさにその世の中を変えたいという思いだった。しかしそれはあまりに現実離れした夢でもあった。彼が夢見た書物の道は、新たな場所へと通じるものではない。結局は香辛料《スパイス》や絹《シルク》の交易ルートと同様に、巨大なヴェネツィアの市場へと通じる道のりにすぎないのだ。そんな思いを率直に妻に語った。

話がひと段落したところで、明日は早起きしない予定だと伝える。死を受け入れるのは多大な労力を要するものだと思い込んできたが、必ずしもそうではないらしい。ただ自分のもとにやってくる、ごく自然で単純なものに映った。エピクロスは正しかった。死は何ものでもない。なぜなら死が訪れた時には、アルドはもうそこには存在しないのだから。

しばしの沈黙が流れたあと、アルドはうわ言をいくつか口にする。エピクロスの〝庭園〟とノヴィの別荘《ヴィツラ》について何やらつぶやいた。

「アルド、ゆっくり休んで」彼を見つめてマリアが話しかける。「エピクロスの〝庭園〟はいつでも私たちがいる場所にある。見つけるためには周りをよく見渡すだけで十分よ」

「君も本を記憶しているはずだ」彼女の言葉が聞こえないのか、自分の話を続ける。「いつか君の手で写本を作り、どこかの町外れの図書館の蔵書に紛れ込ませると約束してくれ。写本一冊だけでいい。

偶然でも必然でも構わないが、その本が生き延びることを望む者の目に触れるだろうから」

「約束するわ」

アルドは穏やかに眠りについた。マリアは夫に毛布をかけ直し、自分もベッドに入った。すると彼は突然目を開け、朗々とした声でつぶやく。

「知識は必ずしも賢さではない」

マリアは夫の頭をそっと抱き、優しく胸に押しつける。再び寝入ったアルドは、今度は深い眠りに落ちていった。サン・マルコ広場の時計塔の鐘が二十二回鳴り終わる頃には、マリアも眠りについていた。

ラファエレ・レジオ司教の弔辞

今日このサン・パテルニアン教会にわれわれは、友人である偉大な出版人、アルド・ピオ・マヌツィオ・ロマーノの葬儀に参列するために集まった。アルドが実は数日前から自分の死を予期し、過剰な恐れを抱くことなく穏やかに死を迎えたと知り、ある種の慰めにも似た思いを感じている。志半ばで斃れた盟友アルドの魂は、今私の手元にあるこの宣伝ビラのように周囲を飛び回っていることだろう。本日都合により欠席している故人の共同経営者であり義父でもあるアンドレア・トッレザーニの求めに応じ、話の前にビラの内容を読み上げたい。今日の午前中、地獄も天国も含めた町中の至る所で配られたものなので、もう読んだ人もいるとは思うが、ここで再度彼に思いを馳せるために紹介する。

アルド印刷所で、アルド抜きで発行する初めての印刷物がこのビラだ。文面はイタリア語で書かれている。

本日サン・パテルニアン教会にて行なわれるアルド・ピオ・マヌツィオの葬儀において、彼の遺体を取り囲む形で陳列した書籍はすべて、教会隣接のアンドレア・トッレザーニの書店で販売されている。非常に価値ある一大図書目録であるのは万人の知るところである。約二十年の出版人としての活動中、アルドはキリスト教世界で百三十二点の本を刊行した。うち七十三点は古典で、その内訳はギリシャ語三十九点、ラテン語三十四点である。現代作品はイタリア語八点に加えて、ギリシャ語・ラテン語が二十点、その他が十三点。文法書は全十八点で、ギリシャ語が十二点、ラテン語が六点となっている。

今後アルドが死の直前まで手がけていた作品が刊行されれば、当然出版点数は増すことになる。これらの本の購入希望者は葬儀終了後、アンドレア・トッレザーニの会社の、塔《トッレ》の商標のドアをくぐって書店まで。価格はドアに掲示してある出版目録を参照のこと。

ビラの内容は以上だ。ご清聴ありがとう。

私自身はアルド・マヌツィオとの友情を、ごく短期間で凝縮されたものだと感じている。おそらくこの地で彼と出会った者たちは、私と同じ思いに違いない。なぜならばアルドは、奇妙な形でヴェネツィアに根づいた男だ。彼は年を取ってからヴェネツィアに移り住んだため、実際には高齢で亡くなったにもかかわらず、われわれはつい彼が早世したような印象を受ける。人生の錯覚とでも言えよう。実際、人生はさまざまな場面でわれわれを錯覚させる。思い違いに満ちているとも言い換えられる。数時間前にアルドが死んだと連絡を受けた際、私はそれを痛感した。最初に口から出た言葉は〝あり得ない〟だった。そんなはずはない。昨日一緒にワインを飲んだばかりじゃないかと。彼をよく知る他の者たちも同じだろう。単に一定期間、自分たちの中にいたという理由だけで、その者が死とは無関係なのだと思い込む。これなどは人生の錯覚の典型的な例かもしれない。

そんな愚かな考えを抱いた直後、私は少し思いを巡らした。アルドの死はあり得ぬ話ではないと。最後に彼と会った時、彼は先が長くないと何となく感じたことを思い出した。自分には重すぎるかごを引きずって市場から出てくる老人たち、よろける年寄りたちの姿と重なって映った。本当は今日ここで、わざわざ自分の不吉な予感を蒸し返す気などなかったのだが、アルドが死んだその日に、彼の出版した本を売る宣伝ビラを読んだことで、彼の重荷となったものが何だったのかと考えた。これからその件について触れたい。

みなの中には、何度となくアイネイアスに立ち向かったエトルリアの王メゼンティウスを覚えている者もいるだろう。メゼンティウスは戦いによって名を馳せたわけではなく、むしろ捕虜に責め苦を与えるその想像力によって不朽の名声を得た。あのウェルギリウスの長編叙事詩『アイネイアス』で述べられているようにだ。

メゼンティウスという男は、捕虜の一人ひとりに死体を縛りつけた。それも向かい合わせで口を合わすように。死者の体の腐敗を生きた者に少しずつ伝染させるのを意図してだ。

拷問の方法として、これほど洗練されたものもないと思うがどうだろう？

私は今日、やっと理解できた。アルドはヴェネツィアにやってきてからずっと死体に縛りつけられていたのだ。最後に彼と飲んだ時、彼はその死体にすっかり蝕《むしば》まれていた。

アルドが縛りつけられていた死体の名前は、推して知るべしだ。私がこんなことを言うのを耳にしたら、トッレザーニが怒るのは目に見えている。だがあえて言わせてもらう。信じられないかもしれないが、あれほどラテン語の本を刊行していながら、あの男はラテン語をまったく理解できない。その事実を私が知ったのはごく最近のことだ。そう考えると、彼がアルドに取り憑いたのは天才的なひらめきだと言えよう。きっとあの男は今頃、私の口から自分の名前が飛び出せば、みながどんな顔をするか、それに対して私がなだめるだろうことも見越した上で、憤慨ではなく悲しみの表情を作っているに違いない。しかも葬儀の参列者が帰りがけに書店に寄って、一冊買ってくれたらいくら稼げるかと胸算用しながらだ。

それはともかく、ここに置かれているものはアルド以外すべて販売中で、哀れなアルドはすでに売却済みだ。彼の人生を振り返ってみてほしい。現代に生きる多くの美の信奉者たちと同様、アルドも三美神への信仰を離れ、金の亡者の神であるマモンの祭壇に屈した。三美神から授かったリンゴを金貨と引き換えに売り払ってだ。最後にアルドに会った時、私が感じたのは、彼がその過ちに気づいて、死ぬ前に認めたことだったのかもしれない。自分の過ちに気づいた。それだけで十分だろう。なぜならわれわれも含め大多数の人間は、それさえもできずにいるのだから。

以上が私の故人を偲《しの》ぶ言葉である。遺体を囲む一連の書物はけっして安い品ではないし、アルドをはじめ印刷に携わった者たちが、不届き者の懐を肥やすべく身を粉にして働き、〝ゆっくり《レンテ》〟よりは〝急いで《フェステナ》〟作ったものだけに、とても褒められた代物ではない。しかし、偉大なるアルドがこれらの多くの書物を世に送り出したのは、宣伝ビラに書かれたとおり周知の事実だ。不況に喘《あえ》ぐこの時代、今日のわれわれの祈りに、彼の偉業が一つ加えられたことだけでも御の字だろう。

そこで、この葬儀が終わり次第、みなでこぞって本屋に駆けつけるがいい。アンドレア・トッレザーニに最大の至福を与え、アルド・マヌツィオをひと思いに安らかな眠りにつかせるために。

訳者あとがき

「この小説は今から六年前に書き始めた。元はといえば選集向けに何か本に関わる仕事をテーマにした短編を書いてほしいと依頼があり、真っ先に浮かんだのがアルド・マヌツィオだった。以前から興味があった人物だけに、いい機会だと思って引き受けた。ところがいざ書いてみると十ページのものが、いつの間にか三十ページを超えていた。これは短編では無理だと考え、長編に着手した。文芸復興のルネサンス期に深く浸る中、印刷・出版を取り巻く当時の状況と今の状況に相似点が多いことに少なからず驚かされた」

本書『ヴェネツィアの出版人』が刊行された二〇一六年のインタビューで、著者ハビエル・アスペイティアはそう語っている。

出版の前年、彼が執筆を始めてちょうど五年が経った二〇一五年には、ヨーロッパを中心に世界各地でアルド・マヌツィオ没後五百年の記念行事が行なわれた。スペイン国立図書館でもイベントが開催され、アスペイティアは実行委員として参加している。

アルド・マヌツィオの何が偉大だったのかと問われ、彼は次のように答えた。

「何よりも本と出版のあり方を変えたところだと思う。技術と生産性を重視する職人と商人が印刷事業の実権を握り、菓子のごとく本を作っては売っていた時代に、アルドは絶えず文学的意義から良書を出版する方法を模索し、常軌を逸した試みをいくつも打ち出した。アリストテレスの全集をはじめとする、ギリシャ文学の原典にこだわったのもその一つだし、みずから出版物の選定をし、校正をしていたことも当時としては革新的だった。彼は本当の意味で最初の出版人だったと言っていい」

アルド・マヌツィオ（アルドゥス・マヌティウス、一四五〇頃―一五一五）。十五世紀に活躍した〝商業印刷の父〟と呼ばれる人物の生年は、一四四九年から一四五二年の間とされている。当時は教皇領だったローマ南のバッシアーノに生まれた彼は、ローマでラテン語、フェラーラでギリシャ語を学ぶ。一四八二年から二年間ミランドラで、のちに思想家として名を馳《は》せるジョヴァンニ・ピコとともに学び、ギリシャ文学を修める。親友ジョヴァンニ・ピコがフィレンツェに移る際、カルピのアルベルト・ピオとリオネッロ・ピオ両王子の家庭教師の役をアルドに委ねた。その後アルベルト・ピオはアルドにノヴィの土地と、印刷所設立のための資金を提供することになる。

古代ギリシャの叡智に傾倒した彼らの目的の一つが、ギリシャ文学の継承と名著の消滅の回避だった。当時ギリシャ古典やギリシャ語の文法書を印刷していたのはミラノ、ヴェネツィア、ヴィチェンツァ、フィレンツェの四都市のみ。アルドは東洋とヨーロッパの交易の中心地ヴェネツィアを選ぶ。

アルベルト・ピオの支援のもと、一四九〇年、四十歳前後でアルドはヴェネツィアに移り住む。一四九四年にアルド印刷所を設立した彼の自宅には、常時少なくとも三十人ほどのギリシャ人協力者が暮らしていた。ギリシャ文学・哲学に精通した者に加え、植字工や校正係、装幀係もみなギリシャ人だったため（クレタ島出身者が多かったらしい）、やり取りはすべてギリシャ語でなされた。トッレザーニとの共同会社の職人たちの手を借りることなく作業を進めていたという。

一四九五年から死去するまでの二十年間にアルドが残した功績については、多くの研究者が紹介しているし、そのいくつかは本小説でも触れられている。イタリック体やギリシャ文字の活字の製造、持ち運びできる小型本・八つ折り判の考案、ノンブル（ページ番号）の付与、ギリシャ語・ラテン語の対訳書、図書目録の作成、ギリシャ・ラテンの古典作品を校訂（異本と照合し、よりよい形に訂正）しての出版……。
そんな数々の偉業の中で著者ハビエル・アスペイティアが特に注目したのは、ヴェネツィアからあまたの名著を送り出すアルド・マヌツィオが、カトリック教会から異端視された本の出版にも執着していた事実だった。ルネサンス期に禁じられながらも、のちに文化の発展の鍵となるルクレティウス、エピクロス、アリストテレス、アリストファネスなどの著作。その中には本作品で重要な位置を占める『ポリフィロの狂恋夢《ヒュプネロトマキア・ポリフィリ》』も含まれている。

アルドが財界の大物トッレザーニとの商業的な出版に従事しながらも、自身が手がける作品にはつねに知的な面でのこだわりを持ち続けた。そんな彼の姿勢をアスペイティアは「彼は今で言う独立プロ的、つまり〝インディーズ型〟出版社の先駆けだ」と評する。

編集者であり作家でもある著者は、自分を魅了した出版人を描くに当たり、史実に忠実であるよりも、むしろフィクションの強みを生かしたかったと述べる。また自分なりのアルド像、誰もが知っている彼の偉業ではなくその内面を表現するため、アルドの身近な者たち、たとえば義父・共同経営者のアンドレア・トッレザーニやアルドの妻マリア、イタリック体の真の考案者とされる活字の彫刻師フランチェスコ・グリッフォをはじめ、彼と交流のあったルネサンスを代表する人物、エラスムスやピコ・デラ・ミランドラといった者たちを強烈な個性の持ち主に設定したとも語る。それは古代ギリシャの哲学者エピクロスやアリストテレスが登場する場面でも同様に発揮されている。著者が想像力と創造力を駆使して表現したアルド・マヌツィオの生涯を楽しんでいただければ幸いである。

なお補足であるが、序章に登場するアルドの三男パオロ・マヌツィオはアルドの死後、トッレザーニの支援で印刷所を引き継ぎ、その後パオロの長男アルド・マヌツィオが受け継いで、親・子・孫の三世代に渡って出版事業を牽引した。

また著者ハビエル・アスペイティアが一九九七年に受賞した「ダシール・ハメット国際推理小説賞」は、国際推理作家協会がスペイン語圏の優れた推理小説に与えるものである。日本では同協会の北米支部が独自に行なう「ハメット賞」の方が、ミステリファンの間でよく知られているだろう。日本語訳が出ている作家としてはホセ・ラトゥール（キューバ）、セルヒオ・ラミレス（ニカラグア）、ホルヘ・フランコ（コロンビア）などが過去に受賞している。アスペイティアの受賞作『イプノス（催眠）』は、二〇〇四年にダビッド・カレラス監督によって映画化された。

末筆になるが、担当編集者の青木誠也氏には今回もお世話になった。何よりも訳者にとっては未知だった本作品の翻訳の機会を与えてくれたことに礼を述べたい。また組版・装幀など各工程でお世話になった方々にも、この場を借りて感謝申し上げる。

八重樫克彦・由貴子

【著者・訳者略歴】

ハビエル・アスペイティア（Javier Azpeitia）

1962年スペイン・マドリード生まれの作家・編集者。1989年『メッサリナ』で小説デビュー。3作目『イプノス（催眠）』で1997年ダシール・ハメット国際推理小説賞を受賞。現在までに小説6作を発表、うち数冊はギリシャ語・イタリア語・ロシア語に翻訳されている。1996年頃から文芸編集者として活動し、1998年から2004年までレングア・デ・トラポ社の副編集長、その後2010年までエディトーレス451社の編集長を務める。

《著作》

『Mesalina（メッサリナ）』1989年

『Quevedo（ケベド）』1990年

『Hipnos（催眠）』1996年

『Ariadna en Naxos（ナクソスのアリアドネ）』2002年

『Nadie me mata（誰も私を殺せない）』2007年

『El impresor de Venecia（ヴェネツィアの出版人）』2016年、本書

八重樫克彦（やえがし・かつひこ）

八重樫由貴子（やえがし・ゆきこ）

翻訳家。訳書に、フェルナンド・イワサキ『悪しき愛の書』、カルロス・フエンテス『誕生日』、マリオ・バルガス＝リョサ『悪い娘の悪戯』、『チボの狂宴』、マルコス・アギニス『逆さの十字架』、『天啓を受けた者ども』、『マラーノの武勲』、エベリオ・ロセーロ『無慈悲な昼食』、『顔のない軍隊』（以上作品社）、フェルナンド・イワサキ『ペルーの異端審問』、フアン・アリアス『パウロ・コエーリョ　巡礼者の告白』（以上新評論）、ハビエル・シエラ『失われた天使』、『プラド美術館の師』、『青い衣の女』（以上ナチュラルスピリット）ほか多数。

【装画】

フランソワ・フラマン

「アルドゥス・マヌティウスの工房を訪れたジャン・グロリエ」

Jean Grolier in the House of Aldus Manutius

François Flameng（1856–1923）

ヴェネツィアの出版人

2018年5月30日初版第1刷発行
2018年9月30日初版第3刷発行

著　者　ハビエル・アスペイティア
訳　者　八重樫克彦、八重樫由貴子

発行者　和田肇
発行所　株式会社作品社
〒102-0072東京都千代田区飯田橋2-7-4
TEL.03-3262-9753　FAX.03-3262-9757
http://www.sakuhinsha.com
振替口座00160-3-27183

編集担当　青木誠也
装　幀　水崎真奈美（BOTANICA）
本文組版　前田奈々
印刷・製本　シナノ印刷株式会社

ISBN978-4-86182-700-6 C0097

【作品社の本】

外の世界　ホルへ・フランコ著　田村さと子訳

〈城〉と呼ばれる自宅の近くで誘拐された大富豪ドン・ディエゴ。身代金を奪うために奔走する犯人グループのリーダー、エル・モノ。彼はかつて、“外の世界”から隔離されたドン・ディエゴの可憐な一人娘イソルダに想いを寄せていた。そして若き日のドン・ディエゴと、やがてその妻となるディータとのベルリンでの恋。いくつもの時間軸の物語を巧みに輻輳させ、プリズムのように描き出す、コロンビアの名手による傑作長篇小説！　アルファグアラ賞受賞作。

ISBN978-4-86182-678-8

密告者　フアン・ガブリエル・バスケス著　服部綾乃・石川隆介訳

「あの時代、私たちは誰もが恐ろしい力を持っていた――」名士である実父による著書への激越な批判、その父の病と交通事故での死、愛人の告発、昔馴染みの女性の証言、そして彼が密告した家族の生き残りとの時を越えた対話……。父親の隠された真の姿への探求の果てに、第二次大戦下の歴史の闇が浮かび上がる。マリオ・バルガス＝リョサが激賞するコロンビアの気鋭による、あまりにも壮大な大長篇小説！

ISBN978-4-86182-643-6

夢と幽霊の書

アンドルー・ラング著　ないとうふみこ訳　吉田篤弘巻末エッセイ

ルイス・キャロル、コナン・ドイルらが所属した心霊現象研究協会の会長による幽霊譚の古典、ロンドン留学中の夏目漱石が愛読し短篇「琴のそら音」の着想を得た名著、120年の時を越えて、待望の本邦初訳！

ISBN978-4-86182-650-4

タラバ、悪を滅ぼす者　ロバート・サウジー著　道家英穂訳

「おまえは天の意志を遂げるために選ばれたのだ。おまえの父の死と、一族皆殺しの復讐をするために」ワーズワス、コウルリッジと並ぶイギリス・ロマン派の桂冠詩人による、中東を舞台にしたゴシックロマンス。英国ファンタジーの原点とも言うべきエンターテインメント叙事詩、本邦初の完訳！【オリエンタリズムの実像を知る詳細な自註も訳出！】

ISBN978-4-86182-655-9

隅の老人【完全版】　バロネス・オルツィ著　平山雄一訳

元祖“安楽椅子探偵”にして、もっとも著名な“シャーロック・ホームズのライバル”。世界ミステリ小説史上に燦然と輝く傑作「隅の老人」シリーズ。原書単行本全3巻に未収録の幻の作品を新発見！　本邦初訳4篇、戦後初改訳7篇！　第1、第2短篇集収録作は初出誌から翻訳！　初出誌の挿絵90点収録！　シリーズ全38篇を網羅した、世界初の完全版1巻本全集！　詳細な訳者解説付。

ISBN978-4-86182-469-2

【作品社の本】

ビガイルド　欲望のめざめ

トーマス・カリナン著　青柳伸子訳

女だけの閉ざされた学園に、傷ついた兵士がひとり。
心かき乱され、本能が露わになる、女たちの愛憎劇。
ソフィア・コッポラ監督、ニコール・キッドマン主演、カンヌ国際映画祭監督賞受賞作原作小説！

ISBN978-4-86182-676-4

蝶たちの時代

フリア・アルバレス著　青柳伸子訳

ドミニカ共和国反政府運動の象徴、ミラバル姉妹の生涯！
時の独裁者トルヒーリョへの抵抗運動の中心となり、命を落とした長女パトリア、三女ミネルバ、四女マリア・テレサと、ただひとり生き残った次女デデの四姉妹それぞれの視点から、その生い立ち、家族の絆、恋愛と結婚、そして闘いの行方までを濃密に描き出す、傑作長篇小説。全米批評家協会賞候補作、アメリカ国立芸術基金全国読書推進プログラム作品。

ISBN978-4-86182-405-0

老首長の国　ドリス・レッシング アフリカ小説集

ドリス・レッシング著　青柳伸子訳

自らが五歳から三十歳までを過ごしたアフリカの大地を舞台に、入植者と現地人との葛藤、古い入植者と新しい入植者の相克、巨大な自然を前にした人間の無力を、重厚な筆致で濃密に描き出す。ノーベル文学賞受賞作家の傑作小説集！

ISBN978-4-86182-180-6

被害者の娘

ロブリー・ウィルソン著　あいだひなの訳

同窓会出席のため、久しぶりに戻った郷里で遭遇した父親の殺人事件。
元兵士の夫を自殺で喪った過去を持つ女を翻弄する、苛烈な運命。田舎町の因習と警察署長の陰謀の壁に阻まれて、迷走する捜査。十五年の時を経て再会した男たちの愛憎の桎梏に、絡めとられる女。亡き父の知られざる真の姿とは？　そして、像を結ばぬ犯人の正体は？

ISBN978-4-86182-214-8

【作品社の本】

ウールフ、黒い湖

ヘラ・S・ハーセ著　國森由美子訳

ウールフは、ぼくの友だちだった――オランダ領東インド。
農園の支配人を務める植民者の息子である主人公「ぼく」と、現地人の少年「ウールフ」の友情と別離、そしてインドネシア独立への機運を丹念に描き出し、一大ベストセラーとなった〈オランダ文学界のグランド・オールド・レディー〉による不朽の名作、待望の本邦初訳！

ISBN978-4-86182-668-9

分解する

リディア・デイヴィス著　岸本佐知子訳

リディア・デイヴィスの記念すべき処女作品集！
「アメリカ文学の静かな巨人」のユニークな小説世界はここから始まった。

ISBN978-4-86182-582-8

サミュエル・ジョンソンが怒っている

リディア・デイヴィス著　岸本佐知子訳

これぞリディア・デイヴィスの真骨頂！
強靭な知性と鋭敏な感覚が生み出す、摩訶不思議な56の短編。

ISBN978-4-86182-548-4

話の終わり

リディア・デイヴィス著　岸本佐知子訳

年下の男との失われた愛の記憶を呼びさまし、それを小説に綴ろうとする女の情念を精緻きわまりない文章で描く。「アメリカ文学の静かな巨人」による傑作。
待望の長編！

ISBN978-4-86182-305-3

【作品社の本】

ほどける　エドウィージ・ダンティカ著　佐川愛子訳

双子の姉を交通事故で喪った、十六歳の少女。自らの半身というべき存在をなくした彼女は、家族や友人らの助けを得て、アイデンティティを立て直し、新たな歩みを始める。
全米が注目するハイチ系気鋭女性作家による、愛と抒情に満ちた物語。

ISBN978-4-86182-627-6

海の光のクレア　エドウィージ・ダンティカ著　佐川愛子訳

七歳の誕生日の夜、煌々と輝く満月の中、父の漁師小屋から消えた少女クレアは、どこへ行ったのか——。海辺の村のある一日の風景から、その土地に生きる人びとの記憶を織物のように描き出す。全米が注目するハイチ系気鋭女性作家による、最新にして最良の長篇小説。

ISBN978-4-86182-519-4

地震以前の私たち、地震以後の私たち

それぞれの記憶よ、語れ

エドウィージ・ダンティカ著　佐川愛子訳

ハイチに生を享け、アメリカに暮らす気鋭の女性作家が語る、母国への思い、芸術家の仕事の意義、ディアスポラとして生きる人々、そして、ハイチ大地震のこと——。
生命と魂と創造についての根源的な省察。カリブ文学OCMボーカス賞受賞作。

ISBN978-4-86182-450-0

骨狩りのとき　エドウィージ・ダンティカ著　佐川愛子訳

1937年、ドミニカ。姉妹同様に育った女主人には双子が産まれ、愛する男との結婚も間近。ささやかな充足に包まれて日々を暮らす彼女に訪れた、運命のとき。全米注目のハイチ系気鋭女性作家による傑作長篇。アメリカン・ブックアワード受賞作！ ISBN978-4-86182-308-4

愛するものたちへ、別れのとき

エドウィージ・ダンティカ著　佐川愛子訳

アメリカの、ハイチ系気鋭作家が語る、母国の貧困と圧政に翻弄された少女時代。
愛する父と伯父の生と死。そして、新しい生命の誕生。感動の家族愛の物語。
全米批評家協会賞受賞作！

ISBN978-4-86182-268-1

【作品社の本】

ランペドゥーザ全小説　附・スタンダール論

ジュゼッペ・トマージ・ディ・ランペドゥーザ著　脇功、武谷なおみ訳

戦後イタリア文学にセンセーションを巻きおこしたシチリアの貴族作家、初の集大成！

ストレーガ賞受賞長編『山猫』、傑作短編「セイレーン」、回想録「幼年時代の想い出」等に加え、著者が敬愛するスタンダールへのオマージュを収録。　ISBN978-4-86182-487-6

人生は短く、欲望は果てなし

パトリック・ラペイル著　東浦弘樹、オリヴィエ・ビルマン訳

妻を持つ身でありながら、不羈奔放なノーラに恋するフランス人翻訳家・ブレリオ。

やはり同様にノーラに惹かれる、ロンドンで暮らすアメリカ人証券マン・マーフィー。

英仏海峡をまたいでふたりの男の間を揺れ動く、運命の女《ファム・ファタール》。

奇妙で魅力的な長篇恋愛譚。フェミナ賞受賞作！　ISBN978-4-86182-404-3

ボルジア家

アレクサンドル・デュマ著　田房直子訳

教皇の座を手にし、アレクサンドル六世となるロドリーゴ、その息子にして大司教／枢機卿、武芸百般に秀でたチェーザレ、フェラーラ公妃となった奔放な娘ルクレツィア。

一族の野望のためにイタリア全土を戦火の巷にたたき込んだ、ボルジア家の権謀と栄華と凋落の歳月を、文豪大デュマが描き出す！　ISBN978-4-86182-579-8

メアリー・スチュアート

アレクサンドル・デュマ著　田房直子訳

三度の不幸な結婚とたび重なる政争、十九年に及ぶ監禁生活の果てに、エリザベス一世に処刑されたスコットランド女王メアリー。

悲劇の運命とカトリックの教えに殉じた、孤高の生と死。

文豪大デュマの知られざる初期作品、本邦初訳。　ISBN978-4-86182-198-1

【作品社の本】

ヤングスキンズ

コリン・バレット著　田栗美奈子・下林悠治訳

経済が崩壊し、人心が鬱屈したアイルランドの地方都市に暮らす無軌道な若者たちを、繊細かつ暴力的な筆致で描きだす、ニューウェイブ文学の傑作。

世界が注目する新星のデビュー作！　ガーディアン・ファーストブック賞、ルーニー賞、フランク・オコナー国際短編賞受賞！


ISBN978-4-86182-647-4

孤児列車

クリスティナ・ベイカー・クライン著　田栗美奈子訳

91歳の老婦人が、17歳の不良少女に語った、あまりにも数奇な人生の物語。

火事による一家の死、孤児としての過酷な少女時代、ようやく見つけた自分の居場所、長いあいだ想いつづけた相手との奇跡的な再会、そしてその結末……。

すべてを知ったとき、少女モリーが老婦人ヴィヴィアンのために取った行動とは――。

感動の輪が世界中に広がりつづけている、全米100万部突破の大ベストセラー小説！


ISBN978-4-86182-520-0

名もなき人たちのテーブル

マイケル・オンダーチェ著　田栗美奈子訳

わたしたちみんな、おとなになるまえに、おとなになったの――11歳の少年の、故国からイギリスへの3週間の船旅。それは彼らの人生を、大きく変えるものだった。

仲間たちや個性豊かな同船客との交わり、従姉への淡い恋心、そして波瀾に満ちた航海の終わりを不穏に彩る謎の事件。映画『イングリッシュ・ペイシェント』原作作家が描き出す、せつなくも美しい冒険譚。


ISBN978-4-86182-449-4

ハニー・トラップ探偵社

ラナ・シトロン著　田栗美奈子訳

「エロかわ毒舌キュート！　ドジっ子女探偵の泣き笑い人生から目が離せません（しかもコブつき）」――岸本佐知子さん推薦。スリルとサスペンス、ユーモアとロマンス――一粒で何度もおいしい、ハチャメチャだけど心温まる、とびっきりハッピーなエンターテインメント。

ISBN978-4-86182-348-0

【作品社の本】

ねみみにみみず

東江一紀著　越前敏弥編

翻訳家の日常、翻訳の裏側。迫りくる締切地獄で七転八倒しながらも、言葉とパチンコと競馬に真摯に向き合い、200冊を超える訳書を生んだ翻訳の巨人。

知られざる生態と翻訳哲学が明かされる、おもしろうてやがていとしきエッセイ集。


ISBN978-4-86182-697-9

黄泉《よみ》の河にて

ピーター・マシーセン著　東江一紀訳

「マシーセンの十の面が光る、十の周密な短編」――青山南氏推薦！

「われらが最高の書き手による名人芸の逸品」――ドン・デリーロ氏激賞！

半世紀余にわたりアメリカ文学を牽引した作家／ナチュラリストによる、唯一の自選ベスト作品集。


ISBN978-4-86182-491-3

ストーナー

ジョン・ウィリアムズ著　東江一紀訳

これはただ、ひとりの男が大学に進んで教師になる物語にすぎない。
しかし、これほど魅力にあふれた作品は誰も読んだことがないだろう。――トム・ハンクス
半世紀前に刊行された小説が、いま、世界中に静かな熱狂を巻き起こしている。
名翻訳家が命を賭して最期に訳した、“完璧に美しい小説”
第一回日本翻訳大賞「読者賞」受賞

ISBN978-4-86182-500-2

ブッチャーズ・クロッシング

ジョン・ウィリアムズ著　布施由紀子訳

『ストーナー』で世界中に静かな熱狂を巻き起こした著者が描く、十九世紀後半アメリカ西部の大自然。バッファロー狩りに挑んだ四人の男は、峻厳な冬山に帰路を閉ざされる。

彼らを待つのは生か、死か。

人間への透徹した眼差しと精妙な描写が肺腑を衝く、巻措く能わざる傑作長篇小説。


ISBN978-4-86182-685-6

【作品社の本】

ゴーストタウン

ロバート・クーヴァー著　上岡伸雄、馬籠清子訳

辺境の町に流れ着き、保安官となったカウボーイ。

酒場の女性歌手に知らぬうちに求婚するが、町の荒くれ者たちをいつの間にやら敵に回して、命からがら町を出たものの——。

書き割りのような西部劇の神話的世界を目まぐるしく飛び回り、力ずくで解体してその裏面を暴き出す、ポストモダン文学の巨人による空前絶後のパロディ！


ISBN978-4-86182-623-8

ようこそ、映画館へ

ロバート・クーヴァー著　越川芳明訳

西部劇、ミュージカル、チャップリン喜劇、『カサブランカ』、フィルム・ノワール、カートゥーン……。あらゆるジャンル映画を俎上に載せ、解体し、魅惑的に再構築する！

ポストモダン文学の巨人がラブレー顔負けの過激なブラックユーモアでおくる、映画館での一夜の連続上映と、ひとりの映写技師、そして観客の少女の奇妙な体験！


ISBN978-4-86182-587-3

ノワール

ロバート・クーヴァー著　上岡伸雄訳

“夜を連れて”現われたベール姿の魔性の女《ファム・ファタール》「未亡人」とは何者か!?

彼女に調査を依頼された街の大立者「ミスター・ビッグ」の正体は!?

そして「君」と名指される探偵フィリップ・M・ノワールの運命やいかに!?

ポストモダン文学の巨人による、フィルム・ノワール／ハードボイルド探偵小説の、アイロニカルで周到なパロディ！


ISBN978-4-86182-499-9

老ピノッキオ、ヴェネツィアに帰る

ロバート・クーヴァー著　斎藤兆史、上岡伸雄訳

晴れて人間となり、学問を修めて老境を迎えたピノッキオが、故郷ヴェネツィアでまたしても巻き起こす大騒動！　原作のオールスター・キャストでポストモダン文学の巨人が放つ、諧謔と知的刺激に満ち満ちた傑作長篇パロディ小説！

ISBN978-4-86182-399-2

【作品社の本】

誕生日

カルロス・フエンテス著　八重樫克彦、八重樫由貴子訳

過去でありながら、未来でもある混沌の現在＝螺旋状の時間。

家であり、町であり、一つの世界である場所＝流転する空間。

自分自身であり、同時に他の誰もである存在＝互換しうる私。

目《め》眩《くる》めく迷宮の小説！『アウラ』をも凌駕する、メキシコの文豪による神妙の傑作。


ISBN978-4-86182-403-6

逆さの十字架

マルコス・アギニス著　八重樫克彦、八重樫由貴子訳

アルゼンチン軍事独裁政権下で警察権力の暴虐と教会の硬直化を激しく批判して発禁処分、しかしスペインでラテンアメリカ出身作家として初めてプラネータ賞を受賞。

欧州・南米を震撼させた、アルゼンチン現代文学の巨人マルコス・アギニスのデビュー作にして最大のベストセラー、待望の邦訳！


ISBN978-4-86182-332-9

天啓を受けた者ども

マルコス・アギニス著　八重樫克彦、八重樫由貴子訳

合衆国南部のキリスト教原理主義組織と、中南米一円にはびこる麻薬ビジネスの陰謀。アメリカ政府と手を結んだ、南米軍事政権の恐怖。

アルゼンチン現代文学の巨人マルコス・アギニスの圧倒的大長篇。

野谷文昭氏激賞！


ISBN978-4-86182-272-8

マラーノの武勲

マルコス・アギニス著　八重樫克彦、八重樫由貴子訳

「感動を呼び起こす自由への賛歌」――マリオ・バルガス＝リョサ絶賛！

16～17世紀、南米大陸におけるあまりにも苛烈なキリスト教会の異端審問と、命を賭してそれに抗したあるユダヤ教徒の生涯を、壮大無比のスケールで描き出す。

アルゼンチン現代文学の巨匠アギニスの大長篇、本邦初訳！


ISBN978-4-86182-233-9

【作品社の本】

悪しき愛の書　フェルナンド・イワサキ著　八重樫克彦、八重樫由貴子訳

9歳での初恋から23歳での命がけの恋まで——彼の人生を通り過ぎて行った、10人の乙女たち。バルガス・リョサが高く評価する“ペルーの鬼才”による、振られ男の悲喜劇。ダンテ、セルバンテス、スタンダール、プルースト、ボルヘス、トルストイ、パステルナーク、ナボコフなどの名作を巧みに取り込んだ、日系小説家によるユーモア満載の傑作長篇！

ISBN978-4-86182-632-0

悪い娘《こ》の悪戯《いたずら》　マリオ・バルガス＝リョサ著　八重樫克彦、八重樫由貴子訳

50年代ペルー、60年代パリ、70年代ロンドン、80年代マドリッド、そして東京……。世界各地の大都市を舞台に、ひとりの男がひとりの女に捧げた、40年に及ぶ濃密かつ凄絶な愛の軌跡。ノーベル文学賞受賞作家が描き出す、あまりにも壮大な恋愛小説。

ISBN978-4-86182-361-9

チボの狂宴　マリオ・バルガス＝リョサ著　八重樫克彦、八重樫由貴子訳

1961年5月、ドミニカ共和国。31年に及ぶ圧政を敷いた稀代の独裁者、トゥルヒーリョの身に迫る暗殺計画。恐怖政治時代からその瞬間に至るまで、さらにその後の混乱する共和国の姿を、待ち伏せる暗殺者たち、トゥルヒーリョの腹心ら、排除された元腹心の娘、そしてトゥルヒーリョ自身など、さまざまな視点から複眼的に描き出す、圧倒的な大長篇小説！

ISBN978-4-86182-311-4

無慈悲な昼食　エベリオ・ロセーロ著　八重樫克彦、八重樫由貴子訳

「タンクレド君、頼みがある。ボトルを持ってきてくれ」地区の人々に昼食を施す教会に、風変わりな飲んべえ神父が突如現われ、表向き穏やかだった日々は風雲急。誰もが本性をむき出しにして、上を下への大騒ぎ！　神父は乱酔して歌い続け、賄い役の老婆らは泥棒猫に復讐を、聖具室係の養女は平修女の服を脱ぎ捨てて絶叫！　ガルシア＝マルケスの再来との呼び声高いコロンビアの俊英による、リズミカルでシニカルな傑作小説。

ISBN978-4-86182-372-5

顔のない軍隊　エベリオ・ロセーロ著　八重樫克彦、八重樫由貴子訳

ガルシア＝マルケスの再来と謳われるコロンビアの俊英が、母国の僻村を舞台に、今なお止むことのない武力紛争に翻弄される庶民の姿を哀しいユーモアを交えて描き出す、傑作長篇小説。スペイン・トゥスケツ小説賞受賞！　英国「インデペンデント」外国小説賞受賞！

ISBN978-4-86182-316-9